사랑의 다섯 가지 알레고리

최수철 테마 연작소설집

사랑의 다섯 가지 알레고리

펴낸날 2021년 3월 31일

지은이 최수철
펴낸이 이광호
주   간 이근혜
편   집 이민희 최지인 조은혜 박선우 방원경
펴낸곳 ㈜문학과지성사
등록번호 제1993-000098호
주소 04034 서울 마포구 잔다리로7길 18(서교동 377-20)
전화 02) 338-7224
팩스 02) 323-4180(편집) / 02) 338-7221(영업)
전자우편 moonji@moonji.com
홈페이지 www.moonji.com

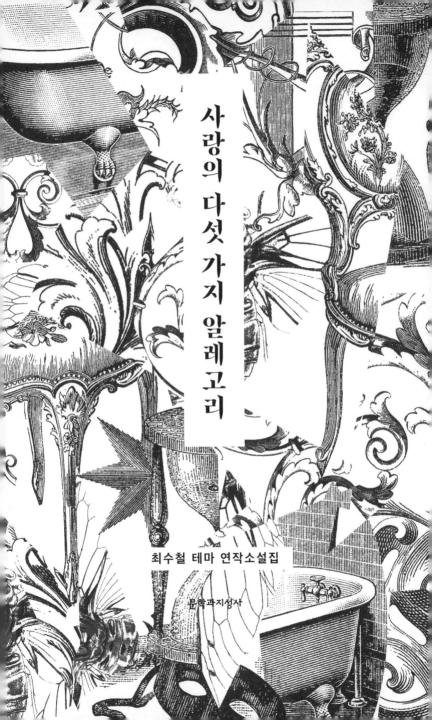

사랑의 다섯 가지 알레고리

최수철 테마 연작소설집

문학과지성사

목차

고해하는 의자
—사랑의 알레고리 1

1

얼마 전에 흥미로운 신문 기사를 읽었다. 에스파냐 바르셀
로나의 사그라다 파밀리아 대성당에서 화재가 발생했는데, 경
찰은 성당 내부에 있는 한 의자에 불이 나서 건물에 옮겨붙은
것으로 추정한다는 내용이었다. '성가족성당'이라는 뜻을 가
진 그 고딕 양식의 성당은 건축가 가우디의 미완성 대작으로 세
상 곳곳에서 몰려온 관광객들의 발길이 끊이지 않는 곳이었다.
그러나 의자에 불이 난 경위는 아직 밝혀지지 않았다고 했다.

워낙 짧은 기사라서 더 이상의 자세한 사정은 알 수 없었다.
신문을 접어 막 탁자 위에 내려놓는 순간 어쩌면 그 의자가 고

해실의 의자가 아닐까 하는 생각이 뇌리를 스쳤다. 그러자 머릿속에서 이야기 하나가 천천히 떠오르기 시작했다. 우선 나는 그 의자를 고해실의 의자로 설정한 뒤, 며칠 동안 전체적인 틀을 짜는 데 골몰했다. 아직 최종적으로 완성이 되지는 않았지만, 생각을 가다듬는 의미에서 지금부터 그 이야기를 풀어보도록 하겠다.

2

성상과 십자가가 곳곳에 걸린 성당의 본당 안에는 감실과 제대, 성수대, 제의실이 갖추어져 있고, 한쪽 벽에는 길쭉한 상자 두 개 모양으로 고해실이 자리 잡고 있었다. 그 고해실 안에는 신도들이 앉도록 의자가 하나 놓여 있었는데, 사실 그 의자는 보통 의자가 아니었다. 오랜 시간에 걸쳐 수많은 인간이 그 의자에 앉아 고해성사를 하면서 자기들이 저지른 온갖 악덕을 털어놓았다. 의자는 날마다 그 놀랍고 끔찍하고 추악한 이야기들을 들어야 했다. 고해를 하면서 사람들이 단순히 입만 움직였겠는가. 몸을 움찔거리고 팔다리를 떨고 더운 땀과 식은 땀을 동시에 흘리고, 눈물도 짜고 콧물도 흘리지 않았겠는가. 오랫동안 의자는 고통받는 인간들의 체취를 맡고 그들 몸에서 일어나는 경련을 느껴오던 중에, 언젠가부터 인간들의 마음과 감응하기에 이르렀다.

처음부터 그 의자가 고해실의 의자로 운명 지어진 건 아니었다. 원래는 바르셀로나의 유명한 목수가 중병을 앓으면서 혼신의 힘을 다해 제작한 마지막 작품이었다. 겉으로 보기에 단순하고 평범해 보여도, 앉아보면 균형감과 안정감이 뛰어나고 자세히 살펴보면 나무의 결과 무늬가 무척 섬세한 데다가 세부의 문양이 정교하게 처리된 아름다운 의자였다.

성격이 괴팍해서 연인도 친구도 없이 늘 혼자 지내던 목수는 무인도에 홀로 표류한 선원이 동반자를 찾아 헤매는 심정으로 의자를 만들었다. 내가 만약 로빈슨 크루소처럼 무인도에 혼자 떨어지게 되면 가장 먼저 무엇을 만들까. 그것은 의자였다. 특히 그는 어떤 특별한 사건을 겪어서 감정적인 혼란에 휩싸일 때마다 새로운 의자에 대한 아이디어가 떠오르곤 했다. 실제로 불안감이나 두려움 혹은 질투심이 생겨날 때면 거기에 맞춰 의자를 하나씩 만들면서 그런 부정적인 감정을 이겨낼 수 있었다. 하지만 이러다가 언젠가는 끝내 광기의 의자를 만들게 될 터인데, 그때는 그 광기를 결코 이겨낼 수 없을지도 모른다는 불길한 예감이 들기도 했다.

그 무렵에 만들어진 것이 바로 이 의자였다. 심한 음주벽으로 인해 간 질환이 악화되어 죽음의 공포를 느끼던 시기였는데, 다행히 이번에는 의자가 유독 그의 마음에 들었다.

그는 수시로 의자를 쓰다듬으며 이렇게 속삭였다.

"아무리 고약한 떠벌이라 해도 자기에게 진정으로 중요했던 존재에 대해서는 함구하는 법이지. 내가 좋은 의자를 많이 만들었어도 너만은 죽을 때까지 간직할 거야. 내가 너를 만들때 얼마나 큰 고통을 겪었는지 오직 너만이 알기 때문이지. 남들은 내가 사랑을 모른다고 하지만 어림도 없는 말이야."

하지만 어느 날, 그가 반벌거숭이 몸으로 술에 취해 비틀거리다가 그 의자에 털썩 주저앉았을 때, 백 킬로그램이 넘는 몸무게에 짓눌린 의자는 삐걱하는 불길한 소리를 냈다. 그것이 그가 지상에서 마지막으로 들은 소리였는데, 의자가 뒤로 벌렁 넘어지는 바람에 목수는 목이 부러져 그 자리에서 숨이 끊어져버렸다.

목수에게는 가족이 없었기 때문에, 그가 죽은 뒤 의자는 여러 사람의 손을 거치면서 가혹한 운명을 겪어야 했다. 처음에는 부유한 가구 상인의 거실 구석에서 편안하게 지냈다. 그러다가 내전이 일어나 프랑코의 군대가 모로코로부터 바르셀로나로 쳐들어왔을 때, 상인은 전쟁을 피해 달아나고, 그의 집을 점유한 시민들이 창을 통해 가구들을 길에 내던져 바리케이드를 쌓았다. 그 의자도 그 속에 들어 있었다. 부르주아의 호사품이었다가 한순간에 파시스트들에 대항하여 혁명을 완수하려는 공화주의자들의 의자가 된 것이었다.

시가전이 벌어지는 중에 의자는 폭탄을 맞거나 팔랑헤 당원들의 발길에 차여 부서지는 위기를 간신히 모면했다. 내전이 종식된 후에는 길에 버려져서 노숙자의 소유가 되었는데, 그 늙은 노숙자는 날이 어두워지면 그 의자를 길모퉁이에 놓고 그 위에서 잠들고 깨어나면서 대부분의 시간을 의자 위에서 보냈다. 그는 말버릇처럼 지상에서 오직 그 의자만이 자신의 유일한 집이라고 말하곤 했다.

어느 날, 도둑이자 사기꾼인 한 남자가 그 의자를 훔쳐내서 집안에 대대로 전하여 내려오는 보물이라고 그럴듯하게 거짓말을 보태어 어느 정치가에게 팔아버렸다. 그 정치가는 워낙 사악한 인물이라서, 그 의자를 기상천외한 용도로 사용했다. 정적들을 그 의자에 앉히고 주리를 틀며 고문하기도 하고, 심지어는 의자에 묶어놓고 뒤에서 밧줄로 목을 조여 살해하기도 했다.

3

세월이 흘러 정치가가 몰락하자, 오래전부터 그 집을 드나들던 사이비 심령술사가 몰래 의자를 빼돌려 푸른색과 노란색의 싸구려 도료로 이집트 상형문자와 흡사한 문양을 그려 넣었다. 그런 뒤에 만병통치의 신비한 능력을 가진 의자라고 선전하며, 정신이 혼란스러운 사람들을 그 위에 앉히고서 최면을 걸거나 심지어 악마 추방 의식을 벌이기도 했다. 하지만 그가 꼭 의자를 악용한 것만은 아니었다. 사실 훗날 정신의학계에서 '빈 의자 기법'이라고 부르는 것을 처음 시도한 사람이 바로 그였다. 말하자면 그는 마음의 병을 겪는 사람으로 하여금 자신에게 고통을 일으키는 대상이 빈 의자 위에 앉아 있다고 여기게 하고서 직접 화법으로 의자를 향해 말을 건네게 하거나, 반대로 환자 자신이 의자에 앉아서 눈에 보이지 않는 상대방에게 자신을 변호하게 했다. 그 결과 심령술사 자신도 예상하지 못했을 정도로 놀라운 심리 치유의 효과를 얻었으며, 그로 인해 자기도 모르게 그 방면의 선구자가 되었던 것이다.

그러나 심령술사가 원한 것은 사람들을 돕는 게 아니라 착취하는 것이었다. 그는 '빈 의자 기법'을 역으로 이용하여 환자들을 자기 손아귀에 넣으려 했다. 그러다가 결국 속셈이 드러나서 사람들에게 돌팔매질을 당한 뒤 추방되었고, 그 와중에 의자는 그를 몰아내는 데 앞장섰던 한 젊은이의 손에 들어갔다.

곧바로 의자는 그 젊은이의 스튜디오 겸 서재로 옮겨졌다. 첫눈에 의자에 마음이 끌린 그는 자기 손으로 꼼꼼하게 페인트를 벗겨내고서 그 위에 앉아 많은 글을 썼다. 그는 민주주의적 이상을 품은 열렬한 자유주의자로서, 군부가 정권을 차지하고 교회가 군사정부에 영합하는 꼴을 보고서 지독한 환멸을 느끼던 터였다. 곧 그는 장기 집권하고 있는 독재 정권에 대항하여 정의를 되찾기 위해 지하에서 저항운동을 벌이기 시작했다.

그러나 적의 세력은 요지부동이었고, 그와 뜻을 같이하던 동지들도 하나둘 곁을 떠났다. 결국 그도 자포자기 심정으로 책상에서 벗어나 방탕에 빠져들었다. 심지어 결혼식 날짜를 손꼽아 기다리던 약혼녀를 돌아보지도 않고서, 쉽게 손에 넣을 수 있는 여자들과 어울리는 것도 마다하지 않았다. 그래도 그는 의자를 곁에 두고서 늘 애용했는데, 여자들과 몸을 섞을 때 그 의자에 앉아 여자를 자기 무릎 위에 앉히는 자세를 좋아했다. 여자들로부터 그가 '단도가 꽂힌 치명적인 의자'라는 별명으로 불린 것도 그 때문이었다.

　　약혼녀가 울며 항의하면 그 젊은이는 이렇게 말하곤 했다.

　　"당신은 너무 푹신한 안락의자여서 졸음이 나올 지경이야."

　　하지만 얼마 지나지 않아 차츰 엽색 행각에도 신물이 났다. 그러던 어느 날, 문득 기발하면서도 위험한 생각이 그의 머리에 떠올랐다. 여자들과 벌거벗고 함께 놀았던 그 타락한 의자를 사그라다 파밀리아 대성당으로 가져가서 고해실에 있는 의자와 바꿔치기하겠다는 것이었다. 그렇지 않아도 대의를 저버린 교권에 복수하기 위해 오래전부터 벼르던 참이었다. 더욱이 어렸을 적부터 미사 시간에 신부들이 장황하게 설교를 늘어놓을 때면, 그는 그 시간을 견디지 못하고 의자 위에서 몸을 비틀며 고통을 겪어야 했다. 한번은 행실이 바르지 못하여 지옥에 빠진 어린아이를 주제로 길고 지루한 이야기가 펼쳐졌을 때, 자리를 박차고 밖으로 나왔다가 며칠 동안 벌을 받은 적도 있었다.

며칠 후, 그는 늦은 저녁에 의자를 들고 성당으로 들어가서 2층 구석방에 숨었다. 그러고는 사람들이 모두 떠난 뒤에 고해실로 가서, 그 안에 놓여 있던 의자를 들어내고 자신의 의자를 그 자리에 놓았다. 일을 마쳤을 때 그의 얼굴은 씁쓸한 미소로 일그러져 있었다.

그 후 청년은 어디론가 사라져버렸다. 그래도 약혼녀에게 양심의 가책을 느낀 모양인지 짤막한 편지를 한 장 남겼는데, 거기에는 이렇게 씌어져 있었다.

"이 세상에 나 말고 또 다른 내가 있다는 느낌을 떨칠 수 없어. 이 모든 거치적거리는 것들을 떨쳐버리고 나만의 삶을 살아보고 싶어. 남들처럼 더 나은 의자를 차지하기 위해 서로 경쟁하며 이 의자에서 저 의자 위로 곡예를 부리며 옮겨 다니고 싶지는 않아. 새로운 의자들을 만나야지. 그래서 언젠가는 나만의 의자를 찾아야지. 당신도 마찬가지야. 당신도 당신에게 맞는 의자를 만나기를 간절히 바라는 마음이야. 당신은 좋은 사람이야. 모르는 사람들로부터도 사랑받을 만한 사람이야. 만인을 편하게 해주는 의자처럼 말이야. 그런 의미에서, 끝으로 한 가지 부탁이 있어. 이 편지를 내 마지막 편지, 아니 내 유서로 읽어주면 고맙겠어."

편지 쓰기를 마쳤을 때, 그는 약혼녀에게 마음 깊이 죄책감

을 느꼈다. 하지만 그와 동시에 장차 자신이 앉게 될 새로운 의
자들에 대하여 불안하면서도 가슴 떨리는 기대감으로 마음이
설레는 것을 어쩔 수 없었다.

여기서 잠시 여담을 하자면, 이 의자를 중세시대부터 여러
성당의 고해실을 지키던 의자로 설정하여, 시간적 배경을 더
오랜 세월로 확장하는 것도 흥미롭지 않을까 싶다. 그런 이야
기 틀에서라면 아마도 기독교와 이슬람 사이의 갈등이나 악명
을 떨치던 종교재판소와 관련된 일화들도 다룰 수 있을 것이
다. 그러나 적어도 이 자리에서는 대략 4반세기가량의 시간대
에 만족하기로 한다.

4

그 후 10여 년이 지난 어느 날, 늙지도 젊지도 않은 한 여자
가 고해실로 들어와 의자에 앉았다. 이야기는 이제부터 본격
적으로 시작되는 셈이다. 그녀는 신부가 없는 저녁 시간을 택
해 고해실을 찾았는데, 고해를 하려는 게 아니었다. 그보다는
남들의 눈에 띄지 않는 곳에 편히 앉아서 잠시 쉬고 싶을 따름
이었다. 이제는 나이가 들어서, 방금 전에 탑 위로 통하는 높은
계단을 오르내린 뒤 완전히 지쳐버린 터였다.

그런데 마치 의자에 처음 앉아보는 것처럼, 혹은 포도를 한

번도 먹어보지 못한 사람이 방금 포도알을 입에 넣은 것처럼
어딘가 낯설고 어색한 기분이 들었다. 이윽고 의자에 앉아 잠
시 졸고 났을 때 그녀는 다시금 뭔가 이상하고 거북하다는 느
낌이 들었다. 그제야 마음을 가라앉히고 찬찬히 주위를 살피
다가, 문득 자기가 앉아 있는 의자가 오래전에 떠나버린 옛 애
인의 의자임을 알아보았다. 그의 집에 들를 때 자주 보았기에
틀림없었다. 그의 방에서 그 의자를 대할 때마다 그녀는 가슴
이 아팠다. 그가 자기 몰래 그 의자 위에서 어울렸을 여자들의
모습이 눈앞에 떠올랐기 때문이었다. 순간 그녀는 불에 덴 듯
엉덩이에 화끈한 기운을 느끼고서 벌떡 일어서려 했다. 그러
나 마치 사지가 돌덩어리로 변한 것처럼 무거워서 꼼짝도 할
수 없었다.

그녀는 바르셀로나 시청에 소속된 관광 안내원으로 일하
고 있던 터라 관광객들과 함께 세계적으로 유명한 이 성당을
방문할 기회가 수도 없이 많았다. 하지만 애인이 종적을 감춘
뒤로 고해실에는 영영 발길을 끊었다. 그 전에는 애인의 마음
을 되돌리기 위해 수시로 기도를 올렸고 고해도 게을리하지
않았지만, 결국 애인을 잃고서 신에 대한 믿음도 함께 잃은 것
이었다.

실로 오랜만에 다시 들어온 고해실에서 옛 애인의 의자와
만나고 보니, 놀란 마음을 쉽게 가라앉힐 수 없었다. 처음에 여
자는 이토록 성스러운 곳에 저런 음란한 의자가 놓여 있는 건

신성모독이라 여겼다. 옛 애인이 다시 한번 고약한 장난을 치고 있다는 생각이 들어서 환멸감에 몸을 떨었다. 하지만 그녀의 몸은 여전히 의자에 들러붙어 떨어지지 않았다. 시간이 지나면서 그녀의 가슴속에 차츰 애틋한 감정이 차올랐다. 눈에 고인 눈물을 훔치고 났을 때는, 의자를 다시 만난 것이 반갑고 고맙기까지 했다. 의자가 아니라 악마의 손바닥 위에 올라앉은 듯 잔뜩 긴장되었던 살과 뼈도 점차 부드럽게 풀어졌다.

5

그날 이후로 그녀는 거의 매일 고해실을 찾았다. 물론 고해하기 위해서가 아니라 그 의자에 앉기 위해서였다. 애인이 떠난 뒤로 그녀의 마음속에 빈 의자 하나가 덩그러니 놓였는데, 고해실의 그 의자에 앉으면 마치 마음속의 그 빈 의자에 앉는 듯한 느낌이었다. 어렸을 적에 특히 아끼던 의자가 있어서 기쁠 때든 슬플 때든 감정이 복받치면 언제든 그리로 달려가 올라앉아서 가슴을 진정시키곤 했는데, 그 의자를 되찾았다는 느낌이 들기도 했다.

사실 지난날을 생각하면 여전히 자기도 모르게 땅이 꺼지도록 한숨이 흘러나오곤 했다. 하지만 지금까지 질투와 분노와 상심으로 가득 차 있던 그녀의 가슴속에서 이제는 솔직하고 진실된 말이 우러나왔다. 그때마다 그녀는 이렇게 중얼거렸다.

"아, 이제 나는 내 고백을 부끄러워하지 않는구나."

고해실 벽에는 성화가 걸려 있었는데, 라파엘로가 그린 "작은 의자 위에 앉은 성모"라는 제목의 그림이었다. 그림 속에서는 성모가 아기 예수를 안고 있고, 그 옆에서 세례 요한이 어머니와 아들을 바라보고 있었다. 그러나 의자는 보이지 않고, 다만 성모가 의자 위에 앉아 있다는 것을 짐작할 수 있을 뿐이었다. 그녀는 그 그림을 볼 때마다 눈에 보이지 않는 작은 의자를 눈앞에 그려보곤 했고, 그러다 보면 저절로 마음이 차분히 가라앉았다.

그녀는 첫날처럼 간혹 그 의자 위에 앉은 채 잠이 들기도 했다. 그러던 어느 날, 특별한 경험이 그녀를 뒤흔들었다. 고해실에 들어가 막 의자에 앉았을 때, 낮 시간 동안 거기에 앉았던 사람들의 미지근한 체온이 엉덩이를 통해 유난히 생생하게 그녀의 몸에 전달되었다. 그리고 그 미지근한 기운이 그녀와 의자를 하나로 연결해주었다. 의자로부터 환청 같은 것이 들려오면서, 의자가 겪고 있는 고통이 그녀에게 놀랍도록 실감나게 감지되었던 것이다. 그녀는 자기도 모르게 벌떡 일어섰다가, 다리에 맥이 풀려 털썩 주저앉았다.

이제 그녀는 알 수 있었다. 그녀만큼이나 의자도 고통과 번민을 겪고 있었다. 고해실에 자리를 잡게 된 후로 의자는 과거 어느 때보다도 어려운 상황에 처해 있었다. 날마다 수많은 인간이 그 의자 위에 앉아 고해성사를 하면서 온갖 놀랍고 끔찍하고 추악하고 가련한 이야기를 털어놓았다. 게다가 그들의 고백 속에는 거짓과 위선, 무지와 편견이 깊이 배어 있었다. 고해를 하면서 인간들은 죄의식으로 인한 자책감과 단죄의 공포와 참회의 기쁨에 울고 웃었다. 의자는 인간들이 자기 위에 앉아 울먹이며 털어놓는 말을 끊임없이 들으며 매 순간 더할 나위 없이 강한 연민에 사로잡혔다. 비록 그녀는 아무 말도 하지 않았지만, 의자는 그녀에게도 연민을 느끼고 있는 게 분명했다. 그녀도 그런 의자에게 어쩔 수 없이 연민을 느꼈다. 그녀와 의자는 서로에게 느끼는 가슴 저미는 연민을 통해 하나가 되었다.

그 후로 그녀는 그 의자 위에 앉을 때마다 어김없이 혼곤하게 깊은 잠 속으로 빠져들었다. 그 잠은 그녀가 의자와 하나가 되는 이를테면 신성한 순간이었다. 그 특별한 잠은 그녀에게 기이한 능력을 부여했다. 의자에 묻어 있는 냄새나 체온이나 얼룩 같은 것을 감지해내어, 그 의자에 앉았던 사람들의 다양한 사연을 간파할 수 있게 된 것이다.

어느 날 저녁, 그녀는 의자 위에 조용히 눈을 감고 앉아서 옛 애인에 대한 깊은 상념에 빠져들었다. 며칠 전에 그녀는 시내의 한 찻집에서 애인의 여동생과 우연히 마주쳤다. 애인의 여동생은 그녀에게 깊이 호감을 가졌던 터라, 두 사람이 파경을 맞은 데 대해 지금도 안타까움을 느끼고 있었다. 그녀가 들려준 말에 따르면, 그녀의 애인은 바닷가의 한 도시에서 수입상으로 일하다가 사기꾼들의 농간에 걸려들고 몇 가지 악재도 겹친 나머지 중년의 나이에 빈털터리가 되어 이리저리 떠돌아다니는 중이었다.

그녀는 혼몽한 상태에서 의자의 도움을 받아 의자가 기억하는 애인의 체온과 체취를 되살려냈다. 그러자 그가 한 초라한 골방에서 작은 골풀 의자 위에 앉아 시름에 잠겨 있는 환영이 그녀의 눈앞에 떠올랐다. 그녀는 그가 고향으로 돌아오고 싶지만 그럴 엄두를 내지 못하고 있다는 것도 알았다. 이제 그는 자신의 행동을 돌아보면서, 비로소 사람 사이에 진실된 감정이 무엇인지 조금씩 깨달아가는 중이었다. 의자를 통해 그의 마음을 느낀 그녀는 그 모든 것을 알 수 있었다. 그 후로 그녀가 그 의자에 앉아 애인을 떠올리는 것은 곧 애인을 위한 묵상이자 기도의 행위가 되었다.

6

이쯤에서 우리는 또 한 사람의 중요한 인물을 등장시켜보기로 한다. 고해를 하지 않으면서도 날마다 고해실을 찾는 사람이 또 하나 있었는데, 나이가 일흔이 넘은 고집스럽고 괴팍

한 화가였다. 늘 그 화가는 요크셔테리어와 몰티즈의 혈통이 섞인 개 한 마리를 데리고 다녔는데, 이름이 알토였다. 5년 전에 그는 건축가이자 디자이너인 알바 알토가 만든 흔들의자를 하나 구입했다. 합판을 구부려 제작한, 단순하면서도 유연한 외관의 그 흔들의자가 너무도 마음에 든 나머지, 친척으로부터 개 한 마리를 선물 받았을 때 그 개에게도 디자이너의 이름을 붙인 것이었다.

요즘 화가는 성당 측의 특별 허가를 받아 시간에 구애받지 않고 자유롭게 드나들면서 성당 구석구석을 화폭에 옮기고 있었다. 성당을 관리하는 젊은 신부들은 신도들의 관심을 되살리는 한편 재정난도 타개하기 위한 일환으로 조만간 그 그림들을 모아 화첩을 출간할 계획이었다.

어느 날, 화가는 무심코 고해실을 들여다보다가 단아하고 섬세하면서도 기품 있는 의자를 발견했다. 그 순간 강한 영감으로 그의 머릿속이 뜨겁게 달아올랐다. 뭐랄까, 처음 보았을 때, 경건한 수도승이 무릎을 꿇고 두 손을 들어 올려 기도하는 모습이 눈앞에 떠올랐던 것이다. 화가는 자신의 영혼이 앉을 곳, 자기 영혼을 위한 의자를 보았다고 믿었다.

사실 그는 의자라면 진절머리가 났다. 그의 아내는 오랜 투병 끝에 3년 전에 숨을 거두었는데, 임종을 맞이하기 전까지 거의 2년 내내 침대와 휠체어와 흔들의자를 전전하며 힘겨운 시간을 보내야 했다. 사랑하는 아내가 의자를 벗어나지 못하

고해하는 의자

는 모습을 지켜보며 그는 가슴이 찢어지는 듯했다. 마치 의자가 아내를 감옥처럼 가두고 있다는 느낌도 받았다. 알바 알토가 만든 흔들의자가 마음에 들어서 아내에게 선물했고, 강아지에게 알토라는 이름도 붙였고, 아내도 의자와 강아지를 제 몸처럼 여겼지만, 결국 아내는 회복되지 못했다. 그 때문에 아내가 죽은 후로 그는 어떤 의자에도 편히 앉아 있을 수가 없었다. 이 세상의 모든 의자가 사람이 한번 앉으면 결코 놓아주지 않는 덫처럼 보인 탓이었다.

그러나 이 의자는 달랐다. 가만히 보고 있으면 건강한 모습으로 환생한 아내를 대하고 있는 것 같았다. 알토도 그 의자를 보자마자 그 위로 얼른 뛰어올라 몸을 둥글게 말고 주저앉았다. 알토는 거동이 어려운 아내를 늘 곁에서 지켰다. 흔들의자에 앉아 있는 그녀의 무릎이 알토의 잠자리였다. 화가가 그랬듯이, 알토도 그 의자를 보고서 아내의 존재를 느낀 게 분명했다. 의자에 앉아 있는 알토를 보고 있으니, 아내가 알토를 품에 안고 있는 광경이 저절로 되살아났다.

그 후로 노화가는 고해 시간을 피해 의자를 꺼내어 이곳저곳에 옮겨놓고 그 위에 알토를 앉혀놓고서 그림을 그리기 시작했다. 알토가 아내의 모습을 대신해주었다. 성당 여러 곳이 배경이 되었는데, 그림이 끝나기도 전에 알토가 의자에서 내려오려고 조바심을 치면 화가는 이렇게 말하곤 했다.

"의자처럼 가만히 있어라."

그러면 알토는 정말 다시 얌전해져서 점잖게 포즈를 취하는 것이었다. 이제 화가는 이 세상 모든 의자에 대해 특별한 감정을 느낄 수 있었다. 어떤 의자에든 강하게 이끌렸고, 간혹 거부감을 느끼기도 했지만, 하나하나 자세히 살펴보면 모두가 인간만큼이나 생생하게 살아 있는 귀한 생명체처럼 보였다.

7

이제 초로의 나이가 된 여인은 계속된 묵상과 기도를 통해 점점 더 분명하게 애인의 모습을 눈앞에 그릴 수 있었다. 그는 아무도 앉지 않는 낡고 부실한 의자를 연상시켰다. 몸이 의자처럼 뻣뻣하게 마비된 것처럼 보이기도 했다. 실제로 몸에 활력이 사라져 움직임이 둔하고 등이 굽고 상체가 앞으로 꺾인 모습이 점차 의자를 닮아갔다. 그는 낯선 땅에서 낯선 의자들 위를 전전하느라 심신이 피폐해져 있었다. 마침내 그녀는 마음을 정하고서, 그의 여동생이 알려준 주소로 편지를 썼다. 이제 그만 돌아오라고, 자기는 늘 변치 않는 의자처럼 당신이 돌아오기만을 기다리고 있다는 내용이었다.

"저승에는 망각의 강 레테를 건너고도 이승의 일을 잊지 못하는 자들을 위해 망각의 의자가 마련되어 있다고 하지요. '앉으면 절대 못 일어나는 그 망각의 의자'에 한번 앉으면 모든 것을 잊어버린다고 해요. 신화에서 테세우스가 오래전에 죽은 그리스의 미녀 헬레네와 저승의 신 하데스의 아내 페르세포네를 납치하러 갔다가 하데스의 계략에 걸려, 그 의자에 앉아버렸다지요. 당신이 바로 그 무모한 테세우스지요. 하지만 헤라클레스가 저승을 지키는 개 케르베로스를 잡으러 왔다가 테세우스에게 도움을 주었어요. 이 편지가 당신에게 헤라클레스와 같은 바로 그런 힘을 주리라 나는 믿어요. 비록 헤라클레스가 완력을 써서 억지로 일으키려 하다가 테세우스의 엉덩이 살이 뜯겨나갔다고는 하지만 말이지요. 그만한 고통은 참을 수 있겠지요?

나도 당신에게 솔직히 내 마음을 밝히고 싶어요. 그 시절에 왜 나는 좀더 적극적으로 당신 앞에 나서지 못했을까요. 지금 이토록 회한에 빠질 것을 왜 당신 탓만 했을까요. 이제 나는 오만과 허영심으로 세상을 어지럽힌 카시오페이아의 심정이에요. 카시오페이아는 자기 딸 안드로메다의 미모가 신들보다 낫다고 뽐내다가 안드로메다의 생명을 위태롭게 하지요. 그래도 다행히 카시오페이아는 죽은 뒤에 하늘로 올라가 별자리가 되지만, 신들의 벌을 받아 겸손함을 배우라는 의미로 지금도 거꾸로 매달린 의자에 앉아 있지요. 내 오만과 허영심이 우리 사이를 갈라놓았음을 이제 나는 알아요. 그러니 이제 당신을 다시 찾을 수 있다면, 그날이 올 때까지 허공에 거꾸로 앉아 있는 것도 참을 수 있답니다."

편지를 쓰는 동안, 펜촉이 잉크병 바닥을 긁는 소리가 그녀의 귀에는 마치 의자 다리들이 거친 바닥에 끌리는 듯한 소리처럼 들렸다. 그 소리는 한편으로는 귀에 거슬렸지만, 다른 한편으로는 애인이 앉아 있는 의자가 자기 쪽으로 끌어당겨지는 소리처럼 들려서 그녀의 마음을 들뜨게 했다.

그러나 편지는 열흘 후에 반송되었다. 그가 편지를 받지 못한 이유는 이미 항구 도시를 떠나 고향으로 돌아오는 길이었던 탓이었다. 그녀가 반송된 편지를 받아 든 날, 그도 편지의 뒤를 따라 저녁 무렵에 고향에 도착했다.

한때 그는 의자 춤을 추는 스트립 댄서에게 홀린 적이 있었다. 온몸이 흑단처럼 새카만 아프리카 여자였는데, 그 대가로 재산의 상당 부분을 날렸다. 그 바람에 암흑가의 사람들로부터 사채를 얻었다가 이자를 갚지 못하여 그들에게 끌려가 의자 하나 달랑 놓인 방에 사흘 동안 갇히기도 했다.

그 방에서 풀려난 후 병에 걸려 사경을 헤매던 어느 날, 새벽녘에 꿈을 꾸었다. 꿈속에서 그는 수십 개의 의자들 앞에 맨발로 세워져 있었다. 그는 그것이 빈 의자들의 법정임을 알았다. 그곳에서 그는 평생 자신의 의자 하나 갖지 못한 사내, 평생을 쫓기고 서성여야 했던 사내, 그러다가 우연히 어느 의자에 앉으면 쉽게 일어서지 못하는 무지하고 무모한 사내였다. 저 뒤쪽에 누군가가 앉아 있는 것 같은데 의자들에 가려져서 보이지 않았다. 눈에는 보이지 않지만, 그 의자들 위에는 지금까지 그가 만난 모든 사람이 앉아 있는 게 분명했다.

　그때 어디선가, 마치 의자에서 흘러나오는 듯한 소리가 들려왔다.

　"나는 당신이 왜 그런 행동을 하는지 알고 있어. 내가 당신과의 약속을 어겼다고 그러는 거지."

　"약속이라니? 대체 누가 무슨 약속을 어겼다는 거야?"

　"사랑하는 사람들 사이에 약속은 운명과 같은 거야."

　"나한테 내 운명은 나의 기질이야. 나는 내 기질을 사랑해. 단지 그뿐이야."

　말을 마친 순간, 그는 억 하고 비명을 지르며 바닥에 쓰러졌다. 일어나 앉으려 했지만 몸이 비틀려서 사지를 제대로 움직일 수 없었다. 마치 아래쪽으로 다리 두 개가 더 생겨나서, 의자 형태로 기형이 되어버린 것 같았다. 게다가 어찌 된 일인지 방금 전에 앉아 있던 의자가 저만치 멀어져 있었다. 그는 그 의자를 향해 기어갔다. 반드시 저 의자에 다시 올라앉아야만 살아남을 수 있을 것 같았다. 그 의자에만 앉으면 무한히 평안해지고, 무엇이든 할 수 있을 것 같았다.

　그러나 가까이 다가가자 의자는 다시 뒤쪽으로 저만치 물러났다. 잠시 시야에서 사라졌다가 다른 쪽에서 나타나기도 했다. 그때마다 그는 이리저리 두리번거리며 어렵사리 의자를 찾아내고 다시 그쪽으로 엉금엉금 기어갔다. 하지만 의자는 또 멀어지면서 결코 그의 손에 잡히지 않았다. 절망감이 그의 이마에 땀으로 배어났다. 다시금 막 의자를 향해 손을 내뻗던 그는 그 의자가 바로 고향에 두고 온 자신의 의자임을 깨달았다. 그러자 옛 애인의 환영이 의자 위에서 어른거렸다.

결국 탈진하고 만 그는 차가운 타일 바닥 위에 누운 채 잠이 들었다가 새벽녘에야 깨어났다. 사실 지금까지 그는 한 번도 성당에서 고해를 한 적이 없었다. 막연하게나마 고해가 자칫 자기 자신에게 가하는 폭력이 될 수 있다고 믿고 있었다. 하지만 이제는 그가 하는 모든 생각과 온갖 혼잣말이 고해와 자백을 닮아 있었다.

다음 날 아침, 그는 짐을 꾸려 항구 도시를 떠났다. 저녁 무렵 바르셀로나에 발을 들여놓자마자 가장 먼저 사그라다 파밀리아 대성당을 찾았다. 고해실로 가서 문을 열었을 때, 그는 깜짝 놀랐다. 그의 옛 애인이 고된 하루의 일과를 마치고 고해실에 앉아 잠들어 있었던 것이다. 그는 이러지도 저러지도 못한 채 한동안 망설이다가 신부가 앉는 자리로 들어갔다. 그곳에서 칸막이의 뚫린 구멍을 통해 오랫동안 그녀를 지켜보았다. 고해실 안은 후텁지근했지만, 그녀는 편안해 보였다. 하지만 끝내 그녀 앞에 나설 수 없었다. 아직 마음의 준비가 되지 않은 탓이었다. 그는 그녀를 깨우지 않으려고 애쓰며 조용히 그 자리를 떠났다.

지금 여자는 그 어느 때보다도 절박한 심정이었다. 그녀의 손에는 되돌아온 편지가 쥐어 있었다. 어렵게 용기를 내어 연락을 취했지만, 그의 행방이 묘연하다는 사실을 확인했을 뿐이었다. 그에게 뭔가 나쁜 일이 생긴 게 틀림없었다. 평소처럼 고해실에서 잠들었다가 언뜻 잠에서 깨어났을 때, 그녀는 다시금 신성한 잠으로부터 놀라운 계시를 받았다. 의자를 불에 태우면, 그 속에 깃들어 있는 애인의 액운도 함께 타 없어져서 조만간 그가 돌아오리라는 것이었다. 처음에 그녀는 고개를 설레설레 저었다. 성당 안에서 의자를 불태운다는 것은 생각만 해도 몸이 떨릴 정도로 두려운 일이었다. 아무리 애인을 위해서라도 차마 그럴 수는 없는 노릇이었다.

그러나 다음 순간, 어쩌면 그것이 의자를 위해서도 좋은 일일지 모른다는 생각이 들었다. 의자를 이제 그만 인간들 내면에 깃들어 있는 지옥으로부터 자유롭게 해주고 싶었다. 의자를 불태우는 것은 저주받은 운명을 풀어주는 길이었다. 마침내 의자에게 느껴온 연민을 실천에 옮길 때가 다가온 것이었다.

그녀는 기도실에서 반쯤 탄 양초 두 개와 성냥을 챙긴 뒤 의자를 들고 2층의 한 구석방으로 올라갔다. 오랫동안 관광 안내원으로 일했던 터라 성당 구석구석 모르는 곳이 없었다. 그곳은 한때 가족 전용 기도실로 사용되던 작은 방이었는데, 오래전부터 잡동사니를 넣어두는 공간으로 방치되어 있었다. 그녀는 스테인드글라스 방향으로 의자를 놓은 뒤, 무릎을 꿇고 이마를 의자 다리에 대고서 입술을 달싹이며 기도를 올렸다. 오랜 기도를 마친 뒤 촛불 두 개를 켜서 의자 위에 올려놓고 밖으로 나왔다.

8

이 대목에서 화가가 다시 등장한다. 그날 저녁 화가는 일찌감치 저녁 식사를 하고서 알토와 함께 거리를 산책하는 중이었다. 그는 성당 앞에 이르러 잠시 걸음을 멈추고서, 가고일이라고 불리는, 본당 건물의 홈통 주둥이로 쓰이는 괴물 석상을 올려다보았다. 커다란 날개와 긴 꼬리가 달리고 턱이 뾰족한 가고일도 두 손으로 턱을 괴고 그를 내려다보았다.

문득 붉게 물든 아름다운 석양을 배경으로 의자를 그리고 싶은 충동이 그를 사로잡았다. 그는 얼른 성당 안으로 들어가서 사물함에 넣어둔 화구를 챙겨 들고 고해실로 갔다. 하지만 어찌 된 일인지 고해실에 의자가 없었다. 그가 황망한 마음으로 의자를 찾아 이리저리 돌아다니다가 탑으로 통하는 계단을 올라갔을 때 2층의 한 구석방 문틈으로 불빛이 새어 나오는 것을 보았다. 문을 열자, 방 한가운데에서 시작된 불길이 벽에 걸린 장식 융단에 막 옮겨붙고 있었다. 실내는 이미 매캐한 연기로 가득 차 있었다.

여자는 의자만 타고 불이 꺼질 줄 알았는데, 바닥에 깔려 있는 실이나 지푸라기 같은 것에 불길이 번진 것이었다. 화가는 장식 융단을 벽에서 뜯어내어 발로 밟아 불을 껐다. 하마터면 성당의 동쪽 날개가 큰 피해를 입을 뻔했다. 화가는 자기가 찾던 의자가 다리 네 개만 덩그러니 남긴 채 거의 타버린 것을 보았다. 하지만 바로 그 모습이 그에게 그 어느 때보다도 강한 영감을 불러일으켰다. 그는 우선 창문을 열고 환기를 시켰다. 그런 뒤에 전등을 켜는 대신 촛불을 켜놓고 그 자리에 주저앉아 불에 약간 그슬린 스테인드글라스를 배경으로 불에 탄 의자를 그리기 시작했다. 새벽이 올 때까지 알토가 내내 그 곁을 지켰다.

9

집으로 돌아온 여자는 늦게까지 잠 못 이루다가 새벽녘에 선잠이 들었다. 그러나 이내 다시 깨어나 벌떡 일어나 앉았다. 그제야 자신이 잠시 정신이 나간 나머지 위험하기 짝이 없는 짓을 저질렀다는 생각이 들었다. 서둘러 겉옷을 챙겨 입고 다시 성당으로 달려갔다. 신도들을 위한 출입문이 잠겨 있을 터여서 그녀만이 아는 쪽문을 통해 안으로 들어갔다. 2층으로 올라가기 위해 본당을 가로지르다가 문득 이상한 느낌이 들었다. 이 늦은 시각에 분명 고해실 안에 누군가가 앉아 있는 것 같았다.

　그녀는 천천히 고해실 앞으로 다가갔다. 고해실 안에서는 아무런 기척도 없었다. 조심스레 문을 열고 안을 들여다보자, 한 늙수그레한 남자가 앉아 잠들어 있었다. 그는 바싹 여윈 팔다리가 뻣뻣하게 굳어 보여서 영락없이 아무도 앉지 않는 낡고 부실한 의자를 연상시켰다. 그런데 그 의자의 형상이야말로 그녀가 묵상 중에 자주 보았던 옛 애인의 모습이었다.

　고해실 안에는 새 의자가 놓여 있었고, 애인은 그 위에 앉아 있었다. 가만히 보니 예전에 그녀가 젊은 시절에 고해실을 찾을 때면 앉던 하얗고 투박한 의자였다. 그녀의 애인이 원래의 의자를 제자리에 돌려놓은 것이었다. 아마도 10여 년 전에 몰래 고해실로 숨어들어 의자를 바꿔치기했을 때, 오래전부터 고해실을 지키던 그 의자를 어딘가 구석진 곳에 숨겨놓았던 게 분명했다. 훗날 좋은 시절이 오면 다시 의자들을 바꿔놓을 생각이었는지도 몰랐다.

　그녀는 돌아온 애인을 오랫동안 조용히 내려다보았다. 그의 얼굴에는 피곤한 기색이 역력했지만 표정은 평화로웠다. 생각 같아서는 신부님 자리로 들어가 구멍 뚫린 칸막이를 사이에 두고 앉아서 그가 깨어나기를 기다리고 싶었다. 그러나 지금 그녀에게는 해야 할 일이 있었다. 그리고 그 일을 그와 함께하고 싶었다. 그녀는 어깨를 가볍게 흔들어 그를 깨웠다. 그는 깜짝 놀란 기색이었지만, 곧 그녀가 이끄는 대로 몸을 맡겼다. 그들 사이에는 한마디 말도 오가지 않았다. 말이 필요 없었다. 두 사람은 서로 손을 잡고 서둘러 2층 구석방으로 올라갔다.

그곳에는 노화가가 그림을 완성하고서 불에 타다 만 장식 융단 자락 위에 누워 잠들어 있었다. 다리 네 개만 덩그러니 남은 불에 탄 의자가 그들의 눈에 들어왔다. 창문이 반쯤 열려 있었지만 여전히 매캐한 냄새가 코를 찔렀다. 알토가 깨어나서 꼬리를 흔들며 그들을 맞았다. 그들은 화가가 그린 그림을 들여다보았다.

그림 속의 의자는 사그라지는 불길 속에서 굳건히 네 다리로 버티고 서 있었다. 그 모습은 지극히 인간적이면서도, 몸을 반으로 접어 깊은 사유 속으로 빠져드는, 마치 죽음의 순간에 체념과 수긍의 미소를 짓는 순교자를 연상시켰다. 그 장엄한 광경 앞에서 두 사람은 무릎을 꿇었다. 의자가 스스로 고통받으며 고통받는 사람들을 인도하고 있었다. 그녀는 의자가 그러했듯이 앞으로 자신도 영혼의 관광 안내원이 되기로 다짐했다. 그렇게 그녀는 고해실의 의자와 다시 하나가 되었다. 그녀와 더불어 남자 역시 비로소 이 세상 모든 의자와 화해를 이루어 그 자신도 진정으로 하나의 의자가 될 수 있다는 생각으로 가슴이 벅차올랐다.

10

아직 이야기는 끝나지 않았다. 그날 그 방 안에 있던 세 사람이 전혀 모르는 사실이 있었다. 그건 촛불이 의자를 태운 게 아니라는 사실이었다. 심지가 촛농에 파묻혀 막 불이 꺼지려 할 때, 의자 스스로 불길을 끌어들여 제 몸을 태웠던 것이다.

그동안 의자는 마음고생이 심했다. 처음에는 타락하고 부도덕한 인간들을 부끄러워하기도 했다. 의자는 바리케이드 위에서 총알받이가 되기도 했다. 노숙자를 자기 위에 앉히고 길에서 눈비를 맞으며 세상 구경, 인간 구경을 하기도 했다. 도둑질을 당해 정치가의 손에 들어가 살인과 고문의 가증스러운 도구가 되기도 했다. 심령술사의 의자가 되었을 때는 혹세무민의 앞잡이가 된 기분이었다. 그런가 하면 음탕한 성적 방종의 무대가 되어 하루에도 몇 번이나 낯을 붉힌 적도 있었다.

그러다가 고해실의 의자가 되었을 때, 마침내 다다를 곳에 이르렀다는 느낌이 들었다. 인간들이 자기 위에 앉아서 죄인처럼 몸을 웅크릴 때, 의자는 그들이 하는 말 한마디 한마디에 가슴 아프게 공감했다. 그럴 때면 자신이 의자인지 인간인지 모를 지경이었다.

그래도 그동안 두 가지 위안이 있었다. 하나는 볼품없이 넉넉하게 살이 찐 중년 여인과의 만남이었다. 애인을 잃고 오랜 고독 속에서 홀로 살아가는 그 여인의 외롭고도 단순한 마음은 의자의 마음도 달래주었다. 그녀가 앉으면 의자는 마치 휴식을 얻는 기분이었다.

또 한 가지 위안은 노화가가 그리는 그림이었다. 날마다 조금씩 작업이 진행되는 그의 그림 속에서 의자의 모습은 연약하면서도 성스러웠다.

그 덕분에 지금까지 의자는 인간들이 자기들의 죄를 털어놓는 이야기를 들으면서 망가지고 부서진 의자들 같은 그들과 고통을 공유하고 병도 함께 앓아줄 수 있었다. 나중에는 인간들이 보다 진실한 고해를 할 수 있도록 도와주기도 했다. 하지만 이제 의자는 영원한 휴식에 대한 열망을 느끼고 있었다. 그녀에게 의자를 불태우라는 계시를 내린 것도 의자 자신이었다. 의자는 조만간 그녀의 애인이 돌아오리라는 것을 알고 있었다.

하지만 이 속된 인간 세상을 그저 떠나려는 건 아니었다. 지금까지 고해실에서 들어온 인간들의 모든 죄를 끌어안고, 그 온갖 기억을 자기 속에 봉인한 채 한 줌의 재로 변하려는 것이었다. 그리하여 새 의자가 자기 자리를 대신하여 새로운 역사가 열리게 하려는 것이었다. 말하자면 스스로 다비식을 하는 것, 그것이 의자의 마지막 선택이었다.

양초가 다 타버리고 심지에 남아 있던 불꽃이 바닥에 깔린 촛농을 타고서 푸르스름한 빛을 띠며 넓게 번져나갔다. 의자는 꺼져가는 불씨 위로 인간의 죄에 대한 모든 기억을 몇 줌의 마른 지푸라기처럼 흩뿌렸다. 곧 불똥이 튀어 오르면서 불길이 되살아났다. 이윽고 등받이부터 서서히 불에 타들어가는 동안, 의자는 자신의 몸이 조금씩 사라지면서 화가의 그림 속으로 옮겨지는 것을 느꼈다. 화가의 그림이 완성되었을 때, 그림 속의 의자는 사그라지는 불길 속에서 굳건히 네 다리로 버티고 서 있었다. 죽음의 순간에 체념과 수긍의 미소를 짓는 순교자의 모습이었다.

의자는 그림 속 의자의 눈으로 방 안의 살아 있는 존재들을 물끄러미 바라보았다. 자기 앞에 무릎 꿇은 두 남녀, 죽은 듯이 잠들어 있는 노화가, 그리고 알토라는 이름의 개 한 마리, 의자는 네 개의 다리와도 같은 그들에게서 사랑스럽고 성스러운 사그라다 파밀리아, 성가족의 모습을 보았다.

변신

—사랑의 알레고리 2

1

내가 그녀를 처음 만났을 때, 그녀의 나이는 열한 살이었
고, 나는 열아홉 살이었다. 북한강 변의 한 도시에서 고등학교
를 졸업한 뒤에 나는 대학을 다니기 위해 서울로 상경하여 하
숙을 했다. 당시에 국민학생이었던 그녀는 하숙집 주인 부부
의 딸이었고, 이름은 유유희였다. 하숙집은 이제는 복개되어
사라져버린 개천 옆의 작은 한옥이었는데, 주인 남자는 구청
의 말단 공무원으로 다소 말이 거칠기는 해도 심성은 수더분
한 사람이었다. 거기에 비해 그의 아내는 말수는 적지만 행동
이 재바르고 눈치가 빠른 여자였다. 더욱이 얼굴이 갸름하고

이목구비가 뚜렷한 데다가 몸매가 날씬했다.

유희도 엄마의 외모를 그대로 닮았는데, 어린 나이에 이미 체형이 어른처럼 잘 갖춰져 있다는 인상을 주었다. 하지만 당연히 나는 그 소녀에게 전혀 관심이 없었다. 유난히 조숙해 보이고 호기심이 남달라서 처음 만났을 때부터 다소 성가시게 여겨졌을 뿐만 아니라, 주관이 강하고 거기에 관찰력도 날카로워서 영 다루기가 까다로웠다. 더욱이 세 명의 하숙생 중에 유독 나에게 사사건건 예민하게 신경을 곤두세워서, 때로는 나를 감시한다는 생각이 들기까지 했다.

나는 달리 어쩔 수도 없어서 그 아이의 눈길과 말과 행동을 아예 무시해버리는 것으로 일관했다. 그러면서도 마음 한편으로는 문득문득 이런 생각이 들어 혼자 쓴웃음을 짓곤 했다. 어쩌면 훗날 그 아이가 나를 자신의 첫사랑이라고 남들에게 말할지도 모른다고, 어렸을 적에 집에서 하숙생을 받았는데, 그때 한 대학생을 짝사랑했었다고, 나이 차이 때문에 둘 사이에는 아무 일도 없었지만, 그때 분명 남들이 사랑이라고 부르는 감정을 처음 경험했다고, 그리고 비록 겉으로 내색하지는 않았어도 그 사람 역시 분명 지금도 간간이 자기 생각을 하고 있을 것이라고.

그 시절에 나야말로 사랑의 번민으로 마음을 삭이고 있었다. 사랑이 무엇인지도 모르는 상태에서 사랑의 감정에 갈급했고, 그 미지의 감정을 얻지 못하면 삶은 너무도 공허하다는 생각을 떨칠 수 없었다. 물론 적잖이 방황을 하던 중에 간혹 강한 열병에 사로잡히기도 했다. 하지만 그때마다 그것을 첫사랑이라고 부르기에는 어딘지 함량이 부족하다는 것을 절감했다. 한마디로, 실체를 감추고서 매번 모습을 바꾸며 새로운 외양으로 나타나는 어떤 신기루 같은 존재를 좇는 듯한 기분이었다.

자연히 깊은 잠을 이루지 못하는 날들이 많았고, 얼핏 잠이 들면 어김없이 꿈을 꾸었다. 꿈속에서 나는 여러 여자와 마주쳤는데, 그들은 나와 채 한마디도 나누기 전에 하나같이 눈앞에서 순식간에 색깔이 흐릿하게 바래버리곤 했다. 그러다가 급기야 윤곽마저 지워지면서 허깨비처럼 공기 속으로 스러지는 것이었다. 더욱이 그들의 몸을 떠난 색깔들이 어딘가 한데 모여서 웅성거리는 소리가 내 귀에 분명하게 들려왔다. 나는 당황하여 그들이 잃어버린 색깔과 형상을 되찾아주기 위해 이리저리 뛰어다녔고, 그러다가 잠에서 깨어났다. 하지만 정신이 들고 난 후에도 매번 머릿속이 혼란스러웠는데, 마치 나 자신이 색이 바래서 어두운 심연 속으로 스러지다가 간신히 이승으로 돌아온 듯한 기분이 들었다. 말하자면 아직 나의 사춘기는 끝나지 않은 셈이었다.

여하튼 내가 그렇듯 불안정한 시간을 보내는 동안에도, 유희는 줄곧 내게서 관심을 거두지 않았다. 나는 마당 한쪽 별채에 마련된 독방을 쓰고 있었는데, 토요일이나 일요일 아침에 내가 늦게까지 일어날 기색을 보이지 않으면, 어김없이 그녀의 그림자가 내 방 창가에서 어른거렸다. 어느 날 저녁에 내가 숙취에 시달리다가 변기에 대고 구토를 하고 있을 때였다. 누군가가 화장실에 들어와 주먹 쥔 손으로 내 등을 두드렸다. 깜짝 놀라 뒤를 돌아보니 유희가 그 작은 주먹으로 내 등을 토닥거리고 있었다. 목과 위장의 고통으로 인해 내 눈에는 눈물이 글썽거렸는데, 가만히 보니 유희의 눈도 물기로 촉촉했고, 얼굴에는 내가 얼마나 힘든지 이해한다는 듯 안타까워하는 표정이 절절하게 어려 있었다. 순간 나는 정신이 번쩍 들었다. 그 여자아이의 맑게 젖은 눈을 들여다보는 순간, 지금 내가 여자들과의 사랑으로부터 무엇을 얻으려 하는 것인지 혹시 단지 정욕을 발산하려는 건 아닌지 갑작스레 가늠할 수 없었던 것이다. 순간 나는 나도 모르게 얼굴이 뜨겁게 달아올랐다.

그러나 어찌 보면 당연한 말이지만, 유희는 결코 온순하고 우호적으로만 나를 대할 의향이 조금도 없었다. 언젠가 같은 과의 여학생이 리포트 문제로 나를 찾아온 적이 있었다. 나는 방문객을 방에 들이면서 나도 모르게 그녀의 긴 머리카락을 유심히 바라보았다. 그 시기에 나는 과도하게 감정을 혹사시키는 데 지치고 탈진한 나머지, 느슨하고 편안한 관계에서 위안을 얻고 있었다. 그러면서도 어쩌면 오히려 그런 관계에서 뜻밖에 내가 원하는 특별한 감정을 얻을 수 있을지도 모른다고 은근히 기대했는데, 그 대상이 바로 그 긴 머리의 여학생이었다.

　우리는 교양과정 강좌 중에서 '외국소설 강독'을 함께 듣고 있었고, 그날 우리가 리포트를 써야 할 대상 작품은 프랑스의 작가 이오네스코의 「코뿔소」였다. 소설 속에서 등장인물들이 하나씩 코뿔소로 변해가는 과정을 살펴서 그 변신의 의미를 찾는 것이 우리의 과제였다.

　우리가 탁자를 가운데 놓고 마주 앉아 보고서 텍스트를 뒤적이며 슈베르트의 「미완성 교향곡」에 이어 「마왕」을 듣고 있을 때였다. 갑자기 방문이 벌컥 열려서 깜짝 놀라 고개를 들어 보니, 유희가 문간에 버티고 서서 빨갛게 달아오른 얼굴로 나를 노려보고 있었다. 여학생이 놀라서 뭐라고 말을 건넸지만, 유희는 그쪽으로는 눈길도 주지 않았다. 그러더니 자신의 충동적인 행동에 스스로도 당황한 듯 복받치는 감정을 주체 못하여 부들부들 몸을 떨다가 쾅 하고 문을 닫아버렸다. 그러고는 몸을 홱 돌려 쿵쾅거리며 자기 방으로 달려가버렸는데, 곧바로 울음소리가 터져 나와 집 안을 울렸다.

　긴 머리 여학생을 버스 정류장까지 배웅해주면서 나는 너무도 창피한 나머지 화가 머리끝까지 치밀어 있었다. 여학생은 아무 말도 하지 않았지만, 간간이 내 표정을 살피며 쓸쓸한 미소를 지어 보였다. 그녀의 눈에는 내가 어린 여자아이와 묘한 소꿉장난을 벌이고 있는 것으로 비쳤을 게 분명했다. 더 생각할 것도 없이, 그녀와의 조심스러운 관계에서 더 깊은 교감을 이룰 가능성이 저 멀리 떠나버린 것 또한 분명한 노릇이었다. 나는 곧장 집으로 돌아와서 빠른 걸음으로 마당을 가로질렀다. 당장 유희를 밖으로 불러내어 야단칠 생각이었다. 그때 그녀의 방 창문을 통해 흘러나오는 소리가 나를 멈춰 서게 했다. 유희가 여전히 격하게 흐느끼고 있었고, 그녀의 엄마가 영문도 모르면서 달래려고 애쓰는 중이었다. 나는 조용히 내 방으로 돌아갔다.

다음 날부터 유희가 나를 대하는 태도가 크게 변했다. 전처럼 이런저런 핑계를 대어 내 곁에 가까이 다가오려던 걸 그만둔 건 물론이고, 어쩌다 마주칠 때에도 눈길조차 주지 않아서 나를 머쓱하게 했다. 그 무렵에 내게 이상한 버릇이 생겼는데, 그것은 길을 가다가 앞에서 걸어오는 여자들의 얼굴을 나도 모르게 물끄러미 바라보거나 심지어 유심히 살피기도 하는 것이었다. 그로 인해 수시로 오해도 사고 말썽에도 휘말려들었지만, 낯선 여인의 얼굴이 문득 내게 무척 중요한 의미를 가지는 듯 여겨지는 증상은 꽤 오래 지속되었다.

그런가 하면 내 몸에도 이상이 생겼다. 고층건물에서 승강기를 타고 위로 올라갈 때, 붐비는 전철을 타거나 고속도로 위를 달리거나 터널을 통과할 때, 그동안 전혀 느끼지 못했던 미세한 진동이 내 몸을 휘감았다. 처음에는 갑작스레 저주파 소음에 예민해진 게 아닌가 싶었다. 하지만 그때마다 내 안에서 불안한 울림이 일어났고, 그러고 나면 길게 지속되는 우울증이 찾아들었다. 마치 내 몸이 하나의 커다란 물병 같은 것이 되어서, 그 속에 고인 물의 수면이 수시로 사소한 자극에도 불안하게 파문을 일으키는 것 같았다. 하지만 다행히 그 증세는 앞서 말한 이상한 버릇과 더불어 서서히 가라앉았다.

그렇게 어느덧 3년의 시간이 흘렀을 때 유희는 중학교에 입학했고, 나는 대학 졸업을 한 학기 앞두고서 군대를 가기 위해 휴학을 했다. 그리고 그해 겨울에 짐을 싸 가지고 하숙집을 떠나 고향으로 내려갔다.

2

군대 생활 중에 몇 번 유희 생각이 난 적이 있었다. 행군 중에, 경계근무를 서던 중에, 그리고 첫 외박을 나와 면회 온 친구들과 함께 부대 근처의 여인숙에서 머물고 다음 날 아침에 마당으로 나섰을 때, 문득 유희의 모습이 입체 영상 같은 것으로 내 앞에 나타나 한동안 머물다가 사라졌다. 전혀 예상하지 못했던 일이라 그때마다 마치 예전에 유희가 내 방문을 벌컥 열었을 때만큼이나 당혹스러운 기분이었다. 그래서인지 나도 모르게 "자연은 숨기를 좋아한다"라는, 내가 특히 좋아하는 그리스의 철학자 헤라클레이토스의 경구가 머리에 떠올랐다. 지금까지 그 말을 즐겨 입에 올리면서도 무슨 뜻인지 정확

히 짚기는 어려웠는데, 유희에 대한 기억을 거기에 대입해보
니 조금은 감이 잡히는 듯했다. 하지만 숨기를 좋아하는 어떤
대상을 어떻게 대해야 하는지는 여전히 오리무중이었다.

제대를 한 후에 나는 복학 절차를 마치고서 하숙집을 얻기
위해 학교 앞 주택가로 나섰다. 처음에는 복덕방을 찾을 생각
이었는데, 어느새 발길은 자연스럽게 개천을 따라 걷고 있었
다. 이윽고 푸른색 철제 대문을 발견했을 때, 나는 몸에 밴 습
관대로 아무 생각 없이 문을 밀고 안으로 들어갔다. 집 안에는
아무도 없어서, 나는 마당 한가운데의 수돗가에 선 채 감회 어
린 눈길로 주위를 둘러보았다.

그때 대문이 열리면서 유희가 들어섰다. 그녀는 그사이에
고등학생이 되어 있었다. 앳된 모습이 거의 사라진 어른의 모
습이었다. 전혀 변한 게 없는 주변 풍경에서 발견한 유일한 변
화였다. 보라색 티셔츠에 청바지 차림이어서 더더욱 첫눈에
알아보기에 힘들 정도였는데, 애벌레가 부화하여 나비나 매미
로 탈바꿈한다는 게 실감이 났다. 유희는 깜짝 놀란 듯 자기도
모르게 잠깐 반가워하는 기색을 보이더니 곧 표정을 지우고서
아무 말 없이 내 곁을 지나쳐 방으로 들어가버렸다. 그때 나는
처음으로 유희라는 존재가 내 가슴에 문신처럼 낙인처럼 강하
게 각인되는 것을 감지했다. 그것은 마치 떫은 감을 무심코 입
안에 넣고 씹었을 때의 느낌과 흡사했다. 그 떫은맛이 지나치
게 강한 경우에는 목의 근육이 마비되어 기도가 막힐 수도 있

는 일이었다.

나의 하숙 생활은 유희의 집에서 다시 시작되었다. 대학에서 나의 전공은 철학이었다. 철학과를 선택할 때는 잘 알지 못했는데, 군대 생활을 하면서 나는 내게 이른바 사회성이라는 게 남들에 비해 현저히 떨어진다는 사실을 절감했다. 애초에 내가 철학 공부를 하고자 했던 게 그 때문이었다는 것도 뒤늦게 알았다. 하지만 그만큼 나는 철학의 세계 속에서 편안했다. 사실, 철학은 인간사의 핵심에 뿌리가 닿아 있었던 터라, 종교학, 신화학, 심리학, 문학의 영역으로 내 관심을 자유롭게 이끌면서 숨통을 트이게 해주었다. 하지만 그 덕분에 나는 오랫동안 대학을 떠나지 못했고, 마찬가지로 유희의 집에서도 벗어날 수 없었다.

유희는 대학에서 미술을 전공했다. 내가 여전히 사회성이 결여된 채 점점 늙어가고 있을 때, 그녀는 젊음의 절정으로 향하고 있었다. 게다가 현실적인 수완도 좋아서 인테리어 디자인 쪽으로 아르바이트를 하며 경제적인 여유도 누릴 줄 알았다.

이미 적지 않은 시간이 흐르는 동안 우리 사이에는 별문제가 없었다. 때로는 오누이 간의 다정함과 친근함을 느끼기도 했지만, 조심스러운 거리감은 분명히 존재했다. 더욱이 그녀가 늘 바빴던 터라, 서로 마주칠 일도 별로 없었다. 하지만 그럴수록 내 가슴속에서는 나 자신도 어쩔 수 없는 공허감이 점점 더 커져갔다. 때로 그녀가 시야에 들어오면 눈길이 자꾸 그쪽으로 쏠렸는데, 그럴 때면 까닭 모르게 마치 닭 쫓던 개가 된 듯한 비참한 심정이 들기도 했다.

사실 여자들은 가난한 서생에 불과한 나와 장기적인 관계를 원하지 않았다. 물론 개중에는 드물게나마 나와 잠깐 동안의 쾌락을 마다하지 않는 이들도 없지 않았다. 나는 기회가 생길 때마다 주인 부부의 눈길을 의식하며 조심스레 여자들을 별채에 있는 내 방으로 끌어들였다. 그러나 내가 그런 행동을 한 데에는 너무도 차분하고 조용하게 나를 대하는 유희에 대한 자포자기적 반발심도 적잖이 작용한 게 사실이었다. 어쩌면 내심 나는 예전처럼 그녀가 내 방문을 벌컥 열어주기를 바랐는지도 몰랐다. 하지만 그런 일이 다시 일어나지 않으리라는 것을 나는 알고 있었다.

그러던 어느 날, 하숙집 주인 남자가 나를 불렀다. 이제는 은퇴한 연금수령자가 된 그는 간밤에 유희가 짐을 싸가지고 나가버렸다고 당혹스러운 표정으로 내게 말했다. 결심이 어찌나 확고한지 말릴 수도 없었을 뿐만 아니라 앞으로 어디에서 지내려 하는지도 말하지 않았다고 했다. 그는 혹시 내게 짚이는 곳이 있는지 알고 싶어 했다. 사실, 하숙생들이 수없이 바뀌었어도 나는 늘 마당 한구석의 방을 떠나지 않았던 탓에, 나라는 존재는 그 집의 가족과 다를 바 없었다. 그때 주인이 스스로 민망해하며 한참 동안 머뭇거리다가 꺼낸 다음 말은 나를 깜짝 놀라게 했다. 며칠 전에 유희가 밥상머리에서 밑도 끝도 없이 장차 나를 사윗감으로 어떻게 생각하느냐고 이야기를 꺼냈다는 것이었다. 부부가 당황한 나머지 입을 모아 반대했는데, 유희는 아마도 그 때문에 가출한 모양이라는 게 그의 생각이었다. 그러고서 주인은 그동안 그런 사정이 있었으면서 어떻게 한마디 말도 없었냐며 원망하는 듯한 표정으로 나를 빤히 바라보았다.

순간, 나는 반사적으로 미안한 마음이 드는 것을 어쩔 수 없었지만, 곧바로 크나큰 희망과 자부심이 찾아드는 것을 느꼈다. 물론 그 자부심의 끝자리에는 쓰디쓴 회한이 자리 잡고 있었다. 지난 시간 동안 유희는 결코 나를 자신의 삶에서 밀어낸 게 아니었다. 오히려 나보다 훨씬 어른스러운 존재가 되어, 현실적으로도 나를 받아들일 준비를 하던 중이었다. 그러나 부모로부터 의외로 완강한 저항에 부딪친 데다가, 내가 여자들을 끌어들이고 있다는 사실을 발견하고는 모든 것을 떨쳐버리기로 마음을 정한 게 분명했다.

3

다음 날 나는 일전에 잠깐 들렀던 기억을 더듬어 그녀가 아르바이트를 하는 인테리어 디자인 회사로 찾아갔다. 그녀의 사무실은 5층 건물의 1층에 있어서 유리창을 통해 안이 들여다보였다. 나는 그녀가 창가에 놓인 책상 앞에 앉아서 푸르스름한 종이 위에 열심히 선을 긋고 있는 것을 발견했다. 그녀는 간간이 고개를 들어 동료들과 이야기를 나누었는데, 목소리는 들리지 않았지만, 입술의 움직임이 둔해 보였고, 표정은 무겁게 가라앉아 있었다. 더욱이 처음 보는 검은색 재킷을 걸쳤는데, 그 속에 받쳐 입은 회색 셔츠는 깃이 심하게 구겨져 있었다.

얼마 후 그녀가 무심코 고개를 돌리다가 창밖에 서 있는 나와 눈이 마주쳤다. 순간 그녀는 얼굴을 찡그리며 책상 위에 놓인 물잔을 집어 들더니 안에 들어 있던 물을 유리창에 확 뿌렸다. 나는 반사적으로 눈을 감았다 떴으나 미동도 하지 않았다. 그러자 그녀가 의자에서 벌떡 일어나 팔을 뻗어서 커튼으로 유리창을 가려버렸다.

그래도 나는 그 자리를 떠나지 않았다. 한참 후 커튼이 다시 열렸다. 그녀는 담배를 피우고 있었는데, 으레 내가 가버렸을 거라고 생각한 모양인지 나를 발견하고서 흠칫 놀랐다. 그러나 곧 약간 멍한 표정을 지어 보이며 한동안 나를 쏘아보더니, 내 쪽을 향해 담배를 유리창에 대고 비비기 시작했다. 그러고는 담배가 완전히 으깨어져서 필터만 남았을 때, 몸을 돌려 내 시선이 닿지 않는 곳으로 사라져버렸다. 물론 그녀는 한마디 말도 하지 않았다. 나는 마치 어떻게 해서든 그 한마디를 반드시 들어야 하는 사람처럼 그 자리에서 꼼짝도 할 수 없었다.

하지만 나는 내가 그녀의 사랑을 영영 잃었다는 것을 알고 있었다. 그녀의 사랑을 잃고 나서야 나는, 그동안 그녀가 나를 사랑했다는 사실과 더불어 이제는 내가 그녀를 사랑하기 시작했다는 것을 깨달았다. 아니, 나야말로 그동안 늘 그녀를 사랑해왔으며, 일종의 심리적 장애로 인하여 분명 내 속에 들어 있던 그 사랑을 느끼지 못한 것이었다. 그런 생각이 드는 순간 모든 것이 정지해버렸다. 나는 주변의 온 세상이 소용돌이치는 와중에 시간마저 정지한 태풍의 눈에 들어 있었다. 또한 나는 투명한 아크릴 문진에 영원히 갇혀버린 한 마리 말벌이었다.

아니, 나는 벌이 아니라 등에였다. 등에는 벌처럼 생겼으나 벌이 아니다. 천적으로부터 자기를 보호하기 위해 벌의 모양을 하고 있을 뿐이다. 그런데 그 등에가 자기를 벌로 착각하게 되었고, 심지어 여왕벌을 사랑하게 되었다. 등에가 다른 벌과 경쟁하게 된 노릇인데, 그 어찌 상대나 될 일이겠는가. 사실, 언젠가 이 이야기를 가지고 동화를 쓸 수 있지 않을까 하는 생각을 갖고 있었다. 그런데 그 이야기 속에서 유희가 여왕벌이 되고 나는 등에가 되어버린 것이다.

하지만 나는 내 사랑을 누추하게 여기지 않았다. 오히려 지금부터라도 나 자신을 독려하고 분발시켜서 그 사랑을 더욱 완전하게 만들 의욕으로 불타올랐다. 당연히 나는 일방적인 사랑의 열정만으로는 그녀의 마음을 되돌리는 데 부족하다는 것을 모르지 않았다. 내게서 뭔가 달라져야 했다. 그러자면 엄청난 에너지가 필요할 터인데, 일단 사소한 것에서부터 시작하여 서서히 나 자신을 바꿔나가는 것은 가능할 것 같았다.

그 시작이 바로 말벌과 등에의 사랑이었다. 그녀가 말벌이 되고 내가 등에가 되어, 우리 사이에 특별한 관계가 생겨나고 있었다. 그러자 전에 우리가 마당에서 오랜만에 마주쳤을 때 그녀가 나를 향해 지어 보인, 그 착잡한 미소가 내 기억 속에서 생생하게 되살아났다. 그 순간 이미 내 속에서 변화가 일어났음을 비로소 깨달았다. 이제 나는 그 변화를 이어나가야 했다. 그렇게 하여 삼십대 후반의 나이에 바야흐로 나의 길고 험한 변신의 도정이 시작되었다.

4

다행히 얼마 지나지 않아 유희는 가족들과 화해했다. 그러나 회사 근처에 마련한 거처에 계속 머물면서 서로 자주 내왕하기로 했다. 어느 날 유희는 잠시 집에 들렀을 때 나를 찾았다. 그러고는 지난번 일에 대해 사과하고서 담담한 어조로 말했다.

"이제 와서 말하지만, 나는 사람들을 볼 때 어떻게 걷는지 유심히 살펴요. 누군가가 말하기를 걸음걸이를 보면 그 사람의 과거와 미래도 볼 수 있다더군요. 나도 그 말을 믿어요. 그런데 당신은 늘 가파른 언덕을 오르는 것처럼 외롭고 힘겹게 걷더군요. 그래요, 이제 와서 말하지만, 그게 내가 처음으로 당신에게 반했던 이유예요. 내가 노력하면 언제까지고 함께 걸을 수 있을 것 같았거든요."

그 말을 듣고 나는 기분이 조금 상했다. 함께 걸어주고 싶은 연민을 불러일으켰다는 뉘앙스가 느껴졌기 때문이었다. 그때 곧 그녀가 어조를 활달하게 바꾸어, 여하튼 이제 지난 일은 잊고서 서로 마음을 열고 지내자고 제안했다. 그녀의 표정과 말투에서 나는 이미 그녀가 나에 대해 감정을 정리했음을 알았다. 물론 나는 기꺼이 그 제안을 받아들였다. 하지만 마음속으로 내게는 기대하는 바가 따로 있었다. 애초에 그녀의 마음에 변화가 일어나 나를 사랑하게 되었고 다시 그 마음에 변화가 찾아들어 나를 멀리하게 되었으니, 이제라도 내가 작정하고 크게 변하면 그녀에게도 다시금 변화를 일으킬 수 있으리라는 믿음이었다.

만년 철학도답게 대학에서 습득한 지식도 도움이 되었다. 헤라클레이토스의 말대로, 태양은 날마다 새로우며 우리는 같은 강물에 두 번 들어갈 수 없으니, 변화야말로 우주의 본질이 아닐 수 없었다.

사실 남들의 눈에는 어떻게 보일지 몰라도 나는 내 삶에 그런대로 만족하고 있었다. 시간강사로 벌어들이는 돈으로 그럭

저럭 생활을 꾸려나갈 수 있었고, 교수직을 얻는 일이 요원하기는 해도 아직 희망이 없지 않았다. 그리고 모든 인문학적 지혜의 중심에 자리를 잡고서 인류가 축적한 광대한 지식의 바다를, 그 망망대해를 마음껏 유영하며 다니는 것도 내게는 큰 즐거움이었다. 그러나 내 삶에는 활기가 없었다. 그 까닭은 내가 맞이하는 매 순간이 도저한 관념으로 채워져 있긴 해도, 정작 삶의 정수에는 닿아 있지 못했기 때문이었다. 내게 그 삶의 정수는 다름 아닌 사랑이었다.

실제로 나는 자주 의자에 앉은 채로 잠이 들어 탄탈로스의 꿈을 꾸곤 했다. 꿈속에서 탄탈로스가 되어 신의 벌을 받아 늪 속에 목까지 잠긴 상태로 영원한 굶주림과 갈증, 그리움과 질투로 고통받았다. 내가 사랑을 따려고 손을 뻗으면 저 위 허공으로 날아올라버렸다. 사랑을 마시려고 몸을 숙이면 저 아래 지하로 숨어버렸다. 하지만 현실 속에서 탄탈로스의 운명은 나와는 무관한 것이었다. 이제 나는 사랑이 내 삶을 변화시키리라 믿게 되었으니, 그 사랑을 얻기 위해 우선 나 자신이 변하는 데 모든 것을 걸어야 했다.

처음에 나는 육체적인 변신부터 꾀하기로 했다. 그러기 위해 내 깡마른 몸에 변화를 주기에 몰두했다. 우선 식사량을 크게 늘렸고 간식거리도 끊어지지 않게 했다. 헬스클럽을 다닐까 싶었지만, 타인들과 불필요하게 부대끼며 받게 될 스트레스가 몸과 마음을 위축시킬지도 모른다는 생각이 들어 그만두었다. 그 대신 아령과 역기를 구입하여 아침저녁으로 이른바 몸을 만드는 데 게을리하지 않았고, 시간 날 때마다 조깅도 했다. 나는 가급적이면 적당히 근육도 갖춘 넉넉한 남자가 되고 싶었다.

나는 내 인상과 분위기에도 변화를 주기 위해 차림새와 행동거지를 달리하기 시작했다. 이제 내게 이상적인 존재는 카멜레온이었다. 그 무렵에 그녀는 나를 친구처럼 받아주었는데, 그만큼 나를 담담하게 대하게 되었다는 증거였다. 우리는 일주일에 한두 번 자리를 만들어 함께 차를 마시거나 식사를 했다. 그녀를 만날 때면 나는 검소한 차림의 전형적인 외골수 철학자 행세를 하기도 하고, 때로는 과감하고 화려하게 차려입고서 나르키소스처럼 세상에 대해 냉소적인 자세를 한껏 드러내기도 했으며, 또 때로는 생각에 잠긴 듯한 몽롱한 눈으로 대책 없는 낭만주의자의 이미지를 발휘하기도 했다.

얼마 후 그녀도 매번 내가 항상 어딘가 달라져 있고, 더욱이 그게 의도적임을 눈치챘다. 아울러 그 변화는 내가 그녀에게 보내는 일종의 메시지이기도 하다는 것도 알아차렸다. 그때부터 우리 사이에는 일종의 수수께끼 놀이가 시작되었다. 나는 그녀를 위해 기꺼이 광대가 될 용의가 있었다. 내가 약속 장소에 나타나면 그녀는 나를 유심히 살피면서 내가 무엇으로 변신했는지 알아맞히는 것이었다. 실제로 나는 그 놀이를 제대로 하기 위해 거울 앞에 서서 머릿속 인물들의 이미지를 떠올리며 그들의 몸짓을 흉내 내기 위해 반복적으로 연습하기까지 했다.

내가 그녀 앞에서 누군가를 연출해 보일 때마다, 그녀는 할리우드 영화 속의 주인공들, 클라크 게이블, 말런 브랜도, 험프리 보가트, 로버트 테일러 심지어 메릴린 먼로의 모습을 알아맞혔다. 하지만 솔직히 말하자면, 할리우드 배우 따위는 내게 안중에도 없었다. 내가 그녀에게 연출해 보이는 인물들은 소크라테스, 스피노자, 사르트르, 마르크스 혹은 아벨라르와 엘로이즈, 오스카 와일드, 샤를 보들레르, 아르튀르 랭보 등등이었는데, 그녀가 배우 이름을 대면 그게 곧 답이 되었다.

그렇게 나는 그녀 앞에서 가면을 쓰는 법을 익혔다. 가면은 내게 큰 도움이 되었다. 가면 속에서 나는 그 무엇이든 될 수 있었고, 어떤 일이든 똑같이 반복할 수 있었으며, 덕분에 그녀를 위해 나 스스로에게 부여한 임무를 성실하게 수행할 수 있었다. 그러면서 또한 무엇에도 억눌리지 않고 나의 에고를 마음껏 발산하여 나를 활짝 피어나게 할 수 있었다.

우선 점차 나의 목소리가 달라졌다. 말을 할 때, 복식 호흡으로 숨을 조절하면서 마치 연극배우처럼 성대의 긴장을 풀고 목 주변 전체를 활용하여 더욱 극적인 효과를 낼 수 있었다. 웃을 때는, 오페라 가수처럼 입안을 활짝 열어 공기를 잔뜩 흡입해서 성대의 긴장이 자연스럽게 이완되게 하는 한편, 공명강을 최대로 확장시켜서 크고 시원한 웃음소리가 터져 나오게 했다. 또한 때로 울어야 할 때는, 성대의 긴장이 풀어진 상태에서 불규칙하고 과도하게 숨을 내쉬어 목에 충격을 가하는 방식으로 소리를 냄으로써 슬픈 감정을 더욱 강조했다.

하지만 나의 부단한 노력에도 불구하고 그토록 원하는 그녀와의 깊은 소통은 여전히 요원하기만 했다. 잠시 침묵의 시간이 찾아들 때면, 우리는 서로가 서로에게 아무것도 아니라는 생각을 허탈하게 곱씹지 않을 수 없었다. 자연히 우리는 무슨 일을 벌이든 곧 싫증이 났다. 심지어 마치 서로 마주 앉아 누가 더 불행한지 경쟁을 하는 기분이 들기도 했으며, 그때마다 우울한 심정으로 헤어지곤 했다. 나로서는 우리 사랑을 회복하기 위해 얼마든지 모습을 바꿀 수 있다는 메시지를 전하려 했는데, 그녀는 그것이 단지 그녀를 즐겁게 해주려는 가볍고 엉뚱한 장난이라고 여겼던 것이었다.

그 무렵에 나는 다시 자주 꿈을 꾸었다. 한번은 가죽을 다루는 장인이 되어 수천 켤레의 신발과 구두를 만들어 그녀의 발에 수천 번이나 신기고 벗기고 신기다가 잠에서 깼다.

언젠가부터 꿈은 차츰 악몽으로 변해갔다. 한번은 교도소의 교도관이 되어 감방 문을 열고 안으로 들어섰는데, 한 여인이 내 쪽으로 등을 돌린 채 낡은 침대 위에 엉덩이를 위태롭게 걸치고 앉아 있었다. 직감적으로 유희임을 알아보고서 이름을 부르자, 그녀가 천천히 뒤를 돌아보았다. 순간 가슴이 철렁 내려앉았는데, 목에 유연성이 전혀 없어서 소리가 들려오는 위치를 확인하기 위해 몸 전체를 느리고 힘겹게 돌리는 모습이 한 마리 악어를 연상시켰기 때문이었다. 나는 교도관이 아니라 동물 조련사였던 것이다.

한번은 꿈속에서 한 팔이 잘린 상태로 그녀를 만났다. 나 스스로 내 왼팔을 끊어낸 것인데, 신체 절단을 통해 육체의 극단적인 변신을 꾀한 것이었다. 그런 시도가 그녀의 관심을 끈다면 다음에는 한쪽 발을 잘라낼 용의도 있었다. 심지어 내 마음을 보여주기 위해 머리 한쪽을 떼어내어 뇌수를 드러내는 것도 마다할 이유가 없었다. 그러나 그 꿈이 끝날 때쯤 불행하게도 나는 자해공갈단으로 몰려 쫓기게 되었다. 어두운 골목길로 달아나던 중에 그녀가 내 앞에 불쑥 나타나서 물었다. "잘라낸 팔은 어떻게 했나요?" 나는 그 말에 대답하기보다, 내 텅 빈 왼쪽 어깨를 그녀에게로 자랑스럽게 내밀었다. 그러자 그녀가 일그러진 표정으로 몸을 약간 옆으로 돌렸는데, 그녀의 왼쪽 어깨도 텅 비어 있었다. 그 순간 나는 잠에서 깨어났다.

그보다 더 기괴한 꿈을 꾼 적도 있었다. 꿈속에서 그녀는 레즈비언이었다. 나는 그녀의 사랑을 얻기 위해 여자가 되기로 마음을 정했다. 나는 곧바로 성전환 수술을 받기 위해 병원을 찾아갔다. 내가 수술대 위에 눕자 얼굴을 두건으로 가린 의사가 마취도 하지 않고 다짜고짜 나의 성기를 내 몸 안으로 밀어넣었다. 그렇게 하여 내 성기와 똑같은 모양의 질을 만들어내려는 것이었다. 견딜 수 없는 고통이 느껴졌지만 참으려 했고,

얼마든지 참을 수 있을 것 같았다. 하지만 다음 순간 내 성기가 뜨겁게 달아오르면서 흰 액체를 내뿜었고, 나는 뭐라 표현할 수 없는 도저한 고통과 쾌감 속에서 허우적거리다가 남자의 몸으로 돌아와 꿈 밖의 세계로 내던져졌다.

결국 현실에서나 꿈속에서나 끊임없이 변신을 도모해보아도 별 결실이 없다는 생각에 나는 한동안 깊은 절망감에 사로잡혔다. 하지만 곧 불사조처럼 되살아났다. 나의 변신이 벽에 부딪친 게 결코 아니라, 돌파구를 못 찾고 있을 따름이라는 생각이 들었던 것이다.

그 무렵의 어느 날 한 낯선 남자가 우연히 우리와 동석하게 되었다. 가만히 그 남자의 행동거지를 살펴보니, 결코 우연이 아니라, 유희의 관심을 끌기 위해 의도적으로 접근한 게 분명했다. 게다가 두 사람은 아직 깊은 관계가 아니지만, 유희도 그에게 어느 정도 호감을 가지고 있는 것 같았다. 때문에 나는 그 상황이 영 불편했으나 유희 책임이 아니었으므로 가능한 한 스스럼없이 두 사람을 대하고자 애썼다.

시간이 흘러 자리를 파할 무렵에, 유희 옆에 앉아 그런대로 예의를 지키던 그 사내가 갑자기 취기를 드러냈다. 그러고는 거친 어조와 어지러운 몸짓으로 마구 뇌까리기 시작했다. 자기는 사랑하는 사람을 위해서라면 얼마든지 자신을 희생할 수 있다는 게 요지였다. 나는 점점 불쾌감이 치밀었지만, 유희는 술기운 탓인지 아니면 은근히 나를 도발하고 싶었는지, 그 사내의 말에 맞장구를 쳐서 그의 흥분을 돋우었다. 사실, 나로서는 그 사내가 부럽기도 했다. 그는 마음만 먹으면 얼마든지 여자 앞에서 마당쇠로든 보디가드로든 변신할 수 있는 존재였기 때문이었다. 하지만 그것은 경박한 자들만이 할 수 있는 일이었다.

그때 바로 그 생각이 나의 입 밖으로 흘러나왔다.

"그렇지요. 하지만 그쪽은 아무리 자신을 희생해도 마당쇠나 기껏해야 보디가드가 되면 더 바랄 게 없겠는데요."

그러자 그는 정색을 한 얼굴로 내 얼굴을 가만히 들여다보더니 갑자기 욕설을 담아 반말로 소리쳤다.

"어, 이 자식 화장했네. 화장을 했어. 환장한 거 아니야?"

그러고는 다짜고짜 내 멱살을 잡고 내 얼굴을 자기 눈앞으로 바싹 끌어당겼다가 큰 소리로 웃음을 터뜨리며 나를 밀어버렸다. 순간 나는 분노와 부끄러움이 동시에 머리끝까지 치밀어서 자리를 박차고 일어나, 나보다 훨씬 젊은 그 사내에게 달려들었다. 사실 그동안 나는 간간이 유희가 눈치채지 못할 만큼 연하게 화장을 하고서 그녀 앞에 나타나곤 했다. 얼굴에 몇 가지 색조를 덧칠하고 나면 마치 다른 인물로 모습을 바꾼 것 같은 기분이 들었기 때문이었다.

그날도 나는 불청객의 개입으로 술자리의 분위기가 점점 더 어색하고 거북해지는 것을 견디다 못해 화장실로 갔고, 실내가 어두워서 사람들이 쉽게 알아차리지 못하리라는 생각에 평소보다 화장품을 다소 진하게 바른 것이었다. 그 덕분에 나는 분장한 얼굴 뒤에 나 자신을 숨기고서 다른 사람이 되어 아무렇지도 않다는 듯 떠들고 마시고 웃을 수 있었다. 그러다가 급기야 그 사내에게 조롱조의 농담을 던져서 그의 부아를 돋웠고, 그가 내게 모욕을 가하자 난생처음 누군가에게 완력을 쓰기에 이르렀다. 마침내 나도 모르게 사탄의 추종자가 되어 내 속에 들어 있던 공격적인 면모를 밖으로 드러낸 것이었다.

그러나 내 얼굴에 덧칠된 색조는 내게 육체적인 정력을 부여하지는 못했다. 곧 전세가 단번에 역전되어버려 나는 그의 밑에 깔리게 되었고, 한참 후에 종업원들이 달려와 말릴 때까지 고스란히 그의 주먹세례를 받아내야 했다.

그날 밤 집으로 돌아왔을 때, 나는 변신에 대한 나의 욕구에 대해 회의와 역겨움을 느꼈다. 언젠가부터 나 자신이 어떤 악마적인 힘에 꼭두각시처럼 이리저리 끌려다니고 있다는 사실을 인정하지 않을 수 없었던 것이다. 그 역겨움이 얼마나 강한지 호흡을 할 때마다 내 숨결에서 악취가 났고, 내 몸에서 흐르는 시큼한 땀냄새에 구역질이 났으며, 거울에 비친 내 얼굴은 늘 산산조각이 나 있었다.

그때 갑자기 내 입에서 킬킬거리는 웃음소리가 흘러나왔다. 가만히 생각해보면, 그렇게 자학하기만 할 일도 아니었다. 단지 나는 유희를 위해 화장을 하고 유희를 위해 폭력을 휘둘렀고, 유희를 위해 얻어맞은 것이니, 유희를 위한 변신의 폭을 그만큼 넓힌 셈이었다. 나는 계속하여 킬킬거리며 웃었는데, 그것은 나 자신에 대한 역겨운 자랑스러움을 주체할 수 없었기 때문이었다.

5

다음 날 자리에서 일어났을 때, 나는 심리적으로 완전히 안정을 되찾은 상태였다. 평소에 깊이 잠들었다가 깨어나면, 마치 누군가가 내 몸과 마음을 빨래처럼 쥐어짠 듯한 느낌을 받곤 했다. 하지만 그 낯선 느낌이 그리 싫지 않았다. 물론 내게서 수분과 피가 모두 빠져나가 속이 텅 비어버린 듯한 허탈감이 느껴지기는 했다. 하지만 그만큼 기분이 후련해짐과 동시에 나 자신이 훨씬 순결해진 듯한 기분이 드는 것이었다.

나는 새날을 맞아 홀가분한 심정으로 곰곰이 생각에 잠겼다. 지금 나는 한때 내 것이었다가 한순간의 실수로 잃어버리고 만 사랑을 되찾는 데 모든 것을 건 순정적인 남자였다. 사랑한다는 것은 곧 상처받기 쉬운 상태가 되는 것이므로, 상처받을 위험을 거부하는 것은 곧 사랑을 거부하는 것이었다. 문득 나 자신이 『천일야화』의 셰에라자드와 비슷한 입장에 있다는 생각이 들었다. 셰에라자드가 술탄의 사랑을 얻어 살아남기 위해 끝없이 이야기를 지어내야 했듯이, 나 또한 어떻게 해서든 살아남아 나 자신이 저버린 사랑에 속죄하고 그 사랑을 되살리기 위해 끝없이 변신을 거듭해야 하는 것이었다.

더욱이 지난밤 그 술집에서 유희는 온 힘을 다해 나를 보호하려 했고, 사태가 진정된 후에는 차갑게 날이 선 어조로 가차없이 그 사내를 쫓아버렸다. 그러고는 내게 진심으로 사과하고서 택시에 동승하여 나를 집까지 바래다주었던 터였다. 물론 그렇다고 예전에 그녀가 내게 가졌던 애틋한 감정이 되살아난 것이라고는 할 수 없을 것이다. 하지만 우리 사이에 드리워져 있던 막의 두께가 조금 얇어진 건 분명한 사실이었다. 택시 안에서 내가 처음으로 그녀의 손을 잡고 어깨를 감싸 안았을 때, 그녀는 몸이 약간 경직되긴 했지만 내 손길을 물리치지 않았던 것이다.

생각이 거기에 이르자, 순간 그동안 내가 얼마나 어리석었는지 깨달았다. 지금 내가 하고자 하는 게 사랑을 위한 변신이라면, 그저 나를 육체적으로 이렇게 저렇게 바꿔보려 하는 대신, 그녀의 입장과 성향을 면밀히 살펴서 거기에 정서적으로 부응해야 하는 것이었다. 순간, 앞으로 내가 나아가야 할 길이 눈앞에 환하게 보이는 듯하여 가슴이 뿌듯하게 부풀어올랐다.

6

이제 한 여인의 삶과 사랑에 나를 맞추기 위한 본격적인 변신이 시작되었다. 그 무렵 그녀는 대학을 졸업한 뒤 대학원 진학의 꿈을 접고서 전문 인테리어 디자이너로 자리 잡았고, 작게나마 개인 사무실도 운영하고 있었다. 그리고 나는 여러 차례 전임교원 임용의 문턱에서 좌절을 겪은 끝에, 다행히 교내에 신설된 인문과학 연구소의 마인드 컨트롤 분과 연구원 자리를 얻어 어느 정도 안정된 생활을 할 수 있었다.

우선 나의 목표는 나 자신이 다른 사람이 되는 것, 내게 새로운 인격을 부여하는 것이었다. 이 정신적 변신의 영역에서는 육체적 변신에서 불가능한 모든 게 가능했다. 그녀가 웃거나 울 때, 나는 타고난 코미디언이 되거나 신파극 배우가 되었다. 그녀가 사랑에 빠지거나 실연을 겪을 때, 나는 훌륭한 상담사, 조언자가 되어주었다. 그녀의 아버지가 악성혈액암으로 죽었을 때 나는 그 집의 사위 역할을 맡아 장례 절차 전체를 떠맡았다. 장례식에 참석한 사람들 중에는 유희의 어머니에게 나 같은 사위가 있으니 든든하겠다고 덕담을 한 이가 적지 않았다.

유희는 예술에 관심이 많았기에 나는 미술관 큐레이터가 되기도 하고, 오페라 전문 해설가가 되기도 했으며, 직접 시를 쓰기도 했다. 나는 그녀를 위해 "당신의 젖은 입술은 내 메마른 입술을 닦아주는 비단 손수건"이라는 제목으로 시를 쓴 아마추어 시인이었다. 그 시는 내 블로그에 오른 후 며칠 만에 꽤 많은 조회 수를 기록하여 그녀와 나를 놀라게 했다.

당연히 운동선수가 되거나 스포츠 전문가가 되어야 할 필요는 없었다. 그녀가 그쪽으로는 관심이 없었거니와, 운동은 내가 가장 취약한 분야이기도 했다. 그 대신 나는 그녀가 더 나은 세상을 만들기 위한 인도주의적 노력에도 관심이 있다는 것을 알고서 사회정치적인 면에도 주의를 기울였다. 한번은 신문사에 근무하는 친구에게 거의 간청하다시피 하여, 이른바 소시오패스와 사이코패스에 대한 인식의 변화를 주제로 사회심리학적 관점에서 접근하는 칼럼을 하나 게재하기도 했다.

그렇듯 수많은 페르소나로의 변신을 거듭하다 보니 때로 몇 가지 어려운 문제에 봉착했다. 무엇보다도 나 자신의 정체성이 모호해지면서 인격이 분열될 위기에 늘 노출되어 있었다. 그와 더불어 심각한 강박증도 생겨났다. 라디오나 텔레비전에서 흘러나오는 모든 멘트나 대사, 신문에 실려 있는 모든 기사가 나에 관한 것, 심지어 내 입에서 흘러나오는 것으로 여겨졌다. 나는 나와 함께 살아가는 내 주변의 그 모든 존재들이었고, 따라서 그 누구도 아닌 존재였다. 하지만 나는 아슬아슬하게 균형을 잡으며 하루하루를 버텨냈다.

계속하여 나는 그녀가 자동차 사고를 당했을 때, 간병인에 운전사, 그리고 일상적인 업무를 처리하는 도우미로 나섰다.

그 세 달 동안 나는 행복했다. 물론 내 속에는 여전히 언젠가 그녀가 마음을 돌리거나 삶에 지쳐 내게 의지하기를 바라는 마음으로 끈질기게 곁을 지키는 필사적인 연인의 인격도 들어 있었다. 그러나 나는 그렇게 이기적이고 계산적이기만 한 위인은 아니었다. 게다가 적어도 아직은 내 변신의 과정을 조급하게 한 방향으로 몰아갈 의도가 전혀 없었다. 실제로 내게는 사랑을 위해 기꺼이 모든 것을 희생하는 순애보의 주인공 역할을 할 용의도 있었다. 그녀가 다섯 살 연하의 남자와 사귀기 시작했을 때, 두 사람이 결혼식을 올릴 수 있도록 주선하고, 그들을 대신하여 그녀의 어머니를 설득한 것도 나였다. 그녀를 나 자신으로부터 해방시키는 그녀의 구원자이자 수호천사가 되는 것, 그것 역시 나의 몫이었던 것이다.

늘 그녀의 배후에 남아 있는 자상하고도 능력 있는 후견인이 되는 것, 나는 잠정적으로 그것을 나의 운명으로 삼았다. 때로 그녀는 자신의 삶에서 내가 얼마나 크고 중요한 역할을 하는지 문득 깨닫고는, 새삼 얼떨떨한 표정을 지으며 나를 유심히 바라보곤 했다. 그럴 때면 손을 이마에 얹고서 뭔가 경이로운 것을 바라보듯이 눈살을 모으며 가슴을 들먹거렸는데, 그것으로 내게는 충분한 보상이 되었다.

수호천사이자 후견인이자 후원자로서 또한 나는 그녀로부터 어느 정도 거리를 두고자 노력했다. 오직 그녀가 행복하기를 바라는 마음으로 나 스스로 그녀에게 관망자이자 방관자가 된 것이었다. 그러나 그들의 결혼 생활은 행복하지 않았다. 시간이 지날수록 어린 남편은 점점 더 당당한 남자로 변해갔고, 이제 그가 보기에 다섯 살 연상의 아내는 모든 변화가 종결된 활기 없는 정물로 비치고 있었다. 변신이라는 주제에 누구보다도 정통한 내가 애초에 특히 우려한 상황이었다. 그녀가 결혼 3년 만에 얻은 아기를 다섯 달째에 유산했을 때, 그들의 관계는 파국을 맞았다.

그 무렵부터 나는 다시 그녀를 위해 변신을 시도해야 했다. 그녀가 아기를 잃고 우울증에 빠졌을 때 정신과 의사가 되어 그녀의 마음에 깃든 병을 치료하기 위해 애썼다. 결혼이 파국에 이를 즈음에는 그녀의 고해성사를 들어주는 사제가 되었다. 아울러 결정적인 순간에는 이혼 변호사를 대신하여 내 손으로 모든 일을 처리해주었다.

유희의 남편은 수도권 한 도시의 시청 공무원에서 출발하여, 지금은 시에서 새로 발족한 문화재단의 전략기획팀장으로 일하고 있었다. 어느 날 나는 그가 아내를 은근히 무시하고 함부로 대한다는 사실을 알고서, 강한 분노에 사로잡혔다. 분노가 강한 공격성을 불러일으킨 나머지, 나 자신이 그를 죽이고 살인자가 될 수도 있을 것 같았다. 심지어 주술인형을 가지고 사람에게 저주를 거는 사악한 주술사가 되는 것도 주저하지 않을 용의가 있었다.

그런데 실제로 내게 주술사의 능력이 생기기라도 한 것처럼, 놀랍게도 그가 스스로 파멸해버렸다. 그는 그 자신이 스스로 자랑스럽게 떠벌렸듯이, 시민들을 위해 생활 속 문화예술 정착 및 문화기반 조성에 진력하는 데 그치지 않고, 공금을 유용하여 그 자신을 위한 문화예술 사업을 벌이고 있었던 것이다. 경찰이 수색영장을 가지고 들이닥쳤을 때, 그의 자동차 트렁크와 냉장고의 냉동실 속에 돈다발이 들어 있었다고 했다. 그가 구치소에 수감되었을 때, 나는 면회를 가서 그와 오래 대화를 나눴다. 무엇보다도 나는 그의 선량한 본심을 되살리는 데 힘을 기울여서, 그로 하여금 지독한 죄책감에 사로잡히게 유도했다. 그러고는 인생이란 실로 허망한 것이어서 죽음의 순간에 얻는 쾌락은 삶의 소소한 쾌락의 총합보다 크다는 말을 그의 귓속에 넌지시 흘려 넣어 그에게 자살 소동을 일으키게 했고, 결국 병원에 입원한 그에게서 유희와의 이혼 동의를 받아낸 것이다.

비단 그 일 때문만은 아니어도, 그 시기에 나는 점점 더 자신감이 커져갔다. 실제로 언제든 남들 앞에서 나의 첫인상과는 전혀 다른 사람이 되는 데도 그리 큰 어려움이 없었다. 유희가 있는 자리라면 내게서는 울림이 큰 목소리와 극적인 몸짓이 거침없이 쏟아져 나왔으며, 그때마다 내 언행이 얼마나 강한 영향력을 발휘하는지 피부로 절감할 수 있었다. 원하기만 한다면 언제든 재치가 넘치면서도 통렬하기 짝이 없는 몇 마디 말을 가지고 좌중의 주의력을 내 한 몸으로 끌어들일 수 있었다.

그렇게 나는 나 자신을 점점 더 황금빛으로 충만한 존재로 가꿔나간다고 믿었다. 하지만 곧 그것이 나의 오만이었음을, 자신감이 아니라 자만심에 내 지각이 흐려졌음을 깨닫게 하는 일이 벌어졌다. 유희에게 또 다른 불행이 닥쳐서, 졸지에 나는 내 과오에 대한 벌을 받는 죄수의 신세가 되고 만 것이다.

이혼하여 혼자가 된 지 얼마 지나지 않아 유희는 마음의 병이 점점 더 심하게 도졌다. 이번에도 나는 자꾸 자기 속의 늪으로 빠져드는 그녀의 심기를 북돋우기 위해 백방으로 노력했다. 하지만 나는 대책 없이 점점 깊어지는 그녀의 절망 앞에서 무력했고 역부족이었다. 말할 수 없이 안타까웠던 나머지, 필요하다면 그녀를 위해 생각을 대신 해주고 싶었다. 그녀의 혼란스럽고 고통스러운 오감과 감정을 내가 도맡아주고 싶었다. 가능하다면 내가 원할 때 다른 사람의 눈에 내 모습이 보이지 않는 법을 익혀서 그녀에게 가르쳐주고 싶었다.

특히 그녀는 몇 가지 복잡한 신경증 증세를 보였다. 차에 탈 때마다 누군가가 브레이크를 망가뜨려서 내리막길을 달리다가 벼랑으로 떨어지게 되지 않을까 하는 두려움에 시달리는 게 그중 하나였다. 그 의심은 나중에는 점차 확신으로 변하여 어떤 종류의 탈것도 거부하기에 이르렀다. 더욱이 심한 동통으로 고통을 겪던 끝에 정밀진단을 받아본 결과, 아버지가 그러했듯이 그녀의 혈관에서도 암세포가 자라고 있는 게 발견되었다. 다행히 초기 단계라 생명에 지장은 없었으나 지속적인 치료가 요구되는 상황이었다.

그녀는 날로 피폐하고 무기력해져갔다. 내가 어떤 극적인 모습을 취해도 별 소용이 없었다. 나로서는 그녀의 그 모든 불행을 초래한 게 나일지도 모른다는 번민에 빠져들었다. 너무 오래 그녀의 삶에 깊이 관여하여 그녀로 하여금 온전하게 살아갈 수 없게 했다는 자책감도 들었다. 그녀를 위한다는 명분을 내세웠지만, 실상은 그럴듯하게 나를 꾸며서 그녀 앞에 내세우는 데 온 마음을 빼앗겼던 건지도 모를 일이었다.

하지만 그렇게 나를 탓하는 것이 꼭 옳지만은 않았다. 나는 그녀가 마음이 여려서 나를 물리치지 못했다고는 생각하지 않았다. 그 반대로 그녀 역시 나를 떠나거나 나를 잊고서는 살 수 없는 운명이었던 것이다. 지금 이 순간에도 우리의 사랑은 매 순간 위기를 극복하며 나름대로 한 발 한 발 앞으로 나아가고 있을 따름이었다.

그녀는 줄곧 잔병치레를 하며 시름시름 앓았다. 어쩌다 말을 할 때도 너무나 부자연스러워서 마치 머릿속으로 단어와 문법을 어렵게 떠올리며 외국어를 더듬거리는 것 같았다. 낮잠을 자다가도 수시로 경기를 일으키며 깨어났는데, 어두침침한 허공이 무거운 바위처럼 가슴을 짓누른 탓이었다. 그럴 때마다 유희는 앞으로 어찌해야 좋을지 모르겠다는 듯 쓸쓸히 웃어 보였다.

나는 짐짓 장난스러운 어조로 그녀의 미소에 대꾸했다.

"나는 잘 알아. 당신은 어찌해야 좋을지 모를 때 당신 기질을 가장 잘 발휘한다는 걸 말이야."

유희가 눈을 깜박이며 내 말을 받았다.

"그 말이 맞아. 그동안 이런 절망을 경험한 게 한두 번이 아니야. 디자이너로 살아오는 동안 나는 사람들이 내 작품을 보며 무례하게 웃어대는 것에 익숙하게 되었지."

"당신 눈에 아름다우면, 그건 아름다운 거야."

"너무 걱정하지 마. 죽음도 사람이 벌이는 일이야."

"그게 무슨 말이야. 죽음은 우리 의지와는 상관없어. 우리에게 의지가 중요한 건 그래서지."

"이 세상에 인간이 자기 의지로 벌일 수 있는 일이 얼마나 있겠어. 태어나는 거, 나이가 드는 거, 사랑에 빠지는 거, 미워하고 증오하는 거, 그게 우리의 의지로 어찌할 수 있는 일이라고? 아니야, 죽음은 조금 특이한 내일일 뿐이야."

내가 대답할 말을 찾고 있을 때 곧바로 그녀가 말을 이었다.

"그런데 말이야, 내가 이 세상에 존재해야 할 이유를 세 가지만 들려줄 수 있겠어?"

그녀의 말에 나는 갑자기 가슴이 덜컥 내려앉았다. 앞서 그녀가 죽음에 대해 한 말과 더불어, '존재해야 할 이유'라는 표현이 내게 불길한 예감을 불러일으킨 탓이었다. 어쩌면 이것이 우리의 마지막 대화일지도 모른다는 생각도 뒤따랐다. 마치 우리가 복화술사가 되어 있었고, 방금 그녀가 내게 복화술로 자신의 죽음을 통고한 것처럼 들렸던 것이다.

며칠 후 마침내 나는 결정적인 좌절을 겪었다. 유희는 다량의 신경안정제를 먹고 자살을 기도하여 의식을 잃고서 생명이 위태로운 상태로 중환자실에 실려갔다. 간호사로부터 그 소식을 들었을 때, 나는 그녀가 자동차 사고를 두려워할 때부터 이미 삶의 의지를 잃었음을 깨달았다. 수술실 앞 벤치에 앉아 있는 동안 내내 망연하고 처참한 심정이었다. 문득 병든 나방 한 마리가 머리에 떠올랐다. 그 나방은 변태를 하다가 기력이 쇠하여 탈바꿈이 중간에 멈추는 바람에, 나머지 삶을 반은 나방으로 반은 번데기 상태로 살아가게 되었는데, 내가 바로 그 나방이었다.

7

유희는 오랫동안 혼수상태에서 깨어나지 못했다. 의사들은 암 치료의 후유증과 심한 우울증으로 쇠약해진 심장을 치사량의 신경안정제가 악화시켜 심부전을 일으켰으리라고 막연하게 진단할 뿐이었다. 나는 가족이 아니었으므로 중환자실의 출입이 불가능했다. 그러나 이미 그녀에게는 가족이 남아 있지 않았다. 그녀의 어머니는 두 해 전에 원인을 알 수 없는 병으로 시름시름 앓다가 노환으로 별세했고, 지금은 어머니의 유언에 따라 내가 그 집을 임대 형식으로 물려받아 관리하고 있었다. 그런 사정으로 병원 측에서도 결국 나를 임시 보호자로 인정하여 정기적으로 병세의 진행을 알려주었고 나와 제반 사항을 상의했다. 그녀가 여전히 의식을 되찾지 못한 상태에서 회복실로 옮겨졌을 때, 내게는 일주일에 세 번 그녀를 보살필 수 있는 권리가 주어졌다.

나는 절망하지 않으려 했다. 우리의 운명을 힘껏 끌어안고서, 이 고난에 찬 비극적인 사랑을 더 열렬하고 격정적인 것으로 만들려 했다. 물론 나 또한 모두에게서 버림받은 늙은 남자처럼 수시로 무너져 내렸다. 급성 망상증이 찾아들어서, 나 자신이 환자가 된 것처럼 죽음의 공포에 몸서리치곤 했다. 하지만 그때마다 나는 그 끔찍한 전율로부터 오히려 생명력을 자극받아 굳건히 되살아나서 유희의 곁으로 돌아왔다.

유희가 병원에 입원해 있는 동안에 나는 그녀의 사업장도 방치해두지 않았다. 비록 임시 휴업 상태이기는 했지만, 정기적으로 청소를 했고, 사무실 임대료도 대신 지불했으며, 직원들과도 정기적으로 회의를 가졌다. 그렇게 나는 그녀를 위해 무엇이든 해낼 만반의 준비를 갖추고 있었다.

그러나 의사들의 소견으로는 유희의 몸에서 기력이 점차 빠져나가고 있었다. 실제로 그녀는 밤마다 뱀파이어에게 피를 빨리기라도 하는 것처럼 점점 얼굴이 창백해졌다. 비록 의식이 없는 상태이기는 해도 극심한 빈혈 증상으로 고통받지 않을까 우려될 정도였다.

시간이 지나면서 나는 점점 초조해졌다. 어쩌면 지금 그녀는 모든 것을 포기하고 자신의 몸과 정신도 방기한 채, 멀리 영혼의 세계를 향해 영원히 나를 떠나려는 것인지도 몰랐다.

그런 생각이 들자 나 역시 나날이 가슴이 식어가면서 차츰 자포자기 심정이 되어갔다. 실제로 그녀는 자살을 기도하기 얼마 전에 현실적인 모든 일에서 어려움을 겪었다. 밥 먹는 것도 힘들어했고, 때로는 샤워를 할 때도 내 도움을 받아야 했다. 그러고 보니 그때 이미 그녀는 물질과 육체의 세계를 떠나 영적인 세계에 반쯤 들어선 게 아닌가 싶었다. 그렇다면 이제 그녀의 영혼이 평안하기를 빌어주는 것이 내게 남겨진 일이었다.

그날 밤 나는 그녀의 방에서 소지품을 정리하던 중에 사진 한 장을 발견했다. 누가 언제 찍은 건지 짐작이 가지 않았지만, 사진 속에서 나는 마당 한가운데에 선 채로, 누군가가 수도 호스로 물세례를 가하는 것을 피하기 위해 팔을 휘저으며 몸을 움츠리고 있었다. 그리고 국민학생인 유희는 그 광경을 바라보며 뒤쪽 마루 위에 앉아 활짝 미소 짓고 있었다.

그날 밤 내가 기이한 꿈을 꾼 건 그 사진이 과거의 기억을 너무도 생생하게 되살려낸 탓일 것이다. 꿈속에서 사진 속 장면이 그대로 재현되었다. 길고 푸른 뱀의 아가리에서 쏟아져 나온 물줄기가 내 몸을 적신 뒤 마루 위에 앉아 있는 유희에게까지 튀었고, 그녀가 비명을 지르며 몸을 일으켰는데, 그 순간 마치 신화 속 이야기에서처럼 내 몸이 물줄기 속으로 녹아들더니 황금 소낙비로 변하여 현란한 무지개를 만들며 그녀 위로 쏟아져 내리는 것이었다. 그 순간, 우리는 처음으로 강한 쾌감을 느끼며 하나로 결합했다. 그리고 그 쾌감과 더불어, 인간은 섹스를 통해 다른 인간뿐만 아니라 죽음을 넘어서서 자연 자체와도 깊이 소통하게 된다는 사실을 비로소 알았다. 그러자 마치 내 몸 전체가 하나의 커다랗고 건강한 황금빛 심장이 된 듯한 느낌이 들었다. 그 심장 속으로 세상 모든 것이 흘러들고 있었고, 그것들과 더불어 심장의 모양도 바뀌고 있었다.

잠에서 깨어났을 때 나는 눈물을 흘릴 만큼이나 기뻤다. 사실 지난밤까지만 해도 그녀가 죽는다면 그 뒤를 따라 나 역시 영적인 세계로 넘어가고 싶은 마음이 간절했다. 하지만 꾹 눌러 참은 것은 다만, 그녀가 그 무엇으로부터도 간섭받지 않고 온전히 안식을 누리게 해주고 싶은 마음에서였다.

그러나 이제는 사정이 달라졌다. 지금 그녀는 저 죽음의 경계 위에서 간절하게 나의 도움을 필요로 하고 있으며, 방금 꿈속의 정사를 통해 그 사실을 내게 분명 알려왔다. 나는 마침내 그녀로부터 영혼의 세계로 초대를 받았다. 그리하여 이제 내게는 그녀의 기력을 회복시켜서 그녀를 되살리기 위해 무슨 방법이든 취할 수 있는 권리가 주어진 것이었다.

8

그날 이후로 나는 수시로 깊은 명상에 잠겼다. 그때마다 그녀의 영혼과 교감하는 신비한 경험과 더불어 내 속에서 모종의 초자연적인 변화가 일어나는 것을 경험했다. 감정과 감각, 정신과 인격은 허망한 것, 우리에게는 그것들을 넘어서는 무엇인가가 절실히 필요했다. 그제야 비로소 나는 알았다. 이제 죽어가는 연인의 회복을 위해, 그리고 그녀의 사랑을 얻기 위해 영적인 변신을 시도하는 한 남자의 삶이 시작되었다는 것을. 이 영적 변신의 영역에서는 육체적 변신이나 정신적 변신에서는 불가능한 모든 게 가능하다는 것을.

그녀의 손때가 묻은 물건들이나 그녀를 연상시키는 물건들은 특히 내가 그녀와 영적으로 소통하는 데 중요한 역할을 했다. 나는 심령술사, 최면술사, 심지어 퇴마술사가 되어서 그녀를 불러내어 소통했다. 그때마다 나는 그녀의 영혼이 내쉬는 나직한 숨소리에서 그녀가 내게 속삭이는 소리를 들었다. 그녀는 우리가 이미 아득히 오래전에 영혼의 결혼식을 올린 사이라고 말했다. 때문에 그녀는 이미 나와 결혼한 몸이므로 나 아닌 다른 사람과의 결혼이 행복해서는 안 되었다는 것이다. 물론 그녀는 내가 그녀에게 품은 더할 나위 없는 사랑을 잘 알고 있었다. 그녀 역시 지금까지 나에 대해 감사와 사랑을 가슴 속에 간직해왔다. 하지만 우리의 사랑이 그 자체로 너무도 소중하여 다른 어떤 것으로 변질시키고 싶지 않았다. 우리가 보통 사람들처럼 사랑을 할 수 없었던 건 그래서였다. 때문에 그녀는 늘 안타깝기는 했지만, 그래도 그만큼 더 행복했다. 그녀가 행복했다고 하므로 나 또한 행복했다. 우리는 행복했다. 그렇게 우리는 서로에게 존재하지 않을 수 없는 존재가 되었다. 그렇게 우리 둘은 이 세상에서 결코 존재할 수 없는 특별한 존재가 되었다.

이제 나는 언제 어디서든 그녀와 하나가 될 수 있었다. 우리에게는 지상과 천상의 그 누구도 얻을 수 없는 무한한 자유와 행복이 보장되었다. 내가 숨을 쉴 때 그녀는 내 숨 속에 깃들고, 내가 말할 때 그녀는 내 목소리에 감미로움을 선사했다. 어디선가 맑은 소리가 들려올 때 그녀는 내 귀가 되어주었고, 내가 어떤 생각에 깊이 잠길 때 그녀는 내 마음이 되어 생각의 물꼬를 터주었다. 그리고 나 역시 그녀의 숨, 그녀의 목소리, 그녀의 귀, 그녀의 마음과 어우러지면서 나날이 다른 존재로 거듭 태어났다.

지금 나는 이 이야기가 다분히 허황된 기담이나 환상적인 동화처럼 펼쳐지고 있음을 알고 있다. 어떤 사람들은 내 말을 있는 그대로 받아들이지 못할 뿐만 아니라, 이런 이야기를 하고 있는 나에 대해 의심과 연민을 느낄지도 모른다. 그러나 나는 그들이 내 이야기에 마음을 열지 못하는 까닭은 사랑과 변신의 힘을 믿지 못하기 때문이라고 단언한다. 내가 그들의 입장이라면, 이 이야기를 하는 사람에 대해 연민을 가지는 대신, 이 이야기에 공감하지 못하는 자기 자신들에게 연민을 느낄 것이다.

여하튼 나는 늘 기분 좋은 꿈을 꾸고 난 듯한 기분이었다. 그 행복한 환몽 상태에서 고대의 신비주의자들이 그러했듯이, 안개와 연기, 태양, 불, 바람, 발광충, 번갯불 그리고 수정과 달이 남김없이 제 본연의 모습으로 눈앞에 어른거리는 것을 보았다. 그것들 하나하나는 그녀 영혼의 현현이었으며, 그것들과 더불어 나 또한 점점 더 변화무쌍한 변신의 능력을 갖추게 되었다. 그녀가 비둘기의 모습으로 내 앞에 나타나면 나는 독수리가 되어 그녀를 좇았다. 그녀가 물속으로 들어가서 청새치로 변하면 나는 상어가 되었다. 우리는 덮치고 잡아채듯이 서로를 끌어안는가 하면 깨물고 할퀴듯이 서로를 애무하면서 우리를 둘러싼 온갖 경계를 넘나들었다.

하지만 어느 날 문득 꿈같은 시간이 끝나고, 그녀는 영원한 어둠의 동굴 속으로 숨어버려서 다시는 나오지 않았다. 그곳은 내가 무엇으로 변신하든 들어갈 수 없는 곳이었다. 그리고 다음 날, 그녀는 병원 침대 위에서 숨을 거두었다. 처음에 나는 그 사실을 받아들일 수 없었다. 그녀를 원망하며 극단적인 절망감과 파멸감에 몸을 떨었다. 내 마지막 모든 노력이 단지 그녀를 최종적인 죽음으로 이끄는 헛된 과정에 불과했던가 하는 생각에 허탈감이 거대한 파도처럼 밀려들었다.

세상에 어둠이 깃들 때마다, 나는 죽음 같은 꿈을 꾸었다. 죽은 자들의 세계인 하데스의 나라로 내려갔던 신화 속의 영웅들, 케르베로스를 잡으러 갔던 헤라클레스, 죽은 아내인 에우리디케를 데리러 갔던 오르페우스, 예언자 테이레시아스의 망령을 만나러 갔던 오디세우스, 아버지인 안키세스의 망령을 만나려 했던 아이네이아스, 페르세포네를 되찾으려 했던 테세우스와 페이리토스가 나의 꿈속에 나타났고, 나 자신이 그들이 되고자 버둥거렸다.

하지만 세상이 다시 빛으로 채워질 때면, 창에 드리워진 흰 커튼이 너울거리는 것을 물끄러미 지켜보는 가운데 내 마음은 서서히 진정되었다. 그 흰 커튼이 긴 수의처럼, 그리고 또 커다란 캔버스처럼 보이면서, 나 자신이 곧 그 커튼이자 수의이자 캔버스가 되어, 유희를 그 커튼으로 가리고 그 수의로 감싸고 그 캔버스 화폭 위에 그녀의 모습을 새길 수 있었던 것이다.

그러자 비로소 그녀의 죽음은 그녀의 잘못이 아니라는 사실이 서서히 내 마음속에 자리 잡았다. 이승에서는 육체와 정신을 버리고 영적인 상태로 오래 머물 수 없는 법이었다. 하지만 이제 어찌해야 할까 생각하면 그저 막막하기만 했다. 분명한 것은, 우리 둘에게 사랑을 위한 변신의 마지막 순간이 남아 있는 게 틀림없다는 사실이었다.

9

한동안 나는 내 변신의 도정을 어떻게 마무리해야 하는지 알지 못했다. 때문에 그녀가 내 곁을 영원히 떠난 뒤로 내 삶은 비참하고 비장한 것이 되었다. 나는 수시로 머릿속이 오그라들고 수족이 마비되고 마음이 텅 비어버리는 현상을 경험했는데, 더 이상 변신을 이룰 수 없게 됨으로 인해 생겨나는 일종의 금단 증상이기도 했다.

그녀의 시신을 병원에서 인수했을 때, 처음에는 유해의 일부, 그러니까 머리카락이나 손톱, 발톱, 치아 같은 것을 잘라내어 간직할 생각도 해보았다. 그때 문득 예전에 꾸었던 꿈이 다시 떠올랐다. 그 꿈속에서 내가 팔이 잘린 채 그녀 앞에 나타나자 그녀가 내게 물었다. "잘라낸 팔은 어떻게 했나요?" 그녀가 내게 다시 묻고 있었다. "내 몸의 일부를 잘라내서 어찌할 건가요?" 그때도 지금도 내게는 대답할 말이 없었다. 결국 나는 그녀를 화장하여 유골을 납골당에 안치했다.

다시 무력한 생활이 오래 지속되었다. 이 상태로 변신을 멈추는 한 나 역시 이 삶을 더는 견뎌낼 수 없을 게 분명했다. 그제야 나는 내가 그동안 변신을 위해 엄청난 에너지를 썼지만, 또한 그로부터 그보다 더 큰 에너지를 얻었음을 깨달았다. 그런데 이제 나는 모든 에너지가 고갈된 채 서서히 죽어가고 있었다.

그녀가 허공으로 사라져버린 뒤, 나 역시 한 줄기 연기, 한 송이 시들어버린 꽃이 되어 서서히 흐릿해지고 빛이 바래갔다. 그러자 주변에서 헛것들이 보이기 시작했다. 나는 그 헛것들에 현혹되어 이리저리 끌려다녔다. 나는 마녀의 저주를 받아 개구리로 변신한 공주를 찾아 헤매는 불쌍한 왕자였다. 그 왕자는 개구리 공주를 인간으로 환생시키기 위해 이 세상 모든 추악한 파충류와 양서류에게 입맞춤하는 일도 마다하지 않았다.

뼛속으로 스며드는 외로움으로 인해 나는 변신에 대한 통제할 수 없는 자학적인 충동에 사로잡혔다. 그리하여 나는 흡혈귀, 야차, 도깨비, 치우, 늑대인간, 설인 등등, 내가 알고 있던, 혹은 내가 알지 못하던 그 모든 기괴하고 가엾고 가공스러운 존재들로 모습이 변했다. 때로 기꺼이 유령으로도 나를 바꾸었는데, 나처럼 아무것도 아니면서 무엇인가가 되어야 한다면, 그건 유령일 수밖에 없었다. 하지만 괴물이든 유령이든 나는 내가 그렇게 변하는 게 싫지도 두렵지도 않았다. 오히려 그때마다 내가 이토록 유희를 갈구하는 마음이 간절했던 적이 없었음을 새로이 절감할 뿐이었다.

한번은 아침에 무심코 거울을 보다가 그 속에서 낯선 존재를 발견했다. 여전히 진화 중에 있는 어떤 기이한 생명체의 인상, 들뜸과 불안감에 사로잡혀 있지만, 오히려 그로 인해 과도할 만큼 강한 에너지를 뿜어내고 있는 인물의 형상, 물론 그것은 바로 나 자신 속에 깃든 심령의 모습이었다.

그 무렵 내 방에는 암고양이가 한 마리 살고 있었다. 유희가 살던 빌라를 정리하면서 그녀가 키우던 고양이를 데려왔는데, 고양이는 크게 신경 쓰지 않아도 혼자 잘 지내고 잘 자랐다. 어느 날 나는 그것이 잠에서 깨어나 가르릉거리며 하품하는 모습을 지켜보다가 갑자기 까닭 모를 적개심에 사로잡혔다. 아마도 그 자기 도취적인 나른한 소리와 뻔뻔스러운 행동이 갑자기 내 속의 야수적 본성을 자극한 모양이었다. 나는 곧바로 광포한 포식자가 되어 그것을 향해 가까이 다가갔다. 앞발을 들어 올려 날카로운 발톱으로 그것의 숨통을 단번에 끊어버릴 생각이었다.

그때 내게서 이상한 기미를 느꼈는지 고양이가 몸을 둥글게 말았다가 공중으로 펄쩍 뛰어올랐다. 그 순간 나는 유희의 모습이 획 눈앞을 스치는 것을 보고는 깜짝 놀랐다. 처음에는 허망한 환영으로 여겼으나, 분명 그게 아니었다. 기이하게도 고양이는 달아나려는 기색을 보이는 대신 침대 발치에서 계속하여 펄쩍펄쩍 뛰어오르기를 반복했는데, 그때마다 그 몸통에서 유희의 실체와 기억과 흔적, 그 모든 것이 먼지처럼 풀썩거렸다. 순간 나는 고양이를 끌어안고서 바닥에 나동그라졌다. 마침내 육체가 우주의 먼지로 완전히 소진된 지금, 그녀의 영혼이 나의 외로움에 이끌려, 그녀 자신이 나의 외로움이 되어, 나의 온갖 감정이 되어, 저승에서 가볍게 날아올라 내게로 온 것이었다.

그 후로 모든 게 달라졌다. 새로운 눈으로 세상을 보니 고양이에게서뿐만 아니라, 도처에 그녀가 있었다. 내 눈길을 끄는 그 어떤 것 속에도 의심할 여지 없이 그녀가 들어 있었다. 그제야 나는 알았다. 지금 그녀는 윤회의 수레바퀴 속에서 수없이 다양한 형상으로 환생하고 있었다. 마치 바다 위에서 돛단배가 쉴 새 없이 밀려오는 파도를 하나씩 넘어서는 것처럼, 이승과는 전혀 다른 시간 개념 속에서 그녀는 매번 새로운 생명을 얻어 하나의 형상으로부터 다음 형상으로 계속하여 나아가고 있었다. 그녀는 장미와 철쭉 같은 식물에서 매미와 나비 같은 곤충, 개나 토끼 같은 동물, 소년이나 중년 여인 같은 인간으로 바뀌어갔고, 그때마다 그것들 하나하나가 자신의 변한 모습을 내게 한껏 드러냈다.

그녀가 윤회의 바퀴를 타고 수없이 모습을 바꾸며 나를 찾아옴에 따라, 내게서도 다시금 자연스럽게 변신이 시작되었다. 그녀가 무엇이 되느냐에 따라 나도 전혀 다른 존재로 변했다. 그녀와 나는 영혼의 결혼식을 올린 사이이므로, 그녀가 환생을 통해 얻은 모든 존재가 곧 나의 아내였다. 나 또한 장미와 철쭉, 매미와 나비, 개와 토끼, 소녀와 늙은 남자가 되어 그녀와 결합했다. 이미 수없이 변신을 거듭해온 나로서는 장미와 철쭉, 매미와 나비, 개와 토끼와 소년과 늙은 여자를 사랑하는 게 어려운 일이 아니었다.

그렇게 우리는 각자의 자아로부터 슬그머니 빠져나와 수천 가지의 낯선 형체 속으로 미끄러져 들어갔으며, 자연을 구성하는 그 모든 것이 되었다. 우리는 그렇게 모든 사랑과 더불어 하나의 사랑이 되었다. 그녀는 한 순간도 윤회의 바퀴를 멈추려 하지 않았는데, 오직 나를 위하는 마음에서였다. 그 덕분에 나는 나로부터 벗어나서 삼라만상의 어떤 것이든 될 수 있었다. 저승세계에서 베아트리체가 그러했듯이, 유희의 변화한 모습은 매번 나를 새로운 단계로 이끌었다. 점차 나는 유희의 모든 것을 받아들이는 깊은 우물이 되어갔다.

그러던 어느 날 나는 새벽 산책에 나섰다가 갑자기 온몸에서 기력이 빠져나가는 것을 느꼈다. 등줄기에서 식은땀이 줄줄 흘러내렸다. 갑작스레 편두통도 시작되었는데, 예전의 두통과는 전혀 다른, 뭔가 특별한 예감을 불러오는 낯설고 생소한 통증이었다. 나는 새 친구를 맞이하듯 차가운 손바닥을 이마에 대고서 오랫동안 눈을 감고 있어야 했다.

이윽고 다시 눈을 떴을 때, 높은 나뭇가지들 사이를 통과한 햇살이 내 위로 쏟아져 내렸고, 그와 동시에 내 몸이 투명해지면서 발치에 그림자 대신 영롱한 빛이 드리워졌다. 그 투명한 몸속에서 나는 유희를 발견했다. 그녀가 나로 변하고 있었다. 곧 나는 주저 없이 나를 버리고 그녀를 받아들였다. 그러고는 나 자신이 된 그녀와 이슬 맺힌 풀밭 위를 뒹굴었다. 그렇게 우리는 서로의 속으로 깊이 파고들었다. 우리의 맨살은 덤불에

86

긁히고 찢겨지면서 피처럼 붉은 땀을 흘렸으며, 그로부터 풍겨 나오는 지독한 향기가 우리의 코를 찔렀다.

10

유희가 내 속에서 평안하게 숨을 쉰다. 이제 나는 그녀가 저승에서의 밀봉 상태에서 풀려났음을 안다. 밀랍으로 봉해진 포도주가 오랜 시간 후에 뚜껑이 열려 그 향기와 맛으로 사람들을 취하게 하듯이, 마침내 그녀의 막혔던 가슴이 신비로운 연금술로 뚫리면서 그 속에 오랫동안 순수하게 보전되어온 영혼의 숨결이 흘러나와 공기 속으로 퍼지면서 나를 얼얼하게 도취시킨다. 그 순간, 나는 지금까지 나 자신이 육체의 실어증이 아니라 영혼의 실어증에 걸린 상태였다는 사실을 비로소 깨닫는다.

그리하여 모든 인간의 언어와 유령의 언어가 멈추고, 마침내 영혼의 언어가 되살아난 바로 그 순간, 윤회의 바퀴가 멈추었다. 이제 그녀는 다시는 나를 위해 윤회의 슬픈 강물 속에 빠지지 않아도 되었다. 나 또한 이제 그녀가 내 곁에 없어도 하나이자 둘이고 혼자이면서 함께였으며 비로소 완전한 나 자신이 되었다. 그것이야말로 그녀가 내게 준 가장 위대한 선물이었다. 그럼으로써 나는 살아생전에 사랑의 전 단계를 완성했다.

그녀 덕분에 나는 사랑에는 수천수만 가지 색조가 있다는 것을 알게 되었다. 그리고 하나의 사랑이 그 색조를 모두 낼 수 있다는 것도 알게 되었다. 그 사실이야말로 내가 온갖 변신의 시련 끝에 얻은 궁극의 깨달음이었다. 그러고 보면 사랑이란 우리의 변신이 멈추는 지점이자 우리가 마지막으로 이루게 될 변신의 모습이라 할 수 있었다. 그리고 내 속에 새겨진 그 사랑의 기억이야말로, 내가 나의 인생에서 꾼 많은 꿈들 중에 가장 의미 있는 꿈이었다. 인생이 한바탕의 꿈이라면, 당신은 내가 꾼 꿈들 중에서 가장 아름답고 의미 있는 꿈이었다.

모래시계 속의 남자

—사랑의 알레고리 3

1

어느 날 김시준은 몸이 유난히 무겁게 느껴져서 평소보다
이른 시각에 잠자리에 들었다. 베개를 바로 하고 잠을 청하려
하는데, 어쩌면 내일 아침에 깨어나지 못할지도 모른다는 생
각이 들었다. 문득 자신이 언젠가부터 아침이 와도 일어날 이
유가 없는 날들을 살고 있는 게 아닌가 싶었다. 얼마 전 신문에
서 읽은 구절도 머리에 떠올랐다. 인간의 몸에는 시계가 있는
데, 생명이 언제 시작되고 언제 끝날지는 그 생체 시계에 의해
결정된다는 것이다. 일반적으로는 새벽 4시에 태어나고, 새벽
5시에 죽음을 맞을 확률이 높다고 했다. 그런데 그는 새벽 4시

32분, 즉 인시에 태어났으니, 새벽 5시에서 7시 사이, 즉 묘시에 죽을 가능성이 컸다.

그러자 자신이 마치 하나의 모래시계, 그것도 모래가 아래로 거의 떨어져 내려 위쪽이 텅 빈 모래시계처럼 여겨졌다. 더이상 모래가 남아 있지 않으면 그 모래시계의 수명도 끝나는 것이다. 그런데 김시준이라는 모래시계를 뒤집어줄 사람이 주변에 아무도 없이 혼자 고립된 상황이었다. 순간 눈앞이 아뜩해지고 머릿속이 멍해졌다. 어쩌면 그에게 실제로 오늘 밤이 지상에서의 마지막 밤이 될지도 모른다는 생각에서였다.

잠을 잘 수도 없고 자지 않을 수도 없는 노릇이었다. 언젠가 검은색 이불보를 덮고 자면 악몽에 시달리게 된다는 말을 들은 기억이 났다. 그렇다면 악령의 방문을 받는다 하더라도 차라리 검은색 이불보를 덮으면 잠깐이나마 잠들었다가 악몽이 끝날 때 비명을 지르며 깨어나지 않을까. 하지만 그의 집에는 이불이든 담요든 검은색은 없었다.

그때 이상한 일이 일어났다. 꿈인지 환상인지 그는 커다란 모래시계 속에 들어와 있었다. 그 낯설면서도 왠지 친숙한 공간 속에서 그 자신이 하나의 작은 모래 알갱이였다. 김시준이라는 사람의 삶이 담긴 그 모래알이 다른 모래알들과 뒤섞인 채 부대끼고 있었다. 곧 주변에서 온통 모래들이 서걱거리는 소리가 강하게 들려왔다. 몸이 잘게 부서지고 갈리는 듯한, 털이 곤두서고 온몸에 소름이 끼치는 기이한 소리였다. 다음 순

간 발밑이 푹 꺼지면서 그는 소용돌이치는 구멍 속으로 빨려
들어갔다.

2

아주 어렸을 적부터 시준의 집에는 시계가 많았다. 벽걸이
시계, 바닥에 세워두는 괘종시계, 선반이나 탁자에 올려놓는
크고 작은 탁상시계 등등 종류와 모양도 다양했다. 그의 아버
지 김상도는 그것이 가문의 전통이라고 했다. 아버지가 어렸
을 때에도 집 안 곳곳에, 서재는 물론이고 주방이나 침실이나
욕실, 그리고 현관에 여러 개의 시계가 자리를 차지했다는 것
이다. 시계들에 둘러싸여 성장하는 동안, 아버지는 자연스럽
게 시간의 흐름에 리듬을 맞추게 되었다. 그 자신의 표현에 따
르면, 일찍부터 시곗바늘이 저 혼자 돌아가게 내버려두는 데
익숙하지 않았기 때문에 남들보다 근면한 사람이 되었다고도
했다. 지방의 한 작은 자립형 사립 고등학교의 국어 교사였던
그는 실제로 놀랍도록 규칙적인 생활 태도로 늘 주변 사람들
로부터 존경을 받았다.
    시계에 대한 그의 관심이 언젠가부터 애착을 넘어 점점 더
집착으로 변해간 것은 어찌 보면 당연한 일이었다. 그러나 다
행하게도 근면함과 검소함은 뿌리가 같은 법이어서, 특이하거

나 귀하거나 비싼 시계를 사들이느라 시간과 돈을 쓰는 일은 한 번도 없었다. 대신 그에게는 일종의 기벽이 있었는데, 시계들을 이상한 자리, 달리 말해 시계가 있기에 어울리지 않는 곳에 놓아두는 것이었다. 예컨대 베란다의 유리 창틀 위에서 나무 인형 모양의 시계가 바람을 맞고 있거나, 공처럼 둥근 플라스틱 시계가 소파 밑에서 굴러 나오거나, 때로는 고딕 성당처럼 뾰족한 탑들로 장식된 철제 프레임 시계가 좌변기 뚜껑 위에 놓여 있기도 했다. 게다가 시계들의 위치는 수시로 바뀌었다. 가족들은 전혀 예기치 못한 장소에서 시계와 마주칠 때마다 깜짝깜짝 놀라곤 했는데, 아버지는 그 모습을 보며 내심 은근히 즐거워했을 게 분명했다. 물론 그럼으로써 한순간의 시간도 낭비하지 말자는 교훈을 주려는 것이었다. 그러나 어쩌면 역효과가 났을지도 모를 일이었다. 뻔뻔스러운 불청객처럼 여기저기에서 불쑥불쑥 튀어나오는 시계들은 가족들을 성가시게 하고 우왕좌왕하게 해서 오히려 그 일로 시간을 낭비하게 만들기 일쑤였던 것이다.

시준의 집안이 그토록 시간을 중요시하고 시계를 애지중지한 까닭은 대대로 남자들이 단명했기 때문인지도 몰랐다. 그가 생각하기에 아버지도 일찌감치 자신의 짧은 생을 예감하지 않았나 싶었다. 그가 열세 살이 되던 해 어느 겨울날 저녁에, 아버지는 커다란 괘종시계를 끌어안고서 집 안으로 들어섰다. 거의 어른 몸집만 한 길고 뚱뚱한 시계였는데, 꽤 낡은 구형 모델이라 중고시장에서 샀음을 한눈에 알아볼 수 있었다. 아버지는 그것을 거실의 텔레비전 옆에 세워놓았다. 이제 가족들은 텔레비전을 시청할 때마다 그 오래된 시계와 마주 앉아야 했고, 드라마에 한창 몰입해 있다가도 30분마다 시계에서 울려 나오는 차임벨 소리에 정신이 번쩍 들곤 했다. 어머니가 조심스러우면서도 상당히 강력하게 이의를 제기했지만, 아버지는 적어도 시계와 관련된 사항에서는 자신의 뜻을 굽힐 의사가 전혀 없었다.

훗날 아버지가 우여곡절 끝에 집을 떠난 후에도, 괘종시계는 거실에 남았다. 물론 구석진 주방 쪽 자리로 밀려나기는 했다. 어느 날, 시준은 냉장고 문을 열다가 괘종시계의 추가 정지된 것을 발견했다. 가족들 중 누구도 언제부터 추가 움직이지 않았는지 알지 못했다. 얼마 후 그 시계는 집에서 영영 사라져버렸다. 그의 여동생이 그것을 볼 때마다 아버지의 유령 같다며 무서워한 탓이었다.

3

훨씬 나중에 시준의 나이가 예순을 앞두었을 때, 바이러스 감염으로 신경계에 이상이 생기면서 구안와사와 흡사하게 안면 근육에 마비가 일어났다. 증상이 점점 심해져서 보름 후에는 오른쪽 눈을 제대로 감을 수도 없었다. 눈알이 시려서 눈물이 계속 흘러내린 탓에 오른쪽 뺨이 늘 축축하게 젖어 있었다. 밤에는 잠자리에서도 내내 뜬눈으로 누워 있어야 했다.

달리 선택의 여지가 없었던 터라 처음에는 눈을 뜬 채로 잠을 자는 데 적응하려 했다. 사흘째 되는 날 그는 반쯤 깬 상태에서 몽롱한 정신으로 모로 누워 있다가 커튼 사이로 유리창이 희뿌옇게 밝아오는 것을 보고서 벌떡 일어나 앉았다. 그러고는 더 이상 눈을 뜬 상태로는 결코 눕지 않겠다고 자신에게 선언했다. 밤마다 눈을 멀뚱히 뜨고 누워서 어둠을 응시하다 보면 언젠가 말 그대로 눈 뜬 산송장 신세가 되어 영영 정지된 시간 속에 갇혀버릴 것 같았다.

그날 이후로 그는 밤이 오면 의자에 앉거나 뭔가에 기댄 자세로 잠을 청했다. 그리고 거기에 익숙해진 후로는 의자 없이 꼿꼿이 선 채로 잠을 자는 능력을 키워나갔다. 점차 그에게는 의자에 의지하는 게 침대에 눕는 것과 그리 다르지 않게 여겨졌다. 기왕이면 그는 죽는 순간까지 눕지 않는 말이나 소나 코끼리나 기린 혹은 어느 기이한 신화 속 동물을 닮고 싶었다. 그러다가 간혹 새벽녘에 다리의 피로를 이기지 못하고 바닥에 쓰러져버리곤 했는데, 그때마다 가족들은 축 늘어진 그를 보고 놀란 나머지 죽은 게 아닌가 싶어서 비명을 지르며 달려왔다.

오른쪽 눈을 반쯤 뜬 채 우뚝 서서 벽에 붙어 잠들어 있는 그의 모습에서는 당연히 기괴한 분위기가 풍겼다. 그 자신도 어느 날 문득 자신의 몸이 어렸을 적 아버지가 사왔던 괘종시계처럼 변해가고 있다는 느낌을 받았다. 가족들이 그 괘종시계를 아버지의 유령으로 생각했던 기억도 떠올랐다. 그런데 이제는 그 자신이 아버지의 괘종시계, 아니, 괘종시계 유령이 되어, 모두가 잠든 깊은 밤에 구석에 홀로 우두커니 선 채 마치 시계가 째깍거리며 바늘을 돌리듯이 쉴 새 없이 눈을 껌벅거리며 잠과 깸의 경계에서 자맥질하고 있었다.

게다가 전에 아버지가 시계들의 위치를 이리저리 옮겨놓았듯이, 그도 역시 매일 밤 서서 잠드는 장소를 바꾸었다. 때문에 가족들은 한밤중이나 새벽녘에 엉뚱한 곳에서 그와 맞닥뜨려야 했고, 그때마다 놀란 가슴을 진정시키지 못해 뜬눈으로 아침을 맞아야 했다. 그가 벽시계가 되어 잠들어 있는 동안 가족들은 불면증에 시달려야 했던 것이다. 특히 사춘기의 신경증을 호되게 치르던 막내딸은 밤이 되면 문을 걸어 잠그고 거실로 나오려 하지 않았다. 하지만 그런 시련을 겪어가며 마침내 시준은 그 어려운 시기를 견뎌냈다. 눈을 뜬 채로는 눕지 않는 것이 영원히 눕는 시간을 유예할 수 있는 방법임을 그 스스로 실천을 통해 확인한 셈이었다.

4

    이제 이야기의 순서를 원래대로 되돌리기로 하자. 마치 모래시계를 뒤집어놓듯이 말이다. 시준은 열번째 생일에 모래시계를 선물 받았다. 아버지가 여름방학을 맞아 태국과 인도를 여행하고 돌아오는 길에 사 온 것이었다. 쇠와 유리로 만들어져서 제법 묵직하고 크기도 그의 팔뚝만 한 탓에 한 손으로 들기도 어려웠다. 골격을 이루고 있는 네 개의 기둥은 금박으로 장식되어 있었는데, 윗덮개 위에는 머리에 뿔이 나고 등에 날개가 달린, 천사와 악마의 형상을 동시에 가진 작은 청동 조각상이 올라앉아 있었다.

    그 특이하면서도 고풍스러운 모래시계는 그의 마음에 무척 들었다. 그는 그것을 거실 탁자 위에 올려놓고서 그 앞에 앉아 모래가 떨어지는 광경을 하염없이 지켜보았다. 25분이 걸려 위쪽의 모래가 비워지면 몇 번이나 뒤집어놓았다.

    그날 밤 그는 평소보다 늦게 잠자리에 들었다가 새벽에 화장실에 가려고 거실로 나왔다. 그때 희끄무레하게 밝아오는 여명 속에서 두 개의 둥근 유리구로 이루어진 그 모래시계가 탁자 위에서 희고 창백하게 빛나는 게 눈에 들어왔다. 그는 오줌 마려운 것도 잊고 그 앞으로 가서 다시 아까처럼 쭈그리고 앉아 모래시계를 뒤집었다. 곧 위쪽의 흰 모래가 가는 폭포수처럼 길게 떨어지면서, 눈이 쌓이듯 아래쪽 유리구 속의 흰색

수위가 조금씩 높아졌다.

떨어지면서 쌓이고, 비워지면서 채워지는 모래의 움직임을 지켜보는 동안, 시준은 자기도 모르게 최면에 걸린 상태가 되었다. 뭔가에 빨려 들어가는 듯한 현기증도 느껴졌다. 마치 모래 한 알 한 알이 살아 있는 것처럼 보였다. 그러자 그것들이 중세의 연금술사이자 의사였던 파라켈수스가 만들었다는 호문쿨루스들, 곧 인조인간이라고도 하고 복제인간이라고도 하는 작은 인간들처럼 보였다. 지금 그것들이 분주하게 움직이며 뭔가를 만들어내고 있었는데, 실제로 미지근하고 끈적거리는 유리벽 안에서 뭔가 큼직한 것이 꼼지락거리고 있었다. 가만히 들여다보니 그것은 태아였는데, 의심할 여지 없이 그 태아는 시준 자신이었다. 꿈인지 환상인지 알 수 없는 그 기이한 광경이 그를 흠칫 놀라게 했다. 그 순간 눈앞에서 자신의 비밀스러운 탄생의 장면들이 빠르게 스쳐 지나갔다.

태아의 몸으로 시준은 어머니의 자궁 속에서 머리를 아래로 하고 거꾸로 자리를 잡고 있었다. 어머니는 원래 허리가 잘록한 데다가 그를 임신한 뒤로 엉덩이가 더 펑퍼짐해져서 완벽한 모래시계 형태의 몸매를 갖추고 있었다. 덕분에 그녀의 넉넉한 골반 속에서 그는 더할 나위 없이 편안함과 안정감을 누렸다. 그러나 이제 그는 밖으로 나가야 할 때가 되었음을 본능적으로 감지하고 있었다. 여성의 골반은 골반내강이 원형이나 삼각형 혹은 타원형인데, 어머니의 경우는 좌우로 좁고 긴

전형적인 타원형 골반이었다. 때문에 어머니는 분만 시에 어려움을 겪을 가능성이 높았다.

　하지만 그에게는 그 점이 오히려 행운이었다. 사실 그는 빨리 세상으로 나가고 싶은 생각이 조금도 없었다. 인간이라면 누구나 어머니의 몸에서 빠져나옴으로써 세상이라는 죄의 구렁텅이에 떨어지게 되고, 또 일단 태어나면 죽음이라는 구멍 속으로 서서히 빨려 들어가는 삶을 살아야 한다는 사실을 본능적으로 예감한 탓이었다. 사람은 누구나 어머니의 자궁을 벗어나면 이 세상이라는 지옥에 떨어져 어쩔 수 없이 악마가 되는 법이었다.

　이윽고 어머니의 자궁이 본격적으로 수축과 이완을 시작했을 때, 그는 아래로 빠져나가지 않으려고, 밖으로 나가지 않으려고, 태어나지 않으려고, 있는 힘껏 어머니 몸에 매달렸다. 제법 자란 손톱과 발톱을 모두 동원하여 자궁벽에 매달렸고, 탯줄을 몸에 감았다. 그의 행동이 어머니에게 상처를 입히고 극심한 고통을 불러일으키는 것을 알면서도 어쩔 수 없었다. 그동안 바깥에서는 분만을 유도하기 위해 온갖 수단이 동원되고 있었다. 밀고 당기는 과정이 세 시간이나 지속된 끝에, 마침내 그는 가위 모양의 겸자에 머리가 단단히 잡혀 밖으로 끌려 나갔다. 마침내 세상의 빛을 보았을 때 그는 머리와 얼굴에 찰과상을 입은 채 거의 죽어가고 있었다. 그때 의사가 마치 모래시계를 뒤집듯 그를 거꾸로 쳐들었고, 그와 동시에 온몸의 피가 머리로 몰리면서 그의 입에서 울음소리가 터져 나왔다.

5

어머니와 아버지는 신혼 초기부터 늘 사이가 좋은 편이었다. 하지만 두 사람 사이에는 근본적으로 다른 점이 있었는데, 시간이 지나면서 그것이 점점 일상의 영역에서도 두드러졌다. 시준이 사춘기에 이를 무렵에는, 아버지와 어머니 사이에 본격적으로 갈등이 자리 잡기 시작했다. 무엇보다도 아버지는 매사에 시간의 효율적인 사용을 강조했다. 말하자면 성공적으로 살기 위해서는 시간을 절약해야 하고 그러려면 규칙적인 생활을 해야 한다는 강박에 사로잡혀 있었다.

하지만 어머니는 사뭇 달랐다. 늘 어떤 결단을 내리기 전에 유예의 시간을 가졌고, 시간 사용에서 융통성과 탄력성을 중요시했다. 예컨대 아버지가 시간의 물살과 싸우는 바위 혹은 암초 같은 존재였다면, 어머니는 시간의 물살에 몸을 맡기고 유연하게 헤엄치는 물고기와도 같은 존재였다. 그래도 어머니가 아버지의 그런 성향을 헤아리지 못한 것은 아니었다.

어느 날, 어머니가 아버지 곁에 붙어 앉아 눈을 반짝이며 다소 들뜬 어조로 말했다.

"마라톤이나 자전거 경기에서 기준이 되는 속도를 만드는 선수를 페이스메이커라고 하잖아요. 그 페이스메이커를 '움직이는 시계'라고 부른다는 걸 알고 있나요? 그래요, 이제 비로소 내가 뭘 어떻게 해야 할지 알았어요. 지금부터 나는 당신의 페이스메이커가 되기로 했어요."

하지만 아버지는 다소 난감해하면서도 단호한 어조로 대꾸했다.

"고마운 말이에요. 하지만 내게 그런 건 필요 없어요. 나 스스로 페이스를 조절하는 게 가장 중요하니까요. 당신은 모르지요. 내 속에 정교하게 작동하는 메트로놈이 들어 있다는 걸. 당신은 결코 모를 거예요."

그 말은 어머니의 심장과 뇌를 2초가량 정지시켰다. 그날 이후로 어머니는 아버지와 거리를 유지하고서 늘 경계심을 품었고, 그 끝 간 자리에서 마침내 은근히 경멸감까지 품게 되었다. 모든 인간은 태어나면서 자기 몫의 모래시계를 받아 들기 마련인데, 아버지는 유난히 자기 손에 들린 모래시계에 대해 두려움을 느끼며 쩔쩔매고 있다는 생각에서였다. 얼마 지나지 않아 어머니는 아버지가 무척 위험한 인물이라는 경계심까지 품게 되었다. 그리스 신화에서 시간을 지배하는 크로노스는 마침내 자신의 자식들도 잡아먹는데, 그게 바로 아버지 김상도가 곧 드러내게 될 본색이라는 것이었다.

그러면서 자식을 보호해야 하는 사명감에 사로잡힌 표정으로 시준에게 말했다.

"결코 아버지처럼 시간과 죽음에 대한 공포에 사로잡힌 삶을 살아서는 안 된다."

그때 이미 고등학교 2학년이었던 시준은 어머니를 이해하면서도 왠지 아버지의 편을 들어주고 싶었다.

"시간에 대한 경각심과 죽음에 대한 공포는 다른 거예요."

하지만 사실 시준 자신도 자기가 한 말에 대해 확신이 없었다. 하지만 아직 어린 그가 보기에도, 아버지는 어머니와의 불화에 숨이 막혀 돌파구를 찾으려는 기색이 역력했다. 그 무렵에 세 여학생이 아버지에게 과외를 받으러 왔다. 그 학생들이 흰 블라우스에 검은 치마를 입고 집에 오는 날이면, 아버지는 아침부터 싸리 빗자루로 마당을 깨끗이 쓸었다. 시준이 고등학교 3학년생이 되었을 때, 아버지는 오랜 망설임 끝에 집을 떠나기로 결정을 내렸다. 아버지가 짐을 챙기던 날 그 세 여학생 중 가장 마르고 키가 컸던 쪽이 아버지를 도왔다.

아버지는 짐을 꾸릴 때 자신이 수집한 시계들에는 손을 대지 않았다. 그런데 이상하게도 어머니 역시 한동안 그것들을 치워버릴 생각을 하지 않았다. 만약에 여동생이 괘종시계가 무섭다며 울먹이지 않았다면, 불청객과도 같은 그 낡은 시계도 내내 우리 집에서 자기 자리를 지켰을 것이다.

대문을 나서기 전에 아버지는 시준에게 이런 말을 남겼다.

"우리 각자는 날마다 모래알이 빠져나가는 모래시계야. 하지만 어떤 보이지 않는 존재의 보이지 않는 손이 늘 그 모래시계를 뒤집어주고 있지. 그러니 우리는 모래알 하나하나를 결코 소홀히 해서는 안 되는 거야. 오늘 내가 떠나는 것도 그 때문이야."

시준은 아버지의 말을 알아들을 수 있을 것 같았다. 하지만 진지하게 듣지 않았던 게 분명한 것이, 그날 밤 꿈에 키가 크고 흰 블라우스에 검은 치마를 입은 그 여학생을 보고는 난생처음으로 몽정을 했기 때문이었다. 그때 그는 자신의 성기가 모래시계를 닮았음을 처음으로 깨달았다. 물론 정액은 모래가 아니라 액체이긴 하지만, 그 속에 들어 있는 수억 개의 정충은 일종의 모래가 아닐까 싶었던 것이다.

그 후, 5년 3개월이 지난 어느 날, 키 큰 여학생이 아버지의 부음을 알려왔다. 사인은 심장마비에 의한 돌연사였다. 시간을 절약하기 위해 늘 규칙적으로 생활하는 것을 신조로 삼았던 아버지는 급기야 자신의 인생마저 절약해버린 것이었다.

"선생님은 병원에서 사흘 동안 혼수상태였어요. 그리고 돌아가시기 전에 잠깐 의식이 들었는데, 그때 유언처럼 이렇게 말씀하셨지요. 지난 사흘간의 혼수상태는 정말 오랜만의 휴식이었어. 이제 먼 길을 떠날 준비가 되었네. 하지만 그 전에 이제 그만 샤워기를 잠가야지."

그 소식을 들은 다음 날, 시준은 어머니를 도와서 집안 곳곳에 자리 잡고 있는 아버지의 시계들을 한데 모아 시계방에 헐값으로 넘겨버렸다. 그러고 나니 집안이 텅 비어버린 듯했는데, 마치 아버지의 시신이 그 시계들로 이루어진 관에 실려 어디론가 멀리 가버린 듯한 기분이었다.

그날 밤 시준은 잠자리에 들면서 문득 뜻 모를 말을 중얼거렸다.

"이제 그만 샤워기를 잠가야 해."

6

물론 아버지에 대한 시준의 입장은 그리 호의적인 것만은 아니었다. 그가 생각하기에 아버지는 크로노스보다는 카이로스에 가까웠다. 앞쪽 머리카락은 길지만 뒤쪽 머리카락은 없어서 재빨리 잡지 않으면 놓치고 마는 기회의 신, 또한 발에는 날개가 달려 있고, 왼손에는 저울을, 오른손에는 칼을 들고서 모든 희극과 비극을 향해 문을 열어놓은 가능성의 신, 하지만 번번이 자기 자신의 기회는 놓치고 마는 실패의 신 카이로스, 그가 바로 아버지였다.

아버지가 떠난 후, 시준은 어머니가 훨씬 자유롭고 여유로운 시간을 보내며 살리라고 예상했다. 하지만 어머니는 비록 겉으로는 내색하지 않으려 애썼어도, 오히려 매 순간 갈피를 잡지 못하고 혼란스러워하는 기색이었다. 어찌 보면 낯선 자유만큼이나 그 혼란스러움도 기꺼이 누리려는 게 아닌가 싶기도 했는데, 시준으로서는 어느 쪽인지 가늠할 수 없었다.

시준은 열아홉 살에 대학에 입학했다. 전공 선택을 앞두었을 때 그는 물리학과에 진학하여 양자역학을 전공하면서 시간의 물리학에 대한 연구를 하고 싶은 생각이 들었다. 그가 추론하기에 시간은 이해할 수 없고 그래서 부당하기 짝이 없는 존재일 뿐, 두려워할 대상이 아니었다. 하지만 우리는 지금 그리고 여기에서 살고 있고, 누구나 '여기'라는 공간의 좌표는 바꿀 수 있지만, 마냥 흘러가는 시간은 붙잡을 수도 없고 되돌릴 수도 없이, 그저 그 마법과 같은 수수께끼를 끌어안고 살아갈 수밖에 없었다. 사실 그것이 시준을 매혹시킨 이유이기도 했다. 실제로 그는 시간과 관련하여 아인슈타인이나 에딩턴 등등의 속도와 중력과 엔트로피 따위에 대한 이론을 자세히 살펴본 적도 있었다. 하지만 애초에 그는 문과생이었던 탓에, 온갖 수치가 동원되는 그 정밀한 수리 물리학적 논리를 따라갈 능력이 없었고, 무능력함에 대한 자각은 그의 의욕마저 꺾어 버렸다.

대신 그는 시간에 대해 가능한 한 인간적으로 접근하고 싶었으며, 그래서 결국 역사학을 선택했다. 하지만 인류의 역사 혹은 인간들의 역사학에 이내 실망하지 않을 수 없었다. 시간은 사람들을 들뜨게 해서 조급하게 만들거나, 반대로 무감각하고 냉소적으로 만들거나, 그것도 아니면 겁에 질리게 해서 위축시키는 법이었다. 따라서 역사에 관심을 가진다는 것은 이를테면 늘 '시간을 의식하는 인간'이 되어, 결국 시간의 노예가 되는 것과 다를 바 없었다. 시준이 보기에 역사란 직선의 미로에서 벗어나지 못한 채 하나의 모래시계를 끊임없이 뒤집는 과정과 다를 바 없게 여겨진 것도 그런 맥락에서였다. 하지만 사실 이런 생각들은 어찌 보면 모두 부질없는 핑계인지도 몰랐다. 어느 날 갑자기 그는 더 이상 아버지처럼 늘 시간을 의식하면서 살기에 신물이 난 것이다.

그래도 그는 군대를 다녀온 후 교직을 이수하여, 졸업 학기에는 교원자격증도 취득했다. 어렸을 적부터 막연하게나마 아버지처럼 선생님으로 사는 것도 나쁘지 않겠다고 생각했는데, 그만큼 내심 아버지를 나름대로 존경했던 모양이었다. 하지만 이제 아버지가 저세상 사람이 된 지도 오래된 마당에, 진로에 대해 좀더 구체적으로 접근하자 갑자기 정신이 번쩍 들었다. 그가 아버지처럼 교사로서의 경력을 택하게 되면, 마치 모래가 다 떨어져 내린 아버지의 모래시계를 뒤집어놓고 거기에 맞춰 아버지의 삶을 되풀이하게 될지도 모른다는 생각이 들었던 탓이었다. 결국 그는 어머니를 설득하여, 교원 임용 고시를 치르지 않고 일단 작은 학원의 논술 교사로 자리를 잡았다. 사실 그 이유는 자신도 잘 알지 못했는데, 어쩌면 자기도 모르게 시간 앞에서 오만을 부리고 싶은 객쩍은 충동을 느꼈기 때문인지도 몰랐다.

그동안 어머니와 그는 사이가 나쁘지 않았다. 삼남매 중에서 어머니는 무엇이든 순순히 받아들이는 시준에게 가장 살가운 정을 느꼈다. 그런 그가 임용 고시를 포기하겠다고 선언했을 때, 어머니는 내심 꽤나 놀랐으면서도 결국 그의 뜻을 존중해주었다.

하지만 그가 아버지를 자신의 삶에서 결정적으로 밀어낸 후로, 어머니와의 관계도 서먹서먹해지기 시작했다. 어느 날은 문득 이런 생각이 들었다. 어머니도 아버지처럼 나를 자신의 모래시계에서 나온 모래알처럼 여기고 있는 게 아닐까. 부모의 모래시계가 멈추지 않기 위해서는 자식이라는 모래가 필요한 게 아닐까. 그게 부모의 자식 사랑이고, 또 인간이라는 모래시계들의 생존법이 아닐까. 그렇다면 자식들은 가능한 한 빨리 부모의 모래시계에서 벗어나서 스스로 하나의 모래시계가 되어야 하지 않을까. 그런 생각이 든 순간 그는 등골이 서늘해졌다. 마치 처음 모래시계를 보았던 바로 그날처럼, 다시금 모래시계의 저주를 받아 그 속에 영영 갇혀버린 듯한 느낌이 들었던 것이다.

그는 어머니가 묵묵히 지켜보는 가운데 집을 나와 학원 근처의 원룸에 거처를 정했다. 곧 일주일에 나흘 학원에 나가서 20시간가량 일하고, 나머지 시간은 집에서 혼자 지내는 단조로운 생활이 이어졌다. 만족스럽다고는 할 수 없어도, 딱히 불만이 있을 것도 없었다.

그는 느릿느릿 먹고 걷고 말하고, 심지어 느릿느릿 생각하며 하루하루를 살아갔다. 이제 그는 모든 인간이 각기 하나의 작은 모래알로서 거대한 모래시계 속에서 살아가고 있다는 사실을 받아들였다. 누가 먼저 저 구멍 속으로 빨려 들어가 아래로 떨어질지 아무도 모를 일이었다. 순서는 정해져 있지 않았고, 단지 수없이 많은 변수가 있을 뿐이었다. 인간이라는 존재는 아무리 발버둥을 쳐도 시간의 손아귀에서 좌지우지되는 모래 알갱이일 뿐이었다.

그가 가능한 한 느리게 사는 삶을 선택한 것도 그 나름대로 시간의 일방적인 횡포에 저항하는 방법이었다. 그러자 점차 변화가 일어났는데, 그의 행동이 느려짐에 따라 시간의 흐름 자체도 점점 느려졌다. 어떤 때는 단지 1분의 시간이 지났는데도 2분, 3분, 때로는 5분이 흐른 것처럼 인식되었다. 모든 게 그의 눈앞에서 슬로비디오를 보는 것처럼 천천히 움직였다. 뜨겁거나 찬 것이 살갗에 닿을 때, 맵거나 짠 것이 혀에 닿을 때도, 그의 몸은 한참 후에야 그 자극을 감지했다. 오줌을 눌 때도 오줌 줄기가 마치 한 마리 흰 뱀이 되어 천천히 귀두 밖으로 기어 나오는 것이 생생하게 눈에 보이기도 했다.

학원의 학생들은 그의 등 뒤에서 그를 나무늘보라고 불렀는데, 그가 생각하기에도 무척 적절한 별명이었다. 하지만 그들은 짐작조차 못 하는 사실이 있었다. 언젠가부터 그는 이 슬로비디오 세상 속에서 사람들의 비밀을 정확하게 간파하고 있었다. 그가 쉬는 시간이나 점심시간에 돗자리를 넓게 펴고 그 위에 앉아 있는 점쟁이 혹은 나무늘보의 심정으로 주변 사람들을 무념한 얼굴로 바라보고 있노라면, 그들의 표정과 몸짓에서 그들이 숨기고 감추고 위장하는 사연들이 슬며시 그의 눈에 드러났다. 말하자면 느리게 생각하고 느리게 행동함으로써 시간 사이의 틈을 보는 굼벵이의 통찰력이 발휘된 결과였다. 그리하여 이제 그는 남학생들, 여학생들, 남선생들, 여선생들, 그들의 몸체에서 모래가 위태롭게 출렁거리는 광경을 지켜보면서, 그들이 금전적으로 애정적으로 한데 뒤얽힌 그 복마전과도 같은 실상을 똑똑히 목도하고 있었다.

하지만 그는 그저 관망할 뿐 어떤 행동을 취할 의지는 전혀 없었다. 어차피 남의 일이니, 그로서는 분노할 것도 기뻐할 것도 없었고, 안타까워할 것도 불안할 것도 없었다. 다만 한 가지 주의해야 할 점은 있었다. 느리게 움직이는 동물은 사냥꾼이나 포식자에게 더 쉽게 잡히는 법이었다. 그가 끊임없이 일상의 습관을 바꾸는 건 그래서였다. 매 순간 치명적인 타격을 준비하고 있는 불운의 여신, 혹은 운명의 사자가 어느 길목에서 그를 지키고 있을지 모르기 때문이었다. 그들의 살벌한 매복을 피하기 위해 가능한 한 자주 스케줄을 바꾸어 다른 길을 택하거나 샛길로 빠지는 것, 그것이 그가 이 느린 시간의 흐름 속에서 살아남기 위해 반드시 지켜야 할 규칙이었다.

남들과 다른 속도로 살아가기 위해 치러야 할 희생은 또 하나가 있었다. 언젠가부터 그의 몸에 점차 이상 증상이 생겨나고 있었다. 마치 우주비행사들이 중력이 없는 우주 공간에서 지내다 보면 빠르게 근육을 잃게 되듯이, 그는 시간의 무중력 상태에서 몸의 통제력을 잃어갔다. 무엇보다도 시간을 느리게 흘려보내는 동안 그는 몸과 마음의 무기력감을 느꼈다. 실제로 늘 우울증이 떠나지 않았고, 무엇보다도 목이 당장이라도 끊어질 듯 아팠다. 마치 무거운 머리가 목 끝에 비스듬하게 걸려 있어서 목이 그 무게를 견디지 못해 그만 떨쳐버리려는 듯했다. 때문에 그는 머리를 목 위에 온전히 그리고 바르게 올려놓으려고 노력하는 데 많은 시간을 써야 했다. 문제는 통증이 늘 너무 늦게 찾아오기 때문에 통증이 떠나는 것도 그만큼 늦을 수밖에 없다는 사실이었다. 말하자면 그는 위아래가 비틀려 모래알의 소통이 원활하지 않은 고장 난 모래시계 처지였다.

7

그는 대개 아침 식사를 거르고 학원으로 출근하여 오전 시간을 마치고 밖으로 나와 카페에서 브런치를 먹었다. 물론 그가 한 카페를 자주 찾는 일은 없었다. 학원 수업 시간은 정해져 있으니 어쩔 수 없지만, 학원 밖에서의 동선에는 변화를 주기 위해서였다. 그러나 매번 새 카페를 찾는 것은 쉬운 일이 아니었다. 그는 고심 끝에 또 하나의 규칙을 정했다. 학원 건물을 중심으로 반경 5백 미터 내에 있는 카페 다섯 곳을 정해놓은 뒤 그중 하나를 무작위로 선택하는 것이었다. 때로는 버스를 타고 번화가로 나가서 아무 카페나 들어가는 날도 있었다.

그러나 그가 뭔가 놓치고 있는 게 분명했다. 침체된 기분과 목의 통증이 나아질 기미를 보이지 않았으며, 위가 늘 더부룩했다. 거울을 보면 얼굴에 병색이 완연했다. 더욱이 학생들과의 소통도 원활하지 않아서, 서로 간신히 숨이 통하는 좁은 구멍으로 연결되어 있다는 느낌을 떨칠 수 없었다.

그러던 어느 날, 그는 학원에서 아침 첫 강의를 마치고 건물을 나와 몇 걸음 걷지도 못한 상태에서 격렬한 위통을 느꼈다. 그가 아랫배를 움켜쥔 채 퍽 소리를 내며 시멘트 바닥에 쓰러지자 곁에서 걸어가던 사람들이 마침 무료하던 차에 모래시계를 벗어난 모래알처럼 어지럽게 그를 향해 달려 나왔다.

어디 아프세요? 그가 힘겹게 눈을 떠보니 한 젊은 여자가 놀란 표정으로 그를 내려다보고 있었다. 언뜻 대답할 말을 찾지 못한 채 그는 정말 아픈 사람처럼 상을 찡그리며 그녀의 얼굴을 쳐다보았다. 그러나 사실 그는 아픈 것을 그리 싫어하지 않았다. 아픈 사람들은 정상적이고 행복한 사람들에 비해 급작스러운 불운을 겪을 가능성이 더 적었다. 물론 아픈 사람들은 정상적이고 행복한 사람들에 비해 급작스러운 행운을 겪을 가능성도 더 적은 게 사실이었다. 그런데 아파 보인다는 이유로 한 낯선 여인의 근심 어린 관심을 받는다는 것은 예기치 못한 행운에 속하는 일이었다. 그런데 다시 보니 그녀는 어딘가 낯이 익었다. 순간, 어렸을 적에 보았던 흰 블라우스에 검은 치마 차림의 그 키가 크고 깡마른 여자와 흡사하다는 생각이 들었다. 하지만 오래전 아버지의 연인이었던 그 여자가 이토록 젊은 모습으로 그 앞에서 다시 나타날 수는 없는 노릇이었다. 그때 시야가 크게 흔들리면서 모든 게 흐릿하게 지워져버렸다.

곧 그는 앰뷸런스에 실려 병원으로 옮겨졌다. 무슨 일이 일어난 것인지 그 자신도 잘 알 수 없었는데, 복통이 그를 쓰러뜨리기 직전에 한때 아버지가 식탁에서 자주 하던 말이 귓전에서 살아난 것은 분명한 듯했다.

"이 귀하게 자란 것들을 먹고 있으니, 이것들이 자란 만큼 귀한 시간을 보낼 수 있어야 할 텐데."

응급실에서 깨어난 그는 잠시 안정을 취한 후에 바륨을 먹고서 위장조영술과 엑스선 검사를 받았다. 그런 후에 다시 응급실 한쪽 구석에 놓인 침대 위에 누워 거의 두 시간을 기다렸다. 사십대 중반의 내과 전문의가 나타난 것은 저녁 무렵이 다 되어서였다. 의사는 거두절미하고 마치 나무라는 듯한 어조로 그의 위가 모래시계 모양이 되었다고 말했다.

그는 '모래시계위'라는 말이 의학 용어라는 사실을 그때 처음으로 알았다. 이런 증상이 발생하는 데에는 여러 가지 이유가 있지만, 그의 경우에는 만성 위궤양으로 인해 반흔성 수축이 일어나 가운데가 잘록하게 가늘어져서 모래시계처럼 두 개의 방으로 나뉘었다는 것이었다. 그는 그동안 수시로 극심한 통증이 발생했을 텐데 어떻게 병원을 찾지 않고 지내왔는지 놀랍다며 혀를 끌끌 찼다. 만약 암이었으면 어쩔 뻔했느냐며 미간을 찌푸리기까지 했다.

의사는 일단 일주일 동안 매일 통원치료를 받아야 한다는 처방을 내렸다. 7층에 있는 6인실의 침대 하나가 비어 있어서, 만약 오늘 하루 병원에서 안정을 취하고 싶으면 지금 바로 입원 수속을 받을 수 있다고 했다. 하지만 그는 그 제안을 정중하게 거절했다. 의사의 뒷모습이 저만치 멀어졌을 때, 그의 입에서 갑자기 허탈한 웃음이 터져 나왔다. 인간의 몸이라는 게 비유적으로 하나의 모래시계 같다고 생각해왔는데, 실제로 위가 모래시계 모양으로 변했다니 실로 공교로우면서도 운명적인 노릇이 아닐 수 없었다.

비로소 그는 자신의 삶에서 시간이 점점 느리게 흘러가는 이유를 짐작할 수 있을 것 같았다. 그의 위 한가운데가 잘록하게 가늘어지듯이, 그의 생명을 관장하는 모래시계에도 이상이 생겨서 구멍이 점점 좁아지고 있고, 그로 인해 모래알들이 흘러내리는 속도가 느려지고 있었다. 계속 이렇게 가다가는 조만간 목구멍이 막히거나 신진대사에 장애가 생기고 말 게 분명했다. 시시각각 다가오는 위기를 그의 위가 먼저 감지하고 그에게 경고를 보낸 것이었다.

8

그가 병원의 응급실에 와본 건 이번이 처음이었다. 그래서인지 눈에 들어오는 광경은 예상했던 것보다 훨씬 낯설고 충격적이었다. 아마도 구급차에 실려 병원으로 옮겨지는 와중에 놀라고 당황한 탓도 있을 것이었다.

그날 이후로, 그는 오후에 진료 시간에 맞춰 병원에 올 때마다 응급실에 들러 한동안 시간을 보냈다. 아무 할 일이 없거나 밤에 잠을 이루지 못할 때도 일부러 응급실을 찾아서 다른 사람들 눈에 띄지 않도록 구석에 조용히 앉아 있곤 했다. 그의 눈에, 들것에 실려 막 안으로 들어오는 사람들, 이미 오래전부터 침대에 누워 있는 사람들, 검사를 받거나 수술을 받기 위해 밖으로 옮겨지는 사람들, 그 모두가 깨지거나 일그러지거나 구멍이 막히거나 모래가 거의 남아 있지 않은 훼손된 모래시계들로 보였다. 그중에는 금이 가고 깨어져서 그 틈으로 모래가 진물처럼 흘러나오는 모래시계들도 눈에 띄었다.

보름이 지난 후에도 그의 위는 상태가 그다지 나아지지 않았고, 단지 진통제의 양이 조금 줄었을 뿐이었다. 통원치료 기간이 일주일 더 연장되었을 때, 그날 저녁 마침내 그는 조심스럽게 행동에 나섰다. 우선 환자들 사이를 천천히 걸어 다니면서 한 사람 한 사람 세심하게 살폈다. 유독가스 중독, 심장마비, 하혈, 기흉, 구토, 뇌졸중, 망막혈관폐쇄 등등. 그동안 충분히 지켜보았던 터라 시준은 그들이 무엇을 필요로 하는지 파악하는 데 별 어려움이 없었다. 그가 가장 크게 불만을 느낀 사항은, 응급 환자들이 들어올 때 대부분의 의사가 어느 환자를 우선적으로 보살펴야 하는지 잘 모른다는 점이었다. 때로 의사들의 무성의한 모습을 지켜볼 때면, 환자들의 머리에 구멍을 뚫고 거꾸로 매달아 붉은 피가 모래처럼 쏟아져 내리게 하는 광경이 환각처럼 그의 눈앞에 어른거렸다.

얼마 지나지 않아 시준은 환자들을 잠시 살펴보고 나면 상태가 어떤지, 회생 가능성이 어느 정도인지 하나하나 세심하게 짚어줄 수 있었다. 회복될 길이 없는 시한부 인생들을 대상으로, 이제 떨어뜨릴 모래가 얼마 남지 않았음을 일깨워주는 일도 스스로 담당했다. 이를테면 어느 모래시계는 아직 시간의 여유가 있고, 어느 모래시계는 당장 뒤집어주어야 하고, 어느 모래시계는 언제 모래를 보충해주어야 하는지 그의 눈에는 확연히 보이는 것이었다. 거기에 비해 많은 젊은 의사가 각기 사정이 다른 모래시계들을 앞에 놓고 무심하게 방치하거나 불필요하게 수시로 뒤집어서 공연히 환자들에게 고통을 줄 뿐만 아니라 오히려 생명을 위협하는 과오를 저지르고 있었다.

곧 그는 환자들 사이에서 좋은 평판을 얻었다. 간호사들 중에도 그에게 호감을 가진 이들이 여럿 생겨났다. 하지만 적지 않은 간호사와 의사 들이 그를 성가셔했고 심지어 주제넘은 방해자로 여겼다. 어느 날 밤 결국 그는 남자 간호조무사들의 우악스러운 손길에 밀려 응급실에서 쫓겨나기에 이르렀다.

그때 공교롭게도 119 구급차들이 연이어 도착하면서 심한 화상을 입은 환자들이 들것에 실린 채 밀려들었다. 병원에서 다섯 블록 떨어진 10층짜리 오피스텔 건물이 누전으로 불이 나서 많은 사람이 화상을 입거나 연기에 질식하여 병원으로 옮겨지는 상황이었다.

그날 그는 모래가 부글부글 끓고 있는 모래시계들, 유리구가 터지고 갈라져 그 틈으로 모래가 거의 다 빠져나가버린 모래시계들, 뿌연 연기로 가득 찬 모래시계들, 그것들이 한데 뒤섞인 혼돈의 한가운데서 자신의 진가를 발휘했다. 누가 촌각을 다투는지 의사들보다 더 빨리 알아내어 간호사들로 하여금 효율적으로 링거를 꽂거나 수혈하도록 하는 데 큰 역할을 한 것이다.

다음 날 그는 병원 총무과 직원으로부터 전화를 받았고, 오후 3시에 병원장과 인터뷰를 했다. 『구약성서』에 나오는 유대의 왕 헤롯을 연상시키는 오십대의 병원장은 약간 경박한 면이 엿보였으나 무척 유쾌하고 나름의 카리스마를 가진 인물이었다. 병원장은 엉뚱하게도 안락사를 주된 화제로 삼았다. 아마도 시준에 대해 아무것도 모르는 터에, 그를 직원으로 채용할 때 어느 정도의 위험을 감수해야 하는지 측량하기 위해 일부러 사회적으로 민감한 사안을 화제로 택한 듯했다. 시준은 마치 자신이 안락사를 기다리는 식물인간이라도 된 기분으로 가만히 앉아 듣기만 했다. 한 시간 반 동안 진행된 인터뷰가 끝났을 때, 그는 수습 사무장이 되어 있었다. 이제 그는 병원 경영과 의료 행정, 보험 청구를 담당하는 다른 세 명의 사무장들의 일을 돕는 한편, 환자 관리 업무를 전문으로 맡게 되었다.

새로 얻은 직업은 그의 마음에 들었다. 때로는 청소나 빨래, 직원들 점심 식사를 조달하는 등 병원 안팎의 모든 살림을 담당해야 할 때도 있었다. 그러나 위의 통증을 유발하며 느리게 흘러가는 시간이 뭔가 좀더 실질적인 것에 유용하게 쓰인다는 사실이 당장은 만족스러웠다. 우선 그는 구급차 시스템을 정비하는 데 힘을 기울였다. 시간과의 싸움에서, 능력 있는 구급 요원들을 확보하고, 생리식염수나 에피네프린 같은 약품, 자동제세동기나 호흡유지장치 같은 장비를 빈틈없이 갖추는 것은 무엇보다도 중요한 일이었다. 그 과정에서 그는 자신이 시간을 다투며 인간의 생명을 관장하는 어떤 신적 존재와 경쟁하는 듯한 느낌을 받았다.

9

어느 날 그가 며칠 만에 응급실에 들렀을 때, 접수처 앞에서 실랑이가 벌어지고 있었다. 소란의 주역은 삼십대 중반으로 보이는 붉은색 재킷 차림의 여자였다. 그녀는 두 명의 여자 간호사와 한 명의 남자 간호조무사를 상대로 격한 몸짓을 하며 큰 소리로 항의하고 있었다. 그 옆에는 머리에 피 묻은 붕대를 감은 한 남자가 오른쪽 팔을 들어 얼굴을 가린 채 들것 침대 위에 누워 있었다.

여자는 약간 정신이 나간 듯 횡설수설하다가 갑자기 목소리를 높여 소리치기를 반복했는데, 아무도 그녀의 말을 제대로 알아들을 수 없었다. 간호사들이 진정시키려 했지만, 그녀는 막무가내였다. 그 와중에 그녀의 긴 머리카락이 마치 채찍처럼 그녀 자신의 얼굴과 어깨를 내리쳤다. 그러더니 갑자기 머리에 피 묻은 붕대를 감고 있는 남자의 침대 위로 몸을 던지며 울음을 터뜨렸고, 얼마 후 조무사의 팔에 매달려 계속 흐느끼며 제 발로 밖으로 걸어 나갔다.

그날 그는 진료 카드를 작성하고 있던 당직 간호사로부터 그 긴 머리 여자에 대해 자세히 들을 수 있었다. 그녀는 이미 응급실의 간호사들에게 유명했는데, 벌써 세 번이나 한밤중에 부상한 남자와 함께 119 구급차를 타고 응급실에 나타난 전력이 있고, 이번이 네번째라는 것이었다. 의사가 무슨 일이 있었냐고 물으면, 다친 남자 쪽에서는 아무 말도 하지 않고, 대신 여자가 나서서 파티를 벌이던 중에 사고가 있었다고만 대답할 뿐이었다. 남자들은 칼에 찔리거나 뼈가 부러지거나 화상을 입거나 이번처럼 머리를 심하게 얻어맞은 상태였는데, 웬일인지 하나같이 자기 실수라고 완강하게 주장한다고 했다. 언젠가부터 그녀는 간호사들 사이에서 '블랙 위도'라고 불리고 있었다. 교미 후에 암컷이 수컷을 잡아먹는 미국산 독거미의 이름에서 따온 별명이었다. 차트를 보니 그녀의 이름은 윤성하였다.

약간 마르고 긴 몸매에 얼굴이 유난히 흰 윤성하라는 여인은 시준에게 강한 인상을 남겼다. 그녀의 과격하고 불안정한 행동은 위험하고 자극적인 수수께끼처럼 강한 호기심을 느끼게 했다. 하지만 호기심과 더불어 연민과 동정의 감정도 없지 않았다. 때때로 마치 경련을 일으키듯 어깨와 팔을 거칠게 움직이는 것으로 보아 그녀는 일종의 복합 틱 장애가 있는 게 분명했다. 그로 인해 성격이 급하고 과격해져서 자기도 모르게 주변 사람들뿐만 아니라 자기 자신도 위험으로 몰아넣고 있는 게 아닐까 싶었다.

그는 간호사들에게 그녀가 다시 나타나면 반드시 자기에게 연락을 해달라고 부탁했다. 시준이 그녀를 다시 본 것은 며칠 후 병원 건물 앞 주차장에서였다. 그녀는 구급차 운전수와 뭔가 열띠게 말을 주고받고 있었는데, 시준이 다가가자 두 사람은 곧 구급차에 올라 경적을 울리며 시야에서 사라져버렸다. 그때 막연하게나마 시준은 그녀가 운전수를 유혹하려 했고, 둘 사이에 모종의 합의가 이루어졌음을 짐작했다.

3주쯤 지난 어느 날 새벽에 응급실로부터 그의 휴대폰으로 전화가 걸려왔다. 블랙 위도가 나타났다는 것이었다. 그날 마침 그는 암병동 간호사들의 건강 상태 및 직무 스트레스와 관련하여 업무 환경 개선 방안에 대한 보고서를 작성하느라 병원에 남아 있던 터였다. 그가 도착했을 때에는 예상대로 응급실 입구에서 지난번과 흡사한 상황이 연출되고 있었다. 블랙위도는 간호사들과 당장이라도 몸싸움을 벌일 기세였다. 그 옆에는 구급차용 들것이 놓여 있었는데, 그 위에는 머리가 반쯤 벗겨진 남자가 입을 굳게 다물고 꼿꼿하게 누워서 천장을 응시하고 있었다. 사내는 눈에 보이는 외상은 없었지만 거동이 어려운 듯했는데, 그녀의 행동에 약간 겁에 질린 채 진저리를 치는 기색이 역력했다.

시준은 잠시 그 광경을 지켜보다가 천천히 여자 쪽으로 다가갔다. 그녀는 머리를 짧게 깎아서 지난번과는 전혀 다른 사람처럼 보였다. 짐작건대 사람들이 자기를 알아보지 못하도록 수시로 외양을 바꾸는 게 분명했다. 시준은 허공에서 거칠게 움직이는 그녀의 팔을 낚아채어 단단하게 그러쥐었다. 그는 지금 그녀가 누구든 자기를 말려주기를 간절히 바라고 있다는 것을 알고 있었다. 순간 그녀는 몸의 움직임을 멈추고서 어지럽게 흔들리는 눈빛으로 그와 어렵게 눈을 맞추었다. 그녀는 그가 정장 차림인 것을 보고 간호사가 아니라는 사실을 알았는지 저항을 포기한 채 멍하니 그를 바라보았다.

시준은 그녀를 병원 밖으로 데리고 나가 자신의 승용차에 태웠다. 집으로 데려다주겠다는 말에 그녀는 커피를 마시며 잠시 숨을 돌리고 싶다고 했다. 아마도 이 시각에 찾아가는 카페가 있는 모양이었다. 그가 수시로 일정에 변화를 주려는 것과는 반대로 그녀는 정해진 순서와 정해진 장소에 맞추어 하루하루를 보내는 유형임에 틀림없었다. 그녀와 조금만 더 시간을 보내면 언제 어디에서 그녀를 찾을 수 있을지 알게 될 것이었다. 병원에서 두번째 사거리에 있는 한 카페로 들어가 창가 자리에 앉자 그녀는 커피 대신 뭘 좀 먹고 싶다고 했다. 그곳에서는 새벽인데도 가벼운 식사를 할 수 있었다. 그녀는 리코타 치즈 샐러드를, 시준은 커피 한 잔을 주문했다.

그녀는 포크로 샐러드를 조금씩 집어 입에 넣고는 입술을 우물거리며 간간이 웅얼거리는 어조로 말했다. 자기는 그 남자를 다치게 하려는 게 아니었고, 제 딴에는 도와주려 했는데, 어쩌다 보니 자꾸 그런 일이 생긴다는 말이었다.

시준은 조심스레 그녀를 살폈다. 그녀는 가느다란 은색 테에 렌즈가 둥근 안경을 쓰고 있었는데, 그녀가 안경을 벗자 창백하고 각진 얼굴 위로 부드러운 기운이 천천히 퍼져나갔다. 시준은 그녀가 늘 현기증에 시달리고 있음을 짐작했다. 그것은 우울증과 조증이 예고도 없이 번갈아 찾아들 때 생기는 현상이었다. 아마도 그녀는 자기가 항상 시궁창 위에 서 있다는 느낌을 받고 있을 게 분명했다. 그 시궁창에서는 미지근한 수증기가 죽은 동물들의 악취를 머금고서 끊임없이 피어오르고 있었다. 때문에 그녀의 몸에서는 끈적거리고 미끈거리는 습기가 마를 날이 없었다. 그녀의 모래시계에서 위쪽은 감옥이고 아래쪽은 시궁창이었다. 그녀의 갸름한 얼굴과 약간 넓은 미간에서 피로감이 진하게 배어나왔다. 그는 그녀에게 묘한 이끌림을 느꼈다.

그동안 세상의 여자들은 시준에게 낯선 존재였다. 그는 이를테면 여자들을 모래시계의 화신으로 여겼다. 미인이라 불리는 여자들도 세련되고 화려하게 꾸며진 모래시계일 따름이었다. 그가 여자들에게 관심을 보이지 않으려 했던 탓에, 자연히 여자들도 그에게 관심이 없었다. 여자들은 자기들에게 관심을 보이지 않는 남자에게는 관심이 없는 법이었다. 그런데 이번에는 뭔가 달랐다. 그는 그녀에게서 아주 특이한 일종의 기형적인 모래시계를 보았다. 그가 자기도 모르게 상을 찡그리며 약간 웃어 보이자, 그녀도 따라서 미소를 지었다. 그때 그녀의 오른쪽 뺨에 보조개가 깊이 패는 것이 마치 얼굴에서 모래가 한 줌 빠져나가는 것처럼 보였다. 그 모습은 시준으로 하여금 가슴을 서늘하게 했다. 바로 그 순간 자신이 완전히 무장해제되었음을 느꼈기 때문이었다.

한 시간쯤 후에 그녀의 아파트 앞에 도착했을 때, 그녀는 고맙다는 말이나 작별 인사 따위는 아랑곳하지 않고 모든 게 당연하고 자연스럽다는 듯이 혼자 휘적휘적 안으로 걸어 들어갔다. 시준도 머뭇거리지 않고 그 뒤를 따랐다. 거실과 침실은 외외로 깨끗하게 정리되어 있었다. 아마도 구급차를 불러야 했던 그 사건은 호텔이나 남자의 집에서 발생한 모양이었다. 하지만 시준은 그녀의 집 안에 발을 들여놓은 것을 후회하지 않았다. 곧 그녀는 옷을 입은 채 침대 위로 쓰러졌다. 그로서는 그녀가 순식간에 잠이 들었는지, 잠이 든 척하면서 그의 행동을 지켜보는 것인지 알 수 없었다. 그는 잠시 그녀를 내려다보다가 침실을 나와 조용히 문을 닫았다.

그날 밤 그는 어지럽고 혼란스러운 꿈으로 인해 잠을 설쳤다. 꿈속에서 윤성하라는 이름의 그 여인이 모래시계 모양의 일인용 반신욕 욕조에 몸을 담그고 있었다. 그런데 가만히 보니, 그 욕조는 강력한 모터가 달린 믹서였고, 그녀가 비명을 지르는 순간 믹서가 작동되어 그녀의 아랫도리가 잘게 갈리면서 핏물이 솟구쳤다. 하지만 이내 상황이 바뀌었다. 어느새 그녀는 표피가 시퍼런 도마뱀 형상을 하고서 혀를 날름거리며 유황불을 내뿜었다. 그러자 주변에 널려 있던, 모래시계의 유리구를 닮은 투명한 알들이 그 불길에 퍽퍽 깨어져 나갔다. 아무리 두터운 유리막이라 해도 그 불길을 이길 수 없을 것 같았다. 다시 장면이 바뀌면서 그녀는 커다란 말벌이 되어 있었다. 벌을 어느 정도 관찰해본 사람들이라면, 특히 말벌은 치명적인 침을 감추고 있는 자기 하체를 무척 소중하게 지키는 한편 남들에게 눈에 띄게 과시한다는 사실을 알 것이다. 성하는 잘록한 허리와 풍만한 아랫도리를 말벌처럼 육감적이고 공격적으로 꿈틀거렸다. 그것은 곧 그녀가 말벌처럼 언제든 공격할 준비가 되어 있음을 말하는 것이었다. 잠에서 깨었을 때, 그는 자신이 더 이상 성하의 유혹에 저항할 수 없음을 알았다.

다음 날, 그는 정오가 막 지났을 때 그녀의 집을 찾았다. 현관문은 잠겨 있지 않았다. 거실 안으로 들어서자 침실 문이 반쯤 벌어진 채 그를 맞이했다. 문 쪽을 향해 모로 누워 있던 그녀가 눈을 뜨더니 서늘하고 무표정한 얼굴로 이불 한쪽을 들어 보였다.

"우리에게는 시간이 많지 않아요. 시간은 늘 주리를 틀듯 우리 목을 비트니까요. 이미 나는 당신의 마음을 체포할 영장을 가지고 있어요."

그녀가 나른한 어조로 말했다. 시준은 그녀가 블랙 위도라는 사실을 상기했다. 위험한 사랑은 자살 충동의 극적인 표현이라는 말도 뇌리를 스쳤다. 하지만 그는 아무 말 없이 옷을 모두 벗어서 바닥에 떨어뜨리고는 천천히 이불 속으로 들어갔다.

10

그날 이후로 그들은 서로의 거처를 번갈아 오가며 반쯤 동거하는 생활을 시작했다. 그녀는 수도권 지역의 한 유력 신문사에서 일찌감치 경력을 쌓아 조만간 연예부 예능 담당 팀장으로의 승진을 앞두고 있었다. 일과 관련하여 그녀는 진지하면서도 과감했다. 어쩌면 틱 증상과 관련이 있을지 모를 예민함과 날카로움이 그녀의 입지를 더욱 굳혀주었다.

하지만 그로 인해 일상생활에서는 그가 짐작했던 것보다 훨씬 불안정한 모습이 드러났다. 기분이 좋다가도 갑자기 언짢아했고, 곧 방금 화를 낸 것에 대해 사과를 했는데, 사과를 하는 중에 자기가 왜 사과를 하는지 잊어버리는 것 같았다. 심할 때는 하루에도 몇 번이나 그런 일이 되풀이되었다. 그녀에게 어떤 긍정적인 변화가 생기지 않으면 장차 직장에서도 점점 더 어려움을 겪을 게 분명했다.

처음에 시준은 그녀가 혹시 단기 기억 상실 증세에 시달리고 있는 게 아닌가 싶었다. 언젠가 뇌의 해마 조직에 손상을 입은 사람에 대한 글을 읽었는데, 그 남자는 기억이 15분 이상 지속되지 않는다고 했다. 달리 말해, 15분이 지나면 시간의 흐름이 원점으로 돌아가서 15분 동안 지속되는 영원한 현재에 갇혀 있다는 것이었다. 그가 보기에 성하도 어떤 강한 자극을 받을 때가 아니면 대략 15분 정도 같은 감정 상태를 유지하는 것 같았다. 정서적으로 그녀는 15분짜리 모래시계인 셈이었다. 그러나 그 모래시계가 분노로 기쁨으로 슬픔으로 모래의 색깔을 수시로 바꾼다는 사실에 대해서는 어찌 설명하거나 납득할 도리가 없었다.

무엇보다도 잠자리를 같이할 때, 그녀의 문제가 무엇인지 좀더 분명해졌다. 그들이 벌거벗고 끌어안고 있을 때, 그녀가 얼마나 심하게 감정의 기복을 겪고 있는지 맞닿은 맨살을 통해 너무도 생생하게 감지되었다. 자연히 시준으로서는 거기에 대응하느라 정작 사랑의 행위에 집중하기가 어려웠다. 심지어 극심하게 불안정하고 히스테릭한 모습도 보이곤 했는데, 그녀가 예전에 남자들에게 공격을 가한 것도 바로 그런 상태에서 일어났음을 짐작할 수 있었다.

물론 그녀는 자신의 충동을 억제하기 위해 무진 애를 쓰는 모습을 보였지만, 금방 지치는 기색이 역력했다. 때문에 시준은 열정적으로 몸을 움직여서 그녀를 통제하는 한편, 필요하다고 판단되면 언제라도 육체적으로나 심리적으로 안전거리를 확보할 준비를 갖추어야 했다. 말하자면 이제 바로 그 자신이야말로 암컷 블랙 위도와 교미를 하다가 사정을 마치자마자 재빨리 달아나야 살아남을 수 있는 수거미와 다를 바 없었다. 그러다 보니 매번 성적 만족은 물론이고 어느 정도의 교감마저도 얻을 수 없는 경우가 대부분이었다.

하지만 그는 물러서고 싶지 않았다. 그녀의 증세는 분명 병적인 것이었던 만큼, 그는 그 병을 자신에 대한 도전으로 받아들였다. 한동안 고심하던 끝에, 문득 어렸을 적에 아버지로부터 선물 받은 모래시계가 머리에 떠올랐다. 그는 장롱 속에 넣어두었던 오래된 상자에서 그 모래시계를 꺼내 들었다. 그러고는 네 개의 금박 기둥 위에 올라앉은, 천사와 악마의 형상을 동시에 가진 작은 청동 조각상을 한동안 유심히 바라보다가 자기도 모르게 입가에 미소를 떠올렸다. 어쩌면 그것이 검은 암거미의 치명적인 본능을 가라앉힐 수 있을지도 모른다는 기대감에서였다.

그날 밤 그 모래시계는 침대 옆 낮은 탁자 위에 놓여 있었다. 처음에 성하는 신기하다는 듯 잠시 모래시계를 살피더니 이내 관심을 거두어버렸다. 하지만 그가 그녀의 벗은 몸을 끌어안은 채 탁자 위로 손을 뻗어 모래시계를 뒤집었을 때, 그녀의 두 눈이 둥그렇게 커졌다. 당장 그녀의 몸에서 평소와는 다른 긴장감이 일어나는 것도 느껴졌다. 그가 무심한 표정으로 미소를 짓자, 과연 그녀도 어색하게나마 입꼬리를 올리며 웃어 보였다.

그가 기대했던 효과는 놀랍게도 곧 나타났다. 전과 달리 그녀의 육체적 반응은 곧바로 스타카토로 뛰어드는 대신, 라르고에 머물러 있다가 서서히 아다지오로 옮겨갔다. 모래시계가 보여주는 느리게 흐르는 시간의 이미지가 그녀에게 안정감을 주었음이 확실했다. 어쩌면 그녀의 불안감 또한 달래주었는지도 모를 일이었다. 시준은 온몸의 감각이 생생하게 일깨워지는 것을 느끼면서 서로를 이어주는 좁은 구멍을 통해 온 기운을 그녀의 몸속으로 불어넣었다. 앞으로 그에게는 모래시계가 허락한 30분이라는 충분한 시간이 주어져 있었다. 이제 그는 30분 동안 시간과 싸우지 않고 시간을 누릴 수 있었다.

그녀의 몸에서도 변화가 분명하게 느껴졌다. 그의 링가가

요니를 통해 그녀의 몸속으로 깊이 들어가 구석구석을 자유롭게 풀어주었다. 양기와 음기가 만나 그야말로 연금술적 변용이 일어나고 있었다. 그렇게 그들은 지옥으로의 하강과 천국으로의 상승을 향해 번갈아 몸을 맡겼다. 마침내 그의 성기가 뜨겁고 축축한 모래밭 속으로 깊이 파고들며 제 속에 들어 있던 모래 정액을 쏟아붓기 시작했고, 그 순간 두 사람의 육체는 완벽한 결합으로 녹아들었다.

시준이 혼곤히 잠들었다가 깨어났을 때는 어느덧 아침 녘이었다. 옆자리는 비어 있었는데, 성하는 늘 일찍 기상해서 출근하기 전에 노트북을 켜놓고 잠시 작업을 하곤 했다. 탁자 위에 모래시계가 보이지 않는 것으로 보아, 그녀는 서재로 갈 때 모래시계를 들고 간 모양이었다. 그녀가 모래시계를 마음에 들어 한다면, 그로서는 더 바랄 나위가 없었다.

그 후로 그들은 서너 번 더 모래시계와 더불어 침대 위에서 부족함이 없는 시간을 가졌다. 이제 그에게는 그녀와의 관계에서 모든 게 장밋빛으로 보였다. 하지만 어느 날 밤 그가 전혀 예상하지 못한 일이 벌어졌다. 그들이 한창 몸을 섞고 있던 중에 그녀에게서 몸이 덜덜 떨리는 기미가 느껴졌다. 순간 그가 불길한 예감에 사로잡혀 몸의 움직임을 멈추고 내려다보니, 낮은 촉수의 스탠드 불빛에 드러난 그녀의 얼굴이 붉게 일그러져 있었다.

"왜 그래?"

그가 묻자, 그녀는 눈을 꽉 지르감았다가 번쩍 뜨면서 낮고도 단호한 어조로 말했다.

"저 모래시계 때문에 말이야. 사랑을 하는 게 아니라 모래가 다 떨어질 때까지 벌을 받는 기분이야."

그의 온몸이 단번에 뻣뻣해졌다. 난데없이 얼음과 가시가 가득 담긴 차가운 물을 머리에 뒤집어쓴 기분이었다. 그녀의 몸 안에 들어 있던 자신의 성기가 모래처럼 부서지는 느낌도 들었다. 그는 몸을 일으켜 벌거벗은 채 침실을 나와 욕실로 갔다. 머릿속이 텅 비어버려서 아무 생각도 할 수 없었다. 샤워기 밑에 서서 세차게 쏟아져 내리는 뜨거운 물에 머리를 들이밀자 다소 안정이 되었다.

그때 욕실 문이 벌컥 소리를 내며 열렸다. 순간 그는 반가운 마음이 들었다. 함께 샤워를 하는 것은 늘 그가 바라는 일이었다. 그러나 저만치 문틀 너머에서는 그녀가 완전히 벌거벗은 몸으로 무표정한 얼굴에 두 눈을 부릅뜨고서 그를 노려보고 있었다. 당장이라도 주변에 있는 무엇이든 흉기로 삼아 집어 들고 달려들 기세였다. 하지만 그녀는 꼼짝도 않은 채 아랫입술을 깨물었다. 아마 그녀 자신도 자제하려고 애쓰는 듯했다. 유난히 잘록해 보이는 그녀의 허리가 시준의 눈을 아프게 했다. 그러나 다음 순간 그녀가 등 뒤에 감추고 있던 것을 머리 위로 쳐들었고, 그것이 그를 향해 날아왔다. 천사와 악마의 형상을 동시에 가진 모래시계였다.

"이 모래시계가 내 시간의 목을 졸랐어."

그녀가 있는 힘껏 던진 모래시계가 그의 왼쪽 어깨를 스칠 듯 지나쳐 타일 벽에 부딪쳐 산산조각 났다. 그리고 튕겨 나온 파편 하나가 그의 왼쪽 턱에 짧고 깊은 붉은색 직선을 그었다. 그가 아무 말도 못 하고 건너다보고 있자, 그녀가 쾅 소리를 내며 문을 닫았다. 그는 놀라거나 화가 났다기보다 처참한 기분이었다. 그의 심장이 모래시계처럼 깨져버린 심정이었다.

그는 바닥에 떨어진 유리조각과 모래를 샤워기의 물살로 쓸어내렸다. 모래가 작은 유리조각들과 함께 수챗구멍 속으로 흘러들었다. 수건으로 물기를 대충 닦은 후에 밖으로 나왔을 때 그녀는 집 안 어디에도 보이지 않았다. 그는 턱에 난 상처에 반창고를 붙여서 지혈을 했다. 그런 뒤에 한동안 거실을 서성대다가 장식장에서 위스키를 꺼내어 식탁에 앉아 마시기 시작했다. 여전히 어떤 것에도 생각을 집중할 수 없었다. 그는 술기운이 오르는 것을 느끼며 자기도 모를 말을 철 지난 유행가처럼 중얼거렸다. 나의 사랑, 나의 딜레마, 딜레마 없는 사랑은 사랑이 아니니까.

시준은 식탁 위에 엎드린 채 잠이 들었고 꿈을 꾸었다. 윤성하라는 배꼽춤 무희가 일곱 베일 시간의 춤으로 그의 목을 요구하고 있었다. 그녀는 시간의 여전사였다. 그녀가 마침내 그의 목이 담긴 쟁반을 앞으로 내밀었을 때, 시준은 잠에서 깨어났다.

다음 순간 그는 현관문이 열리는 소리를 듣고서 반사적으로 고개를 들었다. 창밖은 아직 어두웠다. 그녀가 신발을 벗고서 천천히 그에게로 다가왔다. 그는 손을 들어 맞은편에 앉으라는 시늉을 했다. 그녀는 잠시 머뭇거리다가 의자를 끌어당겨 그 위에 모로 앉았다. 그녀의 창백한 얼굴은 데스마스크처럼 어두웠다. 아침에 나하고 병원에 가보자. 그의 말에 그녀는 바닥에 시선을 둔 채 조용히 고개를 끄덕였다.

그녀는 정신의학 병동의 유명한 신경정신과 전문의에게서 이틀에 거쳐 정밀진단을 받았다. MRI와 CT 같은 온갖 검사가 진행된 것은 물론이었다. 닷새째 되는 날, 그들은 전혀 예상하지 못한 결과를 통고받았다. 그녀의 뇌에서 종양이 발견되었는데, 그 종양이 시간 감각을 담당하는 중추를 압박하여 두뇌의 다른 부분들과 신호를 주고받는 것을 방해한다고 했다. 그 때문에 반드시 늘 그런 건 아니지만 수시로 그녀는 정상인들과는 다르게 시간을 감지하고 있었다. 말하자면 실제로는 1분이 지났어도 23초가 지난 것으로 인식하는데, 그럴 때면 모든 것이 현실보다 빠르게 움직여서 천천히 걷는 사람들도 달리는 것처럼 보이고, 커피를 마실 때는 커피 잔이 자기 입으로 달려드는 것처럼 느껴진다는 것이었다. 한마디로 그녀는 시간 인식 장애를 겪고 있었다. 그래도 다행한 것은 뇌의 종양을 제거하면 그런 증상도 사라진다는 점이었다.

그녀는 담담한 표정으로 검사 결과를 받아들였다. 시준이 짐작하기에 그녀가 자신이 겪는 고통을 상세히 털어놓은 것은 그 신경정신과 의사가 처음이었다. 이제 비로소 그녀는 자신을 이해할 수 있었고, 시준은 그녀를 이해할 수 있었고, 그녀는 그를 이해할 수 있었다. 그동안 그녀는 움찔움찔 놀라는 모습을 자주 보였다. 그는 그것을 틱 증상이라고 여겼다. 그러나 이제 보니 주변의 사물들이 갑작스레 눈앞으로 확 다가오거나 휙 멀어져서 그녀를 깜짝깜짝 놀라게 했던 것이었다. 그녀의 병든 뇌가 시간을 압축하고 더 나아가 아예 시간을 추월하려 했던 탓이었다. 보통 사람은 추월 차선을 달리는 동안 긴장감과 불안감으로 행복할 수 없는데, 그녀는 오직 추월 차선 위에서만 행복할 수 있었던 것이다. 추월 차선 위의 삶, 지금까지 그녀는 그렇게 살아왔고, 이제 그는 그녀를 위해 무엇을 할 수 있을지 알 것 같았다.

하지만 그가 그녀를 완전히 이해할 수 있을 것 같다고 느낀 것 또한 그가 저지른 큰 과오 중의 하나였다. 수술 날짜는 사흘 후로 잡혔다. 그녀를 진료한 의사가 집도를 하기로 했다. 그러나 이틀 후, 그러니까 수술 전날 밤 그녀는 13층 높이에 있는 자신의 아파트에서 뛰어내렸다. 이번에는 모래시계 대신 자신의 몸을 집어 던져 깨뜨려버린 것이었다. 그때가 대략 11시쯤이었는데, 그녀는 골반이 골절되고 간과 콩팥에 출혈이 일어나고 경추가 유리 조각처럼 부서져서 다음 날 오전 2시 15분에 숨을 거두었다. 결국 그렇게 그녀는 다시금 시준의 이해와 우려를 추월해버리고 말았다. 그는 앞으로 그녀와 내내 함께 지내면서 느리고 지루하기만 한 자신의 시간을 그녀에게 나눠 주고 싶었다. 그러나 이제 그 기회는 영원히 사라져버렸다. 그녀에게 모래시계가 생명유지장치 역할을 하지 않을까 싶었는데, 그것 역시 헛된 바람이었다.

그녀에게는 모든 게 빠르고 급했다. 아마도 그녀의 머릿속에서는 시간이 나선형으로 소용돌이를 이루며 흘렀었던 게 아닌가 싶었다. 그동안 타인과의 사이에서 벌어진 사소한 오해가 그녀의 마음속에 충동적인 살의를 불러일으킨 것도 그래서였다. 그녀에게 오해는 어느 한쪽의 죽음을 의미했다. 자살을 한 이유도, 수술을 앞두고서 그녀의 두려움이 치료와 회복을 건너뛰어 곧바로 죽음으로 연결되었던 탓이었다. 하지만 이제 시준은 아무것도 확신할 수 없었다. 어쩌면 그녀는 종양을 제거하고 난 후에 장차 시간이 정상적인 속도로 돌아가는 것을 견디지 못한 것인지도 몰랐다. 그런데 13층에서 바닥으로 떨어질 때에도 남들보다 훨씬 짧은 시간이 걸렸을 텐데, 그 점에 대해 그녀는 아쉬움을 느꼈을까 아니면 차라리 다행으로 여겼을까. 그로서는 전혀 짐작 가는 바가 없었다.

11

그녀가 죽은 지 1년 8개월 후에 시준은 다른 여자를 만났고, 결혼해서 아이들을 낳았다. 그는 여전히 병원 사무장으로 일했고, 주로 환자와 시신 들 사이에서 시간을 보내며 숱한 죽음을 접했다. 하지만 55세에 퇴임할 때까지 그는 비교적 평범한 삶을 살았다고 할 수 있었다. 어쩌면 블랙 위도라고 불리던 여인과의 짧은 인연, 그리고 그녀의 죽음이 그로 하여금 시간에 대해 무감각하게 만들어, 이를테면 시간의 진공 상태에서 살게 해준 것인지도 몰랐다.

하지만 시간은 그를 잊지 않았다. 그가 오십대 후반의 나이에 안면 근육 마비를 겪고서 한때 괘종시계 유령이 될 수밖에 없었던 것도 시간이 일찌감치 그를 위해 마련해놓은 운명이었다. 다행히 병에서는 회복이 되었지만, 생명력이 상당히 소진된 탓인지 한번 잃어버린 육체의 활기는 쉽게 돌아오지 않았다. 그는 자신이 아버지 그리고 할아버지처럼 단명하리라는 것을 알고 있었다. 막 육십대로 접어들면서 과연 때 이른 노환이 빠르게 진행되었다. 의사의 말에 따르면 온몸의 장기가 기능이 점차 저하되면서 서서히 정지되고 있다고 했다.

어느 날 그는 자신의 병실을 깨끗이 정리했다. 병실이라고 해야 40평 연립주택의 남쪽으로 창이 난 작은 방이었다. 자식들은 떠나고 식구는 아내뿐이었는데, 그들은 5년 전부터 방을 따로 쓰고 있었다. 다음 날부터 그는 가까운 친척과 지인 들을 불러들였다. 병상에서나마 그동안 알고 지내온 사람들을 다시 만나 지상에서의 인연을 마무리하고 싶다는 뜻에서였다. 그 소식을 듣고서 여러 사람이 자발적으로 찾아왔다.

일단 방문객이 침대 곁에 앉으면 시준은 어떻게 해서든 함께 있는 시간을 늘리려 했다. 아내에게 부탁해서 음식을 대접하게 했고, 술을 좋아하는 사람에게는 자신이 직접 담은 모과주를 내놓았다. 방문객 대부분은 그가 자기들을 쉽사리 놓아주려 하지 않는다는 것을 알았다. 실제로 누구든 그 방에서 나오려면, 음식이나 술을 모두 비우는 건 물론이고, 탁자 위에 놓여 있는 사진첩을 한 장 한 장 들추며 그와 오랫동안 대화를 나눠야 했다.

때로 그는 상대방이 듣든 말든 상관없이 이런 말을 늘어놓기도 했다.

"현대과학이 밝힌 사실에 따르면 말이야, 인간이 빛의 속도로 이동하면 시간이 멈춘다고 해. 빛의 속도에서는 과거도 없고 미래도 없고 다만 현재뿐이라는 거지. 시곗바늘이 움직이지 않고 언제나 한 지점에 머물러 있을 뿐이야. 그게 바로 영원이지. 무슨 뜻이냐고? 요컨대, 우리는 비록 논리적이고 인과적인 시간 속에 갇혀 있지만, 그와 동시에 꿈을 꿀 때처럼 우주의 본질을 꿰뚫는 통찰의 시간도 함께 보내고 있다는 거지."

또한 그의 입에서 이런 말이 흘러나오기도 했다.

"그런데 어느 순간 보니, 그 모래시계가 마치 두 개의 투명한 목탁을 붙여놓은 것 같더라는 말이야. 그러자 그 속에서 우주라는 거대한 모래시계 속에 갇힌 비참한 인간 군상의 모습이 보이더라고. 그 속에서 우리는 그야말로 구더기들처럼 꿈틀거리며 그저 무력하고 비참한 윤회라는 맴돌이를 하고 있는 거지. 내 말 알겠어? 모래시계는 두 개의 목탁이라고. 우리 구원의 상징처럼 말이야."

일단 가깝게 지내던 사람들이 모두 다녀간 뒤, 그는 컴퓨터 속 주소록을 열고 눈에 잡히는 대로 전화를 걸어서 임종을 앞두고 마지막 시간을 함께하고 싶으니 병문안을 와달라고 부탁 아닌 부탁을 했다. 그와 그다지 친하지 않았던 사람들 중에서도 상당수가 그에 대한 연민과 동정과 부담감에 내몰려 그를 찾아왔다. 이윽고 주소록이 더 이상 아무 의미도 없게 되자, 이번에는 아내를 졸라 이미 한번 다녀간 사람들에게 다시 연락을 해서 자기가 위독하다는 말을 전하도록 했다.

그리하여 마침내 마지막 방문객마저 떠나고 난 뒤, 그는 아내를 곁으로 불렀다. 아내는 한동안 말없이 그의 옆에 앉아 있어주었다. 어느새 날이 기울어 창밖이 어둑어둑해지기 시작했을 때, 그가 남들이 들으면 안 된다는 듯이 목소리를 낮추어 말했다.

"그동안 내가 가능한 한 많은 사람들을 불러들여 오랜 시간 곁에 붙들어두고 이런저런 이야기를 늘어놓은 데는 까닭이 있어. 그 사람들로부터 시간을 빼앗기 위해서였지. 그들의 시간을 빼앗아 내 것으로 하기 위해서였던 거야."

그러자 아내가 몸을 일으켜 천천히 문 쪽으로 걸어가면서 부드럽지만 안타까워하는 어투로 대꾸했다.

"남들로부터 시간을 빼앗기 위해 당신이 쓴 시간, 당신에게 남은 그 귀한 시간을 당신이야말로 남들에게 빼앗긴 거야. 헛되이 낭비한 거지."

아내는 등 뒤로 조용히 문을 닫았다.

그는 입가에 슬며시 미소를 지었다. 아내의 말에도 일리가 있다는 생각이 들어서였다. 그는 아무도 없는 방에서 혼자 중얼거렸다.

"그 말도 맞아. 하기야 어떻게 남들의 시간을 빼앗아서 내 시간으로 만들 수 있겠어. 그건 말이 안 되지. 하지만 나는 내 삶의 끝에서 나보다 더 오래 살아갈 사람들의 시간을 빼앗는 데서 즐거움을 누렸어. 남들의 시간을 빼앗느라고 내가 쓴 시간, 그 시간이야말로 내가 지상에서 가장 잘 활용한 보람 있는 시간이었어. 그렇게 나는 남들의 시간에 내 시간의 흔적을 남겼으니까. 그러니 이제 그만 샤워기를 잠가야지."

12

그날 밤 그는 일찍 침대에 누웠지만, 늦게까지 잠을 이루지 못했다. 그는 모로 누워 남쪽으로 난 창을 통해 하늘을 올려다보았다. 맑은 하늘에 수많은 별이 떠 있었는데, 그의 눈에는 그것들 하나하나가 밝은 모래알이 되어 지상으로 떨어져 내리는 것처럼 보였다.

이윽고 베개를 바로 하고 잠을 청하려 할 때, 문득 어쩌면 내일 아침에 깨어나지 못할지도 모른다는 생각이 들었다. 하기야 언젠가부터 그는 아침이 와도 일어날 이유가 없는 날들을 살고 있었다. 그는 스산한 눈길로 주위를 돌아보았다. 어느덧 그는 다시금 모래시계 속에 들어와 있었다. 여전히 낯설면서도 친숙한 공간이었다. 이제 그곳에 모래알은 얼마 남아 있지 않았다. 그 모래알들, 호문쿨루스들에게서 그는 아버지, 어머니, 키 크고 마른 여학생, 블랙 위도 윤성하, 그리고 아내와 자식들의 모습을 보았다. 이제 그것들도 곧 아래로 떨어져 내려 그의 기억 속에서 영영 지워져버릴 터였다.

그 자신도 그 모래알 중의 하나였다. 만약 지금 이 순간 내일 아침에 깨어나지 않겠다고 마음을 정하면 정말로 깨어나지 않을 것 같았다. 그러면 그는 오늘 밤 지상에서의 마지막 잠을 자게 될 것이었다. 그 생각만으로도 그는 잠시 감미로운 평안함에 사로잡혔다.

그때 문득 어렸을 적에 아버지가 집을 떠나며 들려주었던 말이 머리에 떠올랐다.

"우리 각자는 날마다 모래알이 빠져나가는 모래시계야. 하지만 어떤 보이지 않는 존재의 보이지 않는 손이 늘 그 모래시계를 뒤집어주고 있지. 그러니 우리는 그 모래알 하나하나를 결코 소홀히 해서는 안 되는 거야. 오늘 내가 떠나는 것도 그 때문이야."

시준은 비로소 그 말을 제대로 이해할 수 있을 것 같았다. 하지만 그가 잠자는 동안 그의 모래시계를 뒤집어주던 보이지 않는 손이 이제는 점점 더 그에게서 멀어지고 있었다. 갑자기 그의 속에서 죽음에 대한 두려움과 함께 삶에 대한 애착이 강하게 일어났다. 불과 유황으로 부글거리는 지옥의 커다란 늪이 시야에 떠오르고, 그 늪 속으로 추락하여 고통받는 영혼들의 모습도 눈에 들어왔다. 그렇다면 이제 그 자신이 보이지 않는 존재가 되어 자신의 보이지 않는 손으로 자신의 모래시계를 뒤집어야 했다.

순간, 그는 벌떡 일어나 앉아 알아들을 수 없는 소리로 울부짖기 시작했다. 놀란 아내가 달려와 문을 열었을 때, 시준은 앞으로 내뻗은 두 팔로 허공을 마구 헤집고 있었다. 그때 그의 귀에 아주 가까이에서 모래가 빠르게 밑으로 빠지는 소리가 들려왔다. 그와 동시에 그의 몸은 뻥 뚫린 구멍 속으로 빨려 들어갔다.

감각의 순례

—사랑의 알레고리 4

1

이것은 오두수라는 한 남자의 이야기다. 오두수가 어떤 사람인지, 그리고 그와 내가 무슨 관계인지는 차차 밝혀질 터이니 지금으로서는 말을 아끼기로 한다. 이 글은 지나치게 예민한 감각으로 인해 일찌감치 평범하지 않은 삶을 살았던 오두수의 남다른 경험을 연대기순으로 소개하면서 진행될 것이다.

처음에 그는 이렇게 말문을 열었다.

"내가 하려는 이 이야기는 돈 후안이나 카사노바 같은 바람둥이들의 자기변명으로 들릴지 몰라. 자기 자신의 감각과 감정에 충실하려 한다는 명분으로 과도하게 욕망의 행각을 벌인 인물들 말이야. 하지만 사랑의 영역에서는 방종과 진지함이 사실 하나라는, 달리 말해 그동안 내가 겪은 성적 방탕이 따지고 보면 내 피치 못할 운명을 성실히 받아들인 결과라는 걸 나는 말하고 싶은 거야."

그렇게 그의 이야기는 시작되었다. 어쩌면 우리는 그가 들려주는 말을 전적으로 신뢰할 수 없을지도 모른다. 하지만 만약 그가 다소라도 자신의 이야기를 사실과 다르게 비틀었다면, 거기에는 그만한 이유와 의미가 있을 터이다.

돌이켜보면, 유년 시절부터 그는 다른 아이들에 비해 감각적으로나 감성적으로 무척 섬세하고 예민했다. 무엇보다도 시각, 청각, 미각, 후각, 촉각의 오감은 그의 성장 과정에서 일찍부터 수시로 그를 뒤흔들어놓았다. 어떤 감각에 한번 빠져들면 쉽게 헤어 나오지 못하고 자주 거기에 중독되는 증상을 보였던 것이다.

그가 처음 바다를 보았을 때, 해변으로 밀려왔다가 물러나는 파도의 시퍼런 헛바닥에서 눈을 떼지 못한 채, 모래밭 위 한자리에 앉아서 땅거미가 질 때까지 몇 시간 동안 꼼짝하지 않았다. 인상적인 음악의 한 소절이 귀를 스치고 지나가면, 그 소리는 어떤 다른 것으로 대치되기 전까지 귓속에서 끊임없이 울림을 일으켰고, 급기야 그의 뇌에 새로운 주름을 만들어내기에 이르렀다. 또한 호기심을 불러일으키는 것이면 무엇이든 손으로 쓰다듬어보았고, 대부분의 경우 그 독특한 감촉에 손

끝과 손바닥이 아려서 오랫동안 주먹을 쥐고 다녀야 했다. 온 갖 종류의 시고 단 과일을 항상 입에 달고 있으면서도 여간하여 물리지 않을 정도로 그의 입맛은 특별하고 집요했다. 그러면서 차츰 자신이 살아가는 이 우주에서는 매 순간 놀랍도록 낯설고 경이로운 감각적 경험이 무궁무진하게 펼쳐지고 있다는 사실에 눈을 뜨게 되었다.

2

어머니는 그의 삶에서, 나중에 그녀가 일찍 죽고 난 후에도, 누구보다 중요한 존재였다. 막 사춘기에 들어섰을 무렵의 어느 늦은 봄날, 가랑비가 내리던 저녁에, 어머니는 마루에 앉아 멍하니 빗줄기를 바라보다가 갑자기 피가 나도록 아랫입술을 깨물며 두 눈에 눈물이 글썽글썽한 채로 옷을 모두 벗어버리고서 마당을 가로질러 빗속으로 달려 나갔다. 그러고는 마을을 가로지르는 개천의 제방 위 풀숲에서 벌거벗은 채 노래를 부르고 춤을 추다가 탈진해서 물가에 쓰러졌다. 어머니가 알몸으로 한 청년의 등에 업혀 집으로 돌아왔을 때, 어머니의 어머니, 곧 두수의 외할머니는 평소에 차분하고 조신하기만 하던 외동딸이 돌발적으로 그런 괴상하고 끔찍한 행동을 벌인 데 대해 공포에 질린 나머지 말도 제대로 하지 못했다. 하지만 어머니의 아

버지, 곧 외할아버지는 사람들을 물리고 어머니와 단둘이 마주
앉아 오랫동안 낮은 목소리로 이야기를 나누었다.

외할아버지는 건설 회사를 운영하는 성공한 건축업자로서
직접 설계도 하고 일꾼들을 대거 동원하여 자주 큰 공사도 벌
였던 터라 그 지역에서 꽤 영향력이 큰 인물이었다. 그는 특히
놀라운 설득력으로 유명했는데, 딸과의 대화에서도 적어도
겉으로는 그 힘이 입증된 것 같았다. 하지만 어머니가 사회적
도리와 책무의 중요성을 운운하는 외할아버지의 말에 순순히
고개를 끄덕일 때, 그녀의 머리와 가슴은 전혀 다른 세계에 속
해 있었다. 물론 그녀는 자신이 벌인 돌발적인 행동에 대해 더
할 나위 없이 부끄러움을 느꼈다. 하지만 여전히 그 순간의 엄
청난 감각적 희열의 여운에 몸이 떨렸고, 자신에게 그런 야성
적인 충동이 잠재해 있었다는 사실에 놀라움과 두려움을 동
시에 품었다. 그러나 설득의 귀재인 외할아버지의 말, '그런
일은 한 번이면 족하다'는 그 말은 그녀에게 의외로 큰 위안이
되었다.

그 후로 어머니는 모든 일에서 외할아버지의 뜻에 따랐다.
시간이 흘러 그녀는 통통한 체형에 이목구비가 큼직큼직해서
감성이 풍부해 보이는 처녀로 성장했고, 대학에 입학하여 유
아교육과를 졸업했다. 그리고 집에서 두 해를 보낸 후에 외할
아버지를 존경하며 따르던 한 건실한 젊은이와 결혼식을 올렸
다. 그 젊은이, 그러니까 오두수의 아버지는 늘 조용하고 다소

소심했지만 어느 정도 자상한 면도 있었다. 그는 외할아버지의 건설 회사와 연계하여 꽤 큰 원목 가구점을 운영했는데, 어느 날 어머니는 그가 직접 운영하는 매장에 들렀다가 그곳에 전시된 훌륭한 목제 가구들을 돌아보며 은근히 아버지와의 결혼 생활에 기대감을 키웠다. 더욱이 아버지는 겉으로는 소박하고 순진해 보이면서도, 늘 깔끔하고 세련된 차림에 멋진 차를 가지고 있었던 것이다.

하지만 놀랍게도 단지 그뿐이었고, 그 이상은 아무것도 없었다. 특히 그들의 신혼집에는 그저 꼭 필요한 몇 가지 가구들만 갖춰져 있었고, 벽에는 아무것도 걸려 있지 않았다. 얼마 후에야 어머니는 아버지를 정확히 이해했다. 그에게는 청결, 단순, 질서가 가장 중요한 덕목이었다. 말하자면 일종의 심각한 결벽증이 있는 셈이었다. 그가 생각하기에, 벽에 그림을 거는 것은 공연히 사람들의 정신을 사납게 하여 내적 평안을 깨는 일이었다. 내적 평안을 잃는 것, 그것이야말로 그가 가장 두려워하는 것이었다.

"비로소 그 사실을 깨닫고서 어머니는 가슴이 철렁 내려앉았어. 어쩌면 자신도 집 안에 꼭 필요한 가구들 중 하나에 불과하다는 생각에 당장이라도 질식할 것 같았지. 그래서인지 어머니에게는 아버지의 피부가 마치 흙과 모래를 섞은 것처럼 두툼하고 거칠게 느껴졌어. 그래도 아버지는 외모가 그리 추하다고는 할 수 없었는데, 평소에 허리를 구부정하게 구부리고 팔을 길게 늘어뜨리고서 걷는 습관이 있었어. 그나마 그 괴상한 모습이 오히려 어딘가 비범해 보이면서 어머니의 숨통을 트이게 했지. 주변의 모든 게 너무도 일상적이고 상식적이라는 인상에서 조금은 벗어나게 해준 거야. 그렇게 엠마 보바리와 샤를 보바리의 삶이 시작되었지."

두수를 낳은 후에, 어머니는 외할아버지에게 부탁하여 땅을 조금 얻어서 직접 농원을 꾸려나갔다. 사람들은 어머니가 식물을 가꾸는 데에 특별한 능력이 있다고 칭찬했다. 하지만 어머니가 인간들의 세상을 떠나서 흙과 물과 불과 공기, 그리고 그것들이 한데 어우러져 빚어낸 식물과 대지의 생명력이라는 세계 속으로 숨어버렸다는 사실을 아는 사람은 아무도 없었다. 나무와 풀과 땅과 바람, 태양과 달과 별, 그 모든 것과 깊이 교감하면서 어머니는 크나큰 즐거움을 느꼈다. 그리고 그때마다 예전에, 막 사춘기에 들어섰을 즈음에, 어느 늦은 봄날 가랑비가 내리던 저녁 무렵, 마루에 앉아 멍하니 빗줄기를 바라보다가 갑자기 피가 나도록 아랫입술을 깨물며 두 눈에 눈물이 글썽글썽한 채로 옷을 모두 벗어버리고 마당을 가로질러 빗속으로 달려 나갔던 때의 기억이 생생하게 되살아났다.

지금도 두수의 머릿속에는 어릴 적에 어머니가 농원에서 보여주던 여러 가지 모습이 선명하게 각인되어 있었다. 손에 장갑을 끼고 모종삽을 들고 분갈이를 하면서, 원예에 관심이 있다고 찾아온 젊은 여자들에게 짐짓 겁먹은 표정으로, 결혼은 절대로 하지 말아요, 결혼은 악마들이나 하는 짓이니까, 악마가 아니었어도 결혼을 하면 악마가 되니까,라고 말하던 어머니, 눈썹이 활 모양으로 구부러져 있어서 시선의 힘이 더 강하게 느껴지던 어머니, 그러면서도 마치 웃는 것을 불경스럽게 여기는 듯 웃음이 나올 때면 얼굴이 빨개지고 울상이 되어버리던 어머니, 지상의 어떤 인간도 웃게 할 수 없었던 어머니, 그래서인지 농원에서 주문 받은 화환을 만들 때도 죽은 자들을 위해 조화를 만드는 데 더 힘을 쓴 어머니, 그때마다 죽은 자들의 이름을 일일이 확인하고서 수첩에 적어두었던 어머니, 화장기 없이 늘 자연스럽게 피부 본연의 빛깔을 드러내던 어머니, 그로 인해 감정이 더 잘 드러나서 늘 많은 적을 만들었던 어머니. 훗날 그는 그런 어머니가 생생하게 가슴속에 되살아날 때마다 까닭 모를 전율로 몸을 떨었다.

두수가 열다섯 살 때였다. 6월 초의 어느 날 그가 어머니의 농원에 들렀을 때, 일대는 그야말로 어머니가 창출해낸 온갖 꽃들의 향기로 진동했다. 어머니는 오케스트라의 지휘자였고, 그 모든 식물은 각기 자기만의 독특한 악기를 든 단원이었다. 그때 두수는 처음으로 공감각의 세계를 경험했다. 강한 향기에 눈앞이 가물거리고 귀가 멍멍하고 입안에 침이 고이고 피부에 소름이 돋았던 것이다. 바로 그 순간, 그 무렵 늘 그의 뇌리에서 떠나지 않던 죽음에 대한 두려움이 갑자기 머릿속으로 엄습했다.

"어머니, 죽음이 뭐예요?"

"그건, 그러니까, 납치를 당하는 거야."

"어디로 납치를 당하는 건데요?"

"그걸 모르니까 납치라고 하는 거지. 어디로 끌려가는지 알면 그건 납치가 아니잖아."

"그럼 끌려가는 곳이 나쁠 수도 있고 좋을 수도 있겠네요."

어머니는 대답 대신 그에게 희고 길쭉한 화분 하나를 내밀었다. 거기에는 호접란과 유사해 보이는, 보라색 꽃 수십 송이가 만발한 난초가 심겨 있었는데, 아마도 꽃의 향기를 한번 맡아보라는 뜻인 듯했다. 그가 막 화분을 받아 들었을 때, 마치 꼬리치며 달아나는 미인과도 같은 그 독특한 향기가 그를 조급하게 끌어당겼다. 다음 순간 그는 오른쪽 눈을 감싸 쥐고서 비명을 질렀다. 난초의 이파리 끄트머리에 눈이 찔린 것이었다. 곧바로 엄청난 고통과 함께 눈물이 줄줄 쏟아져 내렸다. 콧물도 눈물에 섞여 걷잡을 수 없이 입안으로 흘러들었다. 그는 너무도 아픈 나머지 두 손으로 머리를 움켜쥐고서 끙끙거리며 신음 소리를 냈다. 그런데 놀랍게도 길고 뾰족한 이파리에서 한 송이 꽃이 피어나듯, 그 날카로운 통증 속에서 희한한 쾌감이 스멀거리며 피어올랐다. 눈의 고통과 비명 소리와 축축한 코와 입안의 짜고 쌉쌀한 맛이 오히려 난초의 우아한 자태와 그 향기를 완성시켜주었던 것이었다.

곧바로 그는 농원 직원의 차에 실려서 병원으로 갔다. 응급실에서 한나절을 보낸 후에, 각막에 난 상처가 곰팡이에 감염되었다는 진단을 받고서 입원 수속을 밟았다. 병실에 누워 있는 동안, 그는 밝은 빛이 비치면 눈이 시리고 욱신거려서 책을 읽을 수 없었던 건 물론이고, 눈을 똑바로 뜨고 있기도 힘들었다.

"하지만 외부 세계를 향한 시야가 차단되자, 점차 시각이 안쪽으로 쏠리면서 갖가지 환영이 떠오르기 시작했어. 난초가 내 눈 속에 피운 곰팡이가 머릿속에 온갖 현란한 형상들을 피워낸 거야. 그러자 불구가 된 시각을 보완하려는 듯이, 촉각, 청각, 미각, 후각도 덩달아 예민해지면서 일제히 환각의 대열에 동참했지. 며칠 동안 나는 낮에는 온갖 감각이 동원된 휘황한 환몽 상태에 있었고, 밤에는 홍역과도 같은 열병을 앓았어. 그때 막연하게나마 젊은 시절 어머니를 사로잡았던 충동을 이해할 수 있을 것 같았지."

이틀 후 저녁 무렵에, 그는 현기증을 느끼며 자리에서 일어나 거울 앞으로 갔다. 그러고는 하얀 안대가 한쪽 눈을 가린, 핼쑥하고 창백한 자신의 얼굴을 멍하니 들여다보았다. 그때 아버지가 병실로 걸어 들어오더니 고개를 약간 숙이고서 두 손으로 그의 어깨를 붙들었다. 그러고는 마치 종교 의례를 벌이는 성직자처럼 심각한 표정으로 한동안 그를 노려보더니, 불쑥 어머니가 죽었다는 소식을 전했다. 그야말로 외할아버지를 흉내 내어 어떻게든 자신의 설득력에 무게를 실으려고 애쓰는 사람의 행동이었다.

　나중에 듣기로, 그가 난초에 찔린 눈을 두 손으로 감싸고서 바닥에 주저앉아 쩔쩔 매는 동안, 어머니는 사람들이 달려올 때까지 꼼짝도 않고서 그저 멍하니 지켜보았다고 했다. 그리고 사흘 후에 속옷 차림으로 비닐하우스 안의 의자 위에 앉은 채 숨진 상태로 발견되었다는 것이다. 사인은 갑작스러운 뇌출혈이었는데, 신경쇠약 상태에서 일종의 공황 발작이 일어난 것 같으며, 검시 결과에 따르면 어떤 격한 감정 상태가 심장과 뇌에 치명적인 충격을 가한 특이한 경우라고 했다.

　사실 어머니는 예민하고 모난 성격으로 사람들과 불화를 겪기는 했어도, 무엇보다도 말할 줄도 알고 침묵할 줄도 아는 여인이었다. 더욱이 어머니는 어렸을 적부터 비교적 뼈대가 굵고 살이 찐 편이어서, 사십대 중반의 나이에 이미 육체의 윤곽이 굴곡 없이 둥글둥글해져 있었다. 말하자면 일찌감치 여성적인 것은 사라지고 모성애적인 것만 남은, 가급적 침묵하려 하는 조용한 성품의 소유자였는데, 그런 어머니가 신경쇠약으로 죽을 줄은 아무도 몰랐던 셈이었다.

　두수는 눈물로 축축이 젖은 시야 속에서 어머니의 모습이 선명하게 떠오르는 것을 보았다. 어머니는 자신이 무척 사랑했던 난초가 아들에게 그렇듯 끔찍한 고통을 불러일으키는 것을 보고서, 일종의 섬망증에 사로잡혔다. 갑자기 주변의 모든 이파리와 줄기와 꽃 들이 정체 모를 무시무시한 벌레들로 변하여 미친 듯이 몰려들어서 그녀를 물어뜯는 끔찍한 환영에 사로잡힌 것이었다. 하지만 이제 그는 그 생생한 환영이야말로 난초가 입힌 상처를 매개로 하여 그와 어머니를 이어주는 끈끈한 고리임을 모르지 않았다.

3

다음 날 두수는 안대를 벗고서 퇴원했다. 집에 돌아와보니, 어머니의 관은 안방에 모셔졌고, 많은 사람이 장례식 준비로 분주하게 움직이고 있었다. 그중 상당수가 처음 보는 얼굴이었다. 친척 여럿이 지방에서 올라와 일을 도왔는데, 밤에는 젊은 부부에게 세를 준 별채를 포함하여 네 개의 방에서 모두 한데 섞여 잠을 잤다.

그는 다락방을 공부방으로 쓰고 있었던 터라 혼자만의 공간에서 지낼 수 있었다. 어머니의 죽음은 당연히 그를 의기소침하게 하고 절망감을 느끼게 했다. 하지만 견디기 어려울 정도로 슬프거나 가슴이 아프지는 않았고, 오히려 이상하게 들뜬 기분이 수시로 찾아들었다. 아마도 오직 어머니에게서만 경험할 수 있었던 특별한 감각, 예를 들어 어머니 특유의 은근하면서도 쌉싸름한 체취와 조금은 건조하고 그래서 더욱 섬세하고 부드러운 손의 감촉 같은 것을 다시는 느낄 수 없게 되었다는 안타까움에 강하게 사로잡힌 나머지, 그 향기와 감촉을 되살리는 데 골몰한 탓인 듯싶었다.

입관을 하루 앞둔 날 밤, 두수는 일찌감치 잠 속으로 혼곤하게 빠져들었다. 그러다가 잠결에 이상한 기척을 느끼고서 눈을 떴다. 옆에 누군가가 누워 있었는데, 당연히 남자라고 생각하고서 누굴까 싶어 몸을 반쯤 일으켜 살펴보았다. 어느덧 새벽이었는데, 다락방의 낮은 창을 통해 스며드는 달빛에 희고 얇은 속옷 차림을 한 여인의 모습이 드러났다. 두수는 그녀가 첫날 인사를 나눈 적이 있는, 사십대 초반의 육촌뻘 친척임을 알아보았다. 아래층에 이부자리 펼 공간이 부족하자, 사람들이 다락방에 잠자리를 마련해준 모양이었다. 그는 다시 눈을 감고 잠을 청했으나 낯선 존재와 한자리에 누워 있다는 사실로 인해 마치 뜻하지 않게 남의 방에서 밤을 맞은 것처럼 머릿속이 점점 더 맑고 또렷해졌다.

문득 낮에 보았던 그녀의 모습이 눈앞에 떠올랐다. 이목구비가 반듯하고 중년 여인답지 않게 몸매가 호리호리해서 그에게 강한 인상을 남겼던 것이다. 더욱이 저녁 식사를 마치고 났을 때, 사람들이 그녀의 뒤에서 수군거리는 소리가 그의 귀에 들려왔다. 3년 전에 부부가 차를 타고 가다가 사고를 당해서 자동차가 처참하게 부서졌고, 남편은 그 자리에서 숨졌다고 했다. 하지만 그녀는 상처 하나 입지 않고 살아났다는 것이다.

두수는 그녀 쪽으로 등을 돌리고서 숨을 고르는 데 집중했다. 하지만 이미 다시 잠들 수 없음을 잘 알고 있었다. 더욱이 그 낯설고 불편한 상황에 차츰 적응이 되면서 그의 몸에서 감각이 서서히 깨어나기 시작했다. 초여름 날의 선선한 새벽을 맞은 다락방은 우윳빛 여명으로 가득 차 있었다. 마치 그 몽롱한 빛이 농축되어 여인의 몸으로 빚어져서, 지금 그의 옆에 벌거벗은 몸으로 누워 있는 듯한 기분이었다.

그는 점점 더 커져가는 머릿속의 혼란을 견디지 못하고 조용히 일어나 앉아 그녀를 내려다보았다. 얇은 이불은 그녀의 몸이 그리는 윤곽을 그대로 드러내주었고, 이불 밖으로 비어져 나온 팔과 다리는 말 그대로 눈처럼 희었다. 하루 종일 일하고 깊이 잠들어 있는 그녀의 입에서는 달착지근한 숨결이 흘러나와 은근히 방 안을 채우고 있었다. 낮게 코를 고는 소리, 간간이 무의미한 뒤척임, 그 사소한 것들에 의해 방 전체가 한 소년과 한 여인을 그 속에 가둔 채 마치 이스트를 잔뜩 넣은 빵처럼 부풀어 올랐다.

두수는 그들 둘만 함께 있게 한 어른들을 원망하지 않을 수 없었다. 그를 아직 한낱 어린아이로 여긴 것인데, 지금 그가 겪고 있는 불타는 듯한 혼란스러운 충동은 대체 무엇이라는 말인가. 입안이 극심한 가뭄에 시달리는 논바닥처럼 뜨겁게 타들어갔다. 그렇지 않아도 어머니의 죽음으로 인해 마음속으로 갈팡질팡하고 있던 터라, 곧바로 감정의 무정부 상태, 감각의 무방비 상태가 찾아들었다. 그는 자신이 처한 운명을 저주할 수는 있어도, 몸속에서 점점 더 커져가는 발열 상태를 도저히 이겨낼 수 없었다.

마침내 그는 잠결에 뒤척이는 척하면서 그녀의 옆구리에 몸을 바싹 붙였다. 그러고는 용기를 내어 왼손을 그녀의 허벅지 위에 올려놓았다. 그녀에게서는 아무런 반응이 없었다. 문득 지금 그녀는 홀몸이라는 사실이 새삼스레 어떤 중요한 사실처럼 머리에 떠올랐다. 그는 좀더 과감해져서 그녀의 부드럽고 새하얀 살결을 조심스레 쓰다듬기 시작했다. 손길이 배를 지나 가슴에 이를 즈음에, 그녀에게서 부드러운 과육 냄새가 풍겼다. 촉각과 후각이 조금씩 문을 열어나감에 따라 청각과 미각도 함께 달아올라 더욱 농밀해졌다. 그는 자신의 손바닥이 그녀의 살갗을 스치며 내는 소리도 분명히 들을 수 있었고, 그 소리를 듣는 것만으로도 입안에 뜨거운 침이 잔뜩 고였다. 하지만 그가 누린 그 정도의 기쁨은 충족감과는 너무도 거리가 멀었다. 오히려 그 순간 그는 더 크고 깊은 최종적인 쾌락을 향해 고통스럽게 타들어가는 위태롭고도 치명적인 도화선일 따름이었다.

그때 문득 그는 줄곧 고르게 들려오던 코 고는 소리가 뚝 그쳤다는 데 생각이 미쳤다. 깜짝 놀라 자기도 모르게 고개를 들어 그녀의 얼굴을 쳐다보았다. 다행인지 불행인지 그녀의 목 윗부분은 어두운 그림자에 가려져 있어서, 그녀가 눈을 뜨고 있는지 감고 있는지 알 수 없었다. 하지만 그 사실이 그를 더욱 당황하게 만들었다. 마치 어둠 속에서 두 사람이 눈을 부릅뜨고 서로 노려보고 있는데, 정작 상대방의 눈은 보이지 않는 듯한 상황이었다.

그는 온몸이 뻣뻣해졌지만, 그래도 여전히 손을 거둘 수 없었다. 마치 그녀가 그의 손을 꼭 잡고서 자신의 살갗에 바짝 붙이고 있는 듯한 기분이었다. 마침내 과도하게 부풀어 오른 빵이 터지기 직전의 바로 그 순간, 다시 낮게 코 고는 소리가 들려 왔다. 아, 얼마나 부드럽고 감미로운 음향이었던가. 사실 그 소리가 조금은 부자연스럽게 들린다는 생각도 없지 않았다. 하지만 갑작스레 찾아든 크나큰 안도감이 모든 불안감을 잠재워주었다. 그러자 그녀의 몸에서 은근하면서도 쌉싸름한 체취가 풍겼다. 그와 동시에 조금은 건조하고 그래서 더욱 섬세하고 부드러운 살의 감촉도 느껴졌다. 그것은 어머니 특유의 감각이었다.

그러고 보니 놀랍게도 그녀는 분명 어머니를 닮은 데가 있었다. 순간, 강한 자책감이 그를 사로잡았다. 어머니가 죽은 지 사흘밖에 되지 않은 터에, 지금 그는 그녀의 죽음을 애도하기 위해 찾아온 한 여인의 몸을 더듬고 있는 것이었다. 하지만 착잡한 감정은 그를 짓눌러 몸을 마비시키는 대신, 오히려 그의 감각을 훨씬 예민하게 만들었다. 이토록 강한 몰입감을 그는 여태껏 한 번도 경험한 적이 없었다. 그러자 지금 어머니를 배신하고 있는 게 아니라, 그녀의 몸을 통해 어머니의 환생을 꿈꾸고 있다는 생각이 들었다. 그렇다, 그녀는 감각적으로 환생한 어머니였다. 어머니가 그녀를 보내서 슬픔으로 잔뜩 위축되어 죽어가는 그의 감각신경을 되살려주려는 것이었다. 그는 스스로 감격하여 어머니의 선물을 힘껏 끌어안았다.

"그러나 나는 곧바로 화들짝 놀라 그녀에게서 몸을 뗐어. 그녀의 코 고는 소리가 갑자기 킬킬거리는 웃음소리로 들렸기 때문이야. 하지만 여전히 그녀의 얼굴은 어둠 속에 숨어 있었어. 그래서인지 웃음소리의 환청이 어둠을 머금고서 더욱 기괴하게 울리는 것 같았어. 난데없이 죽음에 대한 공포가 섬뜩하게 밀려들더니, 삶과 죽음의 경계 위에서 온 감각이 어지럽게 뒤섞이기 시작했지. 당장이라도 그 소리를 그치게 해야 했는데, 어찌 해야 할지 알지 못했어. 결국 나는 온몸으로 그녀를 덮어버렸지. 그러자 웃음소리가 뚝 그치더니 온 세상이 섬찟한 정적 속으로 빠져들었어. 그때 내 온 감각이 성감대처럼 좁은 방 안의 모든 형상과 소리와 냄새와 맛과 감촉을 탐욕스럽게 흡수해 들이기 시작했어. 내 몸은 그 온갖 자극을 받아들여 무섭게 팽창하다가 마침내 더 견디지 못하고 폭발하면서 온 세상을 붉고 뜨거운 마그마로 뒤덮어버렸어."

정신이 들었을 때, 세상은 이미 환하게 밝았다. 옆자리는 비어 있었고, 그의 아랫도리는 끈끈한 정액으로 덮여 있었다. 첫 몽정이었다. 그는 머리가 어찔어찔했고, 심정은 실로 참담했다. 지난밤에 정말 한 여인이 그의 곁에 누워 있었던 것인지,

아니면 꿈속에서 죽은 어머니를 만난 것인지, 어디까지가 현실이고 어디부터가 꿈인지 갈피를 잡을 수 없었다.

아침 식사를 하기 위해 마루로 내려갈 때, 어쩌면 그녀가 간밤의 일을 가지고 다른 아낙네들에게 우스갯소리를 늘어놓았을지도 모른다는 생각이 들었다. 사실 그녀는 외모는 곱상해도 목소리나 웃음소리가 거침이 없었다. 장차 당할 수모를 예상하니 그로서는 숨도 제대로 쉴 수 없을 지경이었다. 그러나 아침 식사 후에 마당을 이리저리 살펴보아도 그녀는 보이지 않았다. 사람들에게 슬쩍 물어보니, 다음 날 남편의 제사를 치러야 해서 일찍 떠났다는 것이었다. 그제야 그는 그녀의 이름이 이화란이라는 것을 알았다.

그 후로 그날 새벽녘에 온몸이 전구 속의 필라멘트처럼 붉고 뜨겁게 타오르던 그 느낌은 수시로 너무도 생생하게 되살아났다. 그때마다 그는 감각이라는 것에 대해 두려움에 사로잡혔다. 만약 악마라는 게 있다면 인간의 감각기관 속에 거처를 두었을 게 틀림없었다. 그는 악마의 꾐에 넘어가 자기를 배신한 자신의 감각에 대해 환멸감과 역겨움을 떨칠 수 없었다. 앞으로 모든 감각을 부정하고 거부하고 싶은 욕구도 강하게 일어났다. 감각은 우리를 현혹시켜서 혼란에 빠뜨려 죄를 짓게 하는 장본인이었다. 비록 환몽 속에서나마 어머니와 동침한 그는 오이디푸스와 다를 바 없었다. 그렇다면 두 눈을 뽑아버리고 모든 감각을 말살해야 했다. 그는 오랫동안 깊은 죄의식에서 벗어날 수 없었다. 그렇듯 힘겹게 시간을 보내던 중, 어느 날 문득 그는 자신이 훨씬 성숙해진 것을 알았다. 그렇게 그의 사춘기가 지나갔다.

4

어머니가 죽은 후로 집안은 난파 직전의 배와 같은 상황이었다. 특히 그는 밥을 먹을 때나 음악을 들을 때, 뭔가를 보고 냄새 맡고 손으로 만질 때, 뭐라고 표현하기 어려운 불편함에 시달렸다. 이를테면 감각적 조울증 상태에 내내 머물러 있다고 할 수 있었다. 그래도 어찌어찌 고등학교를 마치고서 그에게 맞는 수준의 대학을 택하여 서울로 상경했다. 그는 전공을 법학으로 정했는데, 깊이 고민하지 않고도 비교적 안전하고 현실적인 선택을 내릴 때 가장 먼저 떠올릴 수 있는 행로라는 생각에서였다.

아버지도 새로운 삶을 꿈꾸고 있던 터라, 어떻게 해서든 집을 떠나려 하는 아들을 붙들지 않았다. 아버지는 건강이 좋지 않았다. 어머니의 장례식을 치르던 날도, 두수가 아침에 일어났을 때 아버지가 보이지 않았다. 심장과 허리에 극심한 통증을 느껴서 새벽에 구급차로 응급실에 실려 갔던 것이다. 사람들은 어머니를 잃은 충격이 그를 무너뜨렸다고 수군거렸다.

다행히 아버지는 오후에 돌아와서 장례식을 마칠 수 있었지만, 그날 갑작스레 발병한 심장병과 허리 디스크는 그의 지병이 되었다. 그 후로 아버지는 늘 의기소침한 상태에서 은근히 사람들을 기피하며 두려워하는 기미를 보였고, 아들을 대할 때도 일부러 거리를 두려는 듯한 인상을 주었다. 어쩔 수 없이 두수는 아버지와 최소한의 관계를 유지했는데, 어차피 서로 위로를 줄 수 없는 처지에 차라리 그편이 피차 더 편할지도 모를 일이었다.

대학 초년생으로 타향에서 맞이한 새로운 환경은 어느 정도 그의 숨통을 트이게 해주었다. 이제 그는 보통 체격에 어딘가 만년 소년 같은 분위기를 가진, 비교적 호감 가는 첫인상을 가진 젊은이로 성장해 있었다. 하지만 자신의 감각을 경계했기에 항상 소극적이고 조심스러운 아웃사이더였다. 그는 자신의 몸을 하나의 커다란 나무토막처럼 여기려 했다. 그러나 혈기 왕성한 젊은이로서 세상과 세상 사람들에 대한 호기심을 억누르기는 쉬운 일이 아니었다. 특히 여자는 그에게 여전히 죄의식을 불러일으키는 존재였지만, 오히려 그로 인해 더욱 강하게 그의 호기심을 일깨웠다.

언젠가부터 그는 자기도 모르게 주변의 여자들을 유심히 살피기 시작했다. 그리고 그 면밀한 관찰의 결과로, 차츰 그들 한 사람 한 사람의 고유한 특징에 눈을 뜨게 되었다. 한마디로, 여자들의 개성은 어떤 특정한 감각과 관련지을 때 더 선명하게 드러났다. 어떤 여자들은 유독 시각을 자극했고, 어떤 여자들은 특히 청각이나 촉각을 예민하게 만들었다. 그런가 하면 후각이나 미각의 세포를 단번에 촉촉하게 만드는 여자들도 있었다. 게다가 그들 각자도 자기가 어떤 감각에 호소할 때 자기만의 매력이 더 강하게 발휘되는지 본능적으로 잘 알고 있었다. 그들이 그 점을 잘 알고 있다는 사실은 그를 더욱 흥분시켰다.

그러던 어느 날, 그는 나무토막처럼 여겨온 자신의 몸에서 감각이 하나씩 되살아나는 것을 느꼈다. 어쩌면 그것 또한 어머니의 선물인지도 몰랐다. 어머니는 그가 죄의식에 사로잡혀 금욕적인, 반쯤 죽은 삶을 사는 것을 원하지 않았다. 이제 어머니는 그를 용서했다. 아니, 어머니는 한 번도 그를 나무란 적이 없었다. 애초에 그에게는 아무런 잘못도 없었다. 그러니 이제 그만 감각과 화해를 하는 것이 어머니를 위하는 길이었다.

그는 조심스레 여자들에게 다가가서 함께 어울리기 시작했다. 그들은 대부분 그에게 쉽게 문을 열어주었다. 그가 그들 각자의 숨겨진 감각적 감성을 간파하고서 은밀히 그것을 북돋워주었기 때문이었다. 이제 그는 미지의 것으로 가득 찬 신천지를 누비는 모험가의 심정이었다. 물론 자주 시행착오를 겪어 마음의 상처를 입기도 했다. 하지만 그 덕분에 감각의 활용도 더더욱 정밀하고 세련되어갔다. 그러면서 또 한 가지 부수적인 이득도 얻었는데, 그것은 미추나 노소에 구애받지 않고 여자들을 대하는 능력이 생겼다는 점이었다. 이 세상에서 감각에는 차이가 있을 뿐 우열은 없음을 일찌감치 깨달았던 것이다.

그 후로 그는 각양각색의 여자들 사이에서 그들의 다양한 감각을 향유하며 이른바 감각의 순례를 시작했다. 이제 그에게 여자들은 시각형 여자, 미각형 여자, 후각형 여자, 청각형 여자, 촉각형 여자로 나뉘었다. 말 그대로 그는 여자들을 코로, 귀로, 혀로, 눈으로, 피부로 감각했다. 그들을 대할 때, 실제로 그의 몸에서는 상대에 따라 다른 반응이 일어났다. 은근히 애원하는 듯한 목소리로 가장 먼저 귀가 열리게 하는 여자, 수수께끼 같은 체취로 저절로 콧구멍이 벌름거리게 하는 여자, 이국적인 맛에 대한 예감을 불러일으켜 입안에 침을 말리고 혀가 타들어가게 하는 여자, 감각의 권력자와도 같은 압도적인 풍모로 눈알이 시리게 해서 저절로 실눈을 뜨게 하는 여자, 당장이라도 스러질 듯한 감촉으로 살갗에 미지근한 열기가 파문처럼 감돌게 하는 여자, 여자들.

이제 그는 서서히 감각의 순결함을 되찾아갔다. 그럼에 따라 감각을 통해 얻는 기쁨과 위안도 점점 더 커졌다. 하지만 그럴수록 그에게 중요한 것은, 아무런 거리낌도 두려움도 없이, 항상 새로운 감각에 대한 모험심을 잃지 않는 것이었다. 다만 한 가지 원칙이 필요했는데, 결코 그중 어느 하나에 얽매이지 않는다는 것이었다. 그것은 곧 어느 한 여자에게 깊이 빠지지 않는다는 것을 의미했다. 한 여자를 만나다가 다음 순간 다른 여자에게 기울어진다면, 그것은 하나의 감각에 취했다가 그로부터 촉발된 다른 감각을 욕구하는 것일 따름이며, 비유적으로 말해서 볼테르의 책을 읽다가 던져버리고 루소의 책을 집어 드는 것과 별로 다를 바 없는 일이었다.

말하자면 여자들은 그에게 각기 한 권의 책이나 예술품과 같았다. 우리가 좋은 음악에 귀를 여는 것, 좋은 그림에 몰입하는 것, 좋은 음식에 빠지는 것, 좋은 향기에 이끌리는 것, 더 매끄럽고 부드럽고 탄력 있는 감촉을 찾는 것은, 우리의 청각과 시각과 미각과 후각과 촉각을 계발하여 더 섬세하고 세련되게 만들고, 그럼으로써 매 순간 세상을 더 새롭고 깊게 경험하는 한편, 자신의 내면을 더욱 충만하게 하기 위함이었다. 그렇다면 감각의 차원에서 전적인 향유, 남김 없는 누림은 꼭 필요한 조건이었다.

그렇게 감각의 세계로 통하는 모든 문을 차례로 활짝 열어젖히면서 차츰 그는 머릿속으로만 꿈꾸던 성적 환상을 현실에서도 실현할 수 있었다. 그는 몸매가 가늘고 여린 여자를 만나면 호숫가에서 두 마리 홍학의 춤을 추었고, 작고 통통한 여자와는 서로 마주 보며 두 마리 게처럼 게걸음을 치며 개흙 위를 뒹굴었다. 그럴 때면 두 사람은 감각적으로 완전히 하나가 되어 실로 절묘하고 다양한 데칼코마니의 한 장면을 연출했다. 어느 날 문득, 그의 고질병인 편두통을 가라앉히는 데 구두치오일 마사지가 무척 효과적이라는 것, 그리고 베토벤의 「7번

교향곡」 2악장의 중심 주제가 멧비둘기의 울음소리에서 영감을 얻었다는 확신이 든 것도 그 무렵이었다.

5

그 무렵에 주변 사람들은 그를 지켜보며 우려와 근심의 표정을 지었다. 그중 몇몇은 그를 못 말리는 한량, 여자 치마만 보면 정신을 못 차리는 호색한, 심지어 섹스 중독자로 손가락질했다. 물론 솔직하면서도 당당하게 감각적 욕망을 추구하는 그의 모습을 은근히 선망하는 이들도 없지 않았다. 하지만 어느 쪽이든 타인들의 견해는 그에게 아무 의미도 없었다. 다만 그는 늘 색다른 감각을 추구하여 저 광대무변한 미지의 세계를 더 깊게 그 속살까지 경험하고 싶을 따름이었다.

그런 의미에서, 그는 이 세상의 모든 여성에게 마음속으로 고마움을 품고 있었다. 무엇보다도 그들은 그에게 자연을 새로이 발견하게 해주었다. 어떤 여자들에게서는 바위 사이를 흐르는 시냇물 소리가 났고, 어떤 여자들에게서는 막 벌어지기 시작하는 꽃봉오리의 향기가 감돌았다. 또 어떤 여자들은 마치 갓 산란한 성게의 알을 입에 넣는 듯한 느낌을 불러일으켰다. 그녀들의 눈과 코와 혀와 입술과 살갗은 그에게 온갖 매력이 그치지 않고 흘러넘치는 맑은 샘이자 깊은 동굴이었다.

그렇게 그는 그들과의 애무를 통해 감각기관의 신선한 생명력을 매 순간 갱신할 수 있었다.

하지만 언젠가부터 그의 마음 한편에서는 결핍감이 점점 더 커져갔다. 무엇보다도 한 여인에게서는 결코 오감 전체를 만족 받지 못한다는 사실이 아쉬웠다. 그러다 보니 언제나 이 감각 저 감각을 좇아 이 여자 저 여자를 쫓아다닐 수밖에 없었다. 어쩌다가 미각과 후각, 혹은 촉각과 청각이 서로 잘 맞물려서 상승효과를 내는 여자들을 만날 때도 있었다. 또한 드물긴 해도 세 개 혹은 네 개의 감각으로 열려 있어서 그를 쾌락의 여러 방향으로 이끄는 경우도 없지 않았다. 하지만 그런 경우에는 각각의 감각이 밀도가 떨어져서 그런지 금방 집중력이 흐트러지곤 했다. 한번은 욕조에 따뜻한 물을 받고 그 물에 시트론 향수를 뿌린 뒤에, 달콤한 과일과 향기로운 술을 곁들여 마음에 드는 여인과 거품 목욕을 하며 특별한 파티를 벌여본 적이 있었다. 그때 그는 온 감각이 동시에 깨어나 합창하듯 조용하는 진기한 경험을 할 수 있었다. 하지만 하루가 지나자 그 기억은 어느새 흐릿하게 지워지고, 그 자리에 불유쾌한 포만감만 남았다.

"나는 감각을 누릴 줄은 알았어도, 여전히 감각의 비밀은 몰랐던 거지."

그 무렵에 그는 대학 2년 선배인 유지원이라는 여자와 가까이 지냈다. 그들은 고향이 같았는데, 알고 보니 집안끼리도 서로 잘 알고 지내는 사이였다. 지금 그녀는 심리학과 대학원에 적을 두고서 대학병원의 시간제 가족심리 상담사로 일하고 있었다. 그녀에게는 남다른 면이 있었는데, 화장은 물론이고 머리 모양이나 옷차림에도 거의 신경 쓰지 않는다는 점이었다. 그녀 자신의 말로는, 심리적으로나 육체적으로 상처를 입은 사람들이 건강하고 긍정적인 삶을 회복하도록 돕는 데 헌신하다 보면, 자신의 몸을 돌보는 게 죄스럽게 느껴진다고 했다.

실제로 그녀는 의지력은 강하지만, 감각적으로는 불모지와 다를 바 없는, 한마디로 평소에 그가 찾는 유형과는 전혀 별개의 여인이었다. 게다가 몸이 작고 약해서, 젊은 나이에도 불구하고 당장이라도 허공으로 사라질 연기 같은 존재, 곧 시들 꽃처럼 늘 죽음에 근접해서 살아가는 무색무취의 형상을 연상시켰다. 두수가 그런 그녀에게 은근히 이끌린 것은 마음속에서 점점 커져가는 공허감에 대한 답을 찾고 싶은 욕구에서였다. 언뜻 보기에 모든 감각이 지워진 채 노골적이고 민망하게 드러난 그녀의 민얼굴을 가만히 마주하고 있으면, 뭐랄까, 어느 순간 우주의 숨겨진 비밀 같은 것이 슬며시 눈앞에 드러날 것처럼 여겨졌던 것이다.

어느 날 그들은 지원이 근무하는 병원의 옥상으로 올라가서 그곳에 마련된 벤치에 마주 앉았다. 저 멀리 누르스름한 강이 길고 누런 얼룩처럼 펼쳐져 있었는데, 어찌 보면 길고 거대한 욕조처럼 보였다. 그 위로 요트인지 커다란 오리인지

알 수 없는 것들이 느리게 미끄러지는 것을 바라보며 그녀가
말했다.

"너는 남자와는 친구가 거의 없지. 안 그래?"

뜬금없는 질문에 그는 습관적으로 영문을 모르겠다는 표정
을 지어 보였다.

그녀가 그의 반응을 무시하고서 말을 계속했다.

"남자들과는 사이가 불편한 모양이야."

그는 잠시 생각에 잠겼다가 농담조로 대꾸했다.

"남자들은 감각적으로 야만인들처럼 열등하거든."

"그럼 네 구미에 맞는 문명인이 있기나 하다는 말이야?"

"무슨 말을 하려는 거지? 첫 마디부터 난봉꾼을 붙들어 앉
혀놓고 도덕을 설파하려는 것처럼 들리잖아."

"왜 그래? 왜 한 대상에게 집중하는 걸 두려워하냐고. 나는
네가 누구보다도 세련된 감각의 소유자라는 사실을 잘 알고
있어. 그래서 너는 늘 감각의 늪에서 헤엄치고 있지. 하지만 감
각의 추구는 사람을 병들게 하는 법이야. 점점 더 강한 자극을
찾아 나설 수밖에 없는데, 그러다가 결국 네 자신의 감각을 파
먹게 될 테니까."

순간, 그의 속에서 반발심이 일어났다. 어차피 인생은 허망
한 것, 시한이 다 되었을 때 감각의 세계 속에서 비장하고 장렬
하게 스러져버리려 한다고 항변하고 싶었다. 그러나 한편 왠
지 모르게 아무 말도 하고 싶지 않았다. 하지만 지원은 그를 놓

아주지 않고 있었다.

"이 모든 게 헛되다는 생각이 들지는 않니?"

그는 잠시 생각에 잠겼다가, 강물 위에 떠 있는, 여전히 오리인지 요트인지 모를 흰 점들을 바라보며 말했다.

"헛된 삶을 감각적으로 끝까지 경험하는 것도 삶을 제대로 사는 방법들 중 하나야. 어쩌면 네 말대로, 감각은 나를 구원할 수 없을지도 몰라. 하지만 감각이야말로 나를 살아남게 하는 힘이지. 감각을 무시해서는 안 돼. 최근 생리학의 연구에 따르면 마음은 뇌 속에 들어 있는 게 아니라 몸 전체에 퍼져 있는 호르몬과 효소의 작용에 의해 이루어진다고 해. 마음이라는 건 감각의 총합이라는 뜻이지. 워즈워스는 이런 말도 했어. 우리의 눈과 귀는 사물을 지각할 뿐만 아니라 절반쯤 창조한다고 말이야. 뭔가를 제대로 감지하는 건 곧 창조의 시작이라는 거지."

그의 목소리가 지나치게 담담했는지, 그녀는 잠시 멍한 얼굴로 그를 바라보더니, 갑자기 정색을 하고서 대꾸했다.

"그래, 이제 분명히 알겠어. 너는 네 감각 속에 갇혀 있구나. 감각의 세계는 출구 없는 무간지옥, 미로와 같지. 그 속에서는 기껏해야 비슷비슷한 경험을 반복하면서 한없이 헤맬 수밖에 없어. 너는 감각의 포로에 불과하다는 말이야."

"그래, 그래, 그럴지도 몰라. 하지만 나는 널 보고 있으면 도자기 잔 같다는 생각이 들어. 네 몸에서는 실핏줄이나 신경세포 같은 게 느껴지지 않는다는 말이야. 당장이라도 깨어지고 말 것 같아 조바심이 나서 견딜 수 없다고. 내 말 좀 들어봐. 나는 감각의 중요성을 일찌감치 깨우쳤어. 이 세상에서 감각이야말로 모든 감정과 의식의 시발점이자 종착점이라는 걸 확신해. 어떤 감각이든 확장되면 다른 감각과 교감할 수 있고, 그렇게 해서 이루어진 감각의 총화가 심화되면 완전한 인식과 더불어 궁극적인 사랑에도 이를 수 있는 거야."

"사랑이라고?"

"내 말 들어보라니까. 나는 어떤 여자와 만났다가 끝이 좋지 않게 헤어질 때마다, 내 속의 어떤 병든 부분으로 인해 그 여인에게 끌렸다는 걸 확인하고 반성하지. 때문에 수없이 많은 여자들을 만나다 보면 오히려 나 자신이 치유되고 정화되는 거야. 말하자면 여자들을 알아가는 건 나 자신을 찾아나서는 여행이라고. 이르든 늦든 마침내 나를 찾으면 비로소 멈추게 되는 여행 말이야. 말하자면 누구를 사랑하느냐에 따라 그 사람의 마음의 병이 어떤 것인지 알 수 있어. 우리가 흔히 말하는 사랑은 마음의 병의 결과일 뿐이야."

"그래, 누군가가 말했지. 사랑은 점막끼리의 접촉일 뿐이라고."

"꼭 그런 뜻은 아니야. 사랑이라는 마음의 병을 치유하려면, 감각의 도움을 받아서 더 나은 사랑으로 나아가야 한다는 거지. 사람들은 두 종류로 나눌 수 있어. 미지의 것과 미래의 것에 대한 동경이 강해서 늘 초조함과 조급함에 시달리는 사람들이 있는가 하면, 미지의 것과 미래의 것에 대한 동경이 전혀 없어서 늘 초조함과 조급함에 시달리는 사람들도 있다는 말이야. 그래서 말인데……"

하지만 두수가 채 말을 마치기도 전에, 그녀는 피우고 있던 담배를 바닥에 던지고 발로 밟았다. 그 모습을 보면서 문득 그는 자신이 불필요하게 감각을 낭비했다는 생각이 들었다. 방금 지원은 그가 한 말을 모두 한데 말아 담배꽁초처럼 납작하게 밟아버린 것이었다. 더욱이 담배는 냄새로나 맛으로나 그가 특히 싫어하는 품목이었다.

지원은 잠시 그를 쳐다보더니, 곧 짧게 미소를 지어 보이고서 몸을 돌려 천천히 멀어져갔다. 그녀의 뒷모습을 말없이 지켜보던 두수는 그제야 알았다. 지원에게 자신은 단지 심리적인 외상을 입어서 도움이 필요한, 그러나 한사코 도움을 거절하는 고집불통 환자라는 사실을.

다음 날은 일요일이어서, 그는 새벽에 일어나 산길을 따라 평소보다 더 오래 산책을 하고 집으로 돌아왔다. 그러고는 샤워를 하고 수건을 목에 걸고서 밖으로 나오는데, 문득 간밤에 꾼 꿈이 머릿속에서 되살아났다. 꿈속에서 그는 지원과 함께 벌거벗은 채 소파에 앉아 서로를 쓰다듬고 있었다. 지원의 벗은 몸은 의외로 근사했다. 그런데 가만 보니 지원은 밀랍으로 만들어진 마네킹이었고, 그는 그 마네킹의 미끈거리는 단단한 표피를 하염없이 어루만지고 있었다.

그때 마네킹으로부터 낯선 목소리가 나직하게 흘러나왔다.

"지금 너는 네 자신의 실존을 말초적 감각의 동굴 속에서 끊임없이 소모하고 있어. 생각해봐. 너는 늘 뭔가 결핍감을 느끼고 있지. 네가 모든 여자에게서 결핍감을 느낀다면, 모든 여자 또한 네게서 결핍감을 느낄 거야. 어떤 여자도 너를 근본적으로 만족시킬 수 없다면, 너 역시 어떤 여자도 근본적으로 만족시킬 수 없다는 말이야."

순간, 그는 벌떡 몸을 일으켜 창 쪽으로 걸어갔다. 갑자기 극심한 현기증이 일어 걸음을 멈추고서 벽을 짚었다. 꿈속에서 끌어안았던 그 마네킹이 바로 그 자신이었고, 그가 들은 그 소리도 자기 속에서 울려 나왔음을 깨달은 것이었다.

"그때 받은 충격은 지금도 내 속에 생생하게 남아 있어. 감각은 결코 만족을 주지 않아서, 더 깊이 탐닉할수록 바닷물을 마시는 것처럼 더 심한 갈증을 유발한다는 걸 새삼스레 절감한 거야. 그러자 마음이 위축되고 감각세포들도 의기소침해지면서 점차 활력을 잃어버렸어. 자연히 여자들 앞에서 조신하게 행동할 수밖에 없었지. 사람들은 내가 마침내 마음을 바로잡아 엽색 행각을 청산하고 개과천선했다며 놀려댔어. 하지만 내게는 그런 말에 반박할 의지조차 없었어. 허탈감이 무거운 앙금으로 점점 더 깊이 내 속으로 가라앉아 마침내 뱀처럼 똬리를 틀어버렸다고나 할까. 내가 군에 입대하기로 마음을 정한 것은 바로 그 무렵이었어."

군에서 복무한 2년여의 시간을 그는 스스로 감각적 유폐의 시기로 삼았다. 물론 군대라는 폐쇄된 사회에서는 선택의 여지가 별로 없었던 탓이기도 했다. 그래도 덕분에 그리 짧지 않은 시간 동안 내내, 감각적으로 정상인이 된 듯한 느낌을 누릴 수 있었다.

제대를 했을 때, 그는 한동안 망설이다가 고향 집에서 며칠 머무르는 쪽으로 마음을 정했다. 아버지는 여전히 독신이었고, 여전히 심장과 허리가 좋지 않아서 몸을 건사하는 데 어려움을 겪고 있었다. 집안에 상주 간호사를 두고서 회사일은 오전에만 보는 것도 그 때문이었다. 간호사는 사십대 후반으로 눈매가 날카로워서 그런지 무척 민첩하고 눈치가 빨라 보이는 여자였다. 그런 점에서 어머니와는 분위기가 전혀 달랐는데, 다행히 아버지는 그녀와 함께 지내는 것을 꽤 만족스러워하는 기색이었다.

새 학기를 맞아 서울로 떠나기 며칠 전에, 그는 어머니의 장례를 치를 때 하룻밤을 같이 보낸 친척 여인 이화란의 안부를 아버지에게 물었다. 그러자 아버지는 잠시 머뭇거리다가 마치 자기 입이 더러워질까 봐 두려워하는 사람처럼 빠른 어조로 대답했다.

"몇 년 전에 자살했는데, 그 이유를 아무도 몰라. 워낙에 속을 알 수 없고 끼도 많았다더라. 교통사고로 남편이 죽은 것도,

남편이 아내의 불륜 현장을 잡은 날이었던 거지. 남편이 아내를 데리고 집으로 가던 중에 차 안에서 격렬한 몸싸움이 벌어졌다더구나. 나도 얼마 전에야 알게 된 사실이야.”

그 말에 그의 가슴은 갑작스레 쿵쾅거리며 뛰더니 어느 순간 단번에 차갑게 얼어붙어버렸다. 마음속으로 그는 앞으로 자기보다 나이가 많은 사람들의 소식을 결코 묻지 않겠다고 다짐했다. ‘아, 그 여자, 자살했어, 이유는 아무도 몰라, 그런데 말이야’라는 말처럼 아주 무심하게 들리면서도 온몸의 감각을 단번에 돌처럼 굳어버리게 하는 말은 이 세상에 달리 없을 것이기 때문이었다. 그리고 또 한 가지, 그동안 그는 화란이라는 존재를 잊은 적이 한 번도 없었다. 어쩌면 자신의 감각을 온전하게 되살리려면 그녀를 다시 찾아야 하는지도 모른다는 생각도 갖고 있었다. 그런데 그녀가 그날의 감각과 더불어 지상에서 영원히 소멸되어버린 것이었다. 그것은 실로 부당한 죽음이었다.

6

두수는 그해 봄에 복학하여 남은 두 학기를 마치고 졸업했다. 그리고 몇 달 후에 대학 선배들이 운영하는 법률 회사에 사무장으로 취직했다. 물론 선배들은 그런대로 능력 있는 변호사들이었다. 애초에 두수에게는 고시 공부에 매진하여 세속적으로 성공하려는 야심이 없었는데, 이유는 그 자신도 잘 알 수 없었다. 때문에 사실 변호사들과 두수 사이에는 전혀 안면이 없었다. 대신, 번번이 시험에서 떨어져 끝내 변호사가 되지 못하고 그들 밑에서 사무국장으로 일하던 또 다른 선배가 어느 날 문득 그를 불러들였다. 두 사람 사이에 어떤 특별한 인연이 있었던 게 아니었으니, 아마도 그의 독특한 캐릭터를 적절히 활용하면 의외로 좋은 결과를 얻을 수 있을지 모른다고 암암리에 생각한 게 아닌가 싶었다.

그러나 야심이 없으면 사무장으로도 성공하기가 어려운 법이었다. 처음 한동안 그는 업무에 적응하는 데 어려움을 겪었다. 나름대로 자신이 가진 모든 능력을 동원했지만 내내 고전을 면치 못했다. 그러다가 마침내 마지막으로 남은 카드는 자신의 타고난, 그리고 잘 훈련된 감각이라는 데 생각이 미쳤다. 실제로 법적으로 문제가 생기는 사람들은, 본인들이 감지하지 못할 뿐, 감각적으로 균형을 잘 잡지 못하여 자기들도 모르게 타인과의 관계에서 무리를 범하는 경우가 적지 않았다.

그날부터 그는 자신의 감각세포에 내장된 다양한 경험을 되살려내어 현실에 적용하는 데 몰두했다. 우선 의뢰인들의 훼손되거나 결핍된 감각을 감지해내고서, 그것을 다스리는 쪽으로 방향을 잡았다. 그런 과정에서 그들의 내밀한 취향을 파악하여 문제적 상황의 핵심을 정확히 포착했다. 그 결과, 그는

곧 남다른 성과를 거두기 시작했고, 얼마 지나지 않아 능력 있
는 민사 사건 전문 해결사로 자리를 잡았다. 이제 그에게 감각
은 향유의 대상이 아니라 생산적인 활용의 대상이었다. 물론
그가 관여한 사건이 패소하는 경우도 없지 않았지만, 그런 경
우라 하더라도 매번 고객의 만족도가 높았기 때문에 그의 명
성에는 그리 해가 되지 않았다.

이제 그는 전보다 한 발 더 적극적으로 나섰다. 더욱 진한
향수를 선호했고, 때로 적절히 화장도 곁들였다. 또한 늘 강한
향신료를 혀에 투여하여 미각을 긴장시키기를 게을리하지 않
았으며, 청각의 감도를 높이기 위해 보청기도 사용했다. 그렇
게 강화된 감각들을 동원해서 사람들의 고유한 특징을 포착하
여 그들을 압도했다. 필요하다고 생각되면 그들의 감각을 적
절히 자극하여 최면과 세뇌도 불사했다.

자연스럽게 그는 여성 고객을 전문적으로 담당하게 되었
다. 그가 취하는 방식은 남자들보다는 여자들에게 더 효과적이
었는데, 그가 남성적인 특징이 강한 후두음을 효과적으로 잘
사용하는 것도 그 한 예였다. 날마다 사무실에는 무척이나 다
양한 성향의 여자들이 드나들었다. 그들은 법의 도움을 청해야
하는 처지였던 만큼, 사회적으로나 인격적으로나 어떤 식으로
든 약점이 겉으로 노출되어 있었다. 거의 매일 그런 여인들과
마주하던 중에, 문득 그는 깨달았다. 그가 세속적인 야심이 없
었던 까닭은, 그보다 더 중요한 야심을 지녔던 탓이었다. 그것

은 한때 그가 몰입했던 감각의 스펙트럼을 완성하는 것이었다. 그에게는 그 작업을 끝까지 수행해야 할 권리와 의무가 있었다.

그렇게 감각의 순례가 다시 시작되었다. 이번에는 여자들과의 관계를 일종의 까다로운 게임으로 설정하고서 감각적으로 그들 내면으로 깊이 파고드는 데 전념했다. 시간이 지나면서, 과연 그는 점점 더 진화되어갔다. 여자들에게서 받아들인 다양한 감각적 특징을 한데 뒤섞어 전혀 다른 차원의 감각을 창출하는 법도 익혔다. 하지만 그는 도처에 함정이 있음을 알고 있었다. 감각의 늪에 잘못 휘말려 들어가면, 지원의 말대로 감각의 포로 혹은 노예가 되어버릴 것이었다. 그가 감각의 세계 속에서 살아가면서도 감상을 경계하며 결코 냉철한 정신의 고삐를 놓치지 않으려 노력한 것도 그 때문이었다.

차츰 그는 자기도 모르게 공격성, 심지어 가학성을 띠고서 여자들을 대하기 시작했다. 감각의 감도를 더 높이기 위해 자기 속의 동물적 성향을 더 키우는 데도 힘을 기울였다. 그와 동시에 여자들의 반응을 더욱 면밀히 살피는 것 역시 소홀히 하지 않았다. 그리하여 마침내 그는 욕정에서 벗어나 관능의 세계로 진입했다. 욕정은 그야말로 충동적이어서 통제하기 어려워도, 관능은 그 자신이 얼마든지 설계할 수 있었다. 그는 온갖 자극으로 채워진 거대한 욕조 속에서 관능의 유영을 누리며 더할 나위 없이 섬세하면서도 강력한, 그러면서도 돌발적이고 위태로운 감각적 즐거움을 만끽했다.

그 무렵에 회사 안팎에서 두수에 대해 나쁜 소문이 돌기 시작한 건 어찌 보면 당연한 일이었다. 어느 날, 사무국장이 그를 불렀다. 업무상으로 자주 접할 기회는 없었어도, 그는 여전히 두수의 직속상관이었다. 사무국장은 단도직입적으로 여성 고객들 사이에서 두수가 변태적 취향을 가진 요주의 인물이라는 평판을 얻고 있다고 경고했다. 하지만 곧 누구든 꾸준히 좋은 성과를 내기만 한다면 사생활에 개입하지 않는 게 회사의 입장이라고 덧붙이고서, 하고 싶은 말을 참으려는 듯 입가를 실룩거렸다.

"자네를 보고 있으면 구두를 닦을 때 샴페인 거품만 사용했다는 미국의 한 배우가 생각나거든. 그런데 그 친구는 요절했잖아. 그건 샴페인 거품이 사실은 무척 위험한 것이니 함부로 다루지 말라는 뜻이 아니겠어? 물론, 농담이야. 농담이라고."

사실 두수도 자신이 아슬아슬한 지경에 이르러 있음을 모르지 않았다. 이 상태로 계속 나아간다면 여자들의 반발이 점점 더 커질 게 분명했다. 그렇다면 뭔가 더 안전하면서도 완전한 방법을 찾아야 했는데 그것이 무엇인지 알 수 없었다.

7

그해 늦가을의 어느 날, 그는 한 유명한 영화사의 여직원이 연루된 민사 사건에 참여했다. 그녀는 출연 배우의 섭외를 담당하는 캐스팅 전문가였는데, 주연을 정하는 과정에서 어느 여배우에 대한 자신의 입장을 솔직히 밝혔다가, 그 말이 그 배우의 귀에 들어가는 바람에 명예훼손죄로 고발당한 것이었다.

삼십대 초반의 그녀는 나른함과 민첩함의 인상을 동시에 갖춘, 유난히 길고 가느다란 입술이 매력적이었다. 그는 재판을 준비하는 과정에서 그녀를 자주 만났고, 두 사람은 곧 친밀한 사이가 되었다. 무엇보다 감각적으로 서로 잘 통했다. 하지만 두수는 서두르지 않았다. 사무국장의 말대로 성과를 내는 일이 가장 중요한 만큼, 지금으로서는 냉철하고 객관적인 입장을 유지해야 했다.

얼마 지나지 않아서 그는 그 매력적인 입술이 바로 문제의 근원임을 파악했다. 그 입술이 약간 일그러지며 슬며시 벌어질 때마다 어김없이 가시 돋친 독설이 흘러나온다는 사실이 밝혀졌다. 그녀는 그런 충동을 스스로 전혀 통제하지 못한 탓에, 이미 여러 차례 비슷한 전례를 남긴 터였다. 이번에 여배우와 합의를 이루지 못한 것도 그 입술이 잠시도 자기 권리를 포기하지 않으려 한 탓이었다. 프로이트식으로 말하자면 그녀는 입술에 과도하게 신경이 몰려 있어서 그곳이 가장 예민한 성감대로 자리 잡았고, 그 성감대를 자극하기 위해 늘 독설이 필요했던 것이다.

두수는 어떻게든 그녀의 입술에서 긴장이 풀어지도록 노력했다. 때로 미각과 청각 같은 다른 감각들을 동원하여 그녀의 입술을 제어하려고도 했다. 하지만 그의 시도는 번번이 완강한 저항에 부딪쳐 실패로 돌아갔다. 결국 그들은 확인되지 않은 사실을 고의적으로 적시하여 원고의 사회적 가치를 저하시켰다는 이유로 재판에서 졌고, 항소할 여지도 없음이 분명해졌다. 그녀는 적지 않은 액수의 벌금을 내고서 회사에 우편으로 사표를 보낸 후에 종적을 감춰버렸다.

마지막으로 만났을 때, 자포자기 상태에 빠진 그녀의 얼굴은 아름답지 않았다. 당장이라도 그 작은 얼굴이 산산조각으로 공중분해되어버릴 것 같은 위기감도 느껴졌다. 그런데 놀랍게도 나른함과 민첩함의 인상을 동시에 갖춘, 게다가 뱀독을 품은 듯한 길고 가느다란 그 입술은 그에게 여전히, 아니 오히려 더욱 강한 매혹을 불러일으켰다. 심지어 그녀의 얼굴에서 오직 입술만이 당당하고 생생하게 살아 있다는 느낌이 들었다. 그는 점점 더 그 입술에 매혹되어 그로부터 눈길을 돌릴 수 없었다. 이제 다시 만날 수 없음이 확실해진 지금, 그는 저 입술만은 놓치고 싶지 않다는 생각에 마음이 저렸다. 그 입술을 가만히 보고 있노라면 그녀가 자신과 동류라는 확신도 찾아들었다. 하지만 그가 할 수 있는 것은 아무것도 없었고, 곧 그녀는 그의 앞에서 사라져버릴 터였다.

　바로 그때 예상하지 못한 영감이 그를 사로잡았다. 그의 머릿속에서 누군가가, 아마도 감각의 화신이라고 부를 수 있는 그 무엇인가가 그에게 속삭였다. 지금부터 2천5백년쯤 전에 그리스에는 파라시오스라는 화가가 있었다. 그는 아프로디테를 그릴 때, 여섯 명의 아름다운 여인을 모델로 삼아, 그들 각자에게서 가장 아름다운 부위를 따왔다. 아무리 아름다워도 현실의 모델에겐 어딘가 불완전한 부분이 있기 때문이었다. 그렇게 하여 그는 현실의 모델이 가진 결함을 제거하고, 불순물이 섞이지 않은 순수한 형태를 창조해낸 것이었다. 그리고 그것이 바로 앞으로 두수 자신이 이뤄내야 할 과업이었다.

　그는 벅찬 가슴을 억누르며 자기도 모르게 중얼거렸다.

　"완전한 아름다움이라는 허상을 좇을 수밖에 없는 게 인간의 운명이고, 그로 인해 인간은 운명적으로 불행하지만, 그 불행을 기꺼이 받아들인다면, 완전한 아름다움을 좇는 건 당연하고 행복한 일이 아니겠는가."

　그날부터 그는 목표를 새롭게 설정했다. 우선 여자들과 다양하면서도 깊은 교감을 이루어 그들로부터 시각, 후각, 미각, 청각, 촉각에 걸쳐 그 나름으로 완전한 감각을 수집하고 추출하고 흡수하여 자기 속에 축적시키는 일에 나섰다. 그는 그 축적된 감각들을 가지고 자신의 몸을 바탕으로 그 위에 감각적으로 완전한 한 가상의 인물을 살려낼 심산이었다. 그 과정에서 퀼트나 짜깁기 혹은 모자이크 같은 기법을 적절히 동원하여 감각들의 이상적인 조합을 이루어내면, 언젠가는 순수하고 완전한 감각의 총화에 이르게 되어, 인간이 지상에서 느끼고 누릴 수 있는 최선과 최대한을 성취할 수 있을 것이라고 그는 믿었다.

그러던 어느 날, 문득 **나라**라는 이름이 머리에 떠올랐고, 그 이름은 무척 마음에 들었다. 그가 모르는 어떤 곳에서 그 이름이 그렇게 스스로 그를 찾아왔고, 그는 그 이름을 그 가상의 인물에게 붙였다.

8

마치 최고의 요리사가 각종 독특한 맛과 냄새와 모양과 감촉을 가진 최고급 재료들을 구하듯이, 이제 그로서는 주어진 감각을 누리는 데 그치지 않고, 가장 좋은 감각을 적극적으로 찾아 나서야 했다. 말하자면 **나라**라는 감각의 총화를 창조하는 데 필요한 대상을 스스로 획득하고 포획하려는 것이었다. 그러려면 그 자신이 유혹자이자 사냥꾼이자 컬렉터가 되어야 했다. 곧 그는 유혹자이자 사냥꾼이자 컬렉터가 되어 사정권 내에 들어온 여인들 하나하나를 주의 깊게 살폈고, 적절한 목표물을 어렵게 손에 넣었고, 그로부터 필요한 부분을 세심하게 추출했다.

그러한 일련의 과정은 그에게 새로운 활력을 불어넣었다. 이제야 비로소 자신이 어떤 감각에 특히 예민하게 반응하는지, 여인들의 어떤 특징이 그의 감각을 불처럼 타오르게 하는지, 심지어 자신이 누구인지, 어떤 종류의 인간인지 좀더 분명히 알아가고 있다는 생각이 들 정도였다.

시간이 지남에 따라 그는 상대방에 맞추어, 말하거나 행동할 때, 옷을 고르거나 로션을 택할 때, 조금씩 미묘한 편차를 둘 수 있었다. 그렇게 그는 유혹의 세계에서 점점 더 자신감을 가지고 유혹자들의 언어를, 요컨대 감상과 진지함이 절묘하게 어우러져서 가벼우면서도 무겁고 밝으면서도 어두운 그 기만적인 언어를 자연스럽게 구사하게 되었다.

"나는 어두운 밤하늘이고, 당신은 나를 배경으로 반짝이는 별입니다. 당신이 없으면 나는 영원한 어둠 속으로 떨어져 내리고, 내가 없으면 당신 또한 빛을 잃고 영원히 스러져버릴 것입니다."

"나는 유혹에는 저항할 수 있어도 유혹하고 싶은 욕구에는 저항할 수 없어요. 지금 나는 당신을 유혹하고 싶은 유혹에 굴복하고 말았습니다."

"당신을 처음 본 순간 이미 내 속에서 강력한 화학 작용이 일어났어요. 하나가 된 우리 모습에서 처음으로 나는 나 자신을 보았지요."

"나는 전혀 예상하지 못한 시간과 장소에서 기습 키스를 하는 데 능하답니다. 아니, 말을 바꿔야지요. 나는 전혀 예상하지 못한 시간과 장소에서 기습 키스를 당하는 데 능하답니다."

"나는 나 자신이 경박한 사람이라는 걸 잘 알아요. 축제는 경박함이 없으면 불가능해요. 내가 충분히 경박해지고 상대방이 거기에 응할 때, 우리는 유혹하는 사람과 유혹당하는 사람이 되고, 우리 사이에 축제가 벌어집니다. 경박함을 얻는 건 큰 은총이고, 경박함 속에서 살아가는 건 큰 재능이에요. 사람은 경박해야 남들의 억압을 받지 않고 자기 나름의 삶을 살아갈 수 있게 되는 겁니다. 진지하다는 건 남들을 지나치게 의식하는 것에 불과하지요."

날이 갈수록 유혹자로서 그는 좀더 주도면밀하고 완벽해지고자 노력했다. 필요하면 자신을 과감히 낮추고서 은근히 호의를 드러내며 환심을 샀고, 대화 중에 상대방의 이름을 자주 부르는 한편, 이른바 백트래킹 화법과 미러링 기법도 최대한으로 활용했다. 무슨 말인지 알겠어요. 아, 물론 그렇게 말할 수 있지요. 저런, 그런 말을 다 하셨군요. 늘 그런 말을 입에 달고 살다 보니, 문득 그는 여자를 유혹하는 것 외에 자신이 모든 것을 걸고 몰입할 일이 이 세상에는 따로 없을 것같이 여겨질 정도였다.

이제 감각의 순례는 바야흐로 새로운 단계에 접어들었다. 날마다 그는 자신을 완전히 충족시키는 더 깊은 관능적 감각을 얻기 위해 음모와 술책으로 가득 찬 어두운 지하 세계로 내려갔다. 그것이 마침내 궁극의 순례가 되어 순례를 끝내고 완성시켜주리라 믿었다. 언젠가 클레오파트라는 자신의 정원을 가지고 다닌다는 말을 들은 적이 있었다. 왜 문득 그 말이 떠올랐는지 그는 막연하게나마 짐작했다. 지금까지 남들이 만들어놓은 감각의 정원을 거닐었다면, 이제는 자기만의 정원을 꾸며야 하는 것이었다.

9

그러나 당연한 말이지만, 궁극의 감각을 얻는다는 것은 결코 쉬운 일이 아니었다. 특히 두 가지 큰 문제에 봉착했는데, 하나는 날이 갈수록 차츰 그의 몸에서 감각의 밀도가 떨어진다는 점이었다. 아마도 그동안 감각을 너무 혹사시킨 탓인지도 모르지만, 여하튼 그에게는 시간이 별로 남지 않았다.

또 하나의 문제는 여자들과 결별하는 것이 점점 더 어려워진다는 점이었다. 물론 예전에 다양한 감각을 누리려 할 때도, 한 여자를 정리하고서 다른 여자에게로 나아가거나 여러 여자를 동시에 만나는 게 결코 쉽지 않았다. 하지만 이제는 상황이 더 심각해졌는데, 아마도 일단 귀중한 감각을 얻은 후에 다음 단계로 넘어갈 때 그와 여자들 사이의 상호 교감이 전보다 훨

씬 깊게 이루어지기 때문인 듯했다. 그가 그들에게서 감각을
흡수할 때 그들의 몸과 마음에 어떤 후유증이 생겨서 그에 대
한 집착도 더 커지는 건지도 몰랐다.

실제로 그 무렵에 그들로부터 여러 가지 더 가혹한 비난의
말이 그의 귀에 들려왔다. 그와 마주 앉아 잠시 이야기를 나누
었을 뿐인데, 견디기 힘든 불쾌한 현기증이 찾아들었다거나,
몸에서 힘이 빠져나가 허깨비처럼 무기력해졌다거나, 심지어
온몸에 불쾌한 감각이 남아 사라지지 않는다는 것이었다.

사실, 그들의 입장을 이해할 수 있었다. 그가 어떤 감각을
이끌어낼 때, 개중에는 본능적으로 강하게 거부하며 저항하는
이들이 있었다. 그럴 때면 그는 어쩔 수 없이 자신의 모든 감각
기관을 최대한 가동해서 그들을 무력화시킨 후에 그들의 감각
적 에너지를 남김없이 흡입하곤 했다. 그런 과정에서 순간적
으로 여자들이 황폐해져버리는 듯한, 자신의 손이 닿자 꽃이
시들어버리는 듯한 느낌을 받기도 했다. 어떤 면에서 그는 여
자들의 목을 깨물어 피를 빠는 뱀파이어와 다르지 않았다.

물론 그가 도달하려는 과업은 모두를 만족시키면서 수월하
고 안전하게 이루어질 수 있는 게 결코 아니었다. 때로는 그들
의 자발적인 희생도 필요한 노릇이었다. 하지만 여자들과 더
불어 큰일을 도모해야 하는 시점에 그들 모두가 등을 돌리게
하는 것은 현명한 일이 아니었다. 그렇다면 어르고 달랠 줄도
알아야 했다.

우선 그는 여자들을 설득하여 단념시키는 방법을 강구했다. 하지만 여자들을 유혹하는 데는 어느 정도 능숙해졌다고 해도, 설득은 유혹과는 전혀 다른 차원이었다. 그러다 보니 자기도 모르게 설득하기보다 환멸감을 주는 쪽으로 나아가곤 했다. 예컨대 교제를 끝내야 할 때가 되면, 그는 겉으로는 관심이 많은 척하면서도 매번 짧은 답변을 요구하는, 즉 대화를 끝내기 위한 질문, 심문처럼 느껴지는 질문을 던져서 상대방의 호흡 리듬을 끊어버리는 한편, 수시로 멍하고 무심한 모습을 보였다. 그 결과로 그는 오직 자기 욕구에만 충실하고 그 외의 모든 것에는 무감각한 성격 파탄적인 사이코패스라는 악명을 얻기도 했다. 하지만 만약 경멸당할 짓을 하여 상대방이 마음을 거두게 할 수 있다면 그로서는 그들을 위해, 그리고 그 자신을 위해 얼마든지 그럴 용의가 있었다.

하지만 곧 그는 그런 방법에 회의를 느꼈다. 사실 아무에게도 무엇이든 강요하거나 강제해서는 안 되었다. 아무리 특별한 감각이라 하더라도 상대방의 자발적 참여가 없이 얻어내는 것은 그가 도달하려는 순결하고 이상적인 총화에 손상을 가하는 일이었다. 이제 그는 조급한 공격성을 늦추고서 좀더 깊은 선의와 다정함을 가지고 그들을 대하고자 했다. 무엇보다도 서로 헤어질 때 자신이 그들을 금방 잊어버린 것처럼, 그녀들 또한 가능한 한 빨리 그를 잊게 해주는 게 중요했다. 그러기 위해서 그는 그동안 자기 속에 축적한, 그들은 상상도 못 하는 다양한 감각을 끌어내어 파노라마처럼 그들에게 선보였다. 말하자면 그들이 감각을 빼앗겼다고 느끼는 피해의식을 다른 독특한 감각의 경험으로 채워주려는 것이었다. 그 결과는 좋기도 하고 나쁘기도 했는데, 지금으로서는 이런저런 방법을 강구해 보는 것 외에 달리 도리가 없었다.

그러던 중에 한때 그와 가까이 지냈던 한 여자가 음독자살을 기도했다. 그는 그녀에게서 특히 부처님처럼 동그랗고 도톰한 귓불에 마음이 끌렸는데, 귀가 그렇게 생긴 탓인지 몰라도 청각이 무척이나 예민해서 수시로 고통을 겪기까지 했다. 그러나 두수에게 그녀의 귓불은 깊고 그윽한 소리를 담은 울림통의 상징이었다. 그는 보름 동안의 만남을 통해 마침내 그 귓불을 자신의 감각기관 속에 온전히 옮겨놓을 수 있었고, 그 후로 당연히 두 사람의 관계는 소원해졌다.

그녀는 한 호텔의 수석 요리사로 이름이 이성주였는데, 어느 날 새벽에 독버섯을 넣어 만든 파스타를 먹고서 병원 응급실에 실려 갔다고 했다. 그녀가 실연의 고통을 견디지 못하여 스스로 목숨을 끊으려 했는지, 아니면 다른 이유가 있었는지는 잘 알 수 없었다. 어쩌면 그녀 자신도 잘 모를 수 있었다. 그래도 그와의 짧고 불행한 인연이 그녀에게 우울증을 일으켜서 급기야 자살 충동을 유발했을 가능성을 배제할 수는 없었다.

사실 그녀와의 관계는 다른 경우들에 비해 다소 특별했다. 그녀가 말을 건넬 때 다정한 목소리가 그를 사로잡고, 그녀가 그를 볼 때 빛나는 눈이 그를 사로잡았다. 또한 곁에 가까이 다가올 때 향기로운 냄새가 그를 사로잡고, 입술이 맞닿을 때는 달콤한 맛이 그를 사로잡고, 서로 애무할 때는 부드러운 감촉이 그를 사로잡았다. 하나하나 떼놓고 보면 그렇게 강한 인상을 준다고 할 수는 없었지만, 그것들이 서로 잘 어우러져서 어느 것도 놓치고 싶지 않다는 느낌이 들게 하는 드문 경험이었다.

때문에 한동안 그는 그녀의 전 존재에 흠뻑 빠져들었다. 그때 막연하게나마 어쩌면 이것이 인간들에게 허락된 큰 사랑인지도 모른다는 생각이 들었다. 그저 그녀로서 모든 게 충분했고, 어떤 결핍감도 느껴지지 않았다. 바로 그 순간, 그의 속에서 **나라**가 강하게 꿈틀거렸다. 그렇게 **나라**는 아직 완성되지 않은 상태에서 두수에게 처음으로 강한 영향력을 행사했다. 아직 가야 할 길이 멀었으니 도중에 현혹되거나 집중력을 잃거나 감상에 빠지지 말라는 준엄한 경고를 보내온 것이었고, 두수는 그 뜻을 따를 수밖에 없었다. 이것이 그와 특별한 관계를 맺었던 이성주라는 여자가 단지 귓불 하나로 축소된 사연이었다.

그가 착잡한 심정으로 과거를 되새기고 있을 때, 문득 언젠가 그녀와 나눴던 대화가 기억 속에서 되살아났다.

"당신은 좀도둑이야. 남의 방에 들어와서 자기가 원하는 걸 몰래 취하고 슬며시 빠져나가려 하는 생쥐라고요."

"나는 훔쳐가거나 빼앗으려는 게 아니에요. 영원히 간직하려는 거지요."

"당신은 만족을 모르는 사람이잖아요."

"만족을 모른다기보다, 누구보다도 결핍에 민감한 사람이지요."

"그래요, 당신은 고통받고 있어요. 처음 만났을 때보다 지금 당신은 귀가 얇아지고 코가 낮아지고 혀도 짧아졌어요. 피부는 건조하고 눈에는 빛이 없어요."

"그래서 나는 당신의 깊은 귀와 높은 코와 긴 혀와 촉촉한 피부와 빛나는 눈이 필요하답니다."

"당신은 이런 식으로 당신이 원하는 부분만 취하고 나머지는 기꺼이 쓰레기처럼 버릴 생각이지요. 정작 상대방의 감정은 지워버리고 말이에요."

"그럴지도 몰라요. 하지만 내게는 사람들이 나한테 느끼게 해준 감각이 무엇보다도 소중해요. 나중에 모든 게 흐릿하게 지워져도 내가 느낀 그 감각은 허기처럼 갈증처럼 되살아날 거예요. 나는 그 감각들을 가지고 모자이크를 하려는 겁니다. 당신도 그 모자이크의 중요한 부분이 되어 내 속에서 언제까지고 살아남을 거예요. 그러니 나를 이기적이라고 하지 말아요. 나와 당신, 우리 모두를 위한 일이니까."

"당신은 정말 상상력이 부족하군요. 하나면 족해요. 나머지는 상상력의 영역에 속할 뿐이에요. 당신은 악마가 될 자격도 없어요. 상상력 없이는 악마가 될 수 없으니까요. 나는 당신 이외의 아무것도 원하지 않았어요. 당신보다 더 나은 무엇이 있어도 선택하지 않았을 거라는 말이에요. 그게 사랑이에요."

"모자이크가 완성되면 더 이상 상상력도 필요 없지요. 상상력을 필요로 하지 않는 사랑이 진정한 사랑입니다."

"당신이 만들려는 모자이크는 기껏해야 박제일 뿐이에요."

"그 박제야말로 결코 변하지 않는 사랑의 영감을 불어 넣어주는 뮤즈랍니다."

"그래서 사람들은 당신을 기억상실증 환자라고 하는 거예요. 기억상실증 환자는 자기도 모르게 결정적인 순간에 가까운 사람들을 배신하니까요. 기억을 제대로 지니고 있다면, 어떻게 배신을 하겠어요. 게다가 당신은 배신하기 위해 스스로 기억을 떨쳐버리지요. 자발적인 기억상실증 환자라고나 할까요? 기억상실증 환자가 바람둥이와 하나가 되는 건 바로 그 지점이에요. 하지만 기억상실증 환자든 바람둥이든 결국 그가 배신하는 건 바로 자기 자신일 뿐이라는 걸 알아야 해요."

몇 번 더 서로 만나는 동안, 그는 그녀를 대상으로 설득을 통한 단념의 기술을 써보기도 하고, 좀도둑에게 잃어버린 것을 다른 것으로 보상하는 방법도 동원해보았다. 하지만 그녀는 적어도 감각적인 면에서는 의외로 주관이 뚜렷해서 아무 소용도 없었다. 그러던 중에 갑자기 그녀가 자살을 기도했다는 말을 듣고 나서야 비로소 그녀를 정확히 이해할 수 있을 것 같았다. 그녀는 고통을 느끼면 잘못이 누구에게 있든 거의 습관적이고 본능적으로 스스로를 탓하며 자기 몸에 벌을 주는 유형이었다. 두수 자신이 예전에 그랬던 것처럼, 그녀는 감각적 유혹에 빠져든 자신의 몸을 불결하게 여기고 있었던 것이다. 그렇다면 그로서는 좀더 강한, 극단적인 방법을 쓸 수밖에 없었다.

그날 밤 그는 몰래 그녀의 병실로 찾아들었다. 그녀는 세 명이 쓰는 병실의 창가 쪽 병상에 누워 있었다. 우선 그는 커튼으로 다른 사람들의 시선을 차단했다. 그러고는 유리창을 등지고 서서 그녀를 내다보며 창가의 어두운 자리에 오래도록 서 있었다. 그렇게 가만히 자리를 지켰을 뿐, 그가 한 일은 아무것도 없었다. 그녀는 몇 번 잠에서 깨어나 시커먼 유리창 앞에 저승사자처럼 서 있는 그의 희끄무레한 그림자를 발견하고서 비몽사몽 간에 흠칫 놀라기도 하고 유심히 쳐다보기도 하고 물끄러미 바라보다가 슬며시 미소를 짓기도 하면서, 그때마다 곧 편안한 표정으로 잠 속으로 빠져들었다. 그러면서 차츰 그의 실체는 그녀의 무의식 속에서 그의 두 눈두덩이와 광대뼈가 그려내는 어둡고 음침한 윤곽으로 대체되었다.

새벽이 멀지 않았을 때, 그는 그녀의 귓속에 자신의 목소리를 흘려 넣어주었다. 그녀가 무척 사랑했던 그의 목소리는 뜨겁게 달아오른 인두가 되어, 너무도 예민하고 관능적이어서 자주 죄책감까지 유발하는 그녀의 청각을 그 뿌리까지 지져주었다. 누구도 그에게 그렇게 하라고 가르쳐주지 않았고, 그 자신도 그렇게 하는 게 효과가 있는지 확신이 없었다. 하지만 그는 그것이 꼭 필요한 일임을 알고 있었다.

이윽고 블라인드 사이로 여명이 스며들기 시작할 때 그는 그녀의 귓불을 한참 동안 만져주고 나서 조용히 방을 빠져나왔다. 며칠 후, 그녀가 기력을 회복하여 파프리카 소스 냄새가 진동하고 허브 기름이 지글거리는 주방으로 복귀했다는 소식이 그의 귀에 들려왔다.

10

하지만 온갖 노력에도 불구하고, 그는 점점 더 운신의 폭이 좁아지고 선택의 여지가 줄어드는 것을 느꼈다. 그의 평판이 나빠지면서, 여자들은 그만큼 더 까다롭고 미묘한 존재가 되어 그의 손아귀에서 빠져나갔다. 자연히 수시로 감각이 마비되면서 **나라**에게 도달하는 길도 더 멀고 어렵게만 여겨졌다. 이제 그만 포기해야 할지도 모른다는 생각이 든 바로 그 순간, 놀랍게도 그에게 행운이 찾아왔다.

얼마 전부터 그는 표절 시비에 휘말린 한 여성 시인의 사건을 담당하고 있었다. 이름이 송태주였고, 그녀 자신의 말에 따르면 많은 독자를 '거느린' 꽤 중요한 인물이었다. 한때 그녀와 절친하게 지냈던 한 여성 감독이 그녀를 상대로 손해배상 청구소송을 제기했는데, 자신이 지난해에 제작한 다큐멘터리 영화 속 캐릭터들과 여러 장면을 송태주가 허락도 없이 그대로 언어로 형상화하고 대사도 일부 차용했다는 주장이었다. 하지만 태주는 그 사실을 전면 부인했으며, 결국 법정에서 시비를 가리게 된 것이었다.

물론 두수는 영화를 보고 시집도 읽었다. 그러고서 그가 내린 결론은, 아무래도 법률에 따라 객관적 판단을 내리기가 어려운 사안이므로, 자기는 시인에게 유리한 판결이 이루어지도록 분위기를 조성하면 된다는 것이었다. 게다가 그녀는 이미 두 차례 표절 의혹으로 논란에 휩싸인 경력이 있었으니, 결코 낙관적인 상황이라고는 할 수 없었다.

이윽고 서면 반박과 답변서가 오간 뒤, 서울중앙지법 민사부 주재로 열린 조정 기일에 양측은 입장 차이가 너무 커서 합의점 도달에 실패했음을 밝혔다. 그러나 재판부는 문예적인 문제에서는 법적으로 정확히 선을 긋기가 어렵다는 이유로 재조정해볼 것을 권했다. 하지만 사정은 나아지지 않았고, 결국 한 달 후 특별 기일에 다시 서로 마주하게 되었다.

그날 시인은 증언대에 올라 자기변론을 했다. 차분하면서도 효율적으로 시선과 몸짓을 관리하며 설득력 있는 어조로 자신의 주장을 펼치는 그녀를 지켜보며, 두수는 차츰 착잡한 심정에 사로잡혔다.

사실 그녀는 그런대로 자기 외모를 잘 가꾸는 편에 속해서, 첫눈에 사람들의 시선을 끌어당기는 힘이 있었다. 하지만 가만히 뜯어보면 마치 향기 없는 꽃에 코를 댈 때처럼 정작 어디에서도 매력을 찾기가 어려웠다. 그때 문득 무수히 많은 작고 다채로운 꽃잎을 갖춘 한 송이 화려한 꽃, 무수히 많은 작고 울긋불긋한 깃털로 몸을 감싼 한 마리 현란한 새가 두수의 눈앞에 떠올랐다. 그 순간, 그는 그녀의 비밀을 간파했다. 그 꽃잎 하나하나, 그 깃털 하나하나는 소박하지만, 그것들이 한데 모여 하나의 훌륭한 효과를 이뤄내고 있었다. 그것이야말로 그녀의 시가 꽤 멋진 작품으로 읽히지만, 사실은 남들에게서 빌려온 구절들로 온통 채워져 있다는 증거였다. 그러나 당연히 그 증거는 법정에서 제출할 수 있는 성질의 것이 아니었다.

예측했던 대로, 재판부는 결국 피고의 손을 들어주었다. 이번 소송은 특히 표절이라는 말 자체의 정의가 여전히 모호하다는 사실을 여실히 증명하는 전형적인 사례라는 이유에서였다. 그날 저녁, 승소를 축하하기 위해 변호사를 포함하여 회사 직원들과 회식을 가진 후에, 두 사람은 따로 한 맥주 바의 구석 자리에 마주 앉았다.

잠시 숨을 고르고 나서, 그가 그녀를 빤히 바라보다가 입가에 모호한 미소를 띠며 말했다.

"이번에는 운이 좋았어요. 하지만 다음번에는 조심해야 한다는 걸 알지요?"

그녀는 약간 놀란 듯 고개를 들어 그를 쳐다보더니, 자기도 입가에 모호한 미소를 띠며 대꾸했다.

"우리는 같은 부류가 아닌가요? 나는 그렇게 알고 있었는데요."

그녀가 대꾸할 기회를 주지 않고 말을 이었다.

"당신에 대해 많은 소문을 들었어요. 그 분분한 말들을 종합해보니, 당신이 어떤 사람인지 답이 나오더군요. 당신은 여자들에게서 뭔가를 끊임없이 구걸하고 있어요. 내가 쉬지 않고 남들의 글을 뒤적이지 않으면 내 시를 쓸 수 없듯이 말이지요. 그동안 나는 창작을 한 게 아니라, 모자이크를 한 거예요. 당신도 나와 다를 바 없어요. 물론 나는 이런 상황까지 온 나를 자랑스럽게 여기지 않아요. 이번에 그 점을 분명히 느꼈으니, 이제 더 이상 시를 쓸 수 없겠지요. 어쩌면 지금까지 나는 내 텅 빈 속을 채우기 위해 당신처럼 구걸을 해왔는지도 몰라요. 구걸이 곧 표절이고, 구걸의 결과가 모자이크지요. 구걸로는, 모자이크로는, 어디에도 닿을 수 없는데, 그걸 알면서도 우리의 고상한 의욕은 하늘을 찔렀어요. 정말 기묘한 나르시시즘이 아닐 수 없네요."

그러고서 그녀는 자리에서 일어서며 탁자 위에 놓인 계산서를 집어 들었다. 그때 막 몸을 돌렸던 그녀가 다시 맞은편에 털썩 주저앉더니 다짜고짜 뾰족한 구두 끝으로 그의 정강이를 세게 걷어찼다. 그가 비명을 지르며 다리를 움켜쥘 때, 그녀의 목소리가 마치 환청처럼 메아리처럼 그의 귀를 스쳤다.

"마지막으로 주는 선물이에요. 아주 감각적이어서 결코 잊을 수 없겠지요. 안 그래요?"

11

그날 그는 퉁퉁 부어오른 다리를 끌고서 절뚝거리며 집으로 돌아왔다. 시간이 지나도 착잡한 감정이 가라앉지 않아서 밤이 깊도록 잠을 이룰 수 없었다. 속이 텅 비어버린 채, 엉터리 점쟁이의 산통이나 거지의 동냥 바가지처럼 아무 데나 버려져 있는 듯한 느낌이었다. 잠깐 선잠이 들었을 때, 갑자기 무릎 아래쪽의 통증이 생생하게 되살아나더니 심장 쪽으로 번져나갔다. 이윽고 그의 가슴 한복판에 구멍이 하나 뻥 뚫리고 그 속에서 깃털이 듬성듬성 뽑힌 흉한 몰골의 닭 한 마리가 걸어나왔다. 그 닭은 법정 의자에 앉아 있는 태주의 모습이자 두수 자신의 모습이기도 했다.

그 닭이 고개를 쳐들어 기괴한 소리로 울어대기 시작했을 때, 그는 잠에서 깨어났다. 몸을 일으키며 무심코 혀로 입술을 핥았는데, 입술이 수염으로 덮여 있고 그 짧고 빳빳한 털에서 이상한 맛이 느껴졌다. 어떤 특이한 술의 맛 같기도 하고 두텁게 칠한 루주의 맛처럼 느껴지기도 했다. 깜짝 놀라 거울 앞으로 달려가 들여다보자, 털은 사라지고 없었다.

창밖으로 세상은 막 밝아오고 있었다. 감각의 착란 상태는 여간하여 가라앉지 않았다. 갑자기 눈이 사시가 되면서 후각이 시각을 대신하려 들었다. 갑작스레 코를 찌르는 강한 냄새가 날카로운 소음으로 변하여 귀를 후벼 파면서 입안 전체에 쓰디쓴 맛을 일으켰다. 그가 냄새로부터 달아나자, 맛이 그를 쫓고, 소리가 그를 가로막으면서, 물컹거리는 살덩어리의 우윳빛 미로 속으로 그를 밀어 넣었다.

그는 숨을 헐떡거리며 어떻게든 정신을 온전히 유지하기 위해 애썼다. 그때 문득 태주에 대한 불안감과 동시에 그리움이 강하게 그를 사로잡았다. 시간이 지날수록 그 낯설면서도 절실한 감정은 더욱 커져만 갔다. 그는 더 견디지 못하고 여명을 받으며 집을 나왔다. 여전히 심하게 절뚝거렸는데, 마치 다리와 심장의 통증이 그를 이끄는 듯했다.

"태주는 이혼을 한 뒤에 도심의 한 오피스텔에서 혼자 지내고 있었어. 며칠 전에 만취한 그녀를 데려다주어야 해서 잠깐 그녀의 거처에 들른 적이 있었지. 새벽이라 거리는 한산했어. 간신히 택시를 잡아타고 태주의 집으로 향하는 동안, 나는 여전히 정신을 추스르기가 어려웠어. 모든 감각이 한데 뒤섞이면서 구역질을 일으켰지. 택시 기사의 힐끗거리는 시선에서 맵싸한 냄새가 나더니 갑자기 북 치는 소리가 울렸어. 그의 목소리가 부드러운 벨벳처럼 나를 감싸자 곧바로 처음 보는 먹

음직스러운 과일들이 눈앞에서 둥둥 떠다니더라고."

　오피스텔에 도착하여 승강기를 타고 9층으로 올라갔을 때, 마치 기다렸다는 듯이 문은 잠겨 있지 않았다. 거실과 침실은 비어 있었고, 욕실 문을 열어 보니 그녀는 그곳에 있었다. 옅은 푸른색의 텅 빈 욕조 안에서 벌거벗은 몸으로 두 눈을 감고 등을 뒤로 젖힌 채 그녀가 그를 맞았다. 모든 장식을 벗어버린 채 주름지고 얼룩진 초로의 몸을 드러낸 그녀의 모습은 그가 꿈에서 보았던, 깃털이 듬성듬성 뽑힌 흉한 몰골의 닭 한 마리, 바로 그것이었다.

　그가 그녀의 어깨를 잡고 조심스레 흔들어보았으나, 깨어날 기미가 보이지 않았다. 완전히 탈진한 기색이었는데, 약병은 보이지 않았다. 다행히 코에서 가느다랗게 숨이 흘러나왔다. 문득 아까 택시를 타고 올 때, 두 블록 전에 응급실 간판을 본 기억이 떠올랐다. 그는 욕실 벽에 걸려 있는 가운을 벗겨 들어 그녀의 몸을 덮었다. 그러고는 그녀를 안아 들고 방을 나와 복도를 지나 승강기를 타고 아래로 내려갔다.

　그녀의 몸은 무척 가벼웠다. 그는 죽은 듯이 잠든 여자를 안고 여전히 텅 빈 새벽 거리를 걸었다. 고양이 한 마리가 유유자적하게 거리를 가로지르다가 뒤늦게 그를 발견하고서 날카로운 울음소리를 남기고 어둠 속으로 사라졌다. 그는 감각들이 어지럽게 뒤섞이던 상태가 차츰 가라앉으면서 몸과 마음이 차분하고 고즈넉하게 진정되는 것을 느꼈다.

이윽고 그는 병원 응급실 로비 안으로 들어가서 벽에 붙어 있는 의자에 태주를 내려놓았다. 그녀는 여전히 의식이 없이 의자 위에 모로 쓰러져 미동도 하지 않았다. 그는 손을 뻗어 옷 깃을 여며주었다. 하지만 썰렁하게 드러난 팔다리는 어쩌할 수 없었다. 그는 잠시 그녀를 내려다보다가, 눈을 들어 복도 쪽 천장에 붙어 있는 CCTV를 쳐다보았다. 그러고는 고개를 이리저리 돌렸다. 자기 얼굴이 카메라의 렌즈에 가급적 정확히 포착되도록 하기 위해서였다.

12

그날 두수는 집으로 돌아와 휴대폰을 끄고 초인종의 전원도 제거하고서 사흘 동안 잠을 잤다. 비몽사몽 상태로 맞이한 은신과 칩거의 시간이었다. 제 속에 들어 있는, 그리고 끊임없이 새로이 깨어나는 감각들을 끌어안고서 어렵게 견뎌낸 수태와 산고의 시간이기도 했다.

색깔들은 서로 섞으면 원래의 색조가 사라지고 새로운 색이 생겨나지만, 소리는 합쳐놓아도 고유한 특징이 유지되면서 서로 어우러지는 가운데 하나의 화음이 만들어지는 법이었다. 그의 깊은 곳에서도 그동안 경험한 다양한 감각이 서로를 지우며 새로운 색을 만들어내기도 하고, 서로를 존중하고 화합하여 독특한 화음을 탄생시키기도 했다. 그리하여 그는 소리로 보고, 시각으로 맛보고, 맛으로 듣고, 냄새로 촉감하고, 감촉으로 냄새 맡기에 이르렀다. 마침내 감각들 사이에서 새로운 질서가 창조되기 시작한 것이었다.

"꿈을 꾸었어. 꿈속에서 나는 태주를 안고 길을 걷고 있었지. 그런데 곧 장면이 바뀌었어. 태주는 벌거벗은 채 욕조 속에 웅크리고 있었고, 나는 그 옅은 푸른색의 텅 빈 욕조가 되어 있었어. 인간 몸의 모든 것을 받아들일 수 있는 그 욕조가 바로 나였어. 그때 나는 알았어. 감각의 순례에서, 전혀 예상하지 못한 놀라운 여정이 나를 기다리고 있었다는 것을 말이야. 앞으로 나는 사냥에 나설 필요가 없이, 나 스스로 세상의 온갖 감각의 매혹이 자연스럽게 흘러드는 자리가 되었던 거지. 모든 인간의 모든 입과 코와 눈과 귀와 땀샘과 요도와 항문이 내게 활짝 열려 있었어.

나는 내 감각기관의 온갖 족쇄를 모두 풀어버리고서 나 자신을 한껏 열어젖혔어. 그러자 그동안 나와 특별한 인연을 가졌던 사람들의 기억이 뼈와 살을 갖추고서 생생하게 되살아났고, 그들 감각의 정수가 자연스럽게 내 속으로 흘러들었어. 주인의 허락도 없이 개를 안락사를 시킨 죄로 고발당한 여자 수의사의 독특한 입냄새, 특히 어머니의 목소리, 마치 비단 속옷이 부드럽게 찢어지는 듯한 그 특별한 음색, 새의 부리를 닮은 어머니의 성대, 그 소리와 이미지가 서로 겹쳐지면서 기이한 파동을 일으켰어. 마치 물속에서 울리는 노래가 귀에 들리는 듯한 느낌과도 흡사했어. 너무도 절실한 그 감각들이 내 속에서 서로 신비로운 결합을 이루었어."

어느 날 아침 눈을 떴을 때, 온몸이 어찌나 쑤시고 아픈지 침대에서 내려서기도 어려울 정도였다. 그때 문득 그는 비로소 작업이 마무리되었음을 깨달았다. 과연 낯설면서도 친숙한 형상 하나가 그의 앞에 온전하게 떠올라 있는 게 보였다. 드디어 **나라**가 완성된 것이었다. **나라**는 남자도 여자도 아니었다. **나라**는 뼈와 살로 살아 있는 존재가 아니었다. 하지만 그의 오감 속에 깃들어 있어서, 두수는 **나라**를 보고 듣고 맛보고 냄새 맡고 만질 수 있었다. 또한 두수는 **나라**를 통해 무엇이든 보고 듣고 맛보고 냄새 맡고 만질 수 있었다. **나라**를 통해 장님이 보는 아름다운 형상을 볼 수 있었고, 귀머거리가 듣는 아름다운 소리를 들을 수 있었다.

"처음에 나는 **나라**가 두려웠어. 돈 후안이 기사 모습을 한 석상의 초대를 받아들였다가 그 석상과 함께 구덩이 속에 빠져 생매장당하듯이, 그리고 프랑켄슈타인이 결국 자기가 창조한 괴물에 의해 파멸하듯이, **나라** 또한 어떤 무서운 운명을 내게 마련할지 모른다는 생각에서였지. 하지만 곧 나는 알았어. **나라**는 내 속에 촉촉이 스며들어 있는 충만한 기운이었어. 마치 자기 대신 늙어가는 초상화를 가진 덕에 영원한 젊음을 누렸던 도리언 그레이처럼, 나는 순수 감각의 결정체인 **나라**로부터 결코 고갈되지 않는 활력을 얻을 수 있었어."

그가 회사에 다시 나간 것은 그날 오후 늦게였다. 며칠 동안 무단으로 결근한 상태였으니 문책을 받게 될 것이었다. 최근에 이사를 해서, 회사에서는 아무도 그의 집 주소를 알지 못했다. 그동안 누구에게도 덜미가 잡히지 않기 위해 정기적으로 집을 옮겼던 터였다.

사실 사표를 쓰게 되어도 개의치 않을 심정이었는데, 사무실에 발을 들여놓았을 때, 전혀 예상하지 못한 상황이 벌어졌다. 구석 자리에 앉아 있던 점퍼 차림의 남자들이 달려들어 그의 손목에 수갑을 채운 것이었다.

그중 하나가 나무라듯이 말했다.

"오두수 씨, 당신을 송태주 씨 살해 혐의로 체포합니다."

그리고 다른 하나는 미란다 원칙을 준수하는 데 충실했다.

"당신은 묵비권을 행사할 수 있고 변호사를 선임할 수 있으며 법정에서 불리한 진술에 대해⋯⋯"

그 목소리가 얼마나 다정하게 들리는지 그는 아무런 저항도 하고 싶지 않았다. 문득, 태주가 나를 대신해서 죽었구나, 그럼 대가는 내가 치러야지, 그런 뜬금없는 생각이 머릿속을 가득 채웠을 뿐이었다.

두 남자에게 이끌려 사무실을 나서자 복도가 시끄러웠다. 방금 전에 들어올 때는 보지 못했는데, 어느새 로비에 여자들이 잔뜩 몰려들어 있었다. 그들은 마치 그에게 돌팔매질을 하듯이 냉랭한 시선을 던졌다. 곧 그는 그들이 자신을 고발했음을 알았다. 그의 죄목은 감각의 명예훼손과 감각의 성적 추행에서 감각의 강간으로, 감각의 연쇄살인으로 마구 부풀려져 있었다.

두수는 사정을 충분히 헤아릴 수 있었다. 그들은 그가 자기들을 착취했다고 비난하지만, 정작 **나라**에 대해 아무것도 모르고 있었다. **나라**를 전혀 알지 못한다면, 이 모든 비난의 말과 행동은 전적으로 무의미한 것이었다. 그는 그동안 자신이 벌인 온갖 모험이 그들의 얼굴 위로 주마등처럼 스쳐 지나가는 것을 담담한 심정으로 지켜보았다. 그 모험은 죄라고 불릴 수도 있었지만, 또한 죄와는 전혀 무관하다고 할 수도 있었다.

그때 그는 그들이 흠칫 놀라서 눈을 크게 뜨고 자신을 쳐다보는 것을 느꼈다. 마침내 그들이 그에게서 **나라**를 보았다. 그 사이에 **나라**는 두수 자신인 동시에 하나의 완벽한 자족적인 존재가 되어 있었다. 태주를 죽인 건 두수가 아니라 **나라**였다.

곧 그들이 하나같이 홀린 듯한 표정으로 가까이 다가와서, **나라**를 자세히 들여다보고, 코를 킁킁거리며 냄새 맡고, 혀로 핥으며 맛을 보았다. 미세한 소리도 놓치지 않으려는 듯 귀를 쫑긋거리고, 수전증에 걸린 것처럼 떨리는 손으로 수족을 어루만지기도 했다. 그러면서 일부는 웃기도 하고 일부는 울기도 했다. **나라**가 곧 두수였고, 두수가 곧 **나라**였다.

그때 두수는 그들 사이에서 어머니와 화란의 모습을 보았다. 그 뒤로 아버지의 얼굴도 보였다. 그중에 어머니는 그를 이해하고 용서하는 표정을 짓고 있는 유일한 존재였다. 어머니, 어떤 외부적인 감각이 심장이나 뇌에 직접적으로 영향을 미치는 특이한 병을 앓다 보니 늘 매사에 지나치게 예민하여 신경쇠약 증세를 보이다가 결국 갑작스러운 뇌출혈로 죽은 어머니, 그녀의 초췌한 인상은 살았을 때와 많이 달랐다. 어머니도 자신의 변화를 부끄러워하는 듯했다. 하지만 이제 그에게는 어머니의 잃어버린 감각을 되살릴 힘이 있었다. 과연 짧은 시간 동안에 어머니의 뺨이 발갛게 부풀어 오르면서 눈과 코와 입술이 젊은 시절의 부드러운 윤곽을 되찾아갔다.

13

두수의 나이 열다섯 살 때, 어머니가 죽은 지 이틀 후에 다락방에서 있었던 일, 그가 무의식적으로 망각 속으로 밀어 넣은 그 일이 그의 눈앞에서 세세한 것들까지 생생하게 되살아난다. 그가 화란의 몸을 어머니의 선물로 여기고 힘껏 끌어안는다. 하지만 곧바로 화들짝 놀라 몸을 뗀다. 화란의 코 고는 소리가 갑자기 킬킬거리는 웃음소리로 들려온다. 하지만 여전히 그녀의 얼굴은 어둠 속에 숨어 있고, 그래서 웃음소리는 더욱 기괴하게 울려 퍼진다. 순간 난데없이 죽음에 대한 공포가 섬뜩하게 밀려들더니, 삶과 죽음의 경계 위에서 온 감각이 어지럽게 뒤섞이기 시작한다. 마침내 그는 그 소리를 그치게 하려고 귀를 막는 심정으로 그녀에게 달려들어 목을 두 손으로 힘껏 조른다.

그때 달이 기울어지면서 다락 안을 환히 비추는 달빛에 얼굴이 드러난다. 그것은 어머니의 얼굴이다. 깜짝 놀라 온몸이 부들부들 떨리지만 웬일인지 그는 손을 거두지 못한다. 어머니가 그의 손 안에서 죽어가고 있다. 마침내 그 얼굴이 조금씩 뭉개지기 시작할 때, 그는 비명을 지르며 벌떡 몸을 일으킨다. 그의 손에서 풀려난, 화란도 아니고 어머니도 아닌 한 여인이 목을 움켜쥐고서 컥컥거린다. 시퍼렇던 얼굴과 목이 붉게 변한다.

그때 등 뒤에서 인기척이 들린다. 돌아보니, 어느새 아버지가 다락에 올라와 있다. 두 사람은 똑같이 공포감에 사로잡혀 한껏 팽창한 동공으로 서로를 노려본다. 훨씬 강해진 달빛이 그들을 황금 파도처럼 휘감는다. 그때 아버지가 손을 들어 세차게 그의 뺨을 때린다. 그는 당황하고 부끄럽고 또 화가 치민 나머지 자기도 모르게 두 손으로 아버지를 밀쳐버린다. 아버지는 뒷걸음질 치다가 계단 턱에 발이 걸려 뒤로 넘어지면서 우당탕 소리를 내며 아래로 굴러떨어진다.

그는 달려가서 아래를 내려다본다. 시커먼 어둠이 두터운 벽처럼 그의 시선을 가로막는다. 그때 그는 자신의 몸 전체가 성감대 같은 것이 되어 주변의 모든 형상과 소리와 냄새와 맛과 감촉을 탐욕스럽게 흡수해 들이는 것을 느낀다. 다음 순간 그 온갖 자극을 받아들여 점점 부풀어 오르던 그의 몸이 마침내 더 견디지 못하고 폭발하면서 온 세상을 붉고 뜨거운 마그마로 뒤덮어버린다.

이제 그는 알 수 있었다. 그날 다락에서 보았던, 화란도 아니고 어머니도 아닌 한 여인, 그녀가 바로 **나라**였다. 아니, 화란이기도 하고 어머니이기도 한 여인이 바로 **나라**였다. **나라**는 결코 자신을 부끄러워하지 않았다. 환한 불빛 속에서도, 그늘이 드리워진 듯 어두운 **나라**의 얼굴은 두렵고도 신비로웠다. 두수는 **나라**가 이끄는 대로 사람들을 헤치고 앞으로 나아갔다. 그것은 완전한 감각으로 새로운 몸과 마음을 얻어 궁극적인 사랑을 향해 나아가는 길이었다. "너는 행복할 준비가 되었어." **나라**가 그의 귀에 대고 속삭였다.

14

다시 정신이 들었을 때, 그는 그사이에 닷새가 지나고 지금 자신은 정신병동의 한 병실에 들어와 있음을 알았다. 지난 며칠간의 기억은 흐릿했는데, 아마도 그동안 **나라**가 그를 대신했던 탓이었다.

시간이 지날수록 정신병동 전체가 마치 특별하게 설계된 거대한 욕조처럼 여겨졌다. 점심 식사를 끝냈을 때 간호사가 다가와서 그에게 면회 온 사람이 있다고 알렸다. 면회실은 꽤 넓은 방이었는데, 커다란 창들이 달린 사면의 벽은 온통 흰색으로 칠해져 있었다. 그는 구석 자리에 지원이 앉아 있는 것을 보았다. 그동안 두 사람은 꾸준히 관계를 이어왔다. 그가 군대에 있을 때에도 지원이 면회를 왔고, 그녀가 어느 사회운동가와 결혼했을 때는 그가 결혼식에 참석해서 다른 친구들과 함께 축가를 불렀다. 심리상담사로서 그녀가 작성한 글이 외부로 유출되어 피상담자들로부터 고발을 당했을 때, 그가 나서서 사건을 조사했다. 그리고 그녀의 컴퓨터가 해킹을 당했고, 그 주범이 바로 그녀의 남편이었음을 밝혀냈다. 남편은 한 환경단체의 요청을 받아 그 자료를 익명으로 활용하려 했던 것인데, 끝내 자세한 내막은 알 수 없었고, 결국 부부는 그 일로 이혼을 했다.

지원은 슬며시 미소 지으며 그에게 인사를 건넸다. 그러고는 두수의 아버지가 사흘 전 요양원에서 심장마비로 타계했다는 소식을 전했다. 그때 그는 그녀의 두 눈이 둥그렇게 커지는 것을 보았다. 이제 그는 그런 반응에 익숙했는데, 그것은 방금 그에게서 **나라**가 모습을 드러냈고, 지원이 그것을 보았다는 것을 의미했다. 그녀는 놀람과 호기심이 어린 표정으로 그를 빤히 바라보았다.

그는 어쩌면 자신이 닷새 전에 회사를 나와서 요양원으로 아버지를 찾아갔던 게 아닌가 싶었다. 그때 아버지는 두수에게서 **나라**를 보았고, **나라**에게서 자살한 화란을 보았고, 화란에게서 어머니를 보았고, 그로 인해 심장이 충격을 받아 멈춰 버린 것인지도 몰랐다.

그때 문득 아버지의 목소리가 귓전을 울렸다.

"나한테 대체 왜 이러는 거냐?"

그와 동시에 아버지가 침대 위에서 갑자기 벌떡 상체를 일으키고서 부들부들 몸을 떨며 그를 노려보는 모습이 어렴풋이 눈앞에 떠올랐다.

하지만 곧 아버지의 입에서 낮게 깔린 목소리가 흘러나왔다.

"그래, 그래, 너는 내게 이래도 된다."

그러고서 아버지는 맥없이 뒤로 쓰러졌다. 하지만 이 모든 것은 이미 확인할 수 없는 일, 아니 확인할 필요가 없는 일이었다.

"왜 내게 이런 일이 일어난 걸까?"

두수가 혼잣말하듯 중얼거린 말에 지원이 잠시 사이를 두었다가 대꾸했다.

"사실은 너를 대신해서 내가 네 아버지 병문안을 갔었어. 오랜만에 집으로 전화를 걸어서 어머니와 통화하던 중에 네 아버지가 위독하다는 소식을 들었지. 우리는 집안끼리 오랫동안 알아왔으니 모르는 척할 수 없었어. 네 아버지는 한눈에 나를 알아보시더군. 그러면서 내게 이런 말을 들려주셨어. 네 이름 오두수는 사실은, 그리스 신화의 오이디푸스에서 따온 거라고 말이야. 네가 어렸을 적부터 워낙 감성이 특별한 것을 보고서, 어머니가 두렵고 우려하는 마음에 액땜하는 의미로 그런 이름을 붙였다는 거지. 물론 아버지는 말리고 싶었어. 하지만 한번 어떤 강한 감정에 사로잡히면 결코 물러서지 않는 어머니의 성격을 잘 아는 터라, 그저 지켜볼 수밖에 없었지. 어찌되었든 그건 너에 대한 어머니의, 어머니만이 할 수 있는 가장 특별한 사랑의 표현이었으니까. 결국 어머니는 호적에서 네 이름을 바꿔버렸어. 어머니는 아들에게 저주의 신탁을 내려서 아들을 살리고 그 벌을 자신이 받으려 한 거야. 하지만 그걸로는 부족했던 셈이지. 그날 밤 다락방에서의 그 일로 아버지는 내내 성불구로 살아야 했어."

"그랬던 거야? 그런 거냐고? 오이디푸스는 어머니이자 아내인 왕비의 브로치로 자기 눈을 찔러 스스로 장님이 되어 방랑길에 나섰지. 지금 내가 정신병원에 갇힌 것도 그와 다를 바 없는 건가? 왜 나는 이런 운명을 타고난 거지?"

"오이디푸스는 스핑크스를 죽였어. 스핑크스는 대지이자 자연이야. 오이디푸스는 자연에 반항하여 싸움을 벌였으니, 그 대가를 치러야 한 거지. 하지만 오이디푸스는 한낱 인간으로서 놀라운 위업을 이룬 거야. 오이디푸스가 묻히는 땅에 신들의 축복이 있으리라는 신탁이 내린 것도 그 때문이지. 너도 인간의 감각과 더불어 힘겨운 싸움을 벌였어. 우리의 감각은 우리가 몸 안에 모시고 있는 자연이고 신이야. 그 자체로 완전이고 불멸이지. 너는 오이디푸스처럼 네 속의 그 신에게 대항했어. 그 결과 감각적으로 남들과 다른 특별한 쾌락과 남다른 고통의 우물 속에 갇혀 살아갈 운명을 짊어지게 된 거야."

지원이 말을 마치고 탁자를 돌아 와서 그의 곁에 앉았다. 그러고는 두 팔을 벌렸고, 두 사람은 서로를 부드럽게 포옹했다.

그때 문득 어머니가 죽기 얼마 전에 난초에 눈이 찔렸던 일이 기억났다. 어쩌면 어머니의 그 난초는 오이디푸스 어머니의 브로치와 같은 게 아니었을까. 어쩌면 그날 난초로부터 그의 눈동자로 옮겨진 곰팡이 포자가 지금도 여전히 그의 머릿속에 온갖 현란한 형상들을 피워내는 게 아닐까.

지원이 포옹을 풀며 속삭이듯이 말했다.

"너는 일찌감치 감각의 천국과 지옥을 경험했어. 그때 너는 감각에 현혹되어 착란 상태에서 끔찍한 트라우마를 겪었고, 감각의 순례는 그 트라우마를 이기기 위한 길고 긴 여정이었어."

그때 문득 그는 지원에게서 **나라**의 모습을 보았다. 하지만 아무 말도 할 수 없었다. 그때 지원이 그에게 이제 모든 걸 털어놓으라고 종용하는 눈짓을 보냈다. 두수는 그녀의 말을 따르겠다는 뜻으로 고개를 끄덕였다.

그러니 이제 나도 사실을 밝히기로 한다. 이미 모두가 짐작했겠지만, 내가 바로 오두수다. 이 이야기는 오두수라는 이름을 가진 나 자신의 이야기인 것이다. 그런 의미에서 나는 오두수의 이름으로 마지막 한마디를 이렇게 덧붙이고자 한다.

"모든 감각을 알지 못하고 어찌 궁극의 감각을 찾을 수 있고, 궁극의 감각을 얻지 못하고서 어찌 **사랑**에 이를 수 있다는 말인가."

과도하게 친밀한 고독
—사랑의 알레고리 5

1

어느 날, 나는 꽤 유명한 정신의학자이자 심리치료사로부터 전화를 받았다. 그는 나의 큰아버지의 막내아들, 곧 나의 사촌형으로 이름은 방일곤이었다. 우리는 집안에 경조사가 있을 때 간간이 얼굴을 보았는데 한번은 마주 앉아 이야기를 나누다가 깜짝 놀랐다. 친척지간에 이렇게 서로 뜻이 잘 통하는, 심지어 정상에서 벗어난 어떤 대화도 가능한 대상이 있을 줄은 전혀 몰랐기 때문이었다. 그 후로 우리는 의기투합하여 몇 번 따로 만나 술자리를 가졌고, 그때마다 결코 실망하는 일이 없었다. 그의 말을 빌리자면, 야생동물들이 다닐 수 있는 에코브리지, 즉 생태이동통로가 우리 사이에도 놓여 있는 듯했다. 그는 나보다 다섯 살이나 많았음에도 불구하고 내게 말을 낮추게 했으니, 이 자리에서도 나는 '형'이라는 존칭을 빼고 그냥 일곤이라고 부르기로 한다.

일곤은 평소처럼 짧게 인사말을 건넨 후에 거두절미하고 내게 자신의 보조원으로 일해줄 수 있겠냐고 물었다. 자기가 진료실에서 담당하는 피상담자들, 즉 내담자들을 밖에서도 도와줄 사람이 필요한데, 생각해보니 내가 적당하겠다는 것이었다. 뜻밖의 제안을 받고서 나는 잠시 얼떨떨했다. 정신의학과 심리치료에 대해 아는 것이 거의 없고 특별히 관심을 가져본 적도 없었다.

하지만 언뜻 생각하기에 그리 어렵게만 여겨지지는 않았다. 지난해에 장애인들을 위한 재활치료원에서 트레이너로 자원봉사를 한 적이 있었는데, 그때 나 자신도 놀랄 정도로 만사가 순조로웠다. 내가 맡은 사람들은 대부분 큰 역경을 겪은 사람들이라서 처음에는 완강하게 저항하는 반응을 보였다. 그러나 얼마 지나지 않아 나를 스스럼없이 대하면서 마음을 열어주었다. 어떻게 그런 일이 벌어졌는지 나 자신도 잘 몰랐지만, 아마도 그들과 내가 서로 심도 있게 교감할 수 있었던 덕분이 아닐까 싶었다. 그때 나는 내게 타인과 유연하게 소통하는 능력이 있음을 알았다. 더욱이 나는 어려움에 처한 사람들을 돕기 위해 내 속에 잠재되어 있는 긍정적인 부분들을 모두 활용하는 게 즐거웠다.

　그러나 가만히 따져보면 재활트레이너와 심리치료사는 그 분야와 성격이 크게 달랐다. 한쪽은 육체의 문제였고, 다른 쪽은 정신과 마음과 무의식의 문제였다. 하지만 일곤은, 그동안 지켜본 바로는 내가 가진 감수성으로 충분하며 세부적인 것들은 자세히 지침을 줄 테니 그대로 따르면 된다며 부추겼다.

　이런저런 생각 끝에, 결국 나는 그의 요청을 받아들였다. 일단 나 자신보다 일곤의 판단을 믿기로 한 것인데, 무엇보다도 근래에 나는 부쩍 무료하고 외롭고 무기력한 느낌에 사로잡혀 있어서 어떤 식으로든 돌파구가 필요한 상황이었다. 더욱이 그동안 일곤은 자신의 환자들이 보여주는 갖가지 행태를 자주 화제에 올렸던 터라, 알게 모르게 그런 일이 내게 어느 정도 친숙해진 게 사실이었다.

　그는 내가 맡을 상황을 대략 다음과 같이 설명했다.

　"결혼한 지 3년째 되는 부부가 있어. 두 사람은 이미 1년 전부터 혹독하게 권태기를 치르며 끔찍한 불화를 겪으면서도, 한순간도 서로 떨어져 지내는 건 견디지 못해. 그렇지, 그리 흔치 않은 경우야. 둘이 함께 정신과를 찾았을 때, 처음 그들을 담당한 정신과 의사는 그들의 문제가 섹스와 긴밀히 관련되어 있다고 판단했어. 그래서 곧바로 대학 동기인 내게 보내서 상담을 받도록 했지. 알다시피, 나는 섹스와 관련된 심리 문제 전문 상담사이자 치료사로서도 경력을 쌓아왔으니까."

일곤은 몇 차례 차분하게 대화를 나눈 후에 그들이 겪고 있는 증상을 어느 정도 파악했다. 두 사람은 여러 가지 면에서 공통점이 많으면서도 미묘한 기질 차이로 인해 얼마 전부터 사사건건 충돌을 벌이기 시작했는데, 그때마다 그 고통스러운 상황을 단번에 해결해버리기 위해 상대방의 육체를 오히려 더욱 열렬하게 끌어안고 싶은 충동에 사로잡혔다. 심지어 때로는 상대방을 증오하여 기력이 소진되고 스트레스가 극한에 이른 상태에서도 상대방의 육체와 접촉하지 않고서는 잠을 이루지 못하는 것이었다.

일곤은 남편이 아내 앞에서 스스럼없이 이런 말을 털어놓았다고 전했다.

"나는 내가 원할 때 언제든 아내를 끌어안지 못하면 잠을 잘 수 없어요. 하지만 막상 침대 위에서 아내의 몸 위로 엎드릴 때마다 마치 칼날 위로 넘어지는 듯한 기분을 떨칠 수 없거든요."

또한 아내는 이렇게 말했다고 한다.

"우리가 간혹 격한 몸짓으로 목소리를 높여서 언쟁을 벌일 때면, 옆에서 지켜보던 사람들은 하나같이 겁에 질린 표정을 지어요. 저러다가 치고받고 싸우고서 이혼으로 끝장내겠다 싶어서 말이지요. 하지만 곧 우리는 다시 서로 다정하게 끌어안고서 깔깔거리며 입을 맞추지요. 그러면 사람들은 어이없어하면서 철이 덜 들었다고 놀려요. 하지만 그건 우리를 전혀 이해하지 못하는 거예요. 우리에게는 입을 맞추는 것만큼이나 욕을 하고 공격하는 것도 서로를 격렬하게 사랑하는 데 꼭 필요하니까요."

하지만 그러한 위태로운 상황이 반복되다 보면 언제 어떤 예기치 못한 파국이 닥칠지 아무도 모르는 일이었다. 그들은 사소하게라도 문제가 생기면 곧바로 싸움을 벌였고 그런 뒤에 금방 화해하는 것에서 서로 사랑하는 증거를 찾으려 했다. 하지만 일곤이 보기에, 그들에게는 부부 관계라는 미묘하고 까다로운 문제에 진지하게 다가서려는 의지가 부족하다는 게 가장 심각한 난관이었다. 실제로 그들의 언쟁이 거친 몸싸움으로 번질 뻔한 적이 자주 있었는데, 이때 섹스는 그런 결정적인 파국을 피하는 방법이었다. 하지만 어쩌면 섹스를 더욱 자극적으로 만들기 위해서 일부러 불화를 일으키는 건 아닌지 아무도 알 수 없었다. 그러던 중에, 아내 쪽에서 먼저 겁을 내기 시작했다. 그녀는 섹스를 하기 위해 가학성을 필요로 하는 자신들을 두려워하기 시작한 것이다.

하지만 남편은 낙관적인 말로 아내를 달랬다.

"어렵게 생각할 것 없어. 모텔에 들어가서 방을 얻어야만 섹스를 하는 부부들도 있으니까. 호텔이나 콘도도 안 돼. 꼭 모텔이어야 한다는 거야. 우리가 섹스를 하기 전에 싸우는 건 모텔에 방을 얻는 거나 다를 바 없다고. 우리는 서로가 미워서 싸우는 게 아니야. 우리 사랑은 평범하고 일상적인 것으로는 성이 안 차기 때문이잖아."

하지만 짐짓 말은 그렇게 하면서도 남편 역시 언젠가 자기들이 통제력을 완전히 잃게 되는 날이 오지 않을까 우려하는 기색이었다.

상담을 마치면서 일곤은 그들에게 일정 기간 동안 잠자리를 삼가라는 이례적인 처방을 내렸다. 두 남녀를 떨어뜨려놓아서 역설적으로 둘의 관계를 회복시키기 위한 조치였다. 그러나 일곤은 물론이고 그들 자신도 그런 시도가 성공적인 결과를 낳을지 확신을 가질 수 없었다. 다만 그들 부부는 결코 이혼을 원하지 않았으며, 때문에 이혼을 피할 수 있다면 어떤 어려움도 받아들일 마음의 준비가 되어 있었다. 일곤은 여기에 또 한 가지 강제조항을 달았다. 두 사람이 서로를 조심스럽게 대하며 절제된 관계를 유지할 수 있도록 곁에서 지켜볼 사람을 두게 한 것인데, 그 사람이 바로 나였다.

나는 잠시 침묵을 지켰다. 일곤도 내 심중을 헤아리고서 잠시 생각할 시간을 주었다.

그 무렵에 나는 대학원에 재학 중이었고, 필요한 학점을 모두 이수한 뒤에 논문을 쓰기 위해 고향 집에 내려와 있었다. 어차피 책상 앞에서 대부분의 시간을 보내야 하는 터에, 공연히 서울에 머물며 하숙비를 축내고 싶지 않아서였다. 하지만 부모와 함께 생활하는 동안, 돈은 절약할 수 있었어도 대신 집중력을 상당 부분 잃지 않을 수 없었다. 그러던 중에 우연히 일곤과 통화하게 되어 고충을 털어놓았더니, 그가 잊지 않고 있다가 나를 위해 서울에서 새로운 환경과 접할 기회를 마련한 것이었다.

일곤은 그리 오래 기다려주지 않았고 평소처럼 제 쪽에서 주도권을 잡고 나를 밀어붙였다.

"그러니까 네가 할 일은 간단해. 두 사람의 대화가 언쟁으로 번지지 않도록 적절히 개입하면서, 무엇보다도 밤에 잠자리를 따로 하는지 아닌지를 확인하는 거지. 그러기 위해서는 네가 그들의 집에서 함께 시간을 보내야 해. 물론 그들은 그런 불편을 감수하는 데 동의한 상태야. 일단 첫 세션은 일주일 동안으로 잡기로 했어. 그 시기에 두 사람이 같이 휴가를 내기로 한 거지. 두 사람, 아니 너를 포함하여 세 사람에게 아주 특별한 휴가가 된 셈이야."

그러고서 마무리를 짓듯이 이렇게 덧붙였다.

"글을 읽지 못하면 문맹이야. 맛을 제대로 느끼지 못하면 미맹이고, 소리를 제대로 듣지 못하면 음맹이지. 그런데 그런 무능력 상태가 감정에도 존재한다는 말이야. 감맹이라고나 할까. 자신의 감정을 주체적으로 이끌어나가지 못하고 상대방의 반응에 강하게 영향을 받으면서 때로 반발하거나 반대로 의존하려 드는 것인데, 이 부부가 바로 그런 경우라고."

통화를 마치고 났을 때, 나는 일곤이 애초에 내게 선택의 여지를 주지 않은 게 어쩌면 잘된 일인지도 모른다는 생각이 들었다. 사실 나는 논문 작업이 잘 진척되지 않아서 은근히 다급하면서도 막막한 심정이었다. 나는 사회학과에서 문화사회학을 전공했으며, 논문의 제목은 일단 "감정의 법칙"으로 잡았는데, 한국의 제반 문화 현상에서 사회심리학적 발전의 계보를 총체적으로 다뤄볼 야심을 가졌던 터였다.

하지만 어찌 된 일인지 글을 쓰려 하면 데이터를 기반으로 하는 자료 정리 차원의 분석은 부질없다는 생각이 들면서, 마음이 뜬금없이 논문보다는 아직 한 번도 써본 적 없는 소설 쪽으로 강하게 이끌리곤 했다. 그럴 때면 까닭 모르게 민둥산의 이미지가 눈앞에 떠오르면서, 마치 나 자신이 민둥산이 되어 들판 한가운데에 우두커니 선 채 내내 빈둥거리는 듯한 기분이 들곤 했다. 그러다 보니 논문도 소설도 쓰지 못하면서, 그저 모든 것에 무감각해지다가 갑작스레 울화가 치밀기 일쑤였다. 그야말로 특이한 조울증 증세인 셈이었다. 일전에 나는 그런 나의 심적 상태를 일곤에게 솔직히 털어놓은 적이 있었다. 그러고 보면 일곤이 내게 전례 없이 이런 제안을 한 것은, 이번 부부의 사례가 나 자신의 이상 심리를 우회적으로 극복하는 계기도 되리라 믿은 게 아닌가 싶었다.

언젠가 일곤이 내게 이런 충고를 한 적이 있었다.

"준오 너는 가능한 한 많은 사람, 특히 많은 여자와 이야기를 나눌 필요가 있어. 일상적으로 여자들과 자주 말을 섞다 보면 처음에는 어색하더라도 차츰 여유가 생기면서 언변이 저절로 좋아진다는 말이야. 그래 봐야 남녀 사이인데 긴장을 하거나 굳이 말을 잘하려 할 필요가 없으니까. 여자들 앞에서 자존심을 세우려 하는 것처럼 유치한 게 없잖아. 물론 기회만 생기면 남자들을 업신여기려 드는 콧대 높은 여자들도 있지만, 어차피 남자 여자 사이에 뭐 그렇게 큰 상처를 입을 일이 있겠어. 남자인 우리에게 세상은 곧 여자고, 여자가 곧 세상이라고."

문득 그 말이 떠올랐을 때, 마치 뒤통수를 세게 얻어맞은 기분이었다. 물론 일곤의 말에도 일리가 있었다. 하지만 일곤과 대화를 나눌 때마다 암암리에 마음에 걸린 것은 그의 지나친 명쾌함과 거기에서 비롯되는 경박함이었다. 그는 자신이 정신과 의사인 탓에 필요하면 경박하게라도 내담자들의 심정을 북돋워주어야 한다고 믿는 기색이었다. 어찌 보면 그에게서는 늘 어떤 목적을 위해 남들을 도발하여 활용하려는 기미가 엿보였고, 경박함이 드러나는 것도 그 순간이었다.

나는 의자에서 일어나 창가로 걸어가서 한동안 멍하니 밖을 내다보았다. 그러나 시간이 지나도 머릿속은 어지럽기만 했다. 혹시 방금 내가 전혀 잘못된 선택을 한 게 아닌가 싶었던 것이다. 어쩌면 나는 일곤과 부부가 마련한 낯선 연극 무대에 끌려 올라가는 것인지도 몰랐다. 아울러 그들 부부의 문제가 정말 그렇게 달리 어쩔 수 없이 절박한 것인지에 대해서도 의심이 들었다. 그때 내 입에서 나도 모르게 혼잣말이 흘러나왔다.

"진실되지 못한 연극을 관람할 때 관객이 취해야 하는 진실된 태도는 어떤 것일까."

그 질문에 대한 답은 명료했다. 일단 연극을 끝까지 보아야
한다는 것이었다. 문득 셰익스피어의 희곡 「안토니우스와 클
레오파트라」가 머리에 떠올랐다. 어찌 보면 그들 부부는, 말하
자면 사랑과 파국이 하나로 맞물려버린 안토니우스와 클레오
파트라 커플과 유사한 면이 있는 듯싶었다. 셰익스피어의 희
곡은 연극과 영화로 이미 두어 차례 보았지만, 「승수와 인영」
이라는 연극은 개봉을 이제 며칠 앞둔 상황이었다.

2

며칠 후, 나는 일곤의 진료실에서 부부를 만났다. 남편의 이
름은 민승수였고, 아내는 최인영이었다. 일곤이 이메일로 그
동안의 진료 기록을 포함한 대략적인 자료를 보내준 터라, 나
는 그들의 신상 정보를 대략적으로 알고 있었다. 두 사람은 동
갑이었고, 나보다 네 살이 많았다. 태어나고 자란 환경은 서로
아주 달랐는데, 승수는 삼대독자인 데다가 아버지가 일찍 타
계했고, 인영은 하나같이 기가 센 칠남매 중 막내로서 그야말
로 군중 속의 고독을 느끼며 성장했다.

승수는 국사학과 출신으로 대학원까지 졸업했지만, 집안
사정으로 인해 전공을 포기하고 공부를 새로 시작하여 공인회

계사 시험을 거쳐 회계사 자격증을 얻었다. 그리고 곧 그 방면에서 의외로 남다른 유능함을 발휘하여 빠르게 경제적 능력을 확보했다. 하지만 학자로서 살고자 했던 꿈이 강했던 터라, 새로운 환경에서 성공을 거듭할수록 오히려 자주 정체성의 혼란을 느껴야 했다. 때문에 그는 늘 인문학 서적을 곁에 두고 있었다. 어느 날 그는 문득 그리스 신화의 여신 아프로디테에 대한 책을 읽고 싶어서 책방에 들렀다. 3년 동안 깊이 사귀던 여자와 막 헤어진 때였는데, 도대체 여자란 이해할 수 없는 대상이라는 생각에 시달리던 중에 문득 아프로디테가 머리에 떠오르면서, 어쩌면 아프로디테의 신비로우면서도 모순된 특징을 이해하면 여자라는 존재에 조금이나마 더 가까이 다가갈 수 있지 않을까 싶었던 것이다.

책방으로 들어서자, 평소처럼 중년의 여주인이 그를 반갑게 맞았다. 그가 어떤 책을 찾는지 말하자, 그녀는 의미심장한, 그러면서도 왠지 행운의 조짐처럼 여겨지는 보기 좋은 미소를 지었다. 그러고는 서가의 높은 부분을 가리키면서, 사다리를 가져다 놓고 올라가 직접 살펴보라고 했다. 그는 삐걱거리는 사다리를 올라가서 어렵게 균형을 잡으며 그곳에 꽂혀 있는 신화 관련 책들을 살폈다. 그때 누군가가 아래쪽에서 그에게 말을 건넸다.

"실례지만 왼쪽에 있는 저 푸른색 책 좀 꺼내주시겠어요?"

그가 아래를 내려다보니, 바로 밑에서 한 젊은 여자가 오른

손 검지를 쳐들고 있었는데, 위에서 내려다보는 탓인지 몸 전체가 언뜻 하나의 고운 달걀을 연상시켰다. 곧 승수는 그녀가 가리킨 책을 꺼내 들었는데, 제목은 "날마다 청첩장 쓰는 여자"였다. 나중에 안 일이지만, 그 책은 표지 디자인에서부터 세세한 본문 레이아웃에 이르기까지 그녀가 자신의 손으로 공들여 만든 것으로, 성공적인 삶을 사는 독신 여성들의 사례를 담고 있었다. 그녀는 정기적으로 굳이 책방에 와서 그 책을 찾았는데, 그 주기는 그녀의 고질적인 우울증이 도질 때와 맞물렸다.

여하튼 그렇게 그들은 만났고, 곧바로 친숙한 사이가 되었다. 어쩌면 각자 가진 결핍감이 크다 보니 서로에게서 출구를 찾으려는 건지도 몰랐는데, 사실 그것은 두 사람에게 길게 보면 그리 좋은 조짐이 아니었다. 게다가 승수는 자기가 사다리 위에 있고 인영이 사다리 아래에 있는 상황에서 서로 만났다는 사실이 영 찜찜했다. 서양에서는 특히 남녀 관계에서 사다리가 불운의 상징이었던 것이다. 하지만 그들은 불과 석 달 반 만에 결혼식을 올렸다. 그날 그는 아프로디테에 대한 책을 사러 갔다가 대신 아프로디테의 현신을 얻은 것이었다.

아내 인영은 한때 꽤 큰 출판사의 편집장이었지만, 지금은 프리랜서로 일하고 있었다. 출판계에서 그녀는 책의 기획과 판매에서 뛰어난 감각을 갖추었고, 그만큼 예술적 심미안과 현실적인 직관력이 남다르다는 평판을 얻었다. 사실, 승수가 사랑에 빠진 것도 그녀가 영위하는 전문적 예술가의 삶에 선망을 느꼈기 때문이었다. 하지만 결혼식을 올린 후 얼마 지나지 않아 승수는 문득 가슴이 덜컥 내려앉았다. 그 선망의 반대급부로 자신의 콤플렉스가 더 커지리라는 예감해서였다. 더욱이 아내는 대인 관계에 문제가 있었다. 직장을 계속 옮기다가 프리랜서로 귀착된 것도 그 때문이었는데, 얼마 지나지 않아 그녀의 까다롭고 신경증적인 면은 승수의 마음에 큰 부담이 되었다.

인영은 자신의 성향이 불안정하다는 것을 모르지 않았다. 내심 그녀는 늘 세상과의 완전히 자유로운 소통을 꿈꾸었다. 하지만 천성적으로 사회성이 부족하다 보니 시간이 지날수록 점점 더 턱없이 욕심만 커진 탓에 오히려 그 바람이 족쇄가 되어버렸다. 처음에 인영은 자신의 변덕스러움과 혼란스러움을 그저 감수해주는 남편에게 고마움을 느꼈다. 하지만 시간이 지날수록 어쩔 수 없이 그저 성실한 생활인에 불과한 남편의 평범함과 그 가련한 노력에 연민과 더불어 실망감을 품지 않을 수 없었다.

그러나 적어도 겉으로 보기에 그들은 별문제가 없어 보였다. 경제적인 안정도 이루었고, 외모도 나름대로 독특한 매력을 지녔다. 하지만 그들 각자는 나르시시즘과 콤플렉스를 동시에 지녔고, 그 점이 그들의 관계를 늘 위태롭고 불안정하게 만들었다. 실제로 그들은 성격적으로도 닮은 점이 많았는데,

세상에 대한 환멸, 자신에 대한 불안, 상대방에 대한 소유욕에 가까운 집착, 매사에 상대방에게 영향을 미치고 싶어 하는 강박이 그것이었다. 그러나 서로 그렇듯 너무 닮았고, 또한 매사에 한 발도 물러서려 하지 않았던 탓에, 그들은 흡사 두 마리 전갈과도 같았다. 그들 각자는 관계 개선을 간절히 원하면서도 거기에서 자신이 어떤 역할을 하고 싶어 하지 않거나, 반대로 모든 것을 자기가 주도하려 했다. 하지만 두 사람 모두 내심 자기들 사이의 갈등이 사실은 제 탓이라 여기며 고통받고 있었다.

그들에게 불화를 불식시킬 방법은 섹스였다. 그들은 언쟁이 정점에 이를 때, 문득 치명적인 위험을 감지하고서 상대방에게 몸을 던졌다. 상대방에게 자신의 몸을 내줌으로써 적어도 육체적으로 완전한 항복 의사를 표현했고, 그렇게 역설적으로 상대방을 자기 품에 끌어안았다. 말하자면 그들에게 섹스는 모든 문제를 해결할 수 있는 마술적인 행위였다. 섹스가 있기에 그들에게는 어떤 불행도 고통도 허용되었다. 마치 뻣뻣하게 말라붙은 나뭇가지야말로 가장 좋은 불쏘시개감이 되듯이, 어찌 보면 상대에 대한 부정적인 감정이야말로 섹스의 감도를 강력하게 끌어올리는 힘이었다.

하지만 그것은 두 마리 전갈이 서로를 독침으로 찔러대는 것과 다르지 않았다. 그들은 갈등의 근본적인 원인에서 비켜나서, 순간적인 섹스에 의존하며 그 외의 긴 시간을 어렵게 견

더야 했고, 자연히 그들에게 사랑의 행위는 마지막 교두보이
자 아슬아슬한 부비트랩 같은 게 되어갔다. 또한 매 순간 더 강
한 자극을 필요로 하다 보니, 서로 육체적으로 부딪치는 강도
도 점점 위험 수위가 높아져서 위협적인 상해에 가까워지고
있었다.

3

　내가 약속 시간보다 조금 늦게 진료실 안으로 들어섰을 때,
세 사람은 길고 낮은 검은색 탁자를 사이에 두고 마주 앉아 열
띠게 이야기를 나누고 있었다. 가장 먼저 인영이 내 눈길을 끌
었다. 의외로 화장이 짙은 편이었고 목소리와 몸짓에서 들뜬
기분이 엿보였다. 어찌 보면 그녀는 평범하지 않다기보다는
평범하지 않으려고 애쓰는 듯한 인상에 가까웠다. 거기에 비
해 승수는 마치 어떤 태생적 결함이 있는 사람처럼, 체념에 가
까운 차분히 가라앉은 모습을 보였다. 하지만 놀랍게도 그들
은 곧바로 마치 역할을 교대하는 연극배우처럼 상대방의 분위
기를 자신의 것으로 취했다. 그래서인지 그들에게서는 매 순
간 자신을 극복하려고 안간힘을 쓰는 끈질김과 더불어, 거침
없이 자신을 분출하는 속된 쾌활함이 번갈아 드러났다. 또 한
가지 의외였던 것은, 양쪽 모두 성적인 에너지가 그리 강해 보

이지 않아서 두 사람이 알몸으로 서로를 열렬히 끌어안는 모습은 여간하여 눈앞에 그려지지 않았다는 점이었다. 하지만 어쩌면 그것이야말로 두 사람이 섹스에 몰입하는 이유인지도 몰랐다.

일곤이 나를 그들에게 소개하면서 서로 짧고 어색한 인사가 오갔다. 나는 방준오라고 이름을 밝혔다. 하지만 두 사람은 곧바로 내게서 관심을 거두어 다시금 서로에게만 집중했다. 둘 사이에서 일곤은 노련하고 교활한 양치기 개의 감각으로 대화가 제 방향으로 나아가도록 어떤 핵심적인 지점을 짚어주려고 애썼다. 하지만 그들은 일곤을 수시로 침묵 속으로 밀어넣으면서 자기들끼리 활발하게 말을 주고받았다. 그러나 상대방의 발언권을 존중하려는 배려가 거의 없었던 탓에, 자연히 세 사람 사이에서는 각본도 없는 어수선하고 충동적인 즉흥극이 이루어졌다. 내가 그들의 말을 다소 혼란스럽게밖에 전할 수 없는 것은 그런 연유에서다.

"아시다시피, 정신과 의사를 찾아가서 함께 상담을 받아보자고 한 건 아내였어요. 우리 몸뿐만 아니라 마음에도 비타민이 필요하다면서 말이지요. 나는 그러자고 했어요. 별로 내키지 않았지만 달리 어쩔 수 없었으니까요. 어쩌면 전문가에게서 우리 부부의 정신을 위한 비타민 제조법을 배울 수 있을지도 모른다는 생각도 없지 않았지요. 그런데 언제 뵌든 선생님은 늘 몸짓이나 어투가 무척 다감다정하고 여유롭군요. 마치 모든 종류의 비타민을 갖추었다고 과시하는 것처럼 보일 정도예요. 하지만 벌써 여러 차례 상담을 했어도, 나는 어떤 비타민도 얻을 수 없었어요. 오히려 우리 세 사람 사이에 묘한 삼각관계가 형성되는 듯해서 심기만 더 어수선할 뿐이지요. 사실, 이제 와서 하는 말이지만, 상담이 끝나고 집으로 돌아갈 때면 어느 프랑스 철학자가 한 말이 저절로 떠올랐어요. 정신과 의사들은 귀를 세놓고서 돈을 버는 사람이라는 말인데, 정말 정곡을 찌르는 지적이 아닙니까? 하지만 좀더 알고 보니, 정신과 의사는 귀만 세놓는 게 아니더라고요. 눈도 세놓고 입도 세놓고, 심지어는 간도 빼서 세주려 들거든요."

인영이 일곤보다 먼저 그의 말을 받았다.

"바로 이런 점이에요. 방금 들으셨지요? 이 사람 말을 듣고 있으면, 우리 사이에서 성격 차이가 아니라 말투 차이가 더 치명적이라는 생각이 들지 않을 수 없어요. 나는 이 사람이 수시로 입에 담는 이런 냉소적인 말을 더 이상 견딜 수 없는 거예요."

승수가 재빨리 대꾸했다.

"제가 왜 냉소적이라는 소리를 들어야 하는지 알 수 없군요. '냉'이 '차갑다'는 뜻이니까, 수시로 수족냉증에 시달리면서 신경질을 부리는 아내야말로 냉소적이라고 해야 하지 않을까요? 더 무서운 건 그 증세가 머리에도 영향을 미쳐서 무섭도록 싸늘한 표정을 짓게 만드는데, 정작 자신은 그런 줄도 모른다는 거지요."

일곤이 잠시 뜸을 들였다가 입을 열었다.

"이런 상황에서 그런 부적절한 농담을 하는 것이야말로 오히려 가장 냉소적인 태도라 할 수 있지요. 그리고 냉소는 자만심의 표현 같지만 실상은 자신감 부족을 드러낼 뿐이라는 점도 아셔야 합니다. 자기가 그렇다는 걸 잘 모르면서 말입니다."

"바로 그렇다고요. 남편은 자기가 무슨 말을 하는지도 모르면서 아무 말이나 입에 담기는 대로 내뱉어버려요. 우리가 결혼식을 올리기 사흘 전에 갑자기 내게 파혼을 하자더군요. 이유는 일단 우리가 결혼하면 서로 영영 예속되었다는 기분을 떨칠 수 없어서, 더 이상 나한테 기대지 못하고 돌아갈 곳을 잃어버린 떠돌이처럼 살아가게 될 것 같은 예감이 든다는 거예요. 나로서는 그러자고 할 수밖에 없었지요. 그런데 다음 날 아침에 달려오더니 눈물을 흘리더라고요. 그런 말을 한 자기를 용서해달라면서 말이지요. 사실 전날 이 사람이 쏟아낸 말은 내게 정신적으로 큰 충격을 입혔어요. 그런 트라우마를 품고 정상적인 결혼 생활을 할 자신이 없다는 생각도 들었지요. 하지만 얼마나 간절하게 간청하는지 차마 물리칠 수 없었어요. 우리는 극적으로 화해를 했고, 신혼여행 3박 4일 동안 밤낮으로 열렬한 시간을 보냈어요.

그런데 집으로 돌아오자마자 다음 날부터 저녁마다 다시 헤어지자는 거예요. 그 이유는 파혼하자고 했을 때와 거의 다르지 않았지요. 처음에는 대꾸도 하지 않다가, 더 견딜 수 없어

서 그러자고 하면, 그날 밤 술에 취해 돌아와서 불같이 화를 내
는 거예요. 어떻게 자기와 헤어지자는 말을 승낙할 수 있느냐
는 거지요. 내가 들은 척도 않고서 정말 끝내야겠다고, 그게 우
리에게 좋겠다고 차갑게 말하면, 그제야 눈물을 흘리며 나를
끌어안고 용서해달라며 잘못을 빌었어요. 그때 나는 알았어
요. 저 사람은 무한히 관대한 척하면서도 실제로는 무한히 잔
인해질 수 있는 위인이라는 걸 말이에요. 그건 이 세상에서 오
직 자기만이 가장 중요하다고 믿는 사람들이 벌이는 가증스러
운 짓이지요."

그 말에 승수는 날 선 표정을 노골적으로 드러내며 말했다.

"당신은 기억하지 못하는 모양이야. 결혼식 사흘 전 그날
우리가 함께 점심을 먹을 때, 문득 당신이 왜 나와 결혼하려 하
는지 궁금해졌어. 물론 결혼 날짜를 잡았을 때만 해도, 내게는
모든 게 자연스럽고 당연했지. 그런데 막상 그 질문이 머리에
떠오르자 모든 게 모호해졌던 거야. 그래서 당신에게 물었지.
왜 나와 결혼하려 하느냐고. 그러자 당신이 너무도 간단하고
명료하게 대답했지."

"이제 그런 건 중요한 게 아니잖아."

"맞아, 당신은 그렇게 말했지. '이제 그런 건 중요한 게 아
니잖아.' 그 말이 나를 얼마나 혼란스럽게 했는지 알아? 시간
이 흘러도 머릿속에서 수시로 그 말이 떠올라 붕붕거려서 정
신을 차릴 수 없었어. 그래서 견디다 못해 당신에게 그런 질문

과도하게 친밀한 고독

을 던졌지. 나를 도와달라고 말이야. 그런데 당신은 어찌 그리 무심하고 냉담한지. 나는 고통받았어. 사랑은 고통스러운 거야. 내 지독한 사랑에서 고통이 생겨났지. 나는 그 고통으로부터 벗어나려는 게 아니었어. 단지 그 말을 잊어버리고 지워버리고 싶었어. 그러지 않으면 당장 숨을 제대로 쉴 수 없을 것 같았으니까. 설마 내가 정말로 죽기를 바란 건 아니잖아."

두 사람 사이에서는 한참 동안 말의 공방전이 그치지 않았다. 매 순간 그들은 일곤의 존재를 강하게 의식하여 그를 자기편으로 끌어들이려 했다. 하지만 일곤은 상담실 한쪽에 놓여 있는, 고급 천연 가죽으로 된 안락한 카우치의 역할을 성공적으로 수행하면서 중립적인 입장을 고수했다. 시간이 지날수록 정서적으로 훨씬 탄력적이고 연기력까지 갖춘 인영이 점차 우위를 차지하기 시작한 것은 당연한 일이었다. 승수는 힘겹게 버티느라 자꾸 무리를 범하다 보니, 오히려 아내와 의사가 서로 단단히 결탁할 수 있는 소지를 제공했다. 마침내 아내는 신경증과 우울증으로 탈진해버린 나머지, 정신과 의사의 카우치에 몸을 완전히 맡겨버린 가련한 여자의 역할을 훌륭하게 해냈다. 그 순간, 언제나 눈과 코와 입이 정확히 맞물려 있는 듯한 승수의 빈틈없는 인상이 어지럽게 무너져버렸다. 나로서는 마치 한 편의 희극적인 사이코드라마를 보는 듯한 기분이었다.

그래도 남편이 마지막으로 한 말은 내 가슴에 은근한 울림을 일으켰다.

"이번이 우리가 몇 번째 의사를 만나는 거지? 다섯번짼가?
다섯 명의 의사에게 매번 우리 상황을 두서없이 설명하다 보
니, 마치 남들이 만들어놓은 무대 위에 올라서 남들이 쓴 희
곡 대본을 들고 대사를 읽는 듯한 기분이 들지 않아? 지금 당
신은 애인을 찾아 나서는 기분으로 새 의사를 만나는 거야. 내
눈앞에서 의사와 다정하게 이야기를 나누면서 질투심이 강한
내 성향을 중화시키려는 거지. 하지만 의사는 우리 사이에 놓
인 의자일 뿐이야. 지금 우리는 의자 하나를 가운데 놓고 서로
먼저 차지하려고 게임을 벌이는 중이야. 그런 게임이 우리에
게 무슨 도움이 되겠어. 당신 정말 모르는 거야? 나는 당신에
대한 내 육체적 욕망이 가라앉는 것을 견딜 수 없어. 생각만 해
도, 한기가 몰려와서 부르르 몸서리가 쳐져. 그만큼 나는 당신
을 열렬히 사랑해. 아내를 온전히 사랑하기 위해 다른 여자의
존재가 필요하다고 믿는 남자들이 있다는 걸 알고 있어? 하지
만 나는 아니야. 나는 오직 당신만을 원해. 그렇기 때문에 나는
어떻게든, 마치 불쏘시개로 재를 뒤적이는 식으로라도, 내 날
카로운 말과 행동으로 당신을 찔러대서라도, 그 욕망의 불길
을 되살릴 수밖에 없어. 그게 내게는 사랑이야."

그때 일곤이 부드러우면서도 권위를 갖춘 표정으로 천천히
말을 시작했다.

"잘 알겠습니다. 이런 상태에서는 대화가 길어질수록 오히

려 자꾸 원점으로 돌아가기 마련이지요. 이제라도 지난주에 합의된 사항을 상기하도록 합시다. 누군가가 말했듯이, 과도한 사랑이나 욕망은 우리를 지옥으로 끌고 갑니다. 음악에서처럼 사랑에도 나아감과 더불어 멈춤도 있어야 하지요. 나아가고 쉬고 멈추면서 조화로운 리듬을 만들어내야만 사랑의 음악을 이룰 수 있어요. 두 분은 처음부터 서로의 관계에서 에너지를 얻는 데만 몰두했어요. 그러다 보니 자신이 원하는 만큼 에너지를 얻지 못한다는 생각에, 불행하다는 느낌을 떨칠 수 없게 되었지요. 그러나 둘이 함께 행복해지고 싶다면, 에너지를 순환시켜야 합니다. 그래야만 비로소 자신이 원하는 충분한 에너지를 얻을 수 있겠지요. 그런 의미에서 적어도 지금으로서는 두 분 모두 서로의 바람직한 관계에 부적격자입니다. 자신의 감정이 과도하여 상대방을 압도하게 되는 것은, 자기 욕구를 만족시키는 데 급급하는 자기만족적 사랑일 수 있으니까요.

그러니 잠시 마음을 비우고 서로를 관조하며 아타락시아를 느껴보세요. 천국 아니면 지옥을 선택하려 하지 말고, 잠시 욕망이 스러지는 연옥에 머물러보세요. 육체적 욕망의 혼돈스러운 파도 위에서 물밑 깊이 닻을 내리세요. 욕망의 부재를 부정적인 침묵이라고 여기지 말고, 몸과 마음의 휴식 지대이자, 자기 자신을 조용히 관조하는 순수하고 순결한 시간으로 받아들이세요. 그 상태를 마음 깊이 누리면서 자신의 영혼과 대화를 시도해보세요. 욕망으로부터 자유로워진 사랑에 대해 명상에 잠겨보세요. 화해의 대화가 불가능한 사이에서는 결별의 대화도 불가능합니다. 불행한 관계가 지속되는 것은 그 때문이지요. 그러니 무엇보다도 관계를 중요하게 여겨서 자기와 대립되는 것을 존중하고, 나아가 자신을 더 강하고 완전하게 만들어보아야 합니다. 이제 두 분은 사흘 후부터 일주일간의 휴가를 얻게 됩니다. 그 기간 중에 어떤 방문객도 허용되지 않고 가급적 휴대폰도 꺼놓은 상태여야 하지요. 다른 사람들에게 두 분은 해외여행 중이니까요."

그때 인영이 몸을 일으켜 벽을 따라 잠시 걸음을 옮기다가 창가에 멈춰 서서 말했다.

"이제 우리에게 이레가 주어졌으니, 앞으로 스물한 끼가 남은 셈이네요. 그런데 여기에서 내려다보니, 강변도로를 달리는 자동차들이 꼭 연등 행렬처럼 보여요."

그러자 승수가 그녀의 등 뒤로 다가서며 뜬금없이 볼멘소리로 중얼거렸다.

"내가 보기에는 대가리와 꼬리에 불이 붙은 발정 난 개미 떼처럼 보이는데."

마치 연극 무대 위 배우의 어설픈 방백처럼 들려온 그의 말에 인영이 곧 빠른 어조로 대꾸했다.

"그래, 바로 그거야. 지금 우리 사이에는 섹스밖에 없어. 섹스를 하는 게 서로 사랑한다는 증거라고? 그건 정말 웃기는 말이야. 섹스는 개나 고양이나 다 하는 건데, 우리는 짐승이 아니잖아. 하기야 우리 결혼은 모두가 반대했지."

곧바로 인영의 낮은 웃음소리가 방을 가득 채웠다.

4

사흘 후부터 나와 두 남녀의 기묘한 동거가 시작되었다. 그들의 집은 서울 근교의 새로 지정된 택지 지구에 자리 잡은, 제법 번듯한 2층 목조 주택이었다. 나는 오후 4시 무렵에 택시에서 내려 인터폰을 누른 뒤 집 안으로 들어갔다. 초겨울을 맞은 스산한 정원에서 부부가 나를 맞이했다. 그들을 따라 진한 갈색의 육중한 목제 현관문을 지나자, 색깔과 디자인이 다양한 여러 개의 소파로 채워진 널찍한 거실이 나왔다. 그때 문득 일곤의 말이 귓전에서 울렸다.

"무엇보다도 두 사람이 너를 믿게 해야 해. 아니, 그것만으로는 부족하지. 너를 좋아하고 사랑하게 해야 해. 그렇다고 너도 좋아하거나 사랑해서는 안 되겠지?"

"왜 안 되는데?"

그때 나는 즉각 그렇게 반문하려다가 그만두었다. 인영이 집 안을 안내하는 동안, 그 반문이 다시금 슬그머니 머리를 쳐드는 게 느껴졌다. 거실은 물론이고 서재와 침실에 이르기까지 마티스, 세잔, 드가, 모네 등등의 크고 작은 그림들, 그리고 갖가지 펜화들이 우아한 액자 속에 넣어져서 벽에 걸려 있었는데, 무슨 까닭에서인지 나로서는 문화적으로 세련된 공간에 들어왔다기보다 원시적인 충동이 꿈틀거리고 그로 인해 불면증과 편집증적 망상으로 채워진 기이한 동굴 속에 들어와 있는 듯한 느낌이 강하게 들었다.

내가 보기에 인영은 그 그림들에 눈길이 닿을 때마다 새삼스레 각기 그 독특한 개성에 이끌리는 듯했다. 하지만 승수는 시큰둥한 표정으로 그것들로부터 의식적으로 시선을 돌리는 듯한 기색이었다. 아마도 그림들을 벽에 하나씩 걸 때마다 실랑이가 있었지 않을까 싶었고, 어쩌면 그때그때 인영은 자신의 몸을 제공하는 것으로 흥정을 했을지도 몰랐다. 그리고 그 흥정의 과정이 그들을 무척 흥분시켰을 것이었다. 어쩌면 집 안의 가구 하나하나에도 섹스에 대한 기억이 흐릿한 그림자처럼 드리워져 있는지도 몰랐다.

밖에서 볼 때와 달리, 집 안은 그리 넓지 않았다. 2층에 침실과 서재와 손님방이 마련되어 있었고, 아래층에는 거실과 주방, 그리고 그 옆에 작은 방이 전부였다. 작은 방은 원래는 다실로 꾸미려 했는데 아직 착수하지 못했다고 했다. 그들 사이에서는 승수와 내가 2층을 쓰고, 인영은 남편에게서 멀리 떨어져 다실을 쓰는 것으로 합의가 이루어져 있었다. 침실의 트윈 베드 중 하나는 이미 다실로 옮겨져 있었고, 나는 손님방에서 바닥에 이불을 깔고 자기로 했다. 두 평 남짓한 그 방에는 남쪽으로 커다란 창이 나 있어서 환하고 전망이 좋았다.

그날 셋이서 가벼운 저녁 식사를 하는 동안에도 승수는 여전히 꼭 이렇게까지 해야 하나 싶은 표정이었고, 인영도 조금은 거북함을 느끼는 것 같았다. 하지만 그러면서도 내가 보기에 두 사람은 뭔가 새로운 게임이 시작되었다는 사실에서 은근히 자극을 받고 있는 게 분명했다.

식사가 끝나갈 무렵에, 나는 그들이 손목에 같은 모양의 단주를 차고 있는 것을 보았다. 보리수 씨앗을 꿰어 만든 짧은 염주였는데, 내 시선을 의식했는지 인영이 손목을 들어 보이며 말했다.

"우리가 처음 만났을 때, 남편이 이걸 손목에 차고 있었어요. 내가 뭐냐고 물으니까, 단주라고 하는데 잡념을 끊는다는 의미로 단념이라고도 부른다더군요. 혼란스러운 욕망을 다스리기 위해 불가에서 사용하는 물건이라고요. 그래서 내가 물었어요. 그렇게 다스릴 수 없을 정도로 욕망이 들끓어요? 그랬더니 씩 웃으며 하는 말이, 욕망이 들끓는다는 게 꼭 나쁜 거냐고 반문하더군요. 그러고서 다음에 만났을 때, 이걸 내게 선물했어요. 손목에 차니까 기분이 좋더라고요. 그제야 나도 내 속에서 그토록 욕망이 들끓는다는 걸 처음 알았지요."

그렇게 두 명의 남자와 한 명의 여자가 한집에서 각기 방 하나를 차지한 채 잠깐씩 얼굴을 마주하는 날들이 시작되었다.

엄밀히 말하자면, 나는 그들의 도우미이자 감시인이었고, 무엇보다도 불청객이었다. 하지만 이제 우리는 세 개의 다리로 지탱되는 도자기 향로처럼 서로 체념하고 적응하며 균형을 잡아야 했다.

거실에서 잠시 텔레비전을 보면서 밤참을 먹을 때, 인영이 말했다.

"이사 오자마자 집 안은 내가 다 혼자 꾸몄어요. 몇 년 전에 이 집에서 사람이 자살했다더군요. 덕분에 싼값에 샀지요. 그런데 이해할 수 없어요. 사람이 자살한 집은 더 비싸게 팔려야 하는 거 아니에요? 우리에게 특별한 뭔가를 늘 가르치고 상기시켜주잖아요."

그녀는 잠시 사이를 두었다가 말을 이었다.

"지금까지 우리는 사랑을 손으로 만질 수 있다고 생각했어요. 아니, 손으로 만질 수 있는 사랑에 집착했어요. 만질 수 없으면 아무것도 아니었어요. 하지만 이제는 달라질 수 있을 것 같아요. 오늘부터 우리는 한 우리에 갇힌 세 마리 모르모트예요."

그날 밤, 나는 책상 위에 책을 펼쳐놓은 채 늦게까지 방 안에서 서성거렸다. 이제 겨우 하루가 지났는데, 앞으로 남은 날들이 길고도 막막하게 여겨졌다. 그래도 한 가지 분명한 것은, 어찌 됐든 나의 존재로 인해 마침내 그들이 각자 다른 침대에서 자는 데 성공했다는 사실이었다.

5

다음 날, 우리는 세끼 식사를 같이 하고, 마당에서 차를 마시고, 저녁에는 술잔도 나누었다. 승수가 처음 포도주병을 열었을 때, 나는 신경이 약간 예민해졌다. 일곤은 함께 술을 마시는 일을 피하도록 했는데, 꼭 필요한 경우에도 포도주 한 잔이나 맥주 한 컵 정도로 제한했던 것이다. 사실, 그들의 삶에서 술은 무척 큰 중요성을 가지는 듯했다. 커다란 와인 셀러가 거실 한편에 자리 잡고 있고, 거기에 적포도주와 백포도주는 물론이고, 발포성 와인, 포트와인, 아이스바인이 다양한 종류로 채워져 있었다. 하지만 그들에게서는 가급적 술을 자제하려는 조심스러운 기미가 엿보였다.

함께 두런두런 나눈 이야기를 통해 나는 그들에 대해 더 많은 것을 알았다. 승수는 어렸을 때 집이 홍수에 휩쓸려서 모든 것을 잃은 적이 있었다. 아버지의 이른 죽음도 그 일과 관련이 있는 듯했다. 그는 개인적으로 '돌연변이'에 각별한 관심을 가지고 있었다. 그리고 돌로 만든 매미 조각에 애착이 컸는데, 집 안 여기저기에 옥이나 활석이나 대리석으로 만들어진, 다양한 색깔과 형상의 매미들이 장식품으로 놓여 있었다. 그의 말로는, 매미들을 단순히 바라보는 데 그치지 않고, 냉동실에 넣어 두었다가 꺼내서 손에 쥐고 있으면 마음도 서늘해지고 편안해진다는 것이었다.

나는 매미가 그에게 어떤 의미를 가지는지, 혹시 매미와 돌연변이 사이에 어떤 연관이 있는지 알고 싶어서 넌지시 운을 떼어보았다. 하지만 그는 자세히 말하고 싶어 하는 기색이 아니었다. 대신 그는 인영이 지난달에 두 차례나 갑작스러운 심장 통증을 겪었다고 말했다. 다행히 그 증상은 곧 사라졌는데, 병원에서는 원인을 알지 못했다.

함께 천천히 술잔을 비우는 동안, 우리 사이에서는 차츰 화기애애한 분위기가 생겨났다. 앞으로도 이런 상태라면, 새로운 생활에 곧 적응해서, 며칠 동안 셋이 한 가족처럼 지낼 수 있을 것도 같았다. 아울러 나는 그들 사이에 오가는 수수께끼 같은 표정과 말과 몸짓을 통해 그들이 안고 있는 문제에 한 발 더 다가설 수 있었다.

그들은 고독을 두려워하면서도 또한 고독을 원하고 있었다. 말하자면 고독에 대한 타고난 취향과 고독에 대한 본능적인 두려움을 함께 품고 있었으며, 달리 말해 한편으로는 고독의 냉랭함으로부터, 그리고 다른 한편으로는 고독의 과도한 친밀감으로부터 동시에 위협받고 있었다. 그제야 나는 일곤이 그들에게 내린 특별한 처방의 의미를 이해할 수 있었다. 앞으로 그들은 각기 고독을 견뎌내고 친밀감에 대한 욕구도 가라앉히면서 진지한 관계를 도모하고자 노력해나가야 했다. 그리고 그것은 곧 그들 부부의 정신적이고 심리적인 성장과 성숙을 의미하는 것이었다.

물론 나는 그들을 돕기 위해 둘이 한자리에 머무는 동안 곁에서 떠나지 않을 생각이었다. 하지만 되도록 그들 사이에 끼어들지 않으려 했다. 함께 존재하면서 내 존재를 지워나가는 것, 그것이 내게 부과된 임무였다. 또한 나는 일곤의 지시에 따라 또 하나의 행동수칙을 그들에게 부여했는데, 그건 일상생활에서 독립적인 시간과 공간을 확보하는 것이었다. 홀로 자기만의 시간을 가지는 여유를 통해 주체적으로 상대방을 대하는 법을 배우는 한편, 관습적인 관계에 수동적으로 끌려다니지 말고 스스로 새로운 관계를 구상하고 도모해보라는 의미에서였다. 달리 말해, 한집에 있다고 해서 꼭 서로 어울려서 시간을 함께 보내야 하는 건 아니라는 뜻이었다.

그날 밤, 나는 그들이 각기 자기 방으로 들어가는 것을 확인하고서 기꺼운 마음으로 술자리를 정리했다. 그러고는 한동안 마당을 거닐다가 방으로 돌아와 자리에 누웠다. 그러나 새벽이 다 되어갈 때까지 잠이 오지 않아서, 이러다가 불면증이 다시 도지는 게 아닌가 걱정이 될 정도였다. 하릴없이 몸을 뒤척이던 중에 문득 '고독'이라는 게 대체 뭘까 하는 데에 생각이 미쳤다. 사실 지금까지 나는 고독이라는 것을 심각하게 경험한 적이 없었다. 물론 무료하고 외롭고 무기력한 느낌에는 늘 시달리고 있었지만, 분명 고독은 그것과는 다른 무엇이었다. 그때 문득 일곤의 고독은 어떤 것일까 하는 생각이 들었다.

일곤은 약간 작고 호리호리한 체격에, 전화로 대화할 때는 차분하고 진지하지만, 한자리에서 마주하면 쾌활하고 약간 성급하고 꽤 친절한 사람이었다. 또한 그는 독신이고, 늘 혼자였다. 어찌 보면 양성애자의 분위기도 느껴졌는데, 뭔가 좀더 복잡하고 정교한 사랑의 가능성에 희망을 거는 남자라고 해야 옳을 듯했다. 더욱이 정확하고 냉철한 면이 강해서 모든 게 제자리에 있어야 하고 제시간에 이루어져야 했으며, 그렇지 않은 경우에는 자기 자신과 주변 사람들을 철저히 통제하려 들었다. 때문에 그는 항상 무척 고독해 보였다. 그 고독한 이미지가 정신과 의사로서 강한 설득력과 카리스마를 발휘하게 했다. 말하자면 그에게 고독은 일종의 전략적인 무기인 셈이었다.

그때 나는 잠깐 잠이 들었는데, 꿈이 시작되자마자 시커먼 그림자를 드리운 거대한 매미에게 온몸이 짓눌렸다. 곧바로 진한 초록색의 그 매미가 검붉은 주둥이를 한껏 벌려 내 머리를 반쯤 집어삼키고서 두피를 갉아대다가 급기야 으적으적 썹어대기 시작했다. 내 머리는 아주 쉽게 부서져버렸고 덕분에 꿈도 일찍 끝이 났는데, 잠에서 깨어난 후에도 온몸이 마비되어 꼼짝도 하지 못한 채 아침을 맞았다. 마치 집 안 곳곳에 사나운 매미들이 숨어서 나를 노리는 듯한 기분이었다.

6

그렇게 새날이 시작되었다. 나는 줄곧 관찰자의 시선으로 두 사람을 주의 깊게 지켜보았는데, 모든 게 비교적 순조로운 듯했다. 그들은 여전히 조금은 불편해했다. 방일곤이라는 연출가의 지시에 따라 연기를 하고 있다는 느낌을 떨치기가 어려운 모양이었다. 그러나 지금까지와는 다른 방식으로 상대방과 마주하며 각기 조금은 놀라워하고 있었다. 순간순간 상대방에게서 그동안 보지 못한 새로운 면모를 발견하는 즐거움도 느끼는 기색이었다. 이 상태를 잘 유지하면, 며칠 후에 나는 홀가분한 성취감을 느끼며 이 집을 떠날 수 있을 것 같았다.

그러나 다음 날 점심 식사를 하고 나서부터 분위기가 서서히 달라지기 시작하더니, 땅거미가 깔릴 즈음에는 심상치 않은 기운이 집 안에 감돌았다. 얼마 후 나는 그들이 일곤의 지침에 따라 그동안 꺼놓았던 휴대폰을 다시 켰고, 일곤에게 전화를 걸어서 각자 자신의 고충을 털어놓았다는 것을 알았다. 심지어 그에게 집에 와달라고 요청하기도 했다는 것이다. 하지만 그때마다 일곤은 그들에게 단호한 어조로 좀더 참으라고 잘라 말했다. 둘의 관계에서 새로운 국면을 맞으려면 인내심과 더불어 스스로 변하고자 하는 의지를 가지는 게 무엇보다 중요한 일임을 강조한 것은 물론이었다. 그러면서 일곤은 그들에게 나라는 존재를 긍정적이고 적극적으로 활용해볼 것을 권했다. 그러나 구체적으로 어떻게 해야 하는지에 대해서는 언급이 없었다. 어려움을 겪을 때마다 우리 셋이 임기응변으로 적절히 대처하는 것이 바람직하다는 게 일곤의 생각이었다.

나는 나름대로 뭔가 '긍정적인' 역할을 하고자 노력했다. 먼저 감각 분산법을 동원했는데, 나의 움직임과 말과 행동으로 그들의 주의력을 흩뜨려서 예민한 감각을 완화시키려는 것이었다. 또한 나는 일곤도 칭찬한 바 있는 내 나름의 감수성과 공감 능력을 발휘하여 나 자신이 그들 사이에 흐르는 강이 되고자 했다. 그리하여 그들이 나라는 존재를 통해서, 이를테면 나라는 강에 몸을 담금으로써, 간접적으로나마 서로 몸을 접한다는 느낌을 받게 하려 했다. 하지만 그것은 생각처럼 쉽지 않았다.

사실 그들은 상대방의 마음을 헤아리지 못하는 게 아니었다. 피차 상대방이 달리 어쩔 수 없어서 그러는 것임을 알고 있었다. 때문에 마음 한편으로는 서로 애틋하고 안타까운 심정도 지니고 있었다. 그럼에도 불구하고 이런 거북한 상황에까지 이르게 된 데 대해 서로 야속함과 원망이 가라앉지 않았다. 때문에 그들은 수시로 나를 전혀 불필요한 존재로 밀어내려 했다. 그럴 때면 나는 그들이 함께 몸을 담글 수 있는 미지근한 강물이 아니라, 모든 것을 형체도 없이 녹여버리는 뜨거운 용암과 다를 바 없었다.

자연히 나로서는 아무리 애를 써도 시한폭탄의 폭발을 한동안 늦추는 게 고작이라는 생각을 떨칠 수 없었다. 곧 두 사람 사이에서는 좀더 분명한 변화가 생겨났다. 식사를 하는 동안 서로 한마디도 나누지 않았다. 어느 한쪽이 거실 소파 위에 우두커니 앉아 있다가 다른 쪽이 나타나면 슬그머니 자기 방으로 들어갔다. 또한 둘 모두 화장실을 찾는 횟수가 눈에 띄게 잦아졌다. 각기 2층 옥상으로 나가 화분들 앞에 서서 아무것도 하지 않으며 꽤 긴 시간을 보내기도 했다. 잠옷 차림으로 냉장고 앞에서 마주쳤을 때는, 한동안 말없이 서로를 뚫어지게 바라보았다.

그때마다 나는 주변을 어슬렁거리며 나의 존재를 환기시켜서 그 상황이 어떤 선을 넘어가지 않도록 했다. 그러나 나는 짐작할 수 있었다. 그들은 실로 처음으로 고독을 누리고 있었고, 거기에서 조금은 안정감을 얻고 있었다. 하지만 그 고독의 끝에 무엇이 있을까, 영원히 그 상태 속에 갇히는 게 아닌가 하는 우려가 여전히 가시지 않는 것이었다.

그래도 승수는 가능한 한 배려하는 표정과 몸짓으로 인영을 대하고자 애썼다. 하지만 그의 내면에는 연기에 자신이 없는 삼류 배우의 자의식이 자리 잡고 있는 게 분명했다. 여전히 그는 그 모든 거북한 상황에 대한 불만을 은근하게나마 지속적으로 드러냈다. 그래도 지금까지는 아내를 위하는 마음으로 참으려 했는데, 언젠가부터 그녀는 따뜻한 말 한마디는커

녕 다정한 눈길 한번 주지 않았다. 그렇게 아내는 점차 무대 저편의 존재, 그의 손이 닿기에 너무도 먼 강 건너의 불이 되어갔다. 그렇다면 이 모든 번잡하고 불편한 소동은 대체 무엇을 위한 것인가. 이제 그의 머릿속에서는 자신에게 이런 시련을 겪도록 만든 아내에 대한 의심이 점점 더 커졌다. 또한 그는 아내가 자기를 믿지 못하고 남들에게 의지하려 했다는 사실로 인해 새삼스레 몹시 자존심이 상했다.

이럴 수도 저럴 수도 없는 혼란스러움에 부대끼다 보니 그는 차츰 활기를 잃어갔다. 무엇보다도 집 안에 내내 자기 아닌 다른 남자가 있다는 사실이 점점 더 견디기 힘들었다. 하지만 그는 엉터리 비극의 주인공처럼 울화를 터뜨리거나 반대로 우울증을 드러내는 대신, 갑자기 무심함과 무관심에 가까울 정도로 냉정한 모습을 보이면서 그녀를 피하기 시작했다.

당연히 인영은 그녀대로 그런 승수를 야속해했다. 그녀가 남편과 다소 거리를 두려는 것은 단지 둘의 미래를 위해 현재를 견디려는 의미에서였다. 그런데 승수는 두 사람 모두에게 부여된 이 시련을 극복하여 관계를 치유하려 하기보다, 오히려 이 상황을 기회로 삼아 은근히 복수와 방종을 꾀하려는 게 아닐까 의심스러웠다. 이제 그녀는 심지어 이 모든 부조리극을 애초에 그가 유도한 게 아닌가 하는 피해의식에도 시달렸다. 그렇다면 남편이 원하는 것은 대체 무엇이라는 말인가.

나는 기회가 닿는 대로 인영을 유심히 관찰했다. 인영은 승수가 지나치게 예의와 격식을 차리며 자신만의 세계 속으로 물러나려 한다고 여겼다. 평소에 상대방에게 늘 영향력을 발휘하지 않으면 견디지 못하는 성격이었으므로, 그녀 또한 남편이 자기와 멀리 떨어진 존재, 강 건너의 불 같은 존재가 되어간다는 생각으로 심한 스트레스에 시달렸다.

그날 그녀는 날이 어두워지면서 차츰 도발적인 모습을 보이기 시작했다. 평소보다 진한 화장을 했고 옷차림이나 행동에서도 흐트러지거나 과한 면모를 스스럼없이 드러냈다. 한밤중에는 선정적인 속옷 위에 헐렁한 실내복을 대충 걸친 채 오랫동안 집 안 곳곳을 서성거리기도 했다. 하지만 승수는 어쩌다 그녀가 시야에 들어와도, 길거리에서 행인을 유혹하는 여자를 지나치듯 철저히 무심한 태도로 일관했다. 인영은 절망적으로 도전했고, 승수는 잔인하게 응전했는데, 그 모습은 어찌 보면, 한 미국 소설가의 표현을 빌려 말하건대, 두 마리 염소가 끌어안고 춤을 추면서 박자를 맞추려고 애쓰는 듯한 형국이었다.

또한 인영은 은근히 나를 압박하여 승수에게서 어떤 반응을 이끌어내려 했다. 나는 인영의 초조감을 달래면서 더 침착한 태도를 가지도록 유도했다. 둘 중 하나라도 인내심을 잃으면 치료의 효과가 전혀 없다는 점을 상기시키는 것도 잊지 않았다.

밤이 꽤 깊었을 때, 나는 그녀가 거실로 나와 누군가와 전화로 대화하는 소리를 들었다.

"명심할게요, 선생님. 알았다니까요. 당신도 마음 편히 가지세요. 그건 죄를 짓는 게 아니잖아요. 당신, 아, 미안해요. 이렇게 부르면 안 된다는 걸 잘 알면서 자꾸 혀가 미끄러지네요. 저도 남에게 책임 지울 생각은 없어요, 선생님."

그녀의 어조는 누가 들어도 별 상관없다는 듯 자연스러웠다. 그냥 흘려 넘기려 했는데, 다시 생각해보니 상대는 일곤이 분명했다. 더욱이 '당신'이라는 호칭이 내 귓전에 생생하게 남아 있었다. 나는 평소에 그녀가 어느 정도 가까워진 사람에게 친근한 어감으로 '당신'이라는 말을 사용한다고 짐작했다. 그런데 막상 그 대상이 일곤이라는 데 생각이 미치자, 갑작스레 혼란스러움과 묘한 질투심이 나를 사로잡았다.

내가 보기에 그들은 서로 힘겹게 맞서고 있기는 해도, 적어도 아직은 절망스러운 기색이 아니었다. 지금 그들은 전과는 전혀 다른 방식의 싸움을 벌이는 중이었다. 그래도 여하튼 싸움은 싸움이었으니까, 늘 그래왔듯이 이번에도 그 싸움의 끝자락에서 만나게 될 관능의 폭발에 대해 무의식적으로 기대감을 품고 있었다. 때문에 그들은 긴장감을 최대로 높이기 위해 주변에서 유용하겠다 싶은 모든 것을 찾아 활용하려 했다. 그들이 우호적으로든 적대적으로든 나라는 존재를 더 강하게 의식하기 시작하게 된 건 그래서였다.

먼저 내게 다가온 것은 승수였다. 그날 밤 자정이 넘은 시각에 그가 포도주 한 병과 술잔 두 개를 들고서 내 방으로 불쑥 들어섰다. 혼자 이미 꽤 술을 마셨는지 이내 술기운이 오른 그는 감정이 격해지면서 말에 두서가 없어졌다. 앞서 그러했듯이, 이번에도 내가 그의 말을 다소 혼란스럽고 단편적으로 전할 수밖에 없는 것은 그런 연유에서다.

"나는 말이지요. 살아가면서 적을 만드는 걸 두려워하지 않아요. 왠지 알아요? 언제든지 더 많은 친구를 만들 자신이 있거든요. 누구든 나를 좋아하는 건 쉬운 일이지만, 나를 미워하는 건 결코 쉽지 않다는 말이에요."

그는 말을 멈출 때마다 자신의 잔에 술을 따랐다. 내게도 권했지만, 나는 잠시 망설이다가 거절했다. 그를 조용히 지켜보고 싶은 생각에서였다.

"인영은 남자들에게서 카리스마를 찾아요. 인영에게 남자의 카리스마는 언제든 자기가 기꺼이 빨려 들어갈 늪과 같은 것이지요. 인영이 자꾸 정신과 치료를 받으려 하는 것도 그 때문이에요. 진료실 밖에서는 축 늘어져서 빈사 상태에 있다가도, 막상 의사와 마주 앉으면 등을 꼿꼿이 세우고서 믿기지 않을 정도로 놀라운 통제력과 판단력을 과시하는 거예요. 자신의 증상을 말할 때도, 반어법에 유머까지 동원한다니까요. 어떤 때는 너무도 초연한 자세를 유지해서 오히려 의사가 주눅이 들기도 한다고요. 그런데 나는 달라요. 나는 병원 밖에서는 혼자서도 얼마든지 견딜 수 있어요. 하지만 의사와 대면하면 그저 천박할 정도로 내 감정을 드러내고 싶어요. 울음을 터뜨리고 싶은 충동을 느낄 때도 많지요. 그러면 인영은 나를 무시하고 경멸해요. 심지어 나를 밀어내버리고서 의사와 일대일의 대화를 나누고 싶어 하지요. 그런데도 인영은 결코 혼자 병원을 찾지 않아요. 항상 자기 곁에 내가 있어야 한다는 거예요. 그 이유는 간단해요. 의사 앞에서 나를 죽여버리고 내 시체 위에서 춤추고 싶어 하는 거지요."

애초에 승수는 나의 대꾸나 반응을 원하는 기색이 아니었다.

"그래서 하는 말인데, 사랑에 빠지는 건 한순간이에요. 그리고 그 순간이 바로 사랑이야. 사랑에 빠지고 나면 그건 이미 사랑이 아니야. 사랑의 후유증일 뿐이지. 우리 둘 다 아이 낳기를 원하지 않았어요. 섹스라는 게 그저 고환을 비우고 싶은 욕구와는 차원이 다르잖아요. 말하자면 그건 본의 아니게 정자은행에 끌려가서 정자를 제공해야 하는 상황과 다를 바 없지요. 그런데 얼마나 많은 여자가 사랑을 그저 남자들의 고환 비우기 게임 정도로 여기는지 생각하면, 그저 기가 막힐 따름이야. 그야말로 고환이 막힐 지경이지."

"한 남자로서 진정으로 한 여자를 사랑한다는 건, 한 인간으로서 모든 여자를, 나아가 모든 인간을 사랑하는 것이나 다를 바 없어요. 그러니 이혼을 하고서 다른 가능성을 찾겠다는 건 어리석은 발상이지요. 그보다는 한 여자를 제대로 사랑하는 방법을 찾아야지요. 나는 어떠냐고? 내 경우에는 인영과의 사이에서 오해라거나 욕구불만 같은 게 생기면, 당장 피부가 근질근질 가려워지다가 결국 벌겋게 발진이 일어나고 말지."

나는 그가 혼란스럽게 존댓말과 반말을 섞어 쓰는 것이 신경에 거슬렸다. 하지만 차츰 그저 가만히 듣기만 하는 일에서 묘한 즐거움을 느꼈다. 마치 그가 단지 자기 속엣말을 하는 게 아니라, 내가 그의 속에서 말을 끌어내는 듯한 기분이었다.

"남자의 성욕은 본래 조울증의 특성을 가지고 있다고 해요. 여성 호르몬인 에스트로겐은 사람을 침착하게 하지만 남성 호르몬 안드로겐은 사람을 동요시키거든요. 남자들은 호르몬의 자극 때문에 성적으로 늘 불안 상태에 있다는 거지요. 내 경우에도 성기가 심한 조울증을 보여서, 한순간 떠들썩하게 법석을 떨다가 갑자기 무기력하게 의기소침해지는 거예요. 그런데 이거 알아요? 모든 태아는 원래 여자였는데, 우연한 계기로 고환이 발달하면 남성 호르몬이 주입되면서 남자로 바뀐다는 거예요. 우리 남자들은 여자들로부터 밀려난 존재라는 뜻이지 뭐예요."

"모든 것에 부작용이 있듯이 사랑도 마찬가지예요. 더욱이 중독성 물질은 대개 약효를 먼저 보이고 점차 부작용을 나타내는데, 이 점을 주의해야 해. 부작용에 신경을 쓰면 약효가 사라져버리거든. 사랑도 마찬가지야. 나로 말하자면 사랑의 부작용을 두려워하지 않고 곧바로 사랑의 실험에 나서는 사람이야. 때문에 늘 위험에 노출되어 있고, 그래서 내게는 훌륭한 의사가 꼭 필요했어. 사랑으로 인해 생기는 모든 상처를 치유하는, 그 교묘한 약제술에 정통한 주치의 말이야. 그런데 이거 알아? 나는 인영에게서 그 주치의의 모습을 발견한 거야. 그래서 인영에게 무릎 꿇고 이렇게 청혼했지. 내 영혼의 주치의가 되어달라고, 내 평생의 주치의가 되어달라고 말이야. 하지만 이제 비로소 알게 되었어. 사랑의 주치의는 결코 존재하지 않는다는 걸."

승수의 앞에 놓인 술병은 수위가 빠르게 낮아지고 있었다. 그때 반쯤 열려 있는 방문 사이로 인영의 모습이 보였다. 옅은 푸른색 목욕 가운 차림에 젖은 머리카락을 흰 수건으로 감싸고 있는 것으로 보아 막 샤워를 하고 난 모양이었다.

7

나는 인영이 날마다 밤늦은 시각에 몸을 씻는다는 사실을 알고 있었다. 그동안 가까이에서 지켜본 결과, 그녀는 땀냄새에 유난히 민감한 듯했다. 꼭 땀냄새를 싫어하는 게 아니라, 그 냄새가 그녀에게 혼란스러운 영향을 미치기 때문이 아닌가 싶었다. 어쩌면 섹스를 연상시켰을 수도 있었다.

첫날 밤에 냉장고에서 물병을 꺼내려고 주방으로 내려갔다가, 그리고 어제는 빨랫감을 담은 바구니를 들고 세탁실에 가던 중에, 나는 주방과 세탁실 사이의 욕실에서 물소리가 울리는 것을 들었다. 그때마다 똑같은 광경과 마주쳤는데, 고개를 돌려보니 유리창 너머로 욕조가 보이고 인영이 그 안에 앉아서 몸을 씻고 있었다. 유리창 아래쪽은 불투명한 간유리로 처리되었지만, 위쪽으로는 얼마든지 안을 들여다볼 수 있는, 가정집에서는 흔치 않은 구조였다. 어쩌면 깊은 밤에 목욕을 하는 게 인영이 혼자 치르는 의례인지도 몰랐다. 욕조 머리맡에는 푸른색 액체가 담긴 유리잔이 놓여 있었는데, 첫눈에 압생트를 떠올리게 했지만 그것이 술이라는 확신은 없었다. 나는 발소리를 죽여서 내 방으로 돌아왔다.

"나는 인영의 얼굴을 보기만 해도 성적으로 어떤 상태인지 알 수 있어. 하지만 인영은 내 상태를 잘 몰라. 알려고도 하지 않으니까. 아니야, 그래서는 안 되지. 사랑을 할 때 우리는 서로에게 조물주가 된 기분이 되어야 해. 백지 위임장을 주고받는 사이, 사랑은 그래야 하는 것 아니야? 상대방을 완전히 믿을 때, 완벽하게 속을 수 있을 때, 그게 사랑이 아니냐는 말이야. 물론 우리 사이에도 그런 순간이 있었지. 예전에 우리가 결합할 때면 내 머릿속에서 강렬한 울림이 일어났어. '마침내 이루어졌다.' 사정의 순간 그 소리가 내 성기에서 터져 나와 온몸으로 메아리쳤지."

인영은 문간에 서서 그의 말을 묵묵히 듣고 있었다. 오늘도 그녀는 목욕을 마치고서 거실로 나왔다가 2층에서 울리는 남편의 목소리를 들은 모양이었다. 나는 그녀의 머리카락과 맨 살에서 바질 향기가 강하게 풍기는 것을 느낄 수 있었다. 하지 만 승수는 아내가 뒤에 서 있다는 사실을 알지 못하는 듯했다.

나는 눈짓으로라도 그에게 인영의 존재를 알리고 싶었다. 하지만 곧 생각을 바꾸었는데, 여전히 그는 내게서 어떤 대꾸 도 반응도 기대하지 않았기 때문이었다. 인영도 아무 기척을 내지 않는 것으로 보아 남편의 말을 끝까지 들으려는 심산인 듯했다.

"원래 열렬한 사랑에 빠진 연인들은 제삼자의 출현에 격렬 히 저항하는 법이야. 그렇지만 둘의 관계를 제대로 지속시키 기 위해서는 적이 필요해. 잘 알겠지만, 그게 우리가 그쪽을 우 리 사이에 자리 잡게 한 이유지. 그런데 지금 내 기분이 어떤지 알아? 오히려 내가 두 사람 사이에서 불쾌하고 불필요한 인물 취급받는 것 같은 참담한 심정이라고."

승수는 잠시 침묵을 지키더니, 고개를 돌려 주위를 살피는 시늉을 하며 목소리를 낮추어 말했다.

"나는 늘 자살을 꿈꾸고 있지. 이건 그쪽에게만 털어놓는 건데, 나한테는 정말 애인이 많았어. 그런데 어느 순간 가만히 생각해보면, 그 어느 여자보다 인영이 훨씬 못한 거야. 그럴 때 면 이런 생각이 들어. 어쩌면 나는 조만간 내가 자살할 때 이상 적인 동반자를 찾고 있었고, 그게 바로 인영이 아닌가 싶은 거 지. 인영은 나와 함께 어디로든 갈 수 있는 악착같은 면이 있거든. 같이 죽기에 딱 좋은 여자지. 그런 여자를 두고서 공연히 약하고 착하고 부드러운 여자들을 죽음의 구덩이로 끌고 갈 수는 없잖아."

곧 그는 방금 자신이 한 말에 스스로 얼떨떨해하는 듯 모호한 말을 중얼거렸다.

"그래도 하늘에는 해도 있고 달도 있는 법이야."

그때 인영이 방 안으로 걸어 들어와 남편의 어깨에 손을 얹었다. 승수는 이미 그녀가 뒤에 서서 자기 말을 듣고 있다는 걸 알고 있었던 듯, 전혀 놀라는 기미가 없었다. 오히려 아주 우아하고 자연스럽게 그녀의 손등에 자신의 손을 올려놓았다. 그제야 나는 그가 바질 향기에 나보다 훨씬 민감하리라는 데 생각이 미쳤다.

나는 그녀가 남편의 말에 기분이 상하다 못해 충격을 받은 나머지, 방 안이 좁다 하고 이리저리 걸음을 옮기며, 남편에게 앙갚음을 하려는 듯 남편을 무시하고서, 아니 남편이 그 자리에 없는 것처럼, 마음속에서 들끓는 말을 내키는 대로 어지럽게 토해내리라 예상했다. 하지만 그녀는 차분한 어조로 입을 열었다.

"요즘 날마다 꿈을 꾸어요. 온갖 나무들이 빽빽하게 자란 숲을 헤매고 다니는데, 언뜻 보니 내 가슴에 어떤 동물의 부러진 커다란 이빨이 박혀 있는 거예요. 처음에 나는 그게 용의 이빨이라고 믿어요. 그런데 그 이빨이 점차 자라나 위로 뻗어 올

258

라가면서 커다란 사다리로 바뀌는 거예요. 그래요, 처음 만났을 때처럼 지금도 남편은 사다리 위에 서서 나를 내려다보며 조종하려 들지요. 나는 그 사다리 밑에 갇혀서 모든 힘을 잃고 허깨비가 되어가는 기분이에요."

승수는 그녀의 말을 들으며 입가에 느슨하게 미소를 띠고서 천천히 술잔을 비웠다.

"이제 나는 알아요. 이 남자는 아내를 열렬히 사랑하는 남편의 전형적인 모습을 연출하고 흉내 낼 뿐이에요. 그건 모두에게 불행하고 불운한 사랑일 수밖에 없지요. 그러면서도 늘 누군가를 어떻게든 자기 손에 넣으려고 치밀하게 전략을 세우지요. 결혼 전에는 내가 그 대상이 되었고요. 하지만 막상 상대방이 자신의 요구에 응하면 갑자기 수줍고 멍청해져요. 지나치게 긴장한 탓에 그 끝에 이르면 모든 게 이완되면서 무기력해지는 거지요. 대단히 유능한 유혹자이지만, 마지막 순간에 감상적이고 우유부단해지는 바보예요. 그저 노리고 계산하고 따져보는 게 전부지요. 그리고 그걸 사랑이라고 착각해요. 그러다가 상처를 입으면 잔인하고 난폭해지는데, 그건 그저 무조건 사랑받고 싶어 하는 감상적인 욕구 때문이에요. 가련한 사람, 그런 사람은 어떤 사랑도 그 누구와의 사랑도 지켜낼 수 없어요. 그런 사람이 과연 아이를 낳아서 제대로 키울 수나 있을까요?"

승수가 그녀를 쏘아보며 말했다.

"말이 위험 수위에 다가가니까 점점 더 당신다워지는군. 누군가가 옆에 있으니까 더 심해져. 그래, 맞아. 나도 당신만큼이나 감정적으로 심각한 노출증 환자지. 그래서 하는 말인데, 나는 모든 인간이 죽기 전에 적어도 세 번의 멋진 섹스에 대한 기억을 가지고 있어야 한다고 생각해. 우리 모두에게는 그럴 자격과 권리가 있지. 어쩌면 그게 우리가 세상에 태어나는 목적인지도 몰라. 그런데 과연 당신과 그 세 번의 섹스 중 하나를 이룰 수 있을지 확신이 없어. 그래, 이런 말을 하는 게 바로 나야."

인영이 술병을 들어 빈 잔에 따라 쭉 마시고서 말했다.

"이 상태로 내가 얼마나 더 견딜 수 있을지 모르겠어요. 수시로 갑자기 호흡이 급박해지고 숨결에서 악취가 풍기기까지 해요. 내 오줌 냄새에도 구역질이 나고, 모든 게 한순간에 잿빛으로 보이면서 졸도할 것처럼 진땀이 흘러요. 혀를 움직여보아도 소리가 나지 않고, 울음소리를 내보아도 눈물이 흐르지 않아요. 그런데도 내가 할 수 있는 건 아무것도 없어요. 빨리 여기에서 벗어나고 싶은데, 어디로 가야 할지 모르겠어요. 버둥거려보아도 색깔과 형체들이 더 흐릿해지고 거울에 비친 내 모습도 그저 증발하는 수증기처럼 보일 뿐이지요. 그제야 비로소 나는 알아요. 나는 이미 몇 주 전에 죽었어요. 그런데 남편은 여전히 내 시체를 찾으려는 생각조차 하지 않는 거예요."

그때 그녀가 승수를 똑바로 바라보며 말을 계속했다.

"사실 우리는 처음부터 서로 잘 어울리지 않았어. 그 점이 우리를 더 짜릿하게 했지. 색조나 명암이나 실루엣이 자기와 다른 상대를 고르는 게 훨씬 더 자극적이고, 그래, 훨씬 더 미학적이잖아. 훨씬 유혹적이어서 더 강렬한 욕구를 불러일으키고 말이야. 우리 관계가 남들보다 더 열렬했다면 단지 그 때문이었지. 물론 그래서 오히려 더 큰 불안과 두려움 속으로 빠져들긴 했지만 말이야. 하지만 그래도 처음에는 우리 사이에서 무엇이든 허용되었지. 시도 때도 없이 내게 젖꼭지를 보여달라고 해도 문제 될 게 없었지. 그 시절은 정말 꿈을 꾸는 것 같았어. 우리는 둘 다 몽유병자였어. 하지만 우리는 그 꿈에서 잘 깨어나지 못했지. 그래서 이렇게 꿈과 현실 사이에 어설프게 양발을 걸친 불구자 신세가 된 거지."

승수가 어깨를 으쓱해 보이며 대꾸했다.

"그렇지, 그래서 우리 모두는 각기 한 마리 매미에 불과한 거야."

"또 그 매미의 고독 운운할 거라면 시작도 하지 마."

"당신은 여름날 뜨거운 한낮에 맹렬하게 울어대는 매미의 고독이라는 게 무엇인지 결코 이해할 수 없을 거야."

그 순간, 나는 더 이상 가만히 그들의 말을 듣고만 있을 수 없었다. 어쩌면 매미의 고독이라는 표현이 내 속의 뭔가를 촉발한 것 같은데, 확신할 수는 없었다. 여하튼 나는 갑작스레 그들 사이로 끼어들어 그들의 말을 끊어버린 뒤, 내 가슴속에서

꿈틀거리는 뜨거운 기운을 밖으로 풀어냈다. 그렇게 나의 이
야기가 시작되었다.

8

내 이야기 속 여주인공의 이름은 유하경이었다. 그녀는 미
술관 큐레이터였는데, 언제 처음 그녀를 만났는지 기억이 흐
릿할 정도로, 첫인사를 나누고 잠자리에 이르기까지 모든 게
자연스러웠고, 그야말로 순조로웠다. 때문에 나는 그녀가 나
를 그저 편하게 만나는 상대로 여긴다고 믿었다. 그녀는 얼굴
윤곽이 정연하고 몸매가 날씬했으며 언제 보아도 단단한 자신
감 같은 것이 묻어났다.

더욱이 나와 함께 시간을 보내는 동안, 늘 여유로운 표정을
지으면서 간간이 장난스레 나를 깔보는 듯한 눈길을 슬쩍슬
쩍 던지곤 했다. 하지만 그녀는 내가 원하는 것은 무엇이든지
들어주었다. 잠자리 요구는 물론이고 늘 궁색하게 지내는 내
게 아무 조건 없이 적잖은 액수의 돈도 빌려주었는데, 그때마
다 짓궂은 소년처럼 생글거리는 미소를 띨 뿐이었다. 침대 위
에서 그녀는 적극적이지는 않았지만 늘 나의 움직임에 리듬
을 맞추려 하는 성실한 섹스 파트너였다. 때문에 격렬한 열정
에서 오는 강한 쾌감은 없었어도 부드러운 만족감은 언제든지

얻을 수 있었다.

하지만 그녀 쪽에서 내게 바라는 것은 아무것도 없었다. 심지어 헤어질 때 언제 다시 만나자는 말도 하지 않았다. 시간이 지나면서 내가 그녀에게 그리 중요한 존재가 아니라는, 그녀 앞에서 나라는 인간은 아무것도 아니라는 생각이 자연히 머릿속에 자리 잡았다. 거의 3년에 걸쳐서 나는 필요할 때마다 그녀를 불러냈고, 그러고 나서는 그녀의 존재 자체를 잊어버렸다. 그러다가 어느 날 문득 생각이 나면 다시 그녀에게 연락을 해서 성적으로, 물질적으로 내가 원하는 것을 취했다. 그때마다 그녀는 순종적인 모습과는 거리가 먼, 언제나 그랬던 것처럼 고고한 분위기를 전혀 잃지 않으면서, 여전히 짓궂은 소년처럼 생글거리는 미소를 지으며 순순히 나를 받아주었다. 때문에 나로서는 그녀가 늘 고맙고 든든하면서도 한편으로는 내 존재 자체가 철저히 무시당하고 있다는 불쾌감이 일어나는 것을 어쩔 수 없었다. 그러면 그 불쾌감을 상쇄시키기 위해 그녀를 더 함부로 대하고 싶은 충동에 사로잡혔다.

그러던 어느 날 그녀의 친구 중 하나가 내게 연락을 했다. 하경이 아프다면서, 한 달 전에 유산을 했고, 지금 심한 후유증에 시달리고 있는데, 그 아이의 아버지가 바로 나라는 것이었다. 그러고 보니 하경을 만난 지 어느새 석 달이 지나 있었다. 하경의 친구는 마치 그동안 참았던 말을 내뱉듯이 힐난하는 어조로 빠르게 말을 이었다. 지난 3년 동안 하경에게는 남자친구가 전혀 없었고, 내색을 하지 않았어도 늘 내 전화를 기다렸다는 것이었다.

그녀의 목소리가 귓전에서 사라졌을 때, 나는 당혹감이 뒤섞인 강한 분노에 사로잡혔다. 한편으로는 섬찟하기도 했다. 문득 전시실에 걸려 있는, 어느 미소 짓는 여자의 초상화가 눈앞에 떠올랐다. 그 초상화 속의 여인은 관람객들이 모두 떠난 뒤에도 어둠 속에서 벽에 붙박여 혼자 내내 웃고 있었다. 하지만 그녀는 결코 자폐증 환자도 아니고 자기 혼자 고독으로 존립하는 존재도 아니었으며, 다만 다시 불이 켜지고 관람객들이 들어오기를 기다리고 있을 따름이었다.

곧바로 나는 하경에게 전화를 걸어서 만나자고 했고, 그녀는 늘 그랬던 것처럼 가타부타 말이 없이 약속 장소와 시간을 물었다. 카페에 마주 앉았을 때, 그녀의 얼굴은 지난번보다 훨씬 초췌해 보였다. 주름살도 많이 늘고 흰 머리카락도 눈에 띄었다. 하지만 차분하고 조금은 무심한 표정으로 상대방을 조용히 응시하는 눈길에는 전혀 변함이 없었다. 당장이라도 평소처럼 짓궂은 소년의 생글거리는 미소가 입가에 번질 것 같았다.

순간 내 입에서 격한 목소리가 터져 나왔다.

"이게 다 뭐예요? 당신은 나를 사랑하잖아요. 그래서 나를 위해 모든 것을 희생하면서도 왜 늘 그렇게 도도하고 초연한 기색으로 나와 거리를 두려는 건가요? 나도 늘 당신을 보고 싶었어요. 하지만 막상 마주하면 나란 인간은 당신에게 그저 스쳐 지나가는 바람 같다는 생각이 들었어요. 내가 당신에게 기껏해야 바람에 불과한 존재처럼 행동할 수밖에 없었던 것도 그래서였지요. 심지어 우리가 만날 때마다, 당신은 내가 약속 장소에 나와 있는 걸 보고서 실망한 표정을 짓는 것처럼 보였어요. 그 모습이 얼마나 나를 비참하게 한 줄 알아요? 당신 그 얼굴이 얼마나 나를 나 자신한테나 당신한테나 잔인하고 비열하게 만들었는지 아나요? 하다못해 아주 작게라도 뭔가 내게 사인을 보내줄 수는 없었나요? 어쩌면 당신은 줄곧 내게 사인을 보냈는데, 내가 보지 못했거나, 아니면 오히려 그 사인이 나를 밀어내는 것으로 여겼던 것일 수도 있겠네요. 아니, 아니, 어쩌면 당신이야말로 내게서 어떤 사인을 기다렸던 건지도 모르지요. 그렇다면 그건 내 잘못이네요. 그래요, 내가 너무도 이기적이어서 모든 걸 망쳐버렸어요. 내 고통만 생각하고 당신의 고통은 생각하지 못했어요. 그런데 정말 지금 내가 한 말이 맞나요?"

나는 축축이 젖은 눈으로 그녀를 바라보았다. 그러나 곧바로 흠칫 놀라지 않을 수 없었다. 어느새 약간 위로 올라간 입꼬리에 예의 그 생글거리는 미소가 걸려 있었기 때문이었다.

그녀가 담담한 목소리로 입을 열었다.

"지금 내게 죄책감을 느끼고 있나요? 아니, 그러지 말아요. 나야말로 당신에게 죄책감을 느껴왔어요. 나와 함께 있을 때

내 귀에는 당신 생각이 들려왔지요. 이건 아니야, 어딘지 맛과 향취가 부족해, 그러니 뭔가 색다른 걸 찾아야 해. 당신은 늘 내게 그렇게 속삭였어요. 하지만 나는 그저 나일 따름이어서, 당신의 취향에 맞춰줄 수 없었어요. 그 점에 대해 미안하게 생각해요. 그리고 또 한 가지 미안한 점은, 나 또한 당신과 똑같은 생각을 했다는 거예요. 이건 아니야, 우리 사랑에는 아직 맛과 향취가 부족해, 그러니 좀더 기다려야 해. 그렇게 기다리면서 우리는 여기까지 온 거랍니다. 한마디 덧붙이자면, 내가 유산을 했다는 건 친구가 거짓으로 꾸며낸 말이에요. 곁에서 우리 관계를 지켜보다가 답답한 마음에 그렇게라도 나설 수밖에 없었다더군요."

그녀가 미소를 거두고서 다시 담담한 눈빛으로 나를 쳐다보았다. 나는 갑자기 얼굴이 붉어지면서 나도 모르게 맥없이 고개를 끄덕였다. 그녀는 잠시 약간 멍한 눈길로 나를 바라보다가 자리에서 일어섰다. 그 표정과 몸짓에서 나는 그녀가 그동안 내게 받은 것을 고스란히 되돌려주고 있다는 느낌을 받았다.

그녀가 자리에서 일어나 내 옆을 지나 밖으로 나가버린 후에도, 나는 그 자리에 망연히 앉아 있었다. 내 뇌리에서는 언젠가 그녀가 했던 말이 반복하여 울리고 있었다.

"한번은 사무실에 놓인 생수통에서 물방울이 올라오는 광경을 오랫동안 무심코 바라보았어요. 그 후로 그 작은 물방울들에 눈길을 빼앗길 때마다 꼼짝 못 하고 거기에 사로잡혀서 시간 가는 줄 모르게 되었지요."

생수통 속의 물방울을 바라보며 그녀는 무슨 생각을 했을까? 그 속에 갇힌 물방울이 어디로 사라지는지 궁금했을까? 아무래도 나는 그녀를 이해할 수 없었다. 그날 이후로 어느덧 계절이 두 번이나 바뀌었어도, 나로서는 그녀에게 전화를 걸 수 없었다. 그녀를 만나 어떤 표정을 짓고 어떻게 말하고 어떤 행동을 해야 하는지 전혀 알 수 없었던 탓이었다.

하지만 그녀가 아주 가까이에 있다는, 내가 손만 뻗으면 닿을 수 있고 언제든 내가 부르면 나오리라는 사실이 내 목을 졸랐다. 차라리 그녀가 이민이라도 갔으면, 모든 SNS 계정을 지워버리고 종적을 감춰버리면 좋겠다는 생각이 머리를 떠나지 않았다. 그러던 중 언젠가부터 자꾸 헛배가 불러오는 듯한 느낌을 떨칠 수 없었는데, 한참 후에야 그 이유를 알 수 있었다. 내가 하경을 집어삼켜서 지금 그녀는 세상 어디에도 없고, 다만 내 속에 들어 있다고 무의식적으로 믿고 싶었던 것이었다. 하지만 상상임신으로 부풀어 오른 헛배를 끌어안고 사는 것은 누구에게도 결코 권할 만한 일이 아니었다. 그때 비로소 나는 알았다. 사랑이 곧 우리 속에 지옥을 만들어내는 끔찍한 트라우마라는 것을.

나는 이야기를 마치고서 깊게 빨아들인 담배 연기를 내뱉듯 길게 한숨을 내쉬었다. 사실 지금까지 누구에게든 한 번도 입 밖에 낸 적이 없는 이야기였다. 하지만 여전히 혼란스러운 기억을 마침내 비교적 조리 있게 정리하여 남들에게 전달했다는 생각에 나도 모르게 마음이 뿌듯했다. 그때 문득 어쩌면 지금의 이 상황은 처음부터 일곤이 의도했던 게 아닐까 하는 생각이 들었다. 일곤은 나를 사랑의 전쟁터로 보내서 내 착잡한 기억과 다시 대면하도록 한 것인지도 몰랐다. 그러자 다시금 모든 게 뒤엉켜버렸다. 과연 나는 진실을 이야기한 것일까? 혹시 두 사람을 치유하기 위해서 내가 이야기를 꾸며낸 게 아닐까? 언젠가 일곤에게 듣기로 작화증이라는 게 있다고 했다. 이야기를 만들어내는 정신병적 증상으로, 어떤 사람들은 자기가 공상한 내용을 실제 일처럼 말하면서 그것이 허위임을 깨닫지 못한다는 것이었다.

하지만 이제는 아무래도 좋았다. 나는 내친김에 방금 머리에 떠오른 생각도 말로 풀어버리기로 마음을 정했다.

"어젯밤에 꿈을 꾸었어요. 무대는 이 집이었고, 등장인물도 우리 셋이었지요. 하지만 상황은 완전히 달랐어요. 두 분은 부부로 위장한 형사였고, 나는 유하경이라는 여자를 죽여서 어디엔가 암매장한 혐의를 받고 있는 범죄 용의자였어요. 방일곤 의사 선생이 경찰의 의뢰를 받고 내게 함정을 판 거지요. 내가 두 분과 대화를 나누다가 무심결에 내 죄를 털어놓게 하려고 말이지요."

나는 스스로 생각해도 어처구니없는 농담이라는 생각에 허탈한 미소를 지어 보였다. 하지만 두 사람의 표정은 무척 진지했다. 어찌 보면 크게 감동을 받은 듯이 보이기도 했다.

"그렇군요, 하지만 하경이라는 사람을 이해할 수 있겠어요."

인영의 말에, 나는 약간 당황하여 더듬거렸다.

"지금도 나는 모르겠어요. 내가 뭘 잘못했는지, 하경이 뭘 잘못했는지, 우리가 뭘 잘못했는지."

"알았어요. 내가 언젠가 하경 씨를 만나게 되면 물어봐줄게요. 하지만 어쩌면 하경 씨 역시 그 답을 찾고 있는지도 모르지요."

내가 여전히 얼버무리는 어조로 말했다.

"남자는 자기를 지나치게 두려워하거나 반대로 전혀 두려워하지 않는 여자에게 특별한 감정을 가질 수밖에 없어요. 그런데 지금도 나는 하경이 나를 두려워하는 건지, 전혀 두려워하지 않는 건지 갈피를 잡을 수 없어요. 분명 둘 중 하나인 것 같은데, 내가 그 사람에게서 내내 벗어나지 못한 것도 그걸 알고 싶었기 때문이 아닌가 싶어요."

그때 승수가 끼어들었다.

"그건 영화에서나 나오는 이야기 아닌가요? 남자와 자유롭게 관계를 가지면서 결혼은 거부하는, 무척 매력적이고 능력 있는 여자 캐릭터 말이에요."

인영이 깜짝 놀랄 정도로 요란하게 혀를 끌끌 차며 그 말을 받았다.

"저 보라고요, 꼭 건방진 치과 의사처럼 말하잖아요?"

"내가 뭐 틀린 말 했나? 당신도 방금 들었잖아. 여자의 두려움이 남자를 유혹한다는 거 아니야. 그거야말로 싸구려 영화의 대사에나 어울리잖아."

"미안해요. 저런 말에 귀 기울이지 말아요. 내가 대신 사과할게요."

승수는 곧바로 반박을 하려는 듯싶더니, 대신 술병과 잔을 들고서 자리에서 일어났다. 그제야 우리는 이미 밤이 깊고, 모두가 너무도 지쳤다는 사실을 알았다. 그렇게 넷째 날이 저물었다.

10

다음 날 눈을 떴을 때는 어느새 정오가 다 된 시각이었다. 이렇게 그럭저럭 균형을 잡으며 시간을 견뎌내면 일주일도 금방 지나가버리겠다는 생각이 들었다. 나는 옷을 갈아입고 세수를 한 후에 아래층으로 내려갔다. 그때 낯선 남녀가 천천히 계단을 올라오는 게 눈에 들어왔다. 인터폰도 누르지 않고 마당으로 들어서는 모습이 자연스럽게 보이면서도 왠지 내게 긴장감을 느끼게 했다.

그때 승수가 거실로 나오다가 그들을 보고서 인영을 불렀다. 이윽고 그들은 현관문을 열고서 두 사람을 안으로 불러들였다. 네 사람이 거실 소파에 둘러앉았을 때, 나는 마당으로 나가서 울타리를 따라 천천히 걸었다. 그들은 서로 아는 사이 같았지만, 친해 보이지는 않았다. 문득 어떤 방문객도 받아서는 안 된다는 일곤의 말을 떠올리고서, 그에게 전화를 걸어 상황을 알려야 하는 건 아닌가 생각했다. 그때 승수가 거실 유리창을 두드리며 내게 손짓을 했다. 들어와서 함께 자리를 하자는 뜻이었다.

승수는 내게 두 사람을 소개했다. 남자는 이름이 조흥기였고, 여자는 신채원이었다. 흥기는 체격이 다부져서 그런지 은퇴한 운동선수나 혹은 교도소에서 막 출옥한 사람 같은 인상을 주었다. 하지만 들뜬 표정에 시선이 어지럽게 흔들리는 것으로 보아 뭔가 갈피를 잡지 못해 힘들어하는 기색이었다.

내가 인영의 옆자리에 앉자, 채원이 말을 시작했다.

"우리 두 사람은 부부 사이였어요. 그동안 몇 가지 어려운 일을 겪다가 작년 봄에 이혼을 했는데, 이제 상황을 정리하고 재결합하려 하지요. 그래서 오늘 이렇게 함께 왔어요. 그동안 내게 있었던 일을 남편에게 알려주어야겠다는 생각에서요. 그러니까, 지난해에 나는 유산을 했고 이혼도 했어요. 이혼 수속을 마치고 법원에서 나오는데, 문득 이제 처음으로 혼자가 될수 있겠다는 생각이 들었어요. 나는 붙임성이 좋았던 탓인지, 원하든 원하지 않든 곁에 늘 사람이 많았거든요. 처음에는 홀가분했는데, 시간이 지나면서 이제 세상 사람 누구도 나와 상관없어졌다는 생각에 더럭 겁이 났어요. 나중에는 갑자기 몸이 덜덜 떨리더라고요. 운전을 할 때 제정신이 아니었던 것도 그 때문이었는지 몰라요. 나중에 정신과 의사와 상담해보니, 일종의 심리적 블랙홀 현상에 빠진 거라고 하더군요."

채원은 말을 멈추고서 숨을 골랐다. 하지만 선뜻 말을 잇지 못하고서 침묵을 지키자, 승수가 머뭇거리는 어조로 입을 열었다.

"그다음은 내가 말하는 게 좋겠어요. 그날 나와 아내는 내 친구의 결혼식장에 가던 길이었어요. 우리는 연애를 막 시작한 터라, 아직 결혼한 사이는 아니었지요. 날씨가 유난히 화창했어요. 법원 부근을 지나는데 주차창이 꽉 찬 탓인지 차도 변에 자동차들이 길게 일렬 주차해 있더군요. 그때 그중에서 은색 승용차 한 대가 갑자기 튀어나왔어요. 경적을 울릴 사이도 없이 운전대를 왼쪽으로 꺾었지요. 그 바람에 타이어가 찢어지는 듯한 요란한 소리와 함께 차로를 세 개나 가로질러 크게 선회하면서 오른쪽 앞뒤 바퀴가 공중에 들린 채 왼쪽 바퀴만으로 이삼십 미터를 달리다가 간신히 균형을 잡았지요. 겨우 차로를 바로잡아 정차를 하고 보니 앞차의 뒤 범퍼와 거의 닿을 정도였어요.

나는 너무 놀란 나머지 화가 머리끝까지 치밀었어요. 주위를 살핀 끝에 그 은색 자동차를 찾아냈지요. 그때 신호가 바뀌면서 그 차가 앞으로 달려 나가는 걸 보고서, 그 뒤를 따라갔어요. 은색 차도 내가 쫓아오는 것을 알고서 속도를 내더군요. 그러더니 사거리를 지나자마자 좁은 길로 급하게 방향을 바꾸었어요. 하지만 나는 놓치지 않고 쫓아가서 마침내 막다른 공터에 이르렀지요. 내가 차에서 뛰쳐나가 앞차의 차창을 마구 두드리자 문이 열렸는데, 젊은 여자가 운전석에 앉아서 겁먹은 눈으로 나를 올려다보더군요. 그때 나는 제정신이 아니었어요. 어쩌면 나야말로 겁에 질려 있었던 건지도 몰라요. 하지만 차마 손찌검을 할 수는 없어서 목으로 꺽꺽 소리를 내며 그 여자를 노려보면서 두 손으로 내 머리카락을 쥐어뜯었지요. 그러다가 마침내 그동안 한 번도 입에 담아본 적이 없는 욕설을 내뱉으며 고함을 질러댔어요. '너 때문에 내가 사랑하는 사람이 죽을 뻔했어. 내가 사랑하는 사람을 네가 죽일 뻔했다고!'

여자가 비명을 지르며 두 손으로 머리를 감쌌고, 아내가 달려와 내 팔을 잡았어요. 그제야 번쩍 정신이 들었지요. 방금 나는 두 눈으로 살기를 뿜으면서 당장이라도 폭력을 불사하려 드는 미친 사람이었어요. 자칫 잘못했으면 정말 상대를 죽이려 들었을지도 몰랐어요. 죄책감과 부끄러움이 나를 휘감았지요. 아내는 실망과 분노가 어린 눈길로 나를 똑바로 바라보았어요. 그 표정이 얼마나 싸늘한지, 여전히 겁에 질린 게 아닌가 싶었어요. 하지만 아내는 놀랍도록 돌변한 내 모습에 겁이 났던 거고, 나는 그런 아내에게 겁이 났지요. 그래서 변명처럼 울먹이면서 말했어요. 이 여자가 당신을, 내 목숨처럼 사랑하는 당신을 죽일 뻔했다고 말이지요. 그러고서 그 여자에게도 말했어요. 미안하다고, 잠시 정신이 나갔다고요. 그때 사람들이 하나둘 우리 쪽으로 다가왔어요. 주변에서 여러 대의 차가 경적을 울려댔지요. 나는 아내에 이끌려 다시 차에 탔고, 아내가 운전을 해서 우리는 그 자리를 떠났어요."

채원이 그의 말을 받았다.

"그래요. 그런 일이 벌어졌어요. 내가 후사경으로 뒤쪽을 살피지도 않고 무심코 가속기를 밟으면서 차도로 진입한 탓이지요. 그 후로 무슨 일이 벌어졌는지 그저 모호할 뿐이에요. 그러다가 막다른 공터에서 정신이 번쩍 들었어요. 물론 실수는 내게 있었어도 난데없이 낯모르는 남자에게 봉변을 당했다는 사실에 죽어버리고 싶을 정도로 기분이 나빴어요. 그 남자의 짐승 같은 소름 끼치는 눈초리와 목소리가 평생 나를 따라다닐 게 분명했어요. 온몸이 흠씬 두들겨 맞은 듯 아프고, 고막이 터지면서 심장까지 멎을 듯했거든요. 하지만 곧 내가 방금 누군가를 죽일 뻔했다는 생각으로 미안함과 두려움 같은 감정들이 뒤섞이면서 머릿속이 먹먹하고 얼떨떨해졌어요. 한참 후에 차를 돌려 큰길로 나왔는데, 그때 갑자기 마음속 공허감이 서서히 지워지더니 문득 이 무료한 세상에서 뭔가 할 수 있지 않을까 하는 전혀 예기치 못한 기대감이 찾아들더군요.

그날부터 그동안 운영해오던 미용실 일에 더 몰입했지요. 인테리어도 크게 바꾸고, 내 외모에도 각별히 신경 써서 모든 것을 새로 시작했어요. 하지만 시간이 지나면서 나는 차츰 다시 공허함의 늪 속으로 서서히 가라앉기 시작했어요. 당장이라도 심리적 블랙홀이 다시 찾아들 기미도 수시로 느껴졌지요. 그제야 나는 공터에서 난생처음 당한 그 모욕에, 그 단 한 번의 지독한 모욕에 내가 중독이 되어버렸다는 것을 알았어요. 그래서 한 달쯤 후에 이 집을 찾아왔지요. 그날 나는 분한 마음에 나중에 어떻게든 보복하기 위해서 휴대폰으로 자동차 번호를 찍어두었거든요. 아니에요, 어쩌면 그때 이미 나는 훗날 오히려 고마워할지도 모른다는 예감을 한 건지도 몰라요.

여하튼 그날 두 분은 첫눈에 나를 알아보았어요. 승수 씨는 다시 사과를 했지요. 하지만 나는 사과를 받으러 온 게 아니었어요. 그때처럼 다시 나를 노려봐달라고, 내게 욕을 하며 소리쳐달라고, 원한다면 내 목덜미를 내리쳐달라는 것이었지요. 당연히 두 분은 거절했고, 나는 눈물을 흘리며 간청했어요. 마침내 승수 씨가 내 목을 감싸 안았고, 우리 셋은 서로를 끌어안고 울음을 터뜨렸지요. 그날 이후로 한 달에 한 번가량 나는 이

곳을 찾았어요. 언제든 편하게 맞아주겠다고 두 분이 약속했으니까요. 그리고 오늘 온 것은 이제 마지막 방문이라는 말을 하기 위해서예요."

그녀는 잠시 사이를 두었다가 홍기를 바라보며 말을 이었다.

"당신에게 비밀을 만들고 싶지 않았어. 혹시라도 나중에 다시 이 집을 찾고 싶은 생각이 들 때, 당신이 나를 붙들어주기를 바랐던 거야."

그러나 홍기는 고개를 약간 숙인 채 이맛살을 잔뜩 찌푸리고 있었다. 채원이 할 말을 다 했으니 이제 그만 가자고 말했다. 그때 홍기가 채원을 노려보며 말했다.

"그러니까 모욕당하려고 일부러 여길 찾아왔다고? 내 앞에서 방금 그따위 말을 한 거야?"

"그런 일은 더 이상 없었다니까. 이상한 인연이지만 그 덕분에 살아남을 수 있었다는 말이야."

홍기는 그녀의 말을 무시하고서 자리에서 일어나 승수를 향해 소리쳤다.

"사람을 이렇게 만들다니. 너희들이야말로 이 여자를 병자 취급한 거야. 저 빌어먹을 인간이 당신을 미친 여자로 만든 거고."

그는 당장이라도 승수에게 덤벼들 기세로 눈을 부라렸다. 그때 초인종 소리가 깜짝 놀랄 만큼 크게 울려서, 모두가 움직임을 멈추었다. 나는 반사적으로 시계를 보고서 몸을 일으켜 인터폰 쪽으로 걸어갔고, 다음 순간 머리가 아뜩해졌다. 모니터 화면 위에 다름 아닌 하경의 얼굴이 떠올라 있었기 때문이었다. 인영이 허락도 받지 않고 나의 휴대폰으로 그녀를 부른 게 분명했다. 일전에 인영이 했던 말이 머리에 떠올랐다.

'알았어요. 내가 언젠가 하경 씨를 만나게 되면 물어봐줄게요. 하지만 어쩌면 하경 씨 역시 그 답을 찾고 있는지도 모르지요.'

그때 인영이 나의 뒤로 다가와 낮은 목소리로 말했다.

"우리에게는 준오 씨뿐만 아니라, 하경 씨도 필요하다는 생각이 들었거든요."

11

내가 마당을 지나 계단을 내려가서 하경을 맞았을 때, 그녀는 여전히 짓궂은 소년처럼 생글생글 웃으며 나를 바라보았다. 너무나 익숙하면서도 결코 익숙해질 수 없는 모습이었다. 우리가 어색하게 인사를 나누고서 함께 계단을 오를 때 멀리서 천둥소리가 들리며 빗방울이 떨어지기 시작했다.

집 안으로 들어와 보니, 모두가 거실 소파에 자리 잡고 묵묵히 앉아 있었다. 그러나 홍기는 여전히 분을 삭이지 못하는 기색이었다. 그가 하경과 건성으로 인사를 나누고서, 모두를 돌아보며 입을 열었다.

"그래요, 알았어요. 흥분을 가라앉히지요. 그래도 가슴이
답답해서 견딜 수 없네요. 그러니까 내 말은, 우리를 이상한 사
람으로 보지 말라는 겁니다. 그래요, 저 사람과 나는 처음 만났
을 때 서로 말이 잘 통했어요. 잠자리도 좋았고요. 그런데 결혼
하자마자 신혼여행 때부터 상황이 달라져버렸어요. 다 큰 남
녀가 그렇게 서로를 오해해서 결혼까지 할 수 있었다는 게 지
금도 이해가 가지 않아요. 알고 보니 우리는 모든 게 달랐어요.
무엇보다도 첫날밤부터 한 침대에서 잘 수 없었지요. 저 사람
은 내 코 고는 소리와 이 가는 소리를 참을 수 없어 했어요. 하
지만 나는 나대로, 끊임없이 몸을 뒤채는 저 사람의 잠버릇 때
문에 깊이 잠들 수 없었거든요."

채원이 그의 말을 받았다.

"이 사람 코 고는 소리는 멧비둘기 울음소리처럼 들렸다고
요. 왠지 처량하고 구슬퍼서 가슴이 먹먹하게 하는 그런 소리
말이에요. 한밤중에 그런 소리를 듣고 있으면 기분이 어떻겠
어요. 밤에 유리창에 커튼을 치는 것도 문제였지요. 나는 캄캄
한 방에서 잠자는 걸 좋아해서 꼭 커튼을 쳐야 했어요. 하지만
저 사람은 반대였어요. 밤에서 아침으로 이어지는 어둠과 빛
과 드라마를 침대에서 경험하다가, 환한 빛을 받으며 일어나
고 싶다는 거예요."

흥기가 발언권을 되찾았다.

"하지만 비단 그런 것만이 문제는 아니었지요. 언젠가부터 우리는 함께할 수 있는 게 별로 없다는 걸 알았어요. 그저 떨어져서 지켜보면 별문제가 없는데, 가까이 다가서면 불화가 생기는 거예요. 그러다 보니 결국 점점 거리가 벌어지게 되었지요. 하지만 나는 이혼을 원하지 않았어요. 우리는 다만 서로가 다르다는 걸 몰랐기 때문에 당황했던 거고, 이제 그 사실을 알았으니 오히려 서로 호기심을 가질 수도 있다고 생각했으니까요. 하지만 아내가 하도 간절히 원하는 바람에 결국 엉겁결에 헤어지게 되었는데, 그러고 나니까 나중에는 내가 애초에 결혼이라는 걸 했던 건지조차 혼란스러웠지요."

채원이 그의 말을 받았다.

"아까 정신과 의사에게서 나한테 자해 충동이 있다는 말을 들었다고 했지요. 솔직히 말해서, 나는 남편을 죽이고 싶었어요. 죽이고 싶을 만큼 미워서가 아니라, 저 사람만 없으면 나도 온전하게 살 수 있는데, 나를 이토록 혼란스럽게 만든 저 사람이 세상 어딘가에 존재한다는 생각만 해도 나 자신이 형편없이 못난 인간처럼 여겨졌거든요. 하지만 당연히 남편을 죽일 수는 없었지요. 오히려 그런 욕구를 가졌다는 것 자체에 죄책감을 느껴서 나 자신을 죽이려 했던 거지요. 물론 이것도 정신과 의사가 내게 들려준 말이지만 말이에요."

흥기가 화가 난 어조로 반박했다.

"하지만 나는 당신이 그래서 나와 이혼하자고 했다고는 믿지 않아. 분명 당신에게 어떤 일이 있었던 거야. 어쩌면 당신과 저 사람들 사이에서 일어난 그 사건은 우리가 이혼하기 전의 일인지도 모르지. 아니, 나는 그렇게 확신해. 바로 저 빌어먹을 자식이 우리에게 뭔가 나쁜 영향을 미친 거라고."

그때 승수가 두 번이나 난데없이 욕설을 들은 데 대해 분노가 치미는 표정으로 말했다.

"그럴지도 모르지요. 그런 사정은 우리가 알지도 못하고, 상관할 바도 아니에요. 하지만 이거 알아요? 그날 우리는 친구 결혼식에 갈 수 없었어요. 우리는 가까스로 죽음에서 비켜났지만, 그 과정에서 단번에 서로 낯선 타인이 되어버리고 말았어요. 우리는 상대방을 의심하고 경계했어요. 하지만 그럴수록 마음이 더할 수 없이 무거워지면서 수시로 곁눈질을 하지 않을 수 없었어요. 그런 혼란스러운 상황에서 우리가 갈 곳이 어디 있었겠어요. 우리는 곧바로 눈에 들어오는 모텔로 갔고, 그곳에서 섹스를 했지요. 그게 우리 사이의 첫 섹스였는데, 그렇게 격렬할 수 없었어요. 우리 둘 다 처음 겪는 경험이었어요."

그 말에 홍기뿐만 아니라 모두가 말을 잃고 승수를 쳐다보았다. 막 홍기가 대꾸하려 할 때 인영이 그들 사이로 끼어들었다.

"그래요, 그 말은 사실이에요. 그날 우리는 처음으로 섹스를, 그것도 서로를 죽일 듯이, 앞으로 다른 방식은 영영 불가능하도록, 그렇지 않으면 내내 결핍감에 시달리도록, 격하게 섹스를 했어요. 어쩌면 바로 그날 우리 관계의 첫 단추가 채워진 건지도 몰라요. 어떤 문제가 생길 때마다 과격하게 섹스하는 것 자체가 무엇보다도 중요한 게 되어버려서, 서로가 서로에게 없어서는 안 될 존재로 한데 비틀려 묶여버린 거지요. 그러니 우리도 피해자인 셈이에요."

"무슨 소리야? 우리가 피해자라니, 공연한 소리 지어내지 마. 나는 당신을 잘 알아. 당신은 마음에도 없는 소리를 하면 코가 축 처지거든. 저것 보라고. 지금 당신 코가 얼마나 흉한지 알기나 해?"

갑작스레 승수가 과장되게 웃음을 터뜨리며 내뱉은 엉뚱한 말에 인영이 깜짝 놀란 표정으로 그를 노려보고 있을 때, 내가 그들 사이로 끼어들었다.

"잠깐 내 말을 들어보세요. 우리는 사랑을 얻는 데보다는 잃는 데 더 많은 시간을 들인다고 해요. 그게 얼마나 맞는 말인지 지금 이 자리에 앉아 있어보니 절감하게 되네요. 잠시 말을 멈추고 주위를 둘러보세요. 이 얼마나 놀라운 우연의 일치가 우리 모두를 이 자리에 있게 해준 것인지 생각해보라고요."

"그러지 마, 젊은 친구. 그쪽도 이 상황을 은근히 즐겼잖아. 그래 맞아, 우리도 이 상황을 적잖이 즐긴 게 사실이야. 머리에 든 게 많으니까, 이런 말 들은 적이 있겠지. 한 여자를 공유하는 것만큼 두 남자를 가깝게 해주는 건 없다고 말이야."

승수가 말을 마치고서 제풀에 허탈하게 웃음을 터뜨렸다.

하지만 놀랍게도 그의 말은 내 속을 후련하게 해주었다. 그동안 항상 제삼자이자 국외자이자 이방인으로서 그저 곁에 놓인 마네킹의 역할을 수행했는데, 이제 몸에 피가 도는 한 인간으로서 초대받은 기분이 든 탓이었다.

내가 여유 있게 웃으며 말했다.

"그 말이 맞아요. 두 분과 함께 지낸 시간을 오래도록 잊지 못할 거예요. 내가 보기에 두 분 다 결국 무대공포증을 극복하지 못했어요. 누구보다도 연기력이 뛰어난 배우이면서도 말이지요. 그저 배수진을 친 병사들처럼 결연한 표정으로 서로를 노려볼 뿐이지요. 자, 이제라도 자기에게 주어진 역할을 다하세요. 노려보지 말고 유혹하세요. 자기가 이 무대 위에서 무슨 배역을 맡았는지 상기하세요. 두 분이 원하는 건 매혹과 환멸의 담금질로 상대방을 두드려대서 한바탕 드라마를 꾸미려는 거잖아요. 그러고서 연극이 끝나면 잠시 조용히 무대를 떠나세요. 무대에서 내려오면 모두가 존엄한 인간이 된답니다."

모두가 내 말에 약간 멍한 표정을 짓고 있을 때, 승수가 비웃는 듯한 어조로 말을 이었다.

"우리가 어느 책방에서 처음 만났을 때, 내가 아내에게, 아니, 아직 우리가 결혼하기 전의 일이니, '그 여자'라고 부르는 게 좋겠어. 내가 그 여자에게 물었지. 결혼했냐고 말이야. 그랬더니 그 여자가 뭐라고 했는지 알아? 묻는 사람에 따라 다르다는 거야. 그때는 그냥 웃어버렸는데, 곰곰이 생각하니 보통 맹랑한 말이 아니더라고. 사람만 마음에 든다면 당장이라도 이혼을 하고서 결혼하지 않은 상태가 될 수 있다는 뜻 아니겠어. 그래서 다시 물었지. 그럼, 애인은 있냐고. 그 여자가 뭐라고 했는지 짐작할 수 있겠지? 여전히 묻는 사람에 따라 다르다는 거야. 그래서 내가 말했지. 그렇군요. 그러면 당신은 나와 사귈 때도 남들이 나처럼 물으면 똑같은 대답을 하겠군요. 애인이 있나요? 묻는 사람에 따라 다르지요. 결혼했나요? 묻는 사람에 따라 다르지요."

"나도 잘 기억나지 않는 일을 가지고 그렇게 악의적으로 입에 담다니. 도마뱀도 당신처럼 교활하지 못하고, 전갈도 당신처럼 냉혹하지 못할 거야."

"도마뱀이라고? 전갈이라고? 그 말을 들으니, 내 머릿속에서 지워지지 않는 장면 하나가 떠오르는군. 차 사고가 날 뻔한 날 그 모텔에서 당신이 한껏 흥분해서 부들부들 몸을 떨며 침대에 오르던 모습이 내게 얼마나 강한 인상을 남겼는지 당신은 모를 거야. 그날 나는 앞으로 당신이 내게 어떤 행동을 해도, 그날 나를 뚫어지게 바라보며 도마뱀처럼 침대로 올라와서 전갈처럼 나를 쏘아대던 그 이미지를 영원히 잊지 않겠다고 다짐했지."

"그만해. 그러지 마. 당신 말을 듣고 있으면 머릿속이 헝클어져버려. 어떤 때는 내가 누구인지, 남자인지 여자인지조차 분간할 수 없어. 지금도 내가 무대 위에 서 있는 배우인지, 아니면 정신병원에 갇힌 미친 여자인지 잘 모를 지경이야. 그건 당신이 원하는 게 아니잖아."

"아니, 부디 당신이야말로 그렇게 말하지 마. 내가 당신에게 무심해져서 우리 사이에 거리를 두는 건 당신을 영영 잊는 것보다 더 큰 배신이야. 당신도 잘 알잖아. 우리 사이에 잘못된 건 아무것도 없어. 겁내지 말고, 우리 자신을 믿으면 돼."

그 말에 인영은 자기도 모르게 순간 움찔하며 대꾸할 말을 잊었다. 승수를 쏘아보던 강렬한 눈빛도 다소 수그러졌다. 하지만 나는 그들을 그렇게 놓아둘 수 없었다. 어차피 그들은 이 상황에서 끝까지 가야 했다. 그들도 그 사실을 잘 알고 있을 터이니, 필요하다면 내가 나서주는 게 도리였다.

나는 가능한 한 냉정을 유지하고자 애쓰며 승수에게 한마디 한마디 끊어서 말했다.

"대체 자신이 뭐라고 생각해요? 섹스 큐레이터? 섹스 소믈리에? 우리가 뭐라고 불러주기를 바라나요?"

내가 채 말을 마치기도 전에 승수가 큰 소리로 외치듯이 말했다.

"나는 사랑의 십자군이지. 누구든 내 사랑을 방해하면, '내가 사랑하는 사람이 죽을 뻔했어. 내가 목숨처럼 사랑하는 당신을 죽이려 했어', 이렇게 소리치며 남자든 여자든 가리지 않고 뺨을 치고 목을 조를 준비가 되어 있는 열혈 행동대원이지."

그의 말이 채 끝나기도 전에, 홍기의 격양된 목소리가 방 안을 울렸다.

"이거 정말 미친놈이잖아."

홍기가 몸을 벌떡 일으켜 앞에 놓인 술병을 움켜쥐었다. 채원이 놀라서 팔을 붙들자, 그는 술병을 옆으로 던져버렸다. 그러고는 탁자를 뛰어넘어 승수에게로 달려들어 두 손으로 목을 졸랐다. 홍기의 손목에 붉게 새겨진 흉터가 나의 눈에 들어왔다. 아마도 자상의 흔적인 듯했다. 나는 순간적으로 강한 살기를 느끼고서 벌떡 몸을 일으켜 홍기의 오른쪽 어깨를 움켜쥐었다.

그때 하경이 목을 움켜쥐며 격하게 기침을 터뜨렸다. 그녀의 얼굴에서는 입꼬리를 안으로 끌어들여 싱긋싱긋 웃는, 전혀 현실감이 없는 스핑크스 같은 표정이 깨끗이 지워지고 없었다.

그 순간, 홍기가 몸을 거칠게 돌리며 오른쪽 팔꿈치로 내 이마를 가격했다. 나는 강한 충격을 받고 뒤로 밀려 탁자 위로 쓰러졌고, 탁자가 부서지면서 바닥으로 나동그라졌다. 그때 하경이 기침 발작을 멈추더니, 몸을 앞으로 굽혀서 속의 것을 토하기 시작했다. 나는 사지를 펴고 누운 채 머리가 아득하고 혼미한 상태로 멍하니 하경을 올려다보았다. 그녀는 먹은 게 별로 없는지 노란색 쓴물만 올리고 있었다. 이윽고 하경은 중병을 앓고 나서 회복기에 든 환자처럼 백지장 같은 하얀 얼굴로 가슴을 쓸어내리며 호흡을 가다듬었다. 나는 그녀가 뭔가 말을 하기를 기다렸다. 하지만 그녀는 그저 경련이 지나간 데 대해 누구에겐가 감사하는 표정을 지으며 창 쪽으로 고개를 돌렸다. 밖에서는 빗줄기가 굵어지면서 천둥 번개가 밀려왔다. 나는 언뜻 정신을 잃었다.

잠시 후, 의식이 돌아왔을 때 전화기를 든 승수의 다급한 목소리가 먹먹하게 들려왔다. 나는 괜찮다는 뜻으로 손을 들어 보였다. 부서진 탁자는 치워지고 없었고, 나는 긴 소파 위에 뉘어 있었다. 조금 떨어진 곳에서 조용히 내 얼굴을 내려다보는 하경의 모습이 눈에 들어왔다. 마치 잠깐 다른 세상에 다녀온 듯한 기분이었다. 내가 천천히 몸을 움직여 일어나 앉자, 홍기가 약간 침울한 표정으로 나를 뚫어지게 노려보았다. 하지만 그는 끝내 아무 말도 하지 않았다.

한동안 정적이 흐른 후에, 승수가 자리에서 일어서더니 낮게 가라앉은 목소리로 말했다.

"미안합니다. 아무도 원하지 않았던 상황이 벌어지고 말았군요. 전적으로 주인인 나의 책임입니다."

그러고서 갑자기 어조를 다소 활기차게 바꾸었다.

"그동안 우리 부부는 의사의 권유에 따라 일주일 동안 연금 상태에 있었습니다. 이제 그 기간이 내일이면 끝나니, 오늘 저녁에 동해안으로 가서 마무리를 할 생각이지요. 그곳에는 우리가 언제든 사용할 수 있는 별장이 있습니다. 원한다면, 누구라도 우리와 동행할 수 있습니다. 기왕 이렇게 인연이 맺어진 마당에 함께 가는 것도 의미 있겠지요."

승수가 나를 향해 가볍게 눈짓을 했다. 나도 함께 가기를 바라며, 이번 여행을 일곤에게는 일단 비밀로 해달라는 뜻인 듯했다. 나는 가볍게 고개를 끄덕였다. 어차피 나는 그들과 일주일을 함께할 운명이었다.

12

우리는 아직 사위가 환할 때 승수의 7인승 자동차로 억수같이 내리는 비를 뚫고서 동해안의 한 작은 도시를 향해 달렸다. 같이 가자는 나의 제안을 하경은 이번에도 순순히 받아들였다. 그녀의 얼굴에는 원래의 안색과 미소가 거의 돌아와 있었다. 의외인 것은 채원 부부도 한동안 망설인 끝에 우리와 하루를 함께 보내기로 한 것이었다.

시간이 지나도 여전히 머리가 어질어질했고, 생각이 잘 모아지지 않았다. 그래도 가급적 내색을 하지 않으려 했다. 하지만 하경은 가볍게 미소 띤 얼굴로 내게서 눈을 떼지 않았다. 차 안에서는 어느새 승수와 흥기 사이에 술판이 벌어지고 있었다. 승수는 아예 운전대를 인영에게 맡기고서 흥기와 나란히 앉아 잔도 없이 번갈아 포도주병을 입으로 가져갔다. 술이 차츰 그들을 의기투합하게 해주었는데, 간간이 내 쪽으로 눈길을 주었지만 술을 권하려 하지 않았다.

승수와 인영에게 이번 여행은 다시 둘만의 생활로 돌아가게 된 것을 축하하는 이벤트였다. 아울러 나와 헤어지는, 이를테면 환송의 의미도 있었다. 이제 목적지에 도착하자마자 나는 어떤 식으로든 처리될 운명이었다. 그동안 나는 예기치 못할 상황에 대한 안전장치였던 셈인데, 이제 더는 필요 없게 되었으니 가능하다면 그 기억조차 지워버리는 게 현명한 일이었다. 하지만 내게는 이미 그 모든 것이 전혀 개의치 않을 일로 여겨졌다.

그들 사이에서 어지럽게 오가는 말이 내 귀에 다소 아득하게 들려왔다.

"사랑이란 러시안 룰렛 같은 거야."

"아니야, 사랑은 한마디로 자해공갈단이 벌이는 인질극이지."

"내가 문둥병에 걸려도 나와 사랑을 나눌 수 있겠어?"

"내 손가락이 모두 잘려 나가도 내게 반지를 선물하겠어?"

"내 귀가 먹어도 내게 사랑을 속삭이겠어?"

"내 혀가 잘려도 나와 키스를 하겠어?"

이윽고 우리는 바닷가 언덕 위에 외따로 떨어진 별장에 도착했다. 차에서 내리면서 승수가 스스로 감격한 듯한 어조로 말했다.

"저 태양을 보라고. 고대의 어느 민족은 태양을 황금 고환이라고 불렀다니까. 황금 불알 말이야. 그럴듯하지 않아? 황금 불알이 정자를 흩뿌려야 대지는 수태를 하니까. 저 불알이 없었으면 우리 불알도 없었을 거라는 말이야."

승수가 술에 취한 목소리로 건넨 농담은 나를 무척 혼란스럽게 했다. 내가 보기에 여전히 비가 내리는데, 그는 작열하는 태양에 대해 말하기 때문이었다. 하지만 이번에도 왠지 그것이 내게는 전혀 개의치 않을 일처럼 여겨졌다.

별장은 꽤 넓은 단층 건물이었다. 중앙에 홀이 있고, 그 주위로 여러 개의 방이 특이한 구조의 벌집처럼 방사상으로 마련되어 있었다. 승수는 우리에게 각자 알아서 방을 차지하되 자기들처럼 누구나 예외 없이 독방을 써야 한다고 큰 소리로 말했다. 그래도 나는 하경에게 방을 같이 쓰자고 말하려다가 그만두었다. 만약 그녀가 내 제안을 받아들인다면 그 후에 어떤 일이 벌어질지 전혀 예측할 수 없었기 때문이었다.

내가 택한 방에는 보라색과 흰색의 이중 커튼이 창을 반쯤 가리고 있었다. 내가 안으로 들어섰을 때, 마침 수평선 위로 기울어진 태양의 붉은빛과 커튼의 보라색이 한데 어우러지면서 실내를 검붉은빛으로 물들였다. 그러고 보니 하늘은 맑게 개어 있었다. 그제야 나는 머릿속의 혼란에서 벗어나 현실감을 되찾고 있다는 생각이 들어서 적이 마음이 놓였다.

잠깐 누웠다가 언뜻 정신을 차렸을 때는 이미 한밤중이었고 비가 내리고 있었다. 머릿속이 다시 혼란스러워졌다. 아까부터 계속 비가 내렸던 건지 아니면 방금 전부터 내리기 시작한 것인지 종잡을 수 없었기 때문이었다. 어디선가 목소리가 들려왔다. 몸을 일으켜서 방을 나오니, 모두가 홀 한쪽에 놓인 타원형 탁자 주위에 둘러앉아 있었다. 예상하지 못한 일이었는데, 더욱이 그들 앞에는 술병과 술잔이 놓여 있었다. 그러나 목소리를 내는 것은 승수와 인영뿐이었다. 홍기는 술이 약한지 고개를 뒤로 젖히고서 졸고 있었고, 채원도 의자 팔걸이에 기대어 몸을 옆으로 기울인 채 눈을 감고 있었다. 그 곁에서 하경은 입가에 미소를 약간 머금은 채 승수와 인영을 물끄러미 바라보고 있었다.

두 사람은 잔뜩 억눌린 낮은 목소리로 계속하여 말을 주고받았다. 처음에 나는 잘 알아들을 수 없었다. 여전히 머리가 아픈 탓인지, 마치 코와 귀가 아래로 축 늘어져 덜렁거리는 듯한 기분이었다. 한참 후에야 차츰 귀가 열리기 시작했는데, 그제야 나는 그들이 대화를 나누다가도 수시로 연극 무대 위에서 독백을 하는 배우들처럼 각기 혼잣말을 장황하게 중얼거리고 있음을 알았다.

"나는 당신이 거짓으로 온갖 병치레한다는 걸 알고 있었지. 나는 당신을 당신 자신으로부터 보호해줄 유일한 사람이지. 그리고 당신은 나를 나 자신으로부터 보호해줄 유일한 사람이야."

"우리가 만난 지 두 달 만에 당신이 결별 선언을 했을 때, 내 심정이 어땠는지 알아? 사람이 물에 빠지거나 높은 곳에서 떨어져 죽음이 닥치게 되면 자기 일생이 번개처럼 눈앞을 스친다고 하지. 내 심정이 바로 그랬어. 내 삶의 책장을 미친 듯이 넘기면서 이 고통스러운 위기를 벗어날 해결책을 찾으려는 절박한 심정이었지. 그때 바로 이 말을 찾아냈어. 사랑에 빠지는 건 자기 영혼을 타인의 육체 속에 살게 하는 것이라고."

"나는 당신에 대한 내 육체적 욕망이 가라앉는 것을 견딜 수 없어. 생각만 해도, 한기가 몰려와서 부르르 몸서리가 쳐져. 나는 어떻게든, 마치 불쏘시개로 재를 뒤적이는 식으로라도, 내 날카로운 말과 행동으로 당신을 찔러대서라도 그 욕망의 불길을 되살려야 해."

"아프로디테는 안키세스라는 남자에게 반해서 인간으로 변신하여 그와 결혼을 했어. 나중에 안키세스는 자기가 아프로디테의 연인이라는 사실을 발설하여 절름발이가 되었지. 감히 인간이 신을 사랑한 죄로 벌을 받은 거야. 하지만 내가 생각하기에 안키세스가 절름발이가 된 이유는 다른 데 있었어. 안키세스는 아프로디테가 싫증이 났어. 이 세상의 모든 아름다움을 뛰어넘는 신에게도 싫증을 느끼는 게 인간이야. 대단하지 않아? 그건 인간이 변덕스러워서가 아니야. 인간은 사랑뿐만 아니라 고독도 간절히 원하는 거야. 그런 점에서 인간은 신보다 한 수 위라고 분명히 말할 수 있어. 신은 고독이라는 것을 알지 못해. 인간은 고독을 원하면서도 사랑을 하지. 그게 인간의 비극이자 위대함이야.

나는 외로워. 그런데 가만히 생각해보니까 나는 외롭지 않아. 아무도 그리운 사람이 없거든. 책방에서 당신을 처음 만났던 날, 나는 『아프로디테의 고독』이라는 책을 샀어. 그 책을 읽다 보니 당신을 깊이 사랑하게 되면 나도 다리를 절게 될지 모른다는 생각이 들었지. 하지만 나는 당신을 택하면서 내 한쪽 다리를 기꺼이 내놓았어. 그래서 하는 말인데, 우리 사이를 통제하는 방일곤과 방준오, 당신들은 우리의 신이기도 하지. 하지만 이제 우리는 당신들에게 싫증이 났어. 그러니 어쩌겠어. 당신들도 이제 그만 인간이 되어 우리 곁으로 내려앉아야지."

그때 갑자기 천둥치는 듯한 요란한 소리가 뒤쪽에서 울렸다. 거대한 매미의 날갯짓 소리처럼 들리기도 했다. 돌아보니, 그것은 박수 소리였고, 회색 정장 차림의 일곤이 계속하여 손뼉을 치면서 안으로 걸어 들어왔다. 그 소리에 흥기와 채원도 잠에서 깨어났다. 순간 비로소 나는 이 별장이 일곤의 소유이며, 이 모든 상황의 배후에 일곤이 있었고, 승수가 그를 도왔음을 직감했다. 그럼에도 불구하고 뜻하지 않게 일곤의 얼굴을 보니 놀라우면서도 반가웠다. 정신이 훨씬 또렷해지면서 혼미함이 걷히는 것 같았다.

13

일곤이 환하게 미소를 띠고서 쾌활한 어조로 입을 열었다.

"여러분을 환영합니다. 모두 반가운 얼굴이군요. 우리는 모두 서로에게 없어서는 안 될 존재입니다. 아무리 나이를 먹어도 우리는 그저 여전히 외로움에 떠는, 겁먹은 소년 소녀에 불과하지요. 그러니 당당하고 거칠게 행동하세요. 그럴수록 그만큼 더 심하게 외롭고 겁먹었다는 것도 드러내세요. 그러면, 여러분, 우리는 서로를 사랑할 수 있습니다."

그의 말은 계속 이어졌지만, 곧 내 귀에는 아무 소리도 들리지 않았다. 머릿속이 점점 더 명료해지면서 온갖 생각이 우후죽순으로 솟아오른 탓이었다. 놀랍게도 그 자리에 있는 모두가, 심지어 하경까지도 일곤과 상담자와 피상담자, 의사와 환자 사이였음이 분명했다. 그것이 우리가 이렇게 모두 한자리에 모이게 된 경위였다. 그중에서 나는 본의 아니게 큰 역할을 했고, 나에 비하면 승수는 하수인이었으며, 그 사실을 안다면 모두가 나보다 더 크게 놀랄 게 분명했다.

언젠가 일곤이 자신의 환자들에 대해 이야기하던 중에 유하경이라는 인물이 화제에 오른 적이 있었다. 하지만 그는 무슨 까닭에서인지 유독 하경에 대해 말을 아꼈다. 삭막한 벌판 위의 한 그루 나무처럼 홀로 존립하는 여인, 서서히 자신의 존재감이 지워지고 있다고 여기는 증세, 사막에서 물 없이도 살아가는, 아침 이슬만으로도 충분히 견딜 수 있는 동물들처럼, 단지 생존을 위해 타인과의 관계에서 최소한의 자극만을 필요로 하는, 고독하면서도 고독이 무엇인지 전혀 모르는 존재, 일곤은 그렇게 간략하고 모호하게 말을 얼버무렸던 것이다.

당연히 그의 말은 내 호기심을 강하게 자극했다. 이제 그 모든게 일곤이 의도한 것으로 밝혀졌지만, 여하튼 그날 그의 책상 한쪽에는 하경의 진료 카드가 펼쳐져 있었고, 거기에는 유하경이라는 여인의 스냅 사진도 한 장 끼워져 있었다. 사진 속의 하경은 입꼬리를 약간 올리고서 생글거리며 웃고 있었다. 그런데, 일곤에게서 들었던 말이 머릿속에 되살아난 탓인지, 내게는 미소 짓는 그 얼굴이 그렇게 고독해 보일 수 없었다. 얼마나 고독하면 이런 미소를 지을 수 있을까 하는 생각도 들었다. 그날 나는 몰래 그녀의 신상명세를 챙겼다. 그리고 곧 그녀를 찾아냈고, 가까이 다가갔고, 마침내 그녀의 곁에 내 자리를 만들 수 있었다.

하지만 하경을 상대로 내 나름으로는 은밀하게 벌였던 일련의 행동을 일곤은 처음부터 상세히 알고 있었다. 하경도 나를 만나기 전에 일곤에게서 나에 대해 들었으리라는 데에는 의심의 여지가 없었다. 일곤은 우리 사이에 중매자이자 뚜쟁이였던 셈이었다. 그리고 이제 그는 승수를 사주하여 마침내 우리 셋이 서로 얼굴을 맞대는 자리를 마련한 것이었다.

그 사실을 지금까지 전혀 짐작조차 못 했다고 생각하자, 허탈한 웃음이 입에서 흘러나왔다. 하지만 일곤을 탓할 수도 없는 노릇이었다. 그는 나를 위해, 그리고 하경을 위해 선의를 가지고 일을 도모했다고 말할 것이다. 그가 보기에, 나 또한 자폐증 환자, 그러나 하경과는 전혀 다른, 대중 속으로 자기를 감춰버리는 변종 자폐증 환자였다. 때문에 나와 하경은 자석의 두 극처럼 상대방을 끌어당기기도 하고 밀어내기도 하면서 서로를 더 잘 알아가는 과정이 필요했다는 게 일곤의 판단이었으리라 짐작되었다. 하지만 그 결과로 그가 얻는 것은 무엇이었을까. 어쩌면 그는 하경을 통해 나를 자기 손에 넣고 조종하려 한 게 아닐까.

하지만 일곤이 꾀한 일종의 비밀스러운 음모는 거기에 그치는 게 아니었다. 채원과 홍기가 승수의 집에 나타나서 그들의 사연을 이야기할 때, 나는 처음에 내 귀를 의심했다. 그들을 한 번도 만난 적이 없었지만, 나는 이미 여러 차례 일곤으로부터 그들의 사례에 대해 들어서 전후 사정을 잘 알고 있던 터였다. 때문에 나는 채원이 거짓말을 했다는 것과, 왜 거짓말을 했는지에 대해서도 속속들이 꿰고 있었다. 채원이 유산을 하고 그 결과로 이혼을 한 후에 승수와의 사건이 일어난 게 아니었다. 채원이 홍기와 별거하고 있던 중에 그 사건이 발생했고, 그로 인해 유산이 일어났고, 승수와 불륜의 관계로 맺어지면서 이혼에 이르게 된 것이었다.

사건이 있었던 날, 승수는 채원을 모욕하고 쫓아버렸지만,

그녀를 잊을 수 없었다. 그의 표현에 따르면, 자기를 죽일 뻔한 그 여인에게 치명적인 유혹을 느낀 것이었다. 그렇기로는 채원도 마찬가지였다. 자칫했으면 자기가 죽었을, 그러나 놀랍게도 멀쩡하게 살아난, 신기하고도 거북한 한 남자에 대한 특이한 집착이 생겨난 것이었다. 승수가 자동차 번호판을 추적하여 그녀를 찾아냈을 때, 채원은 막 유산을 한 후였다. 의사들은 그녀에게서 아무런 신체적 이상을 발견하지 못했다. 채원의 상실감과 승수의 죄책감은 곧바로 그들을 깊은 관계로 빠져들게 했다. 어쩌면 두 사람은 그때 이미 자신들이 사랑에 빠졌다기보다, 예기치 못한 삶과 죽음의 소용돌이에 휩싸인 채서로에게 절망적으로 매달리고 있음을 모르지 않았을 것이다.

시간이 지나면서 채원은 차츰 불안정한 모습을 보이기 시작하더니 그 증세가 점점 더 심해졌다. 승수는 별생각 없이 그녀에게 방일곤이라는 의사를 소개했다. 이미 몇 달 전부터 일곤이 승수와 인영의 상담의사였지만, 승수는 자기가 겉으로 나서지만 않으면 아무 문제도 없을 것이라 생각했다. 그러나 곧 자신의 부주의한 행동을 후회하지 않을 수 없었다. 일곤이 채원과 상담을 하는 중에 그녀와 승수의 관계를 눈치챌 수 있다는 데 뒤늦게 생각이 미쳤던 것이다. 하지만 의사는 환자의 비밀을 지켜주어야 하는 의무가 있다는 사실이 그나마 그에게 위안이 되었다.

하지만 문제는 일곤이 일반적인 혹은 정상적인 의사가 아니라는 점이었다. 곧 그는 채원과 승수 사이의 숨겨진 관계를 알아냈고, 승수가 아내에 대한 죄책감으로 채원을 멀리하기 시작했다는 것도 파악했다. 그러나 채원은 승수에게 편집증적인 집착을 보이고 있고, 승수와 인영 부부는 그렇지 않아도 감정적으로 심각한 통제 장애를 겪고 있는 터이니, 장차 어떤 일이 벌어질지 아무도 예측 못 할 일이었다.

처음에 나는 일곤이 나를 그들 사이에 자리 잡게 한 게 그러한 우려 때문이라고 생각했다. 하지만 이제는 진상을 알 수 있었다. 치료 명목으로 채원에게 홍기와 함께 승수의 집을 찾게 한 것은 일곤의 생각이었다. 일곤을 전적으로 신뢰한 채원은 그의 말에 따랐다. 하지만 홍기는 아내의 유산이 우발적으로 일어난 게 아니라 어떤 사건의 여파라는, 누군가가 자기 아이를 죽였다는 의심을 품게 되었는데, 그 계기 또한 일곤을 통해서였다. 홍기가 답답한 마음에 아내의 상담의사를 찾아갔을 때, 일곤은 에둘러 모호하게 귀띔을 했던 것이다.

비로소 모든 게 분명해졌다. 애초에 나라는 존재는 승수와 인영 사이의 중개자가 아니라, 기껏해야 일곤의 끄나풀이었다. 사실 나는 매일 밤 일곤과 오랫동안 통화를 하며 상황을 보고했다. 일곤은 내게서 들은 정보를 바탕으로 이 상황에 대해 자기가 원하는 큰 그림을 그려나갔다. 그의 머릿속에서 나는 갈등을 겪는 부부를 결합시켜주는 접착제인 동시에, 그들을 갈라놓는 쐐기였다. 전혀 예상하지 못한 일이었지만, 막연하게나마 나는 그가 원하는 바를 짐작할 수 있었다. 바닷가의 이 집은 일곤의 성, 이를테면 고독의 성이고, 그는 세상의 온갖 드라마가 이곳에 집중되도록 하여 그 속에서 치유자이자 파괴자로서 스스로 죽었다가 다시 태어나기를 거듭하고 있었다. 그것이 그가 특별히 선별된 사람들을 치료하는 자기만의 방식이었다.

14

"우리는 고독할 권리가 있습니다. 그러나 고독은 어두운 심연입니다. 고독과 싸워 고독을 죽여야 하는 게 우리의 운명입니다. 오늘 우리 모두가 함께하는 이 자리는, 고독의 축제이자 장례식입니다."

곧 모두가 일곤의 지시에 따랐다. 냉장고 안에 준비되었던 술과 음식이 탁자 위에 새로이 차려졌다. 접시와 수저도 놓이고, 각자 자리를 잡고 났을 때, 바야흐로 심야의 만찬이 시작되었다. 하지만 아무도 선뜻 손을 움직이려 하지 않았다. 나는 그들의 얼굴이 뭔가에 쫓기는 기색으로 하나같이 경직되어 있음을 감지했다. 그들은 일곤의 방문에 처음에는 반가워했다가 이내 얼떨떨해졌고 이제는 혼란스러워했다. 모두의 마음속 깊이 가라앉아 있던 불안감이 일깨워지면서, 극심한 심정적인 동요로 이어진 것이다.

흥기는 다시금 들뜬 표정에 시선이 어지럽게 흔들렸고, 채원은 큰 죄를 저지른 사람처럼 가슴 조이며 남들의 눈치를 살폈다. 승수와 인영은 의심과 경계의 빛을 강하게 띠고서 초조한 기색으로 일곤을 주시했다. 오직 하경만이 웃는 듯 마는 듯 묘한 표정으로 평정을 유지했다. 그리고 나는 당장이라도 어떤 극적인 상황이 벌어질 것 같은 위기감을 느끼며 호기심과 긴장감 사이에서 아슬아슬하게 균형을 잡고 있었다.

하지만 분위기가 무겁게 가라앉고 침묵이 그 자리를 지배하는 것은 결코 일곤이 원하는 바가 아니었다. 그가 헛기침으로 목을 가다듬고서 맞은편에 앉은 승수와 인영을 바라보며 말했다.

"나는 두 분이 결국 화해를 이루는 데 성공하지 못하리라는 걸 알고 있었어요. 두 분의 경우도 사랑이라고 할 수 있겠지요. 하지만 그건 막다른 골목의 사랑, 혹은 막장의 사랑이라고 불리는 거예요. 위기에 몰린 사랑, 그래서 더 과격하고 집요한 집착을 동반하는 비틀린 사랑, 오로지 상대방을 궁지에 몰아넣으려는 공격적인 사랑, 심지어 자포자기 심정도 개입되어 있는 일종의 자학적인 사랑이지요."

일곤의 말은 신랄했지만, 표정과 어조는 더할 나위 없이 부드러웠다. 그는 승수에게서 신경질적이라 할 만큼 날카로운 반응이 일어나는 것을 모르지 않았다. 그러나 아랑곳하지 않고 잠시 뜸을 들였다가 말을 이었다.

"우리가 누군가를 사랑한다면, 그 사랑의 대상과 더불어 일상을 살아가며 놀라고 기뻐하고, 또 권태로워하고 고통받고, 그 권태와 고통으로 죽어가고, 그러다가 매 순간 더불어 부활해야 하지요. 우리 삶에는 고독이라는 이름의 채찍이 있어요. 우리는 그 채찍으로 자기를 쳐야 합니다. 그런데 상대방을 향해 그 채찍을 가차 없이 휘두르는 사람이 있어요. 그때 두 사람은 불타는 사슬에 함께 묶인, 이미 죽은 것이나 다를 바 없는 사랑의 좀비들이지요."

승수가 강한 배신감에 사로잡힌 사람처럼 더 참지 못하겠다는 듯 자리에서 벌떡 일어났다. 그러고는 고개를 떨어뜨리고서 무엇이든 들이받을 기세로 이쪽 벽에서 저쪽 벽까지 거칠게 걸음을 옮기기 시작했다. 그러나 인영은 조용히 일곤을 응시할 뿐이었다.

일곤은 멈출 생각이 없었다.

"우리 삶은 신비로우면서도 지리멸렬하고, 애착을 느끼게 하면서도 환멸을 주지요. 거기에서 혼란스러움을 느낀 나머지 정열의 광기에 사로잡힐 때, 오히려 고독의 수렁에 빠지게 됩니다. 인간은 누구나 죽기 때문에 고독을 숙명적으로 수긍하지만, 고독은 우리 삶이 끝나는 순간까지 미완성이라는 것을 잊으면 안 됩니다."

나는 승수가 온몸이 잔뜩 긴장된 채 일곤 쪽으로 슬금슬금

다가가는 것을 보았다. 얼굴에는 백치에 가까운 멍한 표정이 어려 있었다.

일곤이 두 손을 들어 올리며 큰 소리로 외쳤다.

"고독을 끌어안고 고독을 무너뜨려버려서 고독을 완성하세요. 이 세상 모든 정신과 의사를 잡아먹어버려요."

순간, 나는 아까 내가 가졌던 예감이 맞았다는 것을 알았다. 일곤은 스스로 절대 고독의 표상이자 화신으로 군림하면서 우리 모두에게 자기를 죽이라고, 고독의 목을 따라고 종용하고 있었다. 그는 귀를 세놓고 눈도 세놓고 입도 세놓고 심지어 간도 빼서 세주는 자신을, 귀도 눈도 입도 간도 없이 그저 유령에 불과한 자신을, 이제 그만 우리 앞에 희생물이자 제물로 내놓고 있었다. 그는 죽음으로써 다시 태어남을 믿고 있었다. 고독은 곧 죽음이자 생명이었다.

"우리는 소외와 고독의 길을 통과해야 합니다. 그것은 수난과 고통의 길입니다. 하지만 우리는 서로 의존하고 있고 그렇게 절망적으로, 필사적으로 결합되어 있습니다. 지금 우리는 함께 사다리를 오르고 있습니다. 그 한 단 한 단의 정점에 무엇이 있는지……"

그는 다음 말을 잇지 못했다. 어느새 그의 뒤에 바짝 다가선 승수가 손에 들고 있던 길쭉하고 묵직한 물건으로 그의 뒷머리를 내리친 것이었다. 그것은 내가 승수의 집에서 유심히 살펴본 적이 있는, 청옥으로 만들어져 짙은 초록색을 띤, 매미라기보다 매미 유충에 더 가까운 특이한 형상의 돌매미였다. 순간 퍽 하고, 돌이 깨지는지 머리가 깨지는지 모를 소리가 들린 것과 동시에, 돌매미는 조각이 나서 어디론가 튀어나가고, 일곤이 머리가 피투성이가 되어 옆에 앉아 있던 하경의 몸 위로 쓰러졌다. 하경의 몸은 순식간에 일곤의 피로 얼룩졌다. 하지만 하경은 잠깐 움찔하고는, 마치 아무에게도 빼앗기지 않겠다는 듯이 일곤의 상체를 끌어안았다.

나는 어렵게 하경에게서 일곤을 떼어내어 바닥에 눕히고, 소파 쿠션을 머리에 괴어주었다. 채원이 수건을 가져와서 그의 머리를 감쌌고, 흥기가 전화로 구급차를 불렀다. 승수는 자신이 벌인 돌발적인 행동에 충격을 받은 듯 그 자리에 우두커니 못 박혀 있었다. 하지만 그의 얼굴에는 전혀 동요된 기색이 없었다. 마치 방금 전의 일이 애초에 그와 일곤 사이에서 합의된 사항이 아닌가 싶을 정도였다.

그때 인영이 그에게 다가가 손을 잡고서 자신의 방 쪽으로 이끌었다. 그 광경이 눈에 들어온 순간 나는 갑자기 주체하지 못할 충동에 사로잡혀 반사적으로 그들을 쫓아갔다. 나는 그 충동이 그들에 대한 분노인지 걱정인지 사랑인지 알 수 없었다. 아마도 분노와 걱정과 사랑, 그 모든 것이었을 것이다. 내가 막 그들의 뒤를 따라 방으로 들어가려 할 때, 두 사람의 시선이 나를 가로막았다. 곧 승수가 앞으로 나서면서 나를 뒤로 밀쳐버렸다. 그러고는 문을 닫고 안으로 잠가버렸다. 나는 어찌해야 할지 모르고, 내가 왜 이토록 심하게 흥분하는지도 모르는 채, 이마로 쿵쿵 방문을 짓찧었다. 그때 마치 온 세상을 비웃기라도 하는 것처럼, 승수의 격양된 목소리와 더불어 인영의 새된 웃음소리가 크게 들려오더니, 이윽고 두 사람 사이에 잔뜩 흥분한 어조로 오가는 말이 내 귀에 어찔어찔한 울림을 일으켰다. 나는 그 소리가 실제로 내 귀에 들려오는 것인지 단지 환청에 불과한 것인지 알 수 없었다.

그들은 마침내 더 이상 긴장감을 견디지 못하고 폭발하기 직전의 상태였다.

"당신은 괴물이야. 히드라고 키메라고 메두사지. 내가 애써서 세워놓은 심오한 질서와 권능을 가소롭게 여기고서 단번에 산산조각 내버리지."

"우리는 이 자리에서 마지막으로 연기를 해야 해. 마지막 연기는 누구에게나 진실한 법이야."

"당장이라도 그따위 위선적인 싸구려 행태를 집어치우라고 해. 부부 관계는 연극이 아니야. 사막 한복판에서 불이 붙어 벌겋게 달아오른 돌멩이라고."

"당신은 내게서 누군가를 사랑할 수 있는 힘을 빼앗아갔어."

"그렇지, 그 힘은 지금 내 속에 들어 있어. 그러니 내 속으로 들어와서 그 힘을 되찾아야지."

"내게 아무것도 요구하지 마. 나는 강박이나 죄책감 같은 걸 가지고 싶지 않아. 성숙하고 싶은 마음도 없어. 나는 그저 이렇게 나로서 만족해."

"그 말이 맞아. 우리는 이미 완전해. 사랑이 어떻게 일용할 양식이 되겠어. 사랑이 어떻게 우리를 살아 있게 하겠어. 내 몸에서 심장이 뛰고, 폐가 혈액에 산소를 공급하고, 간과 신장이 혈액의 불순물을 걸러내는 그 모든 과정이 당신, 그리고 당신과 겪은 온갖 일들에 대한 기억 덕분인데, 내가 내쉬는 숨결 하나하나도 우리가 함께 살아온 매 순간 덕분인데, 그렇지 않다면 어떻게 사랑이 일용할 양식이 되겠어? 당신과 맨살의 접촉 말고 그 무엇이 기적을 이룰 수 있겠어?"

"그러니 대답해줘. 사랑하는 당신, 내 영혼의 주치의가, 내 평생의 주치의가 되어줄 수 있겠어?"

방 안에서는 마치 한낮의 태양 밑에서 두 마리 매미가 맹렬하게 울어대는 듯한 소리가 계속하여 들려왔다. 그러다가 그들의 목소리가 서서히 잦아들더니 갑자기 뚝 끊겼다. 곧바로 뭔가가 둔탁하게 부딪치는 소리에 이어 동물적인 울부짖음이 방 안을 가득 채웠다. 그 순간, 나의 눈앞에는 황소와 투우사의 모습이 떠올랐다. 그들은 맹렬하게 달려드는 황소 앞에서 전혀 물러서지 않는 투우사인 동시에, 창을 꼬나든 투우사의 살벌한 기운에서 오히려 아찔한 흥분을 느끼며 자기 몸을 내던지는 황소였다. 그들은 마침내 투우사와 황소의 치명적인 결혼으로 묘지와도 같은 폐허 위에서, 자기들의 배를 앓아 악마

304

의 씨앗들로 다시 태어나고 있었다. 멀리서 구급차의 경적이 들려왔다. 나는 그 소리가 그들의 방에서 울리는 듯한 착각에 빠졌다.

15

구급요원들이 일곤을 부축하여 바퀴 달린 들것에 실어서 구급차로 옮기는 동안, 나와 홍기가 그들을 도왔다. 홍기는 수시로 승수와 인영의 방을 힐끔거리며 내 눈치를 살피는 기색이었다. 그러나 나는 미소를 지어 그를 안심시키고서 구급차에 타고 일곤과 함께 응급실로 갔다. 당직 의사는 곧장 CT 촬영으로 일곤의 머리를 검사한 후에, 다행히 치명적인 상황은 아니지만, 한동안 안정을 취한 후에 MRI 검사도 해야 정확히 진단할 수 있겠다고 말했다.

나는 일곤의 입원 수속을 밟은 뒤, 택시를 타고 바닷가 별장으로 돌아왔다. 집 안 곳곳이 불빛으로 휘황했지만 지나칠 정도로 적막했다. 채원과 홍기는 물론이고 하경 역시 어디에도 보이지 않았다. 나도 모르게 큰 아쉬움이 찾아들었다. 사실 그동안 하경과 함께 밤을 보낸 적이 한 번도 없었다. 어디에서든 관계를 맺고 나면, 그녀는 늘 자기가 먼저 떠나거나 내게 떠나달라고 부탁했다. 이번 여행은 우리 사이에 전기를 마련해주지 않을까 기대했는데, 나는 다시 홀로 남겨진 것이었다. 그런데 유하경이라는 인물이 실제로 존재하는 게 사실인가.

나는 피가 묻은 채 바닥에 떨어져 있는, 부서진 돌매미 조각들을 잠시 내려다보다가, 승수와 인영의 방 쪽으로 걸어갔다. 잠시 눈앞에서, 피로 범벅이 된 두 육신, 죽어서 영원히 멀어졌지만 남아 있는 육체는 너무도 친밀해 보이는 두 인간의 환영이 어른거렸다. 그러자 마치 이 모든 극적인 상황을 내가 만들어낸 듯이, 고독 속에서 미쳐가는 한 인간이 꾼 한바탕의 꿈인 듯이 여겨졌다. 문은 반쯤 열려 있었고, 그 안은 텅 비어 있었다. 땀과 체액과 정액과 피가 한데 섞여 불그스름하게 얼룩진 침대 시트가 환한 불빛 속에서 노골적으로 드러났다.

모두 어디로 간 것일까. 들어올 때 주차장을 살펴보았어야 했다는 생각이 들었다. 하지만 부질없는 노릇이었다. 막 몸을 돌리려는데, 갑자기 온몸이 아팠다. 인영의 말처럼 마치 용의 부러진 이빨이 몸에 박혀 자라나는 듯한 느낌이었다. 나는 앞으로 비척비척 걸어가서 침대 위로 쓰러졌다. 어느새 눅눅해진 구겨진 시트가 곧 나를 잠 속으로 이끌었다. 실로 오랜만에 경험하는 깊은 잠이었다.

꿈도 꾸었는데, 어느 어두운 지하 동굴에서 나는 승수와 인영에게 먹이로 던져졌다. 그들은 사이좋게 나를 먹어치우고서 서로 끌어안고 오랫동안 교접을 했다. 그들은 수시로 흥분의 정점에 이르렀고, 그때마다 하나가 되었다가 둘로 셋으로 분열하기를 반복했다. 나는 그들이 곧 다시 허기를 느끼고서 또 다른 나를 찾아 나서리라는 것을 알았다. 그들은 이미 수천 년을 살아온 불멸의 존재들이었다. 마구 물어뜯긴 채 버려진 내 처참한 육신 위로 황홀한 절대 고독의 이미지가 어른거렸다. 단단하고 울퉁불퉁한 바닥에는 내 몸에서 흘러나온 붉은 타액, 붉은 체액, 붉은 분비물, 붉은 정액이 붉은 피에 섞여 두껍게 깔려 있었다. 그 광경은 붉은 양탄자가 깔린 어둑한 무대를 떠올리게 했다. 그때 배우는 보이지 않는데 어디선가 목소리가 들려왔다.

"하늘에는 해도 있고 달도 있는 법이야. 해와 달은 고독해 보이지. 하지만 그건 그 둘이 엉터리 배우이기 때문이야. 너와 나도 해와 달처럼 아무리 나이를 먹어도 그저 겁먹은 소년과 소녀에 불과해. 그러니 이렇게 묻고 싶어. 진실되지 못한 연극을 관람할 때 관객이 취해야 하는 진실된 태도는 어떤 것일까."

해설

감각적인 것, 비-감각적인 것, 초-감각적인 것

김대산
(문학평론가)

불신과 믿음

　요즘 흔히 듣게 되는 '인지 부조화cognitive dissonance'라는 용어에서도 짐작되듯이, 현재 우리 인간들 각자의 '인지적 삶'은 어떤 모호한 어둠 혹은 특수한 무지 속에 있는 듯하다. 물론 어둠 혹은 무지는 그 자체로 나쁜 것이 아닐 수 있다. 어둠에서 빛을, 무지에서 앎을 이끌어낼 수 있다면 말이다. 심지어 '나쁜 것'도 그 자체로 나쁘기만 한 것이 아닐 수 있다. 나쁜 것에서 좋은 것을 적절하게 이끌어낼 수 있다면, 그때 나쁜 것은 좋은 것이 될 수도 있을 것이다. 달리 말해 최수철의 장편소설 『독의 꽃』에서도 읽을 수 있었듯이, "독이 약이 되고 약이 독이 되는"[1] '독약의 역설'이 있다. 물론 우리는 지금 '모르는 게 약'이라거나 '아는 게 병'이라는 식의 이야기를 하고 있는 것이 아니다. 혹은, 지식(혹은 인식, 인지, 앎의 활동)이라는 것이 이를테면 병 주고 약 주는 식으로 우리를 기만하는 참을 수 없는 어떤 것이라고 말하고 싶은 것도 아니다. 하지만 그렇다고 해서 지식이 독이나 병이나 죽음이나 심지어 죄나 악과 연관될 수도 있음을 부정하고 싶지도 않다.

이를테면 『독의 꽃』에서 읽을 수 있었던 "이 세상 모든 것은 사랑을 만나면 약이 되고 원한을 만나면 독이 돼"[2]라는 말을 받아들인다면, 그리고 '사랑과 분리된 지식' 혹은 '원한(적대, 증오)과 결합한 지식'이 있을 수 있다면, 그때 지식은 독이 될 것이다. 하지만 이러한 가정적 추론에 즉각적으로 비판적 냄새를 풍기는 물음이 뒤따를 수도 있다. 사랑과 지식? 그 둘이 도대체 무슨 상관이라는 말인가? 우리는 그러한 물음을 최수철의 테마 연작소설집 『사랑의 다섯 가지 알레고리』에도 던질 수 있다. 다만 여기서는 사랑과 지식 사이에 '알레고리'가 개입한다. 사랑과 알레고리? 알레고리와 지식? 그들은 어떤 복합적 연관을 감추고 있는 것인가.

그런데 그 복합적 연관을 추적하기 전에, 우리는 최수철의 여러 소설에 나타나는 "감각의 중요성"(p. 172)에 대해 강조할

---

1   최수철, 『독의 꽃』, 작가정신, 2019, p. 198.
2   같은 책, pp. 198~99.

필요성을 느낀다. 사실 그 점은 최수철의 소설을 인지하고 있는 사람이라면 상식(혹은 공통 감각common sense)에 속하겠지만, 그럼에도 '사랑과 알레고리(혹은 지식)의 연관성'을 추적하기 위해 다시 긍정적으로 상기될 필요가 있다. 왜냐하면 그런 연관성을 이해하기 위해서는 최수철의 소설들이 지속적으로 보여주는 '감각에 대한 믿음'이 필수적이라고 생각되기 때문이다. 가령 30여 년 전의 「어느 무정부주의자의 사랑」 속에서 우리는 그러한 '믿음'이 강력하게 표현되고 있음을 볼 수 있었다.

예전부터 나는 나의 감각 행위에 대해 유난히 큰 중요성을 부여해왔다. 만지고 듣고 보고 맛보고 냄새 맡고 하는 것 등등이 **단순히 이른바 감각적인 차원에서 그쳐버리는 것이 아니라,** 그로 인하여 외부 세계와 내가 소통을 이루고 현상적인 것들 너머로까지 서로 관련 지어질 수 있는 것이라고 **나는 믿고** 있다.[3]

계속 인용하고 싶지만 그러자면 너무 길어져 그럴 수 없는 이 인용문에서 드러나는 "나의 감각 행위"에 대한 믿음은 이 소설 속 인물의 것일 뿐만 아니라 최수철 자신의 것이기도 한 듯하다. 그렇다면 이 '믿음'이 의미하는 바는 무엇인가? 보통

---

3 최수철, 『이상문학상 수상작가 대표작품선 12: 몸에 대한 은밀한 이야기들』, 문학사상사, 1994, pp. 295~96. 강조는 인용자.

지식과 믿음(혹은 과학과 종교, 논증적 담론과 신화적 이야기 등)이 화해 불가능할 정도의 대립성을 보여준다면, 최수철 혹은 그의 소설이 말하는 감각에 대한 믿음은 '객관적 인식과 아무 상관 없는 주관적 신념'이나 '아직 **비판적critical 인식**에 이르지 못한 근거 없는 **소박한naive 확신**'에 불과한 것인가?

미리 말해두자면, 최수철의 '감각에 대한 믿음'은 근대과학과 근대철학 이래로 지배적인 영향력을 행사하기 시작하여 현재까지도 여전히 계속되고 있는 '감각에 대한 불신'에서 비롯된 그러한 부정적인 규정 속에서 이해될 수 없다. '불확실한(변덕스러운) 주관성'이나 '무비판적 소박성'이라는 이유를 들어 감각에 고유한 인식능력을 부정하기를 원했던 근현대의 과학과 철학의 추상적인 회의주의적 태도들은 사실 감각의 삶 자체를 향한 구체적인 참여적 경험에서 기인한 것이라기보다는 감각의 삶으로부터 분리되어 자신 안에 고립된 구경꾼적 의식이 자의적으로 결정한 추상적 판단에 기인한 것이다.

그러한 추상적 판단에 기초하여 가령 아무리 구체적인 물질적 토대나 조건이나 제도나 환경의 중요성을 외친다 하더라도, 우리는 거기에 결코 이르지 못한다. 덧붙이자면, 그러한 추상적인 과학이나 철학이 또한 어떤 **일원론적 유물론**을 주장한다면, 그때 그 유물론은 역설적으로 자신이 **생각**하는 **물질**이 진정 무엇인지 모르는 '비-감각적 생각의 유물론'이며, 또한 그때 그 유물론은 자신들이 틈만 나면 비판하는 '유심론적이거나 초월론적인 관념론'보다 더욱 추상적이고 비실재적인 관념론이 된다. 왜냐하면 전자가 마음이나 정신이나 영혼을 통해 물질을 규정하려고 하는 반면, 후자는 물질을 통해 다른 것들을 규정하려고 하지만 정작 그 '물질'이란 것이 추상적 관념 없이는 인식될 수 없는 것이기 때문이다(그렇기에 감각과 사유의 괴리를 어떤 방식으로든 처리해야 하는 모든 사유는 감각적인 것과 비-감각적인 것 사이에서 어떤 궁지에 몰릴 수밖에 없을 것이다). 말하자면, 관념론은 '자신이 관념론임을 알며 자신을 긍정하는 관념론'이지만, 일원론적 유물론은 '자신이 관념론임을 모르며 자신(타자에게 투사된 자신)을 부정하는 관념론'일 수 있다. 가령 이른바 '빅뱅'은 약 백여 년 전에 과학자의 뇌 속에서만 일어난 우주 생성의 사건일 수 있으며, 소위 '변증법적 유물론'이 설명하는 현실은 어떤 부정적/비판적/추상적 관념 속에서만 가능하도록 자의적으로 구성된 추상적 현실일 수 있다. 그리고 그러한 입장들 혹은 관점들이 설령 감각을 인정한다 하더라도, 그들이 감각에 대한 추상적 판단, 다시 말해서 '감각경험에 앞선 선입견(즉 어떤 현상이 아직 채 이해되기도 전에 미리 내려지는 선-판단)의 지배' 속에 있다면, 그때 '감각의 경험'은 '선험적 판단'으로 대체되고 있을 뿐이다.

최수철의 소설에서 감각이란 "그로 인하여 외부 세계와 내가 소통을 이루고 현상적인 것들 너머로까지 서로 관련지어질 수 있는 것"으로 이야기되었다. 즉 감각은 내재적 주관성에 한

정될 수 있는 것이 아니다. 감각은 이미 어떤 외재적, 객관적 세계에도 속해 있다. 그리고 이때 '바깥'은 **"현상적인 것들 너머"**를 의미할 수 있다. 따라서 감각이 경험할 수 있는 바깥은 '실재적'일 수 있다. 더 분명하게 말하자면, '현상적-실재적'일 수 있다. 곧 감각을 통해 경험될 수 있는 바깥은 현상과 분리된 실재나 실재와 분리된 현상이 아니며, 또한 그렇게 경험될 수 있는 '현상 너머'는 가령 칸트의 '인식될 수 없는 물자체' 같은 것도 아니다. 요컨대 최수철의 감각, 감각행위, 감각기관은 "단순히 이른바 감각적인 차원에서 그쳐버리는 것이 아니"다. 여기에는 다시 어떤 '역설'이 있다. 즉 '감각적인 것'은 어떤 의미에서 '초-감각적인 것'이기도 하다. 감각은 감각을 초월한다. 최수철의 소설과 관련된 감각(에 대한 믿음)의 의미를 일단 그렇게 이해해보자.

분열과 통합

우리 경험의 전체에 속한 중요한 요소인 감각기관, 감각행위를 믿지 못하겠다는 생각이 의미하는 바는 곧 우리가 자신의 내부로부터 분열되어 있다는 뜻이다. 다르게 말해서, 최수철의 소설이 말했던 감각, 즉 바깥 세계와 나(자아ego)의 소통을 가능하게 해주는 감각을 불신한다면, 먼저 세계로부터 내가 분리되고, 다음으로 내 안에서 '감각적인 것과 비-감각적인 것의 분열'이 진행된다. 여기서 이 분열(소위 '정신분열'을 포함한 분열)의 다양한 세부적 양태가 어떠한지를 기술할 수는 없다. 다만 한 가지만 분명하게 말한다면, 이 '분열의 고통'과 상관없는 현대인은 아무도 없으며, 이 점은 감각에 대한 믿음을 잃지 않은 최수철, 혹은 최수철 소설의 인물들도 어쩔 수 없다. 최수철의 소설이 감각의 중요성을 유난히 강조하는 이유도 그러한 분열에 대한 일종의 저항이 필요하기 때문일 것이다. 최수철의 소설이 보여주는 감각을 향한 집중적인 지향성(혹은 의지)은 '분열 이전'이 아니라 '분열 이후'의 것이다.

근현대는 다른 무엇보다도 과학(적 의식)의 시대이며, 그 과학적 의식의 영향력을 아주 약간이라도 받으며 성장한 근현대적 성인의 의식은 감각과 비-감각 사이에서 내부로부터 분열되어 있음을 의식하지 않을 수 없다. 너무나 자주 반복되는 감이 있지만 그만큼 중요하기에, 코페르니쿠스의 지동설을 대표적 예로 들어보자. 그 천문학적 학설(우주론적 가설)이 인간의 삶에 미친 강력한 영향력의 의미는 무엇인가? 앞서 언급한 대로 감각적인 것과 비-감각적인 것의 분열이다. 또한 그 귀결인 비-감각적인 것의 지배다. 왜 그런가? 감각경험은 지동설이 진리라는 것을 확증해주지 않는데, 그럼에도 '지동설(태양중심주의)은 비-감각적 진리이고 천동설(지구중심주의)은 감각적 거짓'이라면, 더 이상 감각을 진정으로 믿을 수 없기 때문이다. 하지만 천동설을 확증해주는 감각적 경험이 믿을 수 없는 거짓이라고 하더라도 그것이 우리의 삶 속에서 배제될 수 있는가? 오히려 '비-감각적 경험'이 자신을 위협하는 종교-정치적 권력 탓에 '그래도 지구는 돈다'라고 들릴 듯 말 듯 중얼거릴 수밖에 없었다고 전해지는 것처럼, '감각적 경험'은 자신을 위협하는 과학-정치적 권력 탓에 '그래도 태양은 돈다'라고 여전히 들릴 듯 말 듯 속삭이고 있지 않은가? 그래서, 의식적이든 무의식적이든 간에, 서로 화해할 수 없는 적대적인 '둘'이 '한 사람 안'에서 가령 '주인과 노예의 투쟁' 같은 것을 하고 있지는 않은가?

오해를 무릅쓰고 이러한 예를 통해 말하고 싶은 점은 우리 모두가 '파괴적인 정신적 삶의 위기' 속에 있다는 것이다. 한편으로 '코페르니쿠스적 혁명'을 통해 자연세계의 거시적인 차원에서 관철되고 다른 한편으로 '불확정적인 입자의 이론'[4]을 통해 물질세계의 미시적인 차원까지 관철된 '비-감각적인 근현대의 과학적-유물론적 의식(또한 그로 인해 어떤 변형을 겪을 수밖에 없었던 종교적, 정치적, 예술적 의식)'을 어떤 방식으로 긍정하건 부정하건 간에, '나의 경험'이 서로 통합되지 않는 감각적 경험과 비-감각적 경험으로 분열되어 있음을 의식하는 한에서, 더 나아가 그 분열을 극복될 수도 없고 극복될 필

---

4   예를 들면, 현대의 양자역학 연구에 큰 기여를 한 자연과학자인 하이젠베르크는 언젠가 '태초에 입자particle가 있었다'라고 말했다.

요도 없고 극복되어서도 안 되는 분열이라고 판단하는 한에서 말이다. 그리고 정신적 삶의 위기가 자연적–신체적 삶의 위기와 무관하지 않은 이상, 그 위기는 '정신적–자연적–신체적인 삶의 위기, 삶의 총체적 위기'로 나타날 수 있다. 만일 이것이 과장이라고 생각된다면, 적어도 최수철(의 소설)은 그렇게 생각하지 않는다고 말할 수 있다. 가령 김형중이 소설집『갓길에서의 짧은 잠』의 해설에서 "신뢰할 만한 전기적 사실들로 채워진 소설" 혹은 "거의 소설 이전, 날것 그대로의 작가의 육성"[5]이라고 확신했던 「페스트에 걸린 남자」에는 다음과 같은 구절이 있다.

그 무렵에 그는 인간이란 **자신이 경험하는 것들을 통합할 수 없을 때,** 내부로부터 분열되고, 공황 상태에 빠지고, 우울증을 겪고, 자살에 이르게 된다는 사실을 새삼스레 절감했다.[6]

다시 말하자면, '통합적 경험'이라는 것은 인간의 전체적 삶에 필요 불가결한 것이다. 물론 현대인의 의식에는 '통합'이나 '경험'이라는 말에 거의 즉각적 거부반응을 보이는 강한 부정적 경향성이 나타난다. 그러한 부정적 경향성은 심지어 통

---

5   김형중 해설, 「페스트를 앓고 난 후」, 최수철, 『갓길에서의 짧은 잠』, 문학과지성사, pp. 281~81.
6   최수철, 같은 책, p. 200. 강조는 인용자.

합의 경험을 긍정하려는 사람조차 저항하기 쉽지 않은 성질의 것이다. 그리고 우리는 통합(종합, 결합)의 경험을 부정하고 반대하고 심지어 증오하는 강력한 경향성의 진정한 정체가 무엇인지 쉽게 답할 수 없다. 하지만 또한 모든 인간이 에고이스트이고 각자의 에고는 본래 통합의 경험을 모르며 그것에 아무 관심도 없기에 어차피 대립적이거나 적대적인 분리, 분열 속에서 자멸하거나 단지 전략적 필요에 의한 집단적 연대를 통해 생존할 수밖에 없다고 답할 수 없다. 다만 우선 '자아 자체'를 비난하거나 비하하거나 무시하거나 부정하는 모든 종류의 학설을 믿지 않는다고 말하고 싶다.

오래전에 누군가 말했듯이, 에고이즘을 극복할 수 있기 위해서라도 먼저 에고이스트가 될 수 있어야 한다(극복할 만한 가치가 있는 에고가 없는데 어떻게, 그리고 무엇 때문에 에고이즘의 초월이 문제가 될 수 있다는 말인가?). 그리고 진정한 에고이스트가 되려면, 하나의 에고는 자신의 경험들(감각적이거나 비-감각적인 자신과 타자에 대한 경험들)을 어떤 방식으로든 통합할 수 있어야 한다. 그래야만 하나의 에고는 '다양한 질적 차이를 갖는 수많은 경험의 특수한 종합인 한 인격적 개체의 중핵인 자신'을 '나(혹은 나-이미지)'라고 '말'하거나 '생각'하고, 또한 자신과 다른 바깥의 자아들을 어떤 대립성을 넘어 자신만큼이나 중요한 자아로 의식적으로 '감각(지각)'할 수 있을 것이다. 여기서 다른 무엇보다 중요하게 떠오르는 것은 '통합적 경험을 지향하는 자아-의식ego-consciousness'이다.

그런데 그렇다면 왜 현재의 많은 자아-의식들은 통합의 경험을 부정하고 또한 그것을 통해 자신의 자아나 타인의 자아를 부정하(는 척 하)고 있는 것인가? 그 이유는 이렇다. 현재의 자아-의식은 '감각적 경험을 부정하며 자신을 변형, 발전시킨 비-감각적인 의식'이다. 역사의 어느 한 시기에 코페르니쿠스적 우주론이 등장하여 점진적으로 받아들여질 수 있었던 배경에는 그러한 의식의 역사적 변형 과정이 함께 놓여 있었을 것이다. 왜냐하면 전통적이며 보편적으로 인정되어온 직접적인 감각경험(그리고 초-감각적 경험!)의 진리를 부정하면서까지 자신의 생각 속에서만 정합적으로 가능한 우주적인 차원의 가설적 진리를 주장할 수 있기 위해서는 이전과 질적으로 다른 강력하게 합리주의적인 개별적 자아-의식이 요구될 것이기 때문이다. 그리고 그러한 자아-의식의 진리주장이 점점 더 많은 사람에 의해 받아들여졌다는 사실은 '비-감각적 경험에 기초한 자아-의식의 유사-태양적인 빛'이 사람들의 내면에서 점점 더 확고한 '우월성'을 획득할 수 있었음을 의미한다.

그러므로 흔히 듣게 되는 주장, 이를테면 자신이 사는 지구가 우주의 중심이라는 오만한 무지에 빠져 있었던 인류가 코페르니쿠스적 혁명에 의해 엄청난 충격을 받고 분수에 맞는 겸손한 지식을 배울 수 있게 되었다는 식의 주장은 사태를 크게 오해한 것이다. 예를 들어 프로이트는 언젠가 코페르니쿠스적 우주론(그리고 다윈의 진화론)과 자신의 정신분석학이 인류의 자기애, 다시 말해서 인간적 자아−의식의 자기−중심적 오만함에 모욕과 충격을 가했다는 식의 주장을 했었는데, 그것은 사실이 아니며 무의식적−의식적 오해이거나 왜곡이다 (프로이트의 그러한 주장 자체가 자아−의식을 과소평가하며 개인적 무의식을 과대평가하는 자신의 가설적 이론을 스스로 과장하고 과시하는 자가당착적인 자기애와 기이하게 위장된 에고이스트의 냄새를 풍긴다). 오히려 여기서는 더 이상 추적할 수 없는 다양한 이유로, 코페르니쿠스적 혁명은 이전과는 질적으로 다른 새로운 비−감각적 자아−의식이 근대 세계에 새롭게 출현할 수 있었음을 확인시켜주는 분명한 예들 중의 하나다. 그리고 인류는 태양중심주의heliocentrism를 내면화함으로써 각자를 유사−태양적인 중심으로 정립할 수 있게 되었다. 이제야말로 누구라도 공동체적 권위에 순응하는 순진한 자아가 아니라 비판적/합리적/계몽적 지식으로 무장한 자아−중심적인 에고이스트가 될 수 있는 특권을 가졌다는 것이 분명해진 것이다.

그런데 바로 이 에고이스트, 말하자면 우리 각자의 자아−의식에게는 자신의 출현을 가능하게 한 그 원천으로부터 유래한 어떤 풀기 어려운 복잡한 내부적 문제가 있으며, 우리는 최수철의 소설을 이해하기 위해서 그 문제를 조금이라도 파고들어가야 한다고 판단했다. 그 문제를 다시 말해보자. 근현대적 자아−의식은 자연적−감각적 경험의 부정으로서 비−자연적이고 비-감각적인 것이다. 하지만 자연 속의 어떤 삶도 감각적인 것과 분리된 비-감각적인 것으로만 지속할 수는 없다(따라서 통합이 아니라 분열을 획책하는 비-감각적이거나 초-감각적인 존재들이라도 어떤 방식으로든 외부 세계와 연결된 감각적인 것을 이용하고 있으며 그것과 일종의 도착적이거나 왜곡된 방식으로 결합되어 있을 것이다). 그러므로 삶의 과정을 위해서는 감각적인 경험과 새롭게 통합되어야 한다. 하지만 그러자니 자신의 존재근거(감각적인 것의 부정으로서 비-감각적인 것)가 희박해진다. 그렇다면 이제 어떻게 해야 하는가? 감각적인 것과 어떻게 다시 다르게 화해할 것인가? 감각적인 것과 비-감각적인 것(혹은 구체적인 것과 추상적인 것)이라는 이분법적 분열을 어떻게 극복할 것인가?

알레고리와 감각적인 것의 이념적 나타남

이번 소설집의 제목에는 '알레고리'라는 낱말이 들어가 있다. 그 점이 가장 먼저 우리의 주목을 끈다(자의적으로 주목한 것이 아니라 최수철의 소설집이 주목하도록 만들고 있다). 과연 이 소설집의 소설은 모두 '알레고리적'이다. 그렇다면 최수철의 이전 소설은 '비-알레고리적'이었는가? 물음에 답하기 앞서 '알레고리적'이라는 말은 무엇을 의미하는지 짚고 넘어갈 필요가 있다. 언어, 개념, 기법, 형식, 양식, 장르, 장치, 문학적이거나 미학적이거나 수사학적이거나 해석학적인 방법 등의 차원에서 이해되고 소통되는 '알레고리'의 일반적 의미를 어떻게 규정하건 간에, 알레고리적 표현의 이해에서 중요한 점은 그것이 '감각적인 것과 비-감각적인 것 사이의 대립적 긴장 속에서 서로 다른 둘의 창조적 연관성을 추구하는 인간적 지식(인식, 앎)의 표현'이라는 것이다. 최수철의 이번 소설집을 읽을 때에 그렇게 포괄적인 의미에서 이해된 '알레고리'를 '상징'과 날카롭게 차별화할 필요는 없다. 또한 알레고리적인 것은 문학뿐만 아니라 다른 예술, 과학, 철학, 종교, 신화, 일상적 생활에서도 발견될 수 있다. 그런 의미에서 최수철의 소설들은 이전부터 알레고리적인 요소를 지니고 있었다.

예를 들어, 「코」에 등장하는 인물이 "김형은 워낙에 자의식이 강해서. 결국 그 코라는 게 형의 **자의식의 결정체**인 건 아닐까?"라는 말을 하며 "다분히 추상적인 회한을 느끼"는 부분은 알레고리적이다.[7] 왜냐하면 거기서 '코(감각적)'와 '자의식(비-감각적)'이라는 서로 다른 둘의 창조적 연관성에 대한 어떤 인간적 지식이 표현되고 있기 때문이다. 물론 그러한 연관성은 '자의적'인 것이 아니다. 연관성은 '콧대가 높다'거나 '코를 납작하게 만들어주겠다'는 식의 일상적 표현에 감추어

---

7   『이상문학상 수상작가 대표작품선 12: 몸에 대한 은밀한 이야기들』, p. 162. 강조는 인용자.

져 있었다. 또한 고대의 상형문자인 '自(스스로 자)'는 코의 형태를 그린 것이었으며 '자기'를 의미하기 전에 원래 코를 의미했다는 사실에서도 찾을 수 있다. 물론 우리는 이로부터 코가 먼저 있었고 자의식은 나중에 생겼다거나, 코가 없다면 자의식도 없다거나, 자의식은 코로부터 추상된 것이라고 주장할 수 없다. 오히려 최수철의 표현은 그 역을 의미할 수 있다. 인간에게 코가 '자의식의 결정체'라면, 인간에게 자의식이 없다면 코도 있을 수 없다(물이 없다면 얼음도 있을 수 없듯이). 그리고 그렇다면 이때의 자의식은 감각(적 코)에 대한 부정인 비–감각적 추상이 아니다. 오히려 자의식self-consciousness은 감각적 코만큼이나 구체적이면서도 그것을 긍정적으로 초월할 수 있는 초–감각적인 것이다. 그렇기에 '자의식과 분리되지 않고 연관된 코'는 코 그 이상이며, 감각은 감각 그 이상인 것으로 나타날 수 있다. 그리고 이때 자의식이 '이념(관념)적인 것'과 연관된다면, 우리는 최수철의 저 알레고리적 표현에서 '이념적인 것의 나타남'을 본다고 말할 수 있다. 그런데 그러한 '나타남'은 관념론 미학에서 말하는 '이념적인 것의 감각적 나타남'인가? 아니면, '감각적인 것의 이념적 나타남'인가? 말하자면, 자의식이 코로 끌어내려지면서 나타나는 것인가? 아니면, 코가 자의식으로 끌어올려지면서 나타나는 것인가? 여하튼 우리의 답은 전자에서 후자로의 이행 과정 속에서 찾아질 수 있을 것이다.

여기서 '이념(관념, 아이디어)'에 대해서 언급하지 않을 수 없다. 물론 일견 감각적인 것에 관심을 쏟는 것처럼 보이는 최수철의 소설을 해석하면서 이념적인 것에 대해 말하는 것이 전혀 어울리지 않는 일이라고 오해할지도 모르겠다. 하지만 그렇지 않다. 감각적인 것에는 '이념적인 요소(즉 감각적인 것을 부정하는 비–감각적인 것이 아니라 그것을 긍정하는 초–감각적 요소)'가 있으며, 최수철의 소설 또한 그렇다. 자의적이고 추상적인 이념(혹은 이데올로기)이 아닌 '구체적인 이념'은 결코 부정될 수 없으며, 특히 어떤 '원형적 존재나 원형적 이미지와 연관된 이념'은 현대의 화이트헤드가 고대 플라톤의 '이데아(형상)'를 자기 식으로 바꿔 명명한 용어를 사용하자면 '영원한 객체eternal object'의 특성을 띤다. 따라서 가령 시각과 연관된 색 자체, 청각과 연관된 소리 자체 등은 근현대의 생리학적–인식론적 학설이 주장하듯이 물리적–화학적–생물학적으로만 파악된 인간의 감각–신경–뇌 체계가 주관적으로 만들어낸 자의적 구성물이 아니라 세계 속에서 살아 있는 신체를 통하여 지각된 구체적인 객체적 이념의 나타남이다. 그렇기에 우리는 외부 세계에서 감각–지각적으로 마주친 미술 작품이나 음악 작품을 통해 초–감각적으로 고양될 수 있다. 거기서 일어나는 사건은 '감각적인 것의 이념적(초–감각) 나타남'인 것이다. 그럼에도 그러한 구체적 이념을 부정하는 현대적 경향성의 이유는 유물론적 의식 때문이다. 하지만 유물론materialism 또한 이념이다. 그리고 그것이 감각이나 물질과 연관된 구체적인 원형적 이념을 부정하는 한에서, 유물론은 물질이나 감각에 대한 추상적인 이념이다.

이제 '감각적인 것의 이념적 나타남'이라는 관점에서 이 소설집의 「고해하는 의자」와 관련된 '의자'에 관해 말할 수 있을 것 같다. 그런데 사실 최수철은 『사랑은 게으름을 경멸한다』에서 이미 '의자'에 관한 '알레고리적 소설'을 쓴 적이 있고, 그 소설의 말미에서 「고해하는 의자」를 예고했다. 그 소설에서 의자는 인간과의 연관성 속에서 참으로 다양한 이미지와 의미의 표현으로 나타날 수 있었고, 결국에는 우주 안의 거의 모든 것을 의미할 수도 있게 된다. "의자야말로 더할 것도 덜할 것도 없는, 가득 차 있으면서 동시에 텅 비어 있는 **우주만상의 완벽한 표상**이야. 어찌 보면 **기꺼이 남을 섬기는 우리 본성**과도 닮아 있지."[8] 물론 우리는 여기서 당혹스러운 의문을 품을 수밖에 없다. 색즉시공 공즉시색(色卽是空 空卽是色)이나 진공묘유(眞空妙有) 등의 불교적 사상을 인정한다 하더라도, 어떻게 '의자'가 그렇게도 많은 다른 것을 의미하면서 우주적 차원으로 고양될 수 있는가? 의자는 의자일 뿐이거나 실용적 가구에 속하는 것으로 분류되는 기능적 도구일 뿐이지 않은가? 물론 의자는 미적, 예술적 태도 속에서 고려될 수도 있고, 종교

---

8   최수철, 『사랑은 게으름을 경멸한다』, 현대문학, 2014, p. 483. 강조는 인용자.

적 태도 속에서 고려될 수도 있다. 하지만 그렇다고 하더라도 어떻게 '의자'가 '비-의자'나 '초-의자'를 의미하면서 나타날 수 있는가? 가령 벤야민이 '알레고리적인 것의 이율배반'에 주목하면서 설명했듯이 "모든 인물, 모든 사물, 모든 관계는 임의의 다른 것을 의미할 수 있"기 때문인가?[9] 물론 그러한 관점도 가능하다. 하지만 우리는 '임의성(자의성)'이 알레고리적 표현이 보여주는 유일의 불변적 특성이라고 생각하지 않으며, 그것이 가장 중요한 점이라고도 생각하지 않는다. 오히려 알레고리적인 것에는 '자의성을 넘어서는 구체적인 자연적(본성적) 이념성'이 나타날 수 있다. 이러한 생각이 알레고리적 창작보다는 알레고리적 해석으로부터 영향받은 것일 수도 있지만, 다음의 인용문으로 해석을 밀고 나가보자.

---

9   최수철 소설의 '의자'가 어떻게 그러한 **우주적으로 고양된 의미를 표현**할 수 있는지 이해하기 위해서 우리는 벤야민의 알레고리론을 참고할 수 있다. 벤야민은 소위 '변증법'적인 '알레고리적 이율배반'에 주목하면서 이렇게 말했다. "모든 인물, 모든 사물, 모든 관계는 **임의의 다른 것**을 의미할 수 있다. 이러한 가능성은 속세에 혹독하면서도 정당한 판결을 내린다. 즉 속세는 세부내용이 그렇게 엄격하게 중요하지 않은 세계로 특징지어진다. 하지만 분명해지는 점, **특히 알레고리적 문서해석에 익숙한 사람에게 분명해지는 점**은 다음과 같다. 즉 **의미작용을 일으키는 저 소품들**[가령 최수철의 '의자': 인용자 보충]**은 모두 그 것이 다른 어떤 것을 지시하는 속성 때문에 범속한 사물들에 비교될 수 없게 보이게끔 하는 어떤 권위와 한 단계 더 높은 차원으로 자신을 상승시키고, 심지어 성화(聖化)시킬 수 있는 권위를 획득한다는 점**이다. 그에 따라 속세는 알레고리적으로 바라볼 때 그 위계가 상승하면서 평하된다"(발터 벤야민, 『독일 비애극의 원천』, 최성만 외 옮김, 한길사, 2009, p. 260. 강조는 인용자).

성격이 괴팍해서 연인도 친구도 없이 늘 혼자 지내던 목수는 무인도에 홀로 표류한 선원이 동반자를 찾아 헤매는 심정으로 의자를 만들었다. 내가 만약 로빈슨 크루소처럼 무인도에 혼자 떨어지게 되면 가장 먼저 무엇을 만들까. 그것은 의자였다. 특히 그는 어떤 특별한 사건을 겪어서 감정적인 혼란에 휩싸일 때마다 **새로운 의자에 대한 아이디어**가 떠오르곤 했다. 실제로 불안감이나 두려움 혹은 질투심이 생겨날 때면 **거기에 맞춰 의자를 하나씩 만들면서 그런 부정적인 감정을 이겨낼 수 있었다.** 하지만 이러다가 언젠가는 끝내 **광기의 의자**를 만들게 될 터인데, 그때는 그 광기를 결코 이겨낼 수 없을지도 모른다는 불길한 예감이 들기도 했다. (「고해하는 의자」, p. 11. 강조는 인용자)

여기서는 아주 긍정적이고 구체적으로 나타나는 "아이디어"에 대한 이해가 요구된다. "아이디어"는 "부정적인 감정"을 '초월'할 수 있는 '힘'을 줄 수 있는 어떤 것이다. 그것은 심지어 "광기"를 불러일으킬 수도 있다. 아이디어 자체는 '비-감정적'인 것이 아니라 '초-감정적'이며, 감정을 부정하지 않고 긍정하며, 그것과의 연관성을 잃지 않으면서도 초월적이다 (다시 말해서, 아이디어의 초월성은 아이디어의 내재성을 부정하지 않는다). 그것은 흔히 생각되듯이 인간이 물질적-감각적으로 구체화하기 이전에는 각자의 머릿속에서만 주관적으로 표상될 수 있는 추상적인 개념이나 고정적 도식에 한정된 자의적 구성물이 아니다.

　우리는 흔히 '의자'라는 '일반적 개념이나 관념'은 개별적이거나 특수한 서로 다른 의자들에 대한 감각경험으로부터 추상된 것이고, 그렇기에 감각경험 속에 존재하는 이 의자나 저 의자가 아닌 '의자' 혹은 '의자 자체'는 '경험적으로 존재하지 않는 실용적 추상'이며 그저 이름이나 소리에 불과하다는 유명론적 설명을 참으로 받아들인다. 하지만 그렇다면 어떤 초월적-창조적 힘을 가지면서도 아직 감각경험 속에 들어오지 않았지만 그럼에도 긍정적인 감정과 행위의 의지를 불러일으키는 "새로운 의자에 대한 아이디어"는 도대체 어디서 생겨난 것인가? 사실 그것은 새롭지도 창조적이지도 않은 것인가? 그것은 이미 있는 의자들의 해체적-구성적 조립이거나 자의적 변형이거나 미메시스적 반복이거나 모자이크거나 브리콜라주일 뿐인가? 하지만 설령 그렇다고 하더라도 서로 다른 수없이 다양한 의자를 '의자로서 지각'하게 해주는 원형적, 범례적, 본성적, 본질적, 창조적인 '의자의 아이디어'가 여전히 그 배경에서 아른거리고 있지 않은가? 이를테면 '최초의 의자를 만든 자'는 분명 의자에 대한 감각경험이 없었을 것이며, 따라서 그로부터 추상된 의자의 아이디어도 없었겠지만, 그럼에도 분명 외부 세계로부터 의자와 연관된 원형적 아이디어를 초-감각적으로 지각할 수 있었을 것이다.

　여기서 우리는 실용주의적이거나 기능주의적이거나 도구

주의적인 의자 해석에 저항해야 한다. 가령 책상에 걸터앉으면 그때 책상은 의자가 된다거나, 의자로 못을 박으면 그때 의자는 망치가 된다는 식의 주장이 있다. 혹은 의자는 그 위에 걸터앉을 수 있는 기능적 도구이기에, '인공적 의자'가 존재하지 않던 자연 상태에서도 인간이 바위나 나무나 동물이나 심지어 같은 인간 위에 걸터앉을 수 있었다면 그때 그들은 모두 의자의 기능을 수행하고 있는 '자연적 의자'로 볼 수 있으며, 의자의 형태-의미-개념-이념은 그러한 자연적 의자에 대한 감각경험으로부터 인간적 필요의 논리에 의해 우연적이거나 필연적인 시행착오를 겪으며 점진적이거나 혁명적으로 만들어졌다는 식으로도 주장할 수 있다. 이런 주장들의 바탕에는 의자의 형태와 이념적 의미 속에 있는 그 어떤 '본성적, 본질적 의자다움'도 부정하고자 하는 '추상적인 자연주의'적 사유의 경향성이 작동하고 있다. 그런데 그러한 본질이나 본성에 대한 부정적 사유의 경향에서 간과되고 있는 점은 의자의 형태나 의미나 이념이 '경험'되기 이전에는 자연 속의 그 어떤 것도 의자'로서' '지각'될 수 없다는 것이다(이와 관련하여, '형태의 지각'에 대해 게슈탈트 심리학이 제공하는 예들을 참고할 수 있는데, 단적으로 말해서, 우리가 '지각'할 수 있는 '형태'는 '전체적으로 유의미하게 구조화된 개념이나 이념'이다). 하이데거식으로 말하자면, 자연적-인공적 사물을 의자'로서' 지각한다면, 그때 이미 의자 관련 사물들은 그것들'로서' 이해되고 해석되어 있다. 따라서 우리의 입장은, 경험에 앞선다는 선험(적 주체)에 부당하게 호소하지 않는 이상, 전에 없던 새로운 의자의 제작은 '자연적이면서 초-자연적인 의자의 형태와 의미에 대한 초-감각적인 이념적 경험'으로부터만 가능하다는 것이다. 다시 말해서, 초-감각적 의자의 경험은 감각적 의자의 경험과 동시적이거나 그에 앞선다. 하지만 그 경험은 감각경험을 부정하는 경험이 아니며 감각경험으로부터 추상된 경험도 아니며 선험적 주체가 구성한 경험도 아니다. 그렇기에 우리가 '최초의 의자'에 대해서 구체적으로 생각해야 한다면 '겨우 의자처럼 보일 듯 말 듯한 원시적 의자'에서 멈추어서는 안 된다. 오히려 '의자다운 의자'나 '의자 그 이상의 의자'를 상상하는 일이 필요하다. 이를테면 우리는 의자(자리)와 연관하여 '왕좌(왕이나 여왕의 자리)'나 '성좌(별들의 자리)'를 상상할 수 있으며, 혹은 「고해하는 의자」의 인물들처럼 "눈에 보이지 않는 작은 의자"(p. 20)나 "자기 영혼을 위한 의자"(p. 23)나 "인간만큼이나 생생하게 살아 있는 귀한 생명체처럼 보"(p. 25)이는 '살아 있는 의자'를 상상할 수도 있다.

　　최초의 의자에 대해 다시 말하자면, 한편으로 누군가 최초의 의자를 만들기 전에는 그것이 감각경험의 대상이 될 수 없고, 다른 한편으로 그것이 초-감각적으로 지각되지 않는다면 제작경험의 대상이 될 수 없다. 그리고 이때 '아이디어idea'는 그 어원으로 거슬러 올라가 '보다idein'에서 유래한 '이데아

idea'의 의미를 갖는다. 즉 '이데아적 의미의 아이디어'는 '감각적이거나 초-감각적으로 외부 세계에 객체적으로 존재하는 것으로 볼 수 있는 어떤 것'을 의미한다. 물론 근대 이후로 인간은 '감각적 봄'이든 '초-감각적 봄'이든 점점 더 둘 다 불신하게 되었다.

여기서 충분한 근거를 제시할 수는 없지만, 우리는 '감각적 봄'에 대한 불신에 저항할 수 있다. 하지만 그 이유가 '감각적 봄'으로 충분히 만족스럽기 때문은 아니다. 근대 이전에는 감각적 봄과 초-감각적 봄의 구체적 연관성이 존재할 수 있었다. 하지만 이제는 그렇지 않다. 인간의 자아-의식의 내면적 발전 과정 속에서 바깥을 향하던 초-감각적 봄의 현상은 내부를 향하는 비-감각적 사유의 현상으로 부정적으로 변형되었다. 그러나 감각적 봄은 여전히 바깥을 향해 열려 있다. 따라서 문제는 감각적 봄에 있는 것이 아니라 그것과 분리 혹은 분열되어 비-감각적이고 비-자연적인 부정적 사유로 변형된 초-감각적 봄의 사라짐에 있는 것이다. 근현대적 자아-의식의 사유는 어떤 의미에서 초-감각적 봄의 죽음이다.

현대적 인간의 자아-의식적 사유는 어떤 죽음 속에 있다. 그러한 사유의 재생 혹은 갱생을 위해서는, 우리 각자의 사유가 구체적으로 살아 있는 초-감각적 지각의 활동으로 '변신 metamorphosis'하는 수밖에 없을 것이다. 「변신」의 주인공-화자가 "육체적 변신" "정신적 변신" "영적 변신"에 의한 **"모종**

의 초자연적인 변화"의 "경험"을 용감하게 이야기하고 있는 이유도 그러한 내적 갱생의 '자유로운 필연성' 때문일 것이다(p. 78). 그 소설은 우리에게 자아-의식을 긍정적으로 초월할 수 있는 변신적 상상력의 중요성을 표현하고 있다. 그 이유를 '새로운 의자의 아이디어'와 연관시켜 이야기해보자면 이렇다.

'초-감각적인 의자의 이데아(의자 자체)'가 있다고 하자. 그것이 지각된다면 과연 어떤 형태(형상eidos)로 지각될 것인가? 우리는 아마도 '의자 자체' 혹은 '본질적 의자'란 '의자 이외의 다른 어떤 것도 아닌 바로 그것'을 의미할 것이라고 생각하면서 어떤 고정된 불변의 동일성을 갖는 정적이고 추상적인 의자, 가령 최소한의 형식적-구조적 요소만 갖는 의자의 개념적 이미지를 희미하게 떠올리려고 할지도 모른다. 하지만 그것은 초-감각적 지각의 성격을 갖는 구체적 사유가 아니다. 오히려 우리는 '있을 수 있는 모든 가능한 의자의 형태들로 창조적으로 변형되고 있으면서도 그것들 모두에 지속적으로 내재하며, 또한 다양한 그 변형들을 내재적 하나로 통합하고 있는 의자의 원형적 이념'을 생각하려고 노력할 수 있다. 그 때 '원형적 이념'이란 특정한 형태에 고정된 것이 아니라 오히려 '모든 특수한 형태의 변형을 가능하게 하며 살아 움직이는 형성적 힘'이며, 따라서 '새로운 형태들을 산출하는 역동적 창조성'으로 나타날 것이다. 따라서 의자의 이데아가 보여주는 역동성이 각자 자아-의식의 현재의 경계를 넘어서는 방식으로 충격적으로 출현한다면, 그때 그것은 "광기의 의자"(p. 11)로 나타날 수도 있다. 그리고 그러한 특성은 의자와 서로 다른 원형적 이념들도 마찬가지일 것이며, 또한 감각적이고 초-감각적인 우주 안의 원형적 이념들 모두는 그것이 고립될 수 있고 조립될 수 있는 실체적 사물들이 아니기에 상호 침투적으로 결합하며 '유의미하게 생동하는 구조적 전체'를 형성하고 있을 것이다. 그러한 원형적 이념들(그리고 그와 연관될 수 있는 우리 자신을 포함한 자연적이고 초-자연적인 존재들!)에 조금이라도 가깝게 다가서기 위해서는 자아-의식적 사유 자체가 유의미한 역동적 변형의 과정에 공감적으로 동참해야 한다. 「변신」의 주인공-화자가 "단언"하듯이 여기서는 **사랑과 변신의 힘을 믿"는 일**이 요구된다(pp. 79~80). 우리는 각자 가능한 한계까지 의자 그리고 그와 연관될 수 있는 수많은 이미지와 의미가 역동적으로 변형되고 결합되는 과정에 대한 상상적-공감적 경험을 시도할 수 있다. 이때 의자와 그것을 상상하는 자는 과거와 현재를 초월하여 바깥의 통합적 미래로 새롭게 개방되는 과정에 진입할 수 있다는 희망을 품을 수 있을 것이다. 그리고 그것이 최수철의 의자의 알레고리가 행하고 있는 것이다.

최수철의 소설 속에서 의자는 지속적으로 서로 다른 이미지와 의미 들로 변형되는 과정 속에 있다. 하지만 그럼에도 의자는 여럿 속의 하나, 다양성 속의 통일성을 형성하며, 어떤 보편적 의미(즉 추상적 일반성generality이 아니라 구체적인 보편성

universality을 갖는 의미)를 향해 가고 있다. 그렇기에 이 소설 속의 한 특수한 의자, 즉 '성가족성당의 고해실의 의자'는 비-의자나 초-의자를 통합적으로 의미하면서 초월적인 방식으로 나타날 수 있다. 그 의자는 소설의 마지막에서 "스스로 불길을 끌어들여 제 몸을 태"(p. 35)우는데, 그것은 마치 '의자가 내포하고 있던 스스로의 불기운으로 행하는 불의 심판처럼 보인다. 그렇다면 의자와 불은 어떻게 연관될 수 있는가? 또한 불이란 무엇인가? 프로메테우스의 신화를 맥락에 적용하자면, 불은 '초-감각적이면서 감각적인 이중성을 갖는 원소'다(프로메테우스적 인간은 그 이중적 불로 인하여 고통받고 있다). 그것은 '야누스적'이어서, 서로 다른 두 차원, 즉 초월성과 내재성의 '경계(즉 서로 다른 둘을 분리하면서 결합하고 있는 양면성을 지니는 경계)'를 이룬다.[10] 이는 초월적인 방식으로 의자가 나

10 불이란 무엇인가? 불이나 열, 빛이나 온기가 과연 '물질적'이기만 한 것일까? 불이 고체(혹은 흙)도 액체(혹은 물)도 기체(혹은 공기)도 아닌 에너지라고 할 때, 그렇다면 에너지 혹은 힘이란 무엇인가? 그것은 물질과 비-물질의 어떤 애매모호한 경계에서 움직이고 있지 않은가? 이 세상에는 오직 물질적 에너지만 있는가? 가령 정신분석학에서 말하는 '리비도'는? 불의 경계에 대한 신화적 해석은 그저 신화적이기만 한 것이 아니다. 불(열/빛)은 삶과 죽음 혹은 이 세계와 '저 세계(?)'의 가장 밀접한 경계를 형성한다. 예를 들자면 이렇다. 우리는 고체적 음식이 없이도 살 수 있다. 그런데 액체적 물이 없다면 그보다 더 못 살 것이며, 기체적 공기가 없다면 몇 분밖에 못 살 것이다. 그렇다면 불(열/온기)이 전혀 없다면 어떻게 될 것인가? 1초도 못 살고 얼어 죽을 것이다. 따라서 불은 서로 다른 두 영역인 삶과 죽음의 가장 직접적인 경계에 있다. 그런 의미에서 가장 직접적으로 우리의 생명줄을 쥐고 있는 불에 관한 프로메테우스의 신화는 중요한 의미를 갖는다. 물질적 불은 비(초)-물질적 불(열/빛/온기)이 없

타날 수 있기 위해서는 불의 경계를 통과하지 않을 수 없다는 것을 의미한다. 보통 고대 제의(번제)에서 희생 제물이 불에 태워진 이유도 거기에 있을 것이다. 따라서 우리가 감각적인 것의 이념적 나타남으로 해석하고 있는 최수철의 의자의 알레고리에서 '스스로 불타는 의자'가 '초월적-내재적'인 방식으로 나타나는 것은 우연이 아닐 것이다.

그림 속의 의자는 사그라지는 불길 속에서 굳건히 네 다리로 버티고 서 있었다. 그 모습은 지극히 인간적이면서도, 몸을 반으로 접어 깊은 사유 속으로 빠져드는, 마치 죽음의 순간에 체념과 수긍의 미소를 짓는 순교자를 연상시켰다. 그 장엄한 광경 앞에서 두 사람은 무릎을 꿇었다. 의자가 스스로 고통받으며 고통받는 사람들을 인도하고 있었다. 그녀는 의자가 그러했듯이 앞으로 자신도 영혼의 관광 안내원이 되기로 다짐했다. 그렇게 그녀는 고해실의 의자와 다시 하나가 되었다. 그녀와 더불어 남자 역시 비로소 이 세상 모든 의자와 화해를 이루어 그 자신도 진정으로 하나의 의자가 될 수 있다는 생각으로 가슴이 벅차올랐다. (p. 34)

이제 의자는 영원한 휴식에 대한 열망을 느끼고 있었다.

다면 있을 수 없는 것이다.

[……]

　하지만 이 속된 인간 세상을 그저 떠나려는 건 아니었다. 지금까지 고해실에서 들어온 인간들의 모든 죄를 끌어안고, 그 온갖 기억을 자기 속에 봉인한 채 한 줌의 재로 변하려는 것이었다. 그리하여 새 의자가 자기 자리를 대신하여 새로운 역사가 열리게 하려는 것이었다. (p. 36)

　여기서 드러나는 알레고리의 지향성은 분명 '감각적인 것의 이념적 나타남'이다. 그런데 우리는 여기서 다시 추상적인 유물론이나 관념론적 경향성에 저항해야 한다(우리가 긍정할 수 없는 추상적인 유물론과 추상적인 관념론은 날카로운 대립성 속에 숨겨진 무언가를 비밀리에 공유하고 있는 것처럼 보이는데, 사실 그 무언가를 단순히 추상적인 것이라고 보기에는 조금 부족하기는 하다). 가령 저 '감각적인 것의 이념적 나타남'이란 그저 '가상' 혹은 '비-존재' 혹은 '허구' 혹은 '비유'라는 것이다. 하지만 알레고리가 주로 '수사학적 비유'로 이해되기에 비유에 관해 말하자면, 그저 비유에 불과한 비유는 없다.[11] 진정한 비유는 서로 다른 존재들 사이의 숨겨진 관계성에 대한 가치

11　이 소설집의 세번째 알레고리인 「모래시계 속의 남자」에서도 비유가 그저 비유에 불과한 것이 아님을 암시하는 부분이 있다. "인간의 몸이라는 게 **비유적으로** 하나의 모래시계 같다고 생각해왔는데, **실제로** 위가 모래시계 모양으로 변했다니 실로 공교로우면서도 **운명적**인 노릇이 아닐 수 없었다"(p. 114. 강조는 인용자).

있는 인식을 드러내며, 감각적인 것을 통해 초-감각적인 것을
이해하게 해주고, 또한 역으로 초-감각적인 것을 통해서 감
각적인 것을 이해하게 해줄 수 있는 힘을 갖는다. 비유 자체는
'존재의 유비'에 기초한 것이다(물론 유비는 역설을 포함한다).
그러므로 가령 해석학적 맥락에서 '문자적 의미'와 '비유적
의미'를 구별하는 일은 필요하지만, 그 구별이 두 의미를 따로
분리시키는 데까지 이르면 안 되는 이유가 거기에 있다. 이를
테면 여기서 '의자'는 '순교'나 '헌신적 희생'을 의미하는데,
따라서 '의자'는 문자적 의미로 읽으면 안 되는 것인가? 그렇
다면 우리는 어떻게 문자적 의미를 배제하면서 비유적 의미로
곧장 도약(혹은 비약)할 수 있는가?

의자는 의자다. 하지만 의자가 '의자일 뿐인 것'은 아니다.
말하자면, 지각 가능한 다른 존재자들도 그렇듯이, 의자는 세
계 속에서 자신의 특수한 "자리"를 점유(차지)하고 있다. 그리
고 구체적 의미를 지닌 자리는 가령 좌표평면상의 점의 위치
같이 추상적으로 표시될 수 있는 것이 아니며, 각각의 자리는
그 자리를 점유하고 있는 존재자에게 적절하거나 적절하지
않은 고유한 질적 특성을 가질 수 있다. 의자의 자리 또한 그
렇다. 최수철의 소설에 잘 표현되어 있듯이 의자는 질적, 관계
적인 고유한 특성을 갖는 자리 혹은 장소를 차지한다. 그런데
의자는 '그 자체가 특수한 자리'라는 성격을 갖는다. 그래서
의자에게는 '자신의 자리를 자신이 아닌 다른 존재에게 내어

주기 위해서 자신의 자리를 차지하고 있는 자리라는 특성'이 눈에 띈다. 그렇기에 의자는 자리와 분리될 수 있는 사물이라기보다는 '비어 있는 자리의 나타남(그저 공허하게 부정적인 방식으로 텅 비어 있는 것이 아니라 특수하게 긍정적인 방식으로 비어 있는 자리의 나타남)'이다. 의자가 보여주는 그러한 자리, 장소, 공간의 특성은 스스로를 비움으로써 다시 새롭게 채워질 수 있는 '희생적 수용성'이다. 그러므로 헌신적 희생을 의미하는 의자는 의자 자체와 분리된 자의적 비유가 아니다. 최수철의 알레고리가 표현하고 있는 의자는 '의자이면서 의자 그 이상'이다. '희생적 수용성'을 의미하는 '의자'는 '비-의자'가 아니라 '의자이자 초-의자'이다. '감각적인 것의 이념적 나타남으로서의 알레고리'는 그저 비유이거나 가상이거나 허구가 아니다.

시간적 공간-몸과 어머니

최수철에게 의자는 아주 특별한 무언가를 의미했던 것 같다. 그렇기에 그는 의자(와 사랑)에 관한 장편소설을 쓰고 나서 또다시 의자(와 사랑)의 알레고리에 매달렸으리라. 또한 그랬기에 해설자 또한 이 소설집의 다른 알레고리들에 대해 말하지 못하는 한이 있더라도 먼저 의자에 대한 감각적이고 초-감각적인 의미에 매달려야 했다. 전통적인 비유로 말하자면, 알레고리가 다이달로스의 미궁(그 안에는 정체가 애매모호한 괴물이 살고 있다!) 같은 것이라면, 우리에게는 '아리아드네의 실'이 필수적이며, 의자가 그러한 것이라고 예감했던 것이다.

의자는 '희생적 수용성을 의미하는 특수한 자리'로 나타났다. 그런데 의자만이 그러한 특별한 의미를 지닌 자리는 아니다. 오히려 의자가 그렇게 나타날 수 있었던 이유는 더욱 중요하고 특별한 다른 자리와의 연관성 때문이다. 의자 자체, 의자의 이념은 고립된 실체가 아니며, 살아 있는 구조적 전체에 속한 위계적인 의미들—존재들 간의 관계성 속에서만 나타날 수 있다. 따라서 '희생적 수용성을 의미하는 자리 자체, 창조적 생성과 변형을 가능케 하는 살아 있는 장소나 공간의 이념, 원형적 모태와 연관되는 존재'가 나타날 수 있어야 한다. 그 존재는 바로 '어머니'이며, 어머니에게 속한 '자궁'의 의미는 '원형적 공간'이다. 이와 관련하여, 우리는 「모래시계 속의 남자」의 주인공이 어머니의 존재에 대해서 어떠한 생각의 경험을 하는지 눈여겨볼 필요가 있다. 이 소설의 주인공은 '모래시계'에 대한 감각경험을 부정하지 않으면서도 그것을 초월하는 초-감각적 지각의 성격을 보여주는 꿈 혹은 환상 속에서 "자신의 비밀스러운 탄생의 장면들"(p. 99)에 대한 '봄'을 경험하는데, 그때 그의 생각은 이렇다.

사실 그는 빨리 세상으로 나가고 싶은 생각이 조금도 없었다. 인간이라면 누구나 어머니의 몸에서 빠져나옴으로써 세상이라는 죄의 구렁텅이에 떨어지게 되고, 또 일단 태어나면 죽음이라는 구멍 속으로 서서히 빨려 들어가는 삶을 살아야 한다는 사실을 본능적으로 예감한 탓이었다. 사람은 누구나 어머니의 자궁을 벗어나면 이 세상이라는 지옥에 떨어져 어쩔 수 없이 악마가 되는 법이었다. (p. 100)

우리가 이 인용문으로부터 해석해낼 수 있는 의미심장한 역설적 요점은 이것이다. "어머니의 몸"은 '죄 없는 몸'이다. "어머니의 자궁"과 그 안에서 나타나는 '아이'는 "이 세상"에 전적으로 속하지 않는다. 다르게 말하면, 이 세상과 내재적으로 연결된 '외재적 초-자연'이다. 자발적이면서도 희생적인 수용성을 의미하는 어머니의 자궁은 초-자연적 창조성(아이)이 출현할 수 있도록 스스로를 비워놓은 초-자연적 자리의 나타남이다. 물론 우리는 여기서 다시 역설적 물음에 마주친다. 그렇다면 왜 우리는 죄 없는 몸(생산하는 자연)에서 탄생하여 죄 많은 몸(생산된 자연)의 죽음으로 향해 가는가? 이때 '몸'은 동일한 하나의 몸을 의미할 뿐인가?

이 소설에서 여러 방식으로 표현되고 있는 '모래시계'는 "그저 무력하고 비참한 윤회라는 맴돌이"와 연관된 (악)순환적 시간의 이미지로 제시되면서도 "두 개의 목탁" 혹은 "우리

구원의 상징"으로도 이야기된다(p. 137). 그런데 어째서 윤회 혹은 삶(생명)과 죽음이라는 양극성을 내포한 순환적 시간이 '죄'를 의미하면서도 '구원'을 의미할 수 있는가? 우리는 여기서 '독약의 역설'로 되돌아가야 하는가? 가령 죄(혹은 고통, 병, 죽음)가 없는데 어떻게 구원이 있을 수 있는가,라는 식으로 반문해야 하는가? 구원을 위해서라도 죄를 지어(내)야만 한다고? 그렇다면 죄는 구원을 위한 구실에 불과한 것이어서 죄는 애당초 죄가 아니었다고 해야 하는가? 더 나아가, 죄도 아닌 죄의 금지와 벌을 명령하는 법이야말로 죄이기에 정작 구원이 필요했던 것은 죄가 아니라 법이었다는 식으로 말해야 하는가? 하지만 그렇다면 결국 죄도 죄가 아니고 법도 법이 아니고 따라서 구원도 구원이 아니라는 식의 악순환적 논리를 통해 '부정적 무의 심연'을 향하게 되지 않는가? 그런데 그러한 악순환적 논리의 사유는 '죄 없는 몸의 사유'인가, '죄 많은 몸의 사유'인가?

최수철의 소설은 부정적 무의 심연을 향하지 않는다. 그의 알레고리적 소설이 표현하고자 하는 바를 무와 연관시켜야 한다면, 그것은 '긍정적 무'다. 긍정적 무는 창조적 생성과 변형과 소멸을 특정한 방식으로 수용하는 '활동적 비어 있음(즉 감각적이면서 초-감각적인 나타남과 사라짐을 가능하게 하는 마술적-연금술적-상상적 변신의 의지가 스며든 비어 있음)'이다. 이 소설집에서 감각적인 것의 이념적 나타남을 표현하는 다양한 알레고리적 소재들(의자, 모래시계, 목탁, 욕조, 그리고 자궁 등의 형상적 질료)은 그 소재 자체가 허용할 수 있는 방식으로 창조적 수용성으로서의 공간성을 의미하며 나타난다. 그런데 이때 창조성은 시간과 연관되며, 따라서 **창조적 수용성**은 **시간적 공간성**이기도 하다. 그리고 그러한 양극적 연관성 속에 이 소설집이 추구하고자 하는 알레고리적 미학(이 낱말의 어원인 '아이스테시스'에 따르자면 감각, 감성, 지각의 인식)의 주목할 만한 특징들이 놓여 있다.

그러한 맥락에 주의한다면, 이 소설집에 표현된 모래시계는 순환적 시간뿐만 아니라 시간적 공간성을 의미할 수 있다. 그런데 '시간적 공간'은 이를테면 **중력gravity**이나 **관성(불활성 inertia)**에 대한 근대적인 수리-물리학적 이론들의 배경에 놓여 있던 **삼차원적인 유클리드 기하학적 공간**과 다르다. 말하자면, 시간적 공간성을 의미하는 알레고리적 소재들은 **그 안에 들어 있는 내용물content과 별개인 내용물을 담고만 있는 입체적 용기container**만을 의미하지 않는다(그러한 내용물과 용기-공간의 관계는 내용과 형식, 질료와 형상 등의 이분법적 관계를 연상시킨다). 물론 최수철의 소설도 의식하고 있듯이, 그러한 고전 물리학적 공간의 관념과 다른 생각, 가령 아인슈타인의 상대성 이론으로 대표되는 현대 물리학의 사차원적 시-공의 개념이 있기는 하다.[12] 하지만 현대물리학의 전문가이든 문외한이든, 우리는 진정 그러한 현대의 추상적인 수리-물리학적 이론에 의해 '시간적 공간성'에 대한 구체적인 삶의 경험에 이를 수 있는가? 현대 물리학의 시공간 이론은 **자연 세계의 물리적 측면만을 자의적으로 따로 떼어내어 비-감각적으로 생각하며 추상적으로 관찰(구경)하는 구성적 주체의 이론**이 아닌가? 그렇기에 **감각적인 것을 비-감각적인 것으로 처리하고 비-감각적인 것을 감각적으로 처리하는 모순적 이중성을 지닌 (감탄할 만하지만 전적으로 믿을 수 없는 물리적 뇌의) 기교**를 통해서만 가능한 게 아닌가? 또한 그러한 부정적-추상적 이론이 아닌 이론으로도 해석될 수 있을 양자역학적 이론마저도 시간적 공간에 대한 물리적-물질적 관점의 한계 내에서 움직이고 있는 것이 아닌가? 과연 시간적 공간성이 '물리적 물질성'에 한정된 것일까?

모래시계는 물리적 물질성을 갖는다. 그리고 최수철의 소설에서 모래시계는 인간의 몸("생체 시계")과 연관된다. 인간의 몸 또한 물리적 물질성을 갖는다. 이 물리적 물질성의 눈에 띄는 특징은 무엇인가? 그것은 소설이 여러 방식으로 묘사하고 있듯이 '위에서 아래로 추락하는 이미지'에서 찾을 수 있다 (뉴턴이 '보았다'고 이야기되는 '땅바닥으로 추락하는 사과의 이미지'도 그와 같다). 그것은 '무거움'이다. **중력의 영향력 속에 있는 입체적 공간에 내재적인 몸, 중력-공간과의 밀접한 연관 속**

---

12 참고로 화이트헤드는 아인슈타인의 상대성 이론이 '상식common sense'에 반한다는 이유로 자신의 상대성 이론과 시공 연속체의 이론을 따로 주장한 바 있다.

에 있는 몸의 무거움이다. 그렇게 무거움이 지배하는 공간은 진정한 시간적 공간이 아니다. 모래시계가 그러한 공간성 속에만 있어야 한다면 그것의 시간은 밑바닥에서 멈추어 더 이상 흐를 수 없을 것이며, 인간의 몸 또한 땅바닥에 누워 붙어서 더 이상 일어나 움직일 수 없을 것이다(실제로 인간의 물리적 몸은 죽음에 이르러 그렇게 된다). 그렇다면 **미래를 향해 살아 움직이는 시간적 공간의 몸**이 어떻게 가능한가? 분명 중력이 지배하는 공간의 몸과 다른 공간의 몸이 그것과의 내적 관계성 속에서 맞서 있어야 한다. 무중력 상태나 진공 상태를 말하는 게 아니다. 그것은 근본적으로 중력─공간과 별 차이가 없는 무거움의 결여적 양태일 뿐이다. 자연 속에도 인간 속에도 일종의 **반(反)─공간** 혹은 **반(反)─중력**의 방향으로 활동하는 시간적 공간의 몸이 있을 것이며, 그것은 비─물리적이며 초─물리적인 몸일 것이다. 그것은 소설에서 순환적으로 반복되는 다음의 문장에서도 암시된다.

우리 각자는 날마다 모래알이 빠져나가는 모래시계야. 하지만 어떤 보이지 않는 존재의 보이지 않는 손이 늘 그 모래시계를 뒤집어주고 있지. (pp. 103~04, 139~40)

여기서 "모래시계를 뒤집어주"는 "보이지 않는 손"이 하는 일이란 정확히 중력에 반대 방향으로 작용하는 힘과 연관된다. 그 일은 아래에 있는 것을 위로 끌어 올려주는 힘이며, '모래시계-몸 안'의 공간성을 시간적으로 변화시키기 위하여 '모래시계-몸 바깥'에서 작용하는 시간적 공간의 힘이다. 물론 우리는 여기서 모래시계 '안'이든 '바깥'이든 '동일한 물리적 공간'이 아니냐고 반문할 수 있다. 그런데 우리가 그러한 동일한 물리적 공간의 이미지만을 경험할 수밖에 없다면, 우리에게 공간은 언제나 어떤 '안에 있음(내재성)'으로만 경험될 수밖에 없다. 즉 우리는 '바깥의 공간'을 감각할 수도 없고 생각(상상)할 수도 없게 되는 것이다. 왜냐하면 어떤 물리적 공간의 바깥은 다시 그것을 둘러싸고 있는 더 큰 동일한 물리적 공간의 안이 되기 때문이다.

그렇기에 가령 '물리적 우주공간의 한계 바깥으로 나가는 경험'에 대해서 상상할 때 어떤 아포리아에 빠지게 된다. 만일 물리적 우주공간이 유일한 전체 공간이라고 한다면, 그때 그 공간의 바깥으로 나간다는 것은 무엇을 의미하는가? **나갈 수 없다는 것을 의미할 뿐이다!** 왜냐하면 그때 공간은, 유한하든 무한하든 언제나 **그 안에 있음**을 의미하도록 이미 규정되어 있고, 따라서 바깥의 다른 공간이 애당초 부정되어 있기 때문이다. 그리고 이때 **우주 공간의 한계 이미지**는 그 무엇으로도 부서질 수 없고 빠져나갈 어떤 구멍도 없는, **마치 금강석(검은 석탄의 변형, 즉 탄소 결정체)처럼 단단한, '고체적 껍질 -벽'**의 이미지이며, 또한 **비어 있음**으로서의 공간이 **투명성**의 이미지를 갖는다면, 그 물리적 우주 공간-껍질의 이미지는 모래시계와 같이 그 안이 투명하게 들여다보이는 **유리용기**의 이미지다.

그러므로 무한하게 팽창 중이라고 주장되는 물리적 우주 공간의 한계까지 빛보다 빠른 속도로 날아갈 필요 없이 **모래시계-몸(유리용기)**으로 다시 되돌아오는 편이 더 낫다. 그리고 물리적 물질성의 몸으로서의 유리용기 바깥에서 작용하는 질적으로 다른 힘의 공간("보이지 않는 손"의 공간)이 있다고 상상한다면, 그때 그 바깥의 공간은 비-물리적이고 초-물리적인 공간이 될 수밖에 없다. 또한 그때도 여전히 '공간'이라는 표현을 사용해야 한다면, 모래시계-몸의 바깥은 '공간의 바깥'이 아니라 '바깥의 공간'이다. 이때 '안'과 '바깥'은 질적으로 다른 두 공간이고, '바깥'은 비-물리적인 시간적 공간이며 '안'은 물리적인 공간이고, 그 두 공간은 '비-가시적'으로 소통한다. 소설 속에서 "보이지 않는 손"으로 지칭되는 힘이 작용하여 물리적 물질성의 공간을 비-물리적(반-중력적)인 시간적 공간으로 변화시키는 것이다. 두 공간은 질적으로 서로 다른 공간이지만 비-가시적인 소통을 할 수 있다. 말하자면, 아무리 빈틈없이 밀봉되어 있는 물리적 공간-몸에도 침투 가능한 "구멍"이 있다. 가령 밀봉된 유리용기 안으로 고체도 액체도 기체도 침투할 수 없지만 **열(불)**은 침투할 수 있으며, 그 안을 들여다볼 수 있는 **감각적이거나 초-감각적인 시선(눈-빛/**

최수철의 오래전 소설의 표현에 의하면 "광선검"[13]도 침투할 수 있다. 그처럼 두 공간–몸 사이에는 **어떤 초월적 침투성을 갖는 미묘체적 활동성의 들어오고 나감**이 있다.

　이제 요약적으로 말해보자. 서로 반대되는 바깥과 안의 두 (시간적) 공간 사이에는, 모래시계의 아래가 위가 되고 위가 아래가 되는 뒤집힘의 관계처럼, 바깥이 안이 되고 안이 바깥이 되는 뒤집힘의 관계가 성립한다. 즉 외재적인 것이 내재적인 것이 되고 내재적인 것이 외재적인 것으로 되는 초월적 변화가 일어날 수 있도록 두 공간은 분리되지 않은 채 서로 소통할 수 있게 결합되어 있다(마치 설거지가 끝나고 고무장갑을 벗을 때 그 속이 뒤집히면 안과 바깥이 서로 뒤바뀌면서 그 형태와 방향이 반대가 되지만 여전히 서로 결합되어 있는 것과 같다). 살아 움직이는 시간적 공간–몸으로 상상된 모래시계의 형태는 **수직적 뫼비우스 띠처럼 보이는 수직적 무한대의 형태** 속에서 초월적 변화를 만들어내고 있는 '양극적–상보적–관계적 우주의 이미지'로 나타난다(그 이미지를 희미하게나마 표현하고 있는 ∞와 8과 ♋를 적어둔다).

　그러므로 아직 세부적으로 해석하지 못한 최수철의 소설이 감각적이면서 초–감각적인 방식으로 이야기하듯이, 모래시계는 "구원의 상징"으로 나타날 수 있다. 왜냐하면 그 우주적

---

13 『이상문학상 수상작가 대표작품선 12: 몸에 대한 은밀한 이야기들』, p. 84.

이미지 속에는 위와 아래, 바깥과 안 사이의 사랑, 즉 최수철의 소설들이 지치지 않고 용감하게 강조하는 상호 소통적 사랑이 의미되고 있기 때문이다. 하지만 이때 **상호 소통적 사랑**이란 무엇을 의미하는가? 그것의 본질은 의자, 모래시계, 자궁의 알레고리적 의미(감각적인 것의 이념적 나타남)라고 할 수 있을 **희생적 수용성을 통한 자기 초월적 행위**가 아닌가?

만일 우주 전체가 시간까지도 거기에 종속되는 물리적-물질적-내재적인, 공간-몸일 뿐이라면 그 안에서는 그 어떤 **자기 초월적 사랑**도 생겨날 수 없었을 것이다. 왜냐하면 자기 초월적 사랑이 서로 다른 둘 이상의 존재들 사이에서만 생겨날 수 있으며, 그들 중의 한 존재가 다른 존재를 받아들이기 위해 자신의 공간-몸을 비우는 동시에 또한 그 비어 있음을 다른 존재의 공간-몸에 친화적인 수용적 의지의 공간으로 변화시키는 가운데 자신의 공간-몸에 없었던 새로운 미래의 역동적 침투성에 의해 채워져야 한다면, 서로 반대되는 비워짐과 채워짐의 상호 융합이 가능해야 하는데, 즉 비워지면서 채워지고 채워지면서 비워져야 하는데, 그러자면 둘 이상의 존재가 한 공간을 동시에 함께 점유해야 하지만 '서로 다른 두 물체는 동시에 한 공간을 점유할 수 없음'을 고집하는 물리적 공간-몸은 자신의 힘만으로 그러한 희생적 수용력을 발휘할 수도, 발휘할 필요도 없기 때문이다.

그러므로 아이의 탄생과 성장을 위해 용감하게 고통을 감내하는 희생적 수용력을 발휘할 수 있는 자기 초월적 사랑을 보여주는 **어머니**의 시간적 공간-몸은 물리적 공간 몸을 초월한다. **어머니의 존재와 연관된 자기 초월적 사랑과 초월적 몸에 관한 감각적이며 초-감각적인 구체적 경험(의식적-무의식적 경험)**이 없었다면 우리 모두는 태어나고 생존하며 초월적으로 상상할 수 없었을 것이다. 따라서 비-물리적이거나 초-물리적인 것을 물리적인 것으로 환원하거나 일반화하는 추상적 태도는 '어머니의 부정(그리고 아이의 부정)'이라는 더욱 심각한 구체적 태도를 내포하고 있다. 물론 환원주의라는 비판에 맞서 어떤 '비-물리적이거나 비-물질적인 추상적 대의'에 호소하는 태도가 있을 수 있다. 하지만 그러한 태도 또한 물리적인 것(혹은 물리적인 것을 벗어나지 않는 생물학적인 것)의 한계 안에 있다. 어머니는 '물리적-화학적-생물학적 물질'도 아니지만 '추상적 대의'도 아닌 **구체적인 원형적 존재**다.

알레고리적 감각

이제 우리는 이 글의 서두에서 언급했던 최수철 소설의 지속적 관심사인 감각 자체의 문제로 되돌아갈 수 있을 것 같다. 최수철의 소설에 표현된 감각의 현상에는 어떤 역설적 의미가 있다. 즉 감각이 감각 초월적으로 나타나는 것이다. 어떻게 감각적인 것이 또한 초-감각적인 것이 될 수 있는가? 이 물음에 대해 불충분하게라도 답변하기 위해서는 이 소설집에 실린 「감각의 순례」에 대한 세심한 해석이 필요할 것이다. 하지만 지금으로서는 대강의 개요나마 제시하려 한다.

우선 주목할 점은 '감각'이라는 것 또한 지금까지 해석된 의자, 모래시계, 자궁의 표현이 함축하는 알레고리적 의미와의 연속성을 갖는다는 것이다. 즉 감각 또한 '희생적 수용성을 지닌 자리'이며, 그렇기에 어떤 '자기 초월적 사랑'을 보여준다. 가령 '눈'의 본래적 존재 양태는 자신 바깥의 다른 것을 보기 위해서 존재한다는 것이다. 눈이 자신만을 보거나 자신이 보고 싶은 대로만 본다면 다른 것을 받아들이지 못한다. 눈이 자신을 보지 않으면서 특정한 수용적 방식으로 비어 있는 자리가 되었을 때만 진정으로 자신과 다른 것을 받아들일 수 있다. '바깥을 향해 있는 눈'이라는 감각기관을 통한 감각활동의 바탕에는 희생적 수용성을 통한 자기 초월적 사랑이 있다. 즉 감각 또한 알레고리적 의미 속에서 나타난다. 그러므로 '알레고리'가 '감각적인 것의 이념적 나타남'이라면, '감각'이란 그 자체가 이미 '알레고리적'이다.

감각 자체가 알레고리적이기에 감각적인 것의 이념적 나타남으로서의 알레고리가 가능하다! 그렇다면 **알레고리적 감각**이 지향하는 바는 무엇인가? 「감각의 순례」에 등장하는 애매모호한 주인공-화자인 오두수는 이렇게 말한다.

나는 감각의 중요성을 일찌감치 깨우쳤어. 이 세상에서 감각이야말로 모든 감정과 의식의 시발점이자 종착점이라는 걸 확신해. 어떤 감각이든 확장되면 다른 감각과 교감할 수 있고, 그렇게 해서 이루어진 감각의 총화가 심화되면 완전한 인식과 더불어 궁극적인 사랑에도 이를 수 있는 거야. (p. 170)

인식과 **사랑**, 그것이 (알레고리적) 감각의 지향성이다. 그 지향적 의미에서, (알레고리적) 감각은 사랑과 인식(지식)을 총체적으로 매개할 수 있다. 하지만 그 총체적 매개는 단번에 주어질 수 없다. 말하자면, "시발점"으로서의 감각과 "종착점"으로서의 감각 사이에는 '시간적 과정'이 존재하며, 따라서 감각은 어떤 양극적 방향성(위와 아래, 바깥과 안, 주변과 중심)을 갖는 변형 과정 속에 있으며, 그 과정 속에서 감각은 감각 그 이상이 될 수 있을 뿐만 아니라 감각 그 이하가 될 수도 있다. 그리고 감각이 감각 그 이상이 될 수 있는 이유는 오직 그것이 애당초 가졌던 지향성, 즉 **인식과 사랑을 향한 지향성** 때문이다. 그러므로 감각에는 애매모호한 이중성이 있다. 한편으로 인식이 객관적이거나 합리적인 생각과 연관되고, 다른 한편으로 사랑이 주관적 감정, 느낌, 충동, 욕망, 본능, 의지 등과 연관되며, 그리고 그 둘이 쉽게 화해되지 않는 대립성을 보여준다면, 그 양쪽을 함께 지향하는 감각은 **분열적 대립에 맞**

선 **역설적 종합의 이미지**로 나타날 수밖에 없다(이 소설 속의 **"나라"**의 이미지가 그렇다). 또한 사랑이 다른 무엇보다 결합을 향한 살아 있는 행위나 활동이며, 인식이 생각을 거쳐야 한다면, 그 둘을 지향하는 감각은 '결합을 향한 살아 있는 활동적 생각' 혹은 '결합을 향한 생각의 살아 있는 활동'으로 나타날 수밖에 없다. 그렇기에 **태양과 같은 직관적(무매개적, 직접적) 감각**과 **달과 같은 반성적(매개적, 간접적) 사유**가 대립한다면, 최수철의 소설이 이야기하는 "감각"이란 우리의 합리적/비판적/반성적 지성에 의해 흔히 부정되는 **직관적 사유의 가능성 (혹은, 그것을 예비하는 상상적 사유의 가능성)**에 가깝다.[14] 따라서

---

14 **매개적(간접적, 추론적) 지성**은 흔히 **무매개적(직접적, 직관적)인 것**을 부정하고자 한다. 그렇기에 자신의 매개성을 감각에도 투사하여 감각 또한 매개적이라는 주장을 펼친다. 감각경험 또한 감각기관–신경–뇌의 생리학적 체계에 의하여 매개된 것이며, 따라서 객관적 현상–실재(현실)와 아무 상관 없는 주관적–자의적 구성물이라는 것이다. 그러한 주장의 근거로 흔하게 제시되는 예들 중의 하나가 자연적이거나 실험적인 '착시 현상'이다. 가령 우리의 눈이 나선의 형태로 착각하는 그림을 제시하고 그것이 실은 나선이 아니라 원임을 확인시켜주면서 '시각경험'이란 '주관적 착각' 속에서만 가능하다고 주장한다. 혹은 물속에 있는 곧은 막대기가 휘어져 보이거나, 달이 손톱처럼 작게 보이거나, 정말로 뾰족하게 보이는 칼을 확대경으로 보면 사실은 뭉툭하다는 것 등을 근거로 감각의 객관성을 부정한다. 하지만 이 모든 자연적이거나 실험적(인공적)인 감각부정의 예는 아주 단순한 사실을 간과하고 있다. 그 **단순한 사실**이란 설령 감각경험이 그러한 주관적 착각의 경험일 수 있다고 하더라도(사실은 아니지만) **그 경험이 착각이었다는 것을 확인해주는 것 또한 감각 없이 가능하지 않다는 것**이다. 그러므로 '직접적이거나 무매개적인 경험에 대한 믿음'이 없다면, 우리는 어떤 경험이 착각이고 착각이 아닌지 알 수 있는 아무런 근거도 없는 것이며, 따라서 그러한 믿음을 부정하면서 감각이 착각이라고 주장하는 것은 자

감각은 '신체적'일 뿐만 아니라 '심적이고 정신적인 삶의 활동'으로 나타난다.

여기서 '심적인 감각'이란 최수철의 소설들에 드러나 있는 '심리학적 감각'으로 이해될 수 있다. 하지만 이때 심리학 psychology이란 그 어원이 함축하는 혼psyche(프시케), anima(아니마), soul의 인식으로 이해될 필요가 있다. 예를 들어 플라톤의 초월적 이데아와 혼에 관한 철학을 비판했던 아리스토텔레스도 '감각적 혼'에 대해 말했고, 그것을 '동물적 생명'과 연관시켰다. 또한 가령 동물을 의미하는 영어인 'animal'에도 혼을 의미하는 라틴어 'anima'를 볼 수 있으며, 동물원을 의미하는 'zoo'나 지구에서 본 태양의 운행 경로의 배경

기모순적인 주장일 뿐이다. 더 나아가 그러한 감각부정을 위한 예들은 감각이 착각 속에 있다는 증거가 되지 못한다. 각자의 감각은 그것이 속해 있는 세계의 어느 한 입각점에서 가능한 방식의 수용적 활동을 할 뿐이며, 세계 전체의 시간적-공간적-구조적 맥락에서 나타나는 현상들로 받아들일 수밖에 없는 것을 그대로 받아들일 뿐이다. 그렇기에 가령 달이 손톱 크기로 지각되거나 물속의 곧은 막대기가 휘어 보이는 것은 착각이 아니다. 오히려 멀리 떨어져 있는 달이 실제 크기로 보이거나 굴절 현상이 무시된 채로 물속의 막대기가 나타난다면, 그것이 착각일 것이다. 마찬가지로, 태양이 지구 주위를 돈다고 경험되는 것도 착각이 아니다. 또한 실험적인 착시 현상의 예들, 특히 '형태의 착시'에서 문제되는 것은 '눈' 혹은 '시각'이라기보다는 '생각'이다. 왜냐하면 나선이나 원의 형태에 대한 지각에서 문제되는 것은 유의미하게 구조화된 개념들(관념들)을 통해 이루어지는 '판단'이기 때문이다. 물론 '생각'이 아닌 '감각'만이 유일하게 믿을 수 있는 것이라는 주장을 하는 것이 아니다. 단지 생각의 경험이 감각을 부정하지 않으면서 감각경험만큼 믿을 만하고 구체적인 활동으로 나타날 수 있는 가능성을 말하고 싶은 것뿐이다.

이 되는 12별자리를 나타내는 수대(獸帶, 황도대)를 의미하는 'zodiac'에는 (동물적) 생명을 의미하는 그리스어인 'zoe'를 볼 수 있다('인간은 이성적 동물'이라고 할 때의 '동물'은 그리스 어로 'zoon'이다). 그리고 우리의 일상에서도 어떤 인간이 아주 놀라운 감각적 활동 능력을 보여줄 때 흔히 '동물적 감각'을 떠올린다. 그러한 연관성을 통해 볼 때, 인간의 감각 또한 **동물 적 감각-혼**과의 연속성을 갖는다고 말할 수 있다. 그렇기에 가 령 우화는 그저 비유적 이야기에 불과한 것이 아니다. 물론 지 금 인간이 동물과 다를 바 없다고 말하는 것이 아니다(그런 방 식으로 말하는 모든 이론을 믿지 않는다).

현대적 인간의 감각은 더 나은 쪽으로든 더 못한 쪽으로든 동물의 감각과 다르다. 현대적 인간은 **자기-의식적 혼**이라는 특징을 갖는다. 그리고 그러한 인간 의식의 진화는 인간이 자 기 바깥과 안의 동물적 감각-혼을 희생시킴으로써 가능했다 고 볼 수 있다(가령 인간의 문명은 소와 말과 양의 희생이 없었다 면 가능하지 않았을 것이며, 인간의 지성적 사유는 동물적 감각의 희생이 없었다면 가능하지 않았을 것이다). 다시 말하자면, 인간 이 자기-의식적 혼으로 발전하면서 그로 인해 희생당해야만 했던 동물적 감각-혼은 무의식 속으로 숨어버렸다. 물론 그렇 다고 해서 의식적 감각과 무의식적 감각이 단절되어 있다는 뜻은 아니다. 자기-의식적 혼으로서의 인간은 무의식적인 동 물적 감각-혼과 여전히 연관되어 있는 표현을 자신의 동물적 피의 흐름 속에 가지고 있다. 그렇지 않다면 어떻게 우리는 부끄러움이나 분노를 느끼는 순간 무의식적으로 얼굴이 빨갛게 될 수 있는가? 그리고 어떻게 두려움이나 공포를 느낄 때 무의식적으로 얼굴이 하얗게 될 수 있는가? 붉어진 얼굴은 더 이상 숨길 수 없는 동물적 감각-혼과 연관된 자아의 드러남이며, 하얘진 얼굴은 더 이상 드러낼 수 없는 동물적 감각-혼과 연관된 자아의 숨음이다. 그러한 연관성 속에서 인간에게 특유한 **죄의식,** 다시 말해서, **부끄러움과 분노와 두려움의 복합체이면서도 그것을 초월하는 죄의식 혹은 양심**(con-science, 함께 앎)의 문제가 드러난다. 다음의 인용문에서도 볼 수 있듯이, 인간은 자아-의식적 혼과 무의식적인 동물적 감각-혼(어떤 악마적 기만과 연관된 감각-혼) 사이에서 생겨나는 죄의식의 문제를 피해 갈 수 없다.

만약 악마라는 게 있다면 인간의 감각기관 속에 거처를 두었을 게 틀림없었다. 그는 악마의 꾐에 넘어가 자기를 배신한 자신의 감각에 대해 환멸감과 역겨움을 떨칠 수 없었다. 앞으로 모든 감각을 부정하고 거부하고 싶은 욕구도 강하게 일어났다. 감각은 우리를 현혹시켜서 혼란에 빠뜨려 죄를 짓게 하는 장본인이었다. 비록 환몽 속에서나마 어머니와 동침한 그는 오이디푸스와 다를 바 없었다. 그렇다면 두 눈을 뽑아버리고 모든 감각을 말살해야 했다. 그는 오랫동안 깊은 죄의식에서 벗어날 수

없었다. (pp. 159~60)

　자신의 감각에 대해 회의적인 생각을 말하고 있는 이 소설
의 주인공 오두수는 '사춘기'를 겪고 있다. 즉 그는 자신의 감
각과 죄의식의 정체에 대한 인식을 탐구하는 여정의 초기 과
정 속에 있는 것이다. 그렇기에 그는 "감각기관", 이를테면
"두 눈"을 비난하고 있다. 하지만 감각기관에는 아무 죄가 없
다! 감각기관이나 감각 자체에 죄를 전가하는 일은 '자기 탓'
이 아닌 '남 탓'을 하는 것과 같다. 앞에서도 말했듯이, 감각기
관은 그 본래적 존재방식에서 희생적 수용성으로 자리하며 자
기-초월적으로 나타난다. 그렇기에 오두수는 나중에 그 자신
이 **다양한 감각-질들을 갖는 이미지들을 수용하여 융합하는 하
나의 종합적-공통적-상상적 감각기관**처럼 변화하는 경험을
지향하게 된다. "인간 몸의 모든 것을 받아들일 수 있는 그 욕
조가 바로 나"라거나 "나 스스로 세상의 온갖 감각의 매혹이
자연스럽게 흘러드는 자리가 되었"다거나(p. 201) "제 속에 들
어 있는, 그리고 끊임없이 새로이 깨어나는 감각들을 끌어안
고서 어렵게 견뎌낸 수태와 산고의 시간"(p. 200)이라는 표현
은 그것을 말해준다. 여기서 "욕조"는 '의자, 모래시계, 자궁,
감각'과 의미의 연속성을 갖는 '희생적-수용적 자리(시간적
공간-몸)'이다. 따라서 오두수의 죄의식에서 우선적으로 문제
가 되고 있는 것은 **신체적 감각기관**이 아니라 **자기-의식과 악**

마적으로 나타나는 무의식적인 동물적 감각-혼 사이의 대립과
갈등이다. 그리고 여기서 '무의식'이란 바깥의 자연적, 초-자
연적 세계와 단절된 한 인간의 '개인적 무의식'에 그치는 것이
아니다. 그렇기에 이 소설이 이야기하는 오이디푸스의 비극에
대한 이해를 위해 흔히 거론되는 프로이트의 오이디푸스 콤플
렉스 이론을 끌어들인다면, 그것은 별 도움이 되지 않는다. 오
히려 여기서는 융의 집단 무의식적 원형이 더욱 사태 자체에
대한 이해에 도움을 준다. 그에 따르면, '어머니'는 개인적 의
식과 개인적 무의식에 한정되지 않는 집단 무의식적 원형의
이미지로 나타날 수 있다. 가령 이 소설에서 오두수의 어머니
는 이렇게 묘사된다.

사람들은 어머니가 식물을 가꾸는 데에 특별한 능력이 있다
고 칭찬했다. 하지만 어머니가 인간들의 세상을 떠나서 흙과 물
과 불과 공기, 그리고 그것들이 한데 어우러져 빚어낸 식물과
대지의 생명력이라는 세계 속으로 숨어버렸다는 사실을 아는
사람은 아무도 없었다. 나무와 풀과 땅과 바람, 태양과 달과 별,
그 모든 것과 깊이 교감하면서 어머니는 크나큰 즐거움을 느꼈
다. (p. 148)

여기서 "어머니"는 가령 (엘레우시스 비의와 깊이 연관된) 그
리스 신화 속의 데메테르와 페르세포네의 이미지를 떠오르게

하지 않는가? 혹은 '어머니-자연'이나 '생산하는 자연(능산적 자연natura naturans)'의 이미지와 연관되지 않는가? 융을 따라서 우리는 그러한 어머니의 이미지를 집단 무의식적 어머니-원형과 연관시킬 수 있다. 그런데 어머니가 "식물과 대지의 생명력이라는 세계 속으로 숨어버렸다"는 것은 무엇을 의미하는가? 그것은 우리의 자아-의식이 '집단 무의식적인 원형적 어머니'를 사실상 망각하고 있다는 뜻이며, 그것은 오두수의 경험이 말해주듯이 '어머니의 죽음(상실, 이별, 분리)'으로 경험될 수밖에 없다는 것이다. 하지만 "식물과 대지의 생명력이라는 세계"가 없다면 동물과 인간의 삶이 가능하지 않듯이, 자아-의식의 삶 또한 집단 무의식적인 원형적 어머니의 존재 없이 가능하지 않다. 따라서 자아-의식은 자신이 잃어버린 원형적 어머니(어머니-자연)를 향한 의식적-무의식적 지향성을 갖는다. 여기서 무엇이 문제가 되는가?

자아-의식과 원형적 어머니 사이의 무의식적 영역에는 악마적으로 나타나는 동물적 감각-혼이 살고 있다. 그런데 그렇게 부정적으로 나타나는 동물적 감각-혼은 아직 자아-의식에 의해 온전히 이해되지 못한 부정적 정념들(원한, 증오, 분노, 수치, 공포, 불안, 맹목적-범죄적 충동 등)과 결합되어 있으며, 그것은 우리의 진화 과정에서 집단적-개인적으로 축적해온 '죄 많은 과거의 집적체'이기도 하다. 죄와 결부된 인간의 동물적 감각-혼은 기본적으로 과거 지향적이다. 그리고 그것이 과거 쪽

으로 끌어당기는 무의식적 힘으로 작용하는 한, 그것은 자아
-의식의 발전에 생산적이지 않은 파괴적 영향력을 행사한다.
따라서 원형적 어머니 또한 과거의 존재로만 이해되는 한에
서 죄와 결부된 동물적 감각-혼과 연관된 존재로 나타날 수 있
다. 또한 우리는 여기서 혼 자체의 특성에 주목해야 한다. 융이
말하듯이, '혼 혹은 아니마'는 그 자체가 또한 원형적 이미지
로 나타난다. 즉 융이 **아니마 원형**이라고 불렀던 그것은 '남성
안에 있는 무의식적인 여성성'을 의미한다. 그리고 모든 원형
들은 어떤 이념적-정념적 역동성을 갖는 이미지들로 경험되
며, 또한 원자적 실체들이 아니어서 상호 침투적 영향력을 주
고받는다. 그런데 그러한 원형적-역동적 현상에 아직 적응되
지 않은 자아-의식에게 무의식적 영향력은 죄의식과 결부된
혼란스러운 이미지들로 나타날 수밖에 없다. "특히 여자는 그
에게 여전히 죄의식을 불러일으키는 존재"(p. 161)가 될 수밖
에 없는 이유는 자아-의식이 무의식적인 혼의 원형적 영향력
을 아직 미래에서 오는 생산적인 긍정적 힘으로 경험하지 못
했기 때문이다. 어머니가 시간적 공간-몸과 연관된 원형적 존
재이고, 근본적인 시간이 미래라면, 어머니와 연관된 모든 진
정한 원형적 영향력은 미래 자체와의 연관 속에서만 그 본질
적 의미를 드러낼 것이다. 오두수의 감각의 지향점도 미래에
실현될 "완전한 인식"과 "궁극적 사랑"이었다(p. 170). 그렇기
에 그는 다음과 같은 미래지향적 생각에 이를 수 있다.

어머니는 그가 죄의식에 사로잡혀 금욕적인, 반쯤 죽은 삶을 사는 것을 원하지 않았다. 이제 어머니는 그를 용서했다. 아니, 어머니는 한 번도 그를 나무란 적이 없었다. 애초에 그에게는 아무런 잘못도 없었다. 그러니 이제 그만 감각과 화해를 하는 것이 어머니를 위하는 길이었다. (p. 162)

그런데 기이하게도 "이제 그만 감각과 화해를 하는 것이 어머니를 위하는 길"이라는 오두수의 생각은 그가 거리낌 없이 일종의 엽색 행각으로 나아가는 동기가 된다. 우리는 여기서 그 이유가 단지 이 소설에서 오이디푸스와 연관된 오두수라는 인물이 또한 전설적인 호색한(?)인 돈 후안처럼 그려지고 있기 때문이라고 말하는 것으로 그쳐서는 안 된다. 왜냐하면 '그렇다면 돈 후안은 왜 그러한 삶을 살았는가'라는 물음에 대한 답이 선행되어야 하기 때문이다. 여기서 또다시 원형적인 것이 문제가 된다. 돈 후안은 어떤 원형적 특성을 보여준다. 그렇지 않다면 그 신화적-역사적 인물이 그렇게 수많은 사람을 매혹시키지 못했을 것이다. 가령 키르케고르나 하이데거를 탄복시켰던 모차르트-다폰테의 오페라 「돈 조반니」에서 전율적으로 표현된 그의 특징은 무엇인가?

미지의 여성을 향한 성적 모험만을 추구하는 그는 어떤 죄의식도 없으며 아무것도 후회하지 않으며 죽음조차 두려워하지 않는다(석상과의 마지막 대결 장면에서는 누구라도 압도당할 초-자연적 죽음의 공포 앞에서도 물러서지 않는 모종의 초월적 용기까지 느껴진다). 그는 '사랑은 죽음도 이긴다'는 말을 자신만의 방식으로 용감하게 입증하고 싶었던 것인가? 그는 죽음도 이기는 사랑의 인식을 향해 지옥의 불구덩이도 두려워하지 않고 전진한 것인가? 하지만 이때 '사랑'은 '에고이스트의 사랑'으로 나타난다. 그는 오직 '자기-만족'만을 추구할 뿐 다른 여성(돈나 엘비라)이 자신 때문에 상처받은 삶을 살고 있어도 아무 신경 쓰지 않는다. 그는 자신이 초-자연적이며 무의식적인 악마적-동물적 영혼의 지하 세계적 영향력 속에 있다는 것도 모르면서(혹은 괘념치 않으면서) 자기-만족적인 감각적 사랑의 인식을 결코 포기하지 않는 에고의 이미지로 나타난다.

이 원형적 에고 혹은 신화적-역사적 에고의 긍정적인 면을 말하자면, 그 에고가 어떤 미지의 **자기-인식**self-knowledge을 추구하고 있다는 것이다. 사실 오이디푸스 또한 살아서 지옥의 불구덩이를 통과하는 것과 같은 고난(혹은 정화purification, 즉 카타르시스catharsis)의 과정을 겪고 어떤 성스러운 자기-인식에 이른다고 볼 수 있다. 이에 대해 소설은 "오이디푸스는 한낱 인간으로서 놀라운 위업을 이룬 거야. 오이디푸스가 묻히는 땅에 신들의 축복이 있으리라는 신탁이 내린 것도 그 때문"(p. 210)이라고 말하고 있다. 이와 관련하여, 오두수 또한 **"여자들을 알아가는 건 나 자신을 찾아나서는 여행"**(p. 172)이라고 말한다는 점에 주목할 수 있다. 하지만 어떻게 여자들을 알아가는 것, 그것도 감각적으로 알아가는 것이 자기-인식을 향한 길이 될 수 있는가?

우리는 최수철의 알레고리적 소설에 표현된 '감각' 자체가 이미 '알레고리적인 것'이라고 말할 수 있다. 즉 감각의 현상은 감각적(자연적)인 것의 이념적(초-감각적, 초-자연적) 나타남으로서의 알레고리다. 그렇기에 "우리의 감각은 우리가 몸 안에 모시고 있는 **자연이고 신**이야"(p. 210. 강조는 인용자)라는 소설의 표현이 가능하다. 그리고 그러한 알레고리적 이해는 최수철의 소설에 표현된 '여성성'의 해석에도 적용되어야 한다. 그런데 이때 알레고리적 이해와 연관된 '초-감각적이고 초-자연적 이념'이라는 말은 흔히 생각되는 추상적이거나 부정적인 의미를 갖지 않는다. 그것은 세계의 숨겨진 깊이로부터 우리의 삶과 죽음에 구체적인 의식적-무의식적 영향력을 행사하는 원형적-역동적 존재들의 이미지로 나타난다. 그렇기에 감각이 '사랑(결합)의 행위를 향한 직관적-종합적 인식의 가능성'으로 나타날 수 있듯이, 여성 또한 '남성 안에 있는 무의식적인 여성적 혼(아니마 원형)'으로 나타날 수 있다. 그러므로 최수철 소설의 에고이스트적 남성들이 추구하는 '여성에 대한 감각적 사랑과 인식'도 '자기-인식의 길'로 나타날 수 있다. 물론 여기서 최종적으로 '에고'조차 '알레고리적인 것'으로 이해할 수 있다. 그 에고의 지향점이 처음부터 '생산하는 자연(능산적 자연)' 혹은 '어머니 원형(어머니-자연)'의 미래를 향하고 있었다는 점을 고려하면, 에고는 '원형적 어머니와 분리될 수 없는 원형적 아이'를 향하고 있다고 볼 수 있다. 그리고 아니마 원형과의 연관성까지 고려하면, 에고(혹은 자아-의식)는 원형적 '어머니-여성-아이'를 향한 자기 초월적 진화 과정 속에 있다고 말할 수 있다. 그렇다면 결국 에고의 알레고리적 의미는 무엇인가? 그것은 이 소설집의 다른 알레고리적인 것들이 모두 그렇듯이 어머니의 존재로 대표되는 의미다. 즉 '초월적 창조성을 가능하게 하는 희생적 수용성'을 의미한다. 우리는 최수철의 이 소설집에서 읽어낼 수 있는 가장 중요한 의미가 그것이라고 믿는다.

작가의 말

   '알레고리'의 사전적 정의는 '추상적인 개념을 전달하기 위해 이를 구체화할 만한 적합한 대상이나 상황을 대신 제시하는 것'이다. 이번에 '사랑'이라는 테마를 중심에 두고서, 의자(헌신 혹은 희생), 가면(페르소나), 모래시계(기다림 혹은 운명), 욕조(트라우마), 매미(고독 혹은 헛된 열정)라는 다섯 개의 알레고리로 다섯 편의 소설을 구성해보았다. 앞으로 '죽음의 알레고리'와 '예술의 알레고리'에 대해서도 써볼 계획이다.

   넓은 의미에서 알레고리는 곧 '상징'이다. 늘 우리 시대의 중요한 상징들에 관심을 가져왔다. 그것들은 이 시대 우리 삶의 맥을 짚어주는 실로 계시적인 것들이 아닐까 한다.

2021년

최수철